Scarlet
스칼렛

www.bbulmedia.com

달달한 김꽃순

달달한 김꽃순

1판 1쇄 찍음 2014년 5월 19일
1판 1쇄 펴냄 2014년 5월 23일

지은이 | 정이연
펴낸이 | 정 필
펴낸곳 | 도서출판 뿔미디어

편집장 | 이재권
기획 · 편집 | 주종숙

출판등록 | 2002년 9월 11일 (제1081-1-132호)
주소 | 경기도 부천시 원미구 상동로 117번길 49(상동) 503호
전화 | 032)651-6513 / 팩스 032)651-6094
E-mail | scarlets2012@hanmail.net
블로그 | http://blog.naver.com/dahyangs
홈페이지 | http://bbulmedia.com

값 9,000원

ISBN 979-11-315-1156-5 03810

달달한 김꽃순

정이연 장편 소설

SCARLET ROMANCE STORY

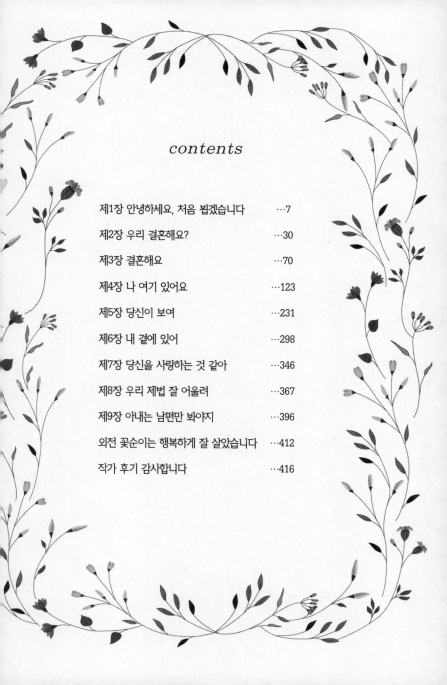

contents

제1장
안녕하세요, 처음 뵙겠습니다

"참한 아가씨가 있다. 한번 만나 봐."

아침 식사 자리. 바쁜 일정 때문에 가족의 얼굴을 볼 수 없는 대헌그룹의 일가(一家)는 매달 첫째 주 금요일 아침 식사만은 함께 가지려 노력하고 있었다. 이때만큼은 회사 일에 대한 이야기를 하지 않는 게 암묵적 룰이기에 머리를 비울 수 있는 시간이기도 했다.

그런 평화로운 자리에서 던져진 갑작스런 대헌그룹의 총수 이회장의 이야기에 종현은 수저를 멈춰야 했다.

"참한 아가씨요?"

"그래."

무심한 얼굴로 고개를 끄덕인 종현은 이내 멈췄던 수저질을 다시 시작하였다. 하나를 얻기 위해선 하나를 내어 줘야 한다는 사실을 누구보다 잘 알고 있는 그이다. 사업가적 기질은 타의 추종을 불허하는 그에게 있어 이 회장의 제안은 언제나 염두에 두고 있던 '사업' 중 하나였다. 드디어 때가 온 건가. 그러한 생각을 하던 종현이 막 어느 집안의 사람이냐 물어보려던 찰나였다.

국그릇을 가지고 오던 마 여사는 남편의 팔을 찰싹 때리며 언성을 높였다.

"당신, 그런 이야기는 식사 끝나고 하면 안 돼요? 종현이 얼굴을 좀 봐요."

먹다가 체하겠네. 마 여사는 3대 독자인 종현이 식사를 마저 끝내지 못할까 그것부터 걱정하였다. 순식간에 근엄했던 이 회장의 얼굴에 불만이 서리더니 투덜거리는 목소리가 흘러나왔다.

"당신도 거참. 아들은 걱정되고, 나는 안 되는 거야?"

"당신이랑 종현이랑 같아요?"

"다를 건 뭐야, 다를 건!"

급격히 카리스마를 무너뜨린 이 회장은 다시 수저질을 시작한 종현을 향해 말했다.

"만나는 사람이 없다고 들었다. 평생 수절하고 살 것 아니면 만나 봐. 참하고 좋은 아가씨야."

참하고 좋은 아가씨? 아버지가 말하는 것은 그 사람의 성품이 아닌 재산임에 틀림없었다. 상류 사회에서 결혼은 거래에 가까웠다. 예전 선조들이 그러했던 것처럼 결혼으로 서로의 결속력을 단단히 하고 서로의 세를 불린다. 그건 현재 2014년도의 상류 사회도 별반 다르지 않았다.

종현은 밥그릇을 모두 비울 때까지 아무런 말을 하지 않다가 식사가 끝나고 나서야 말을 이었다.

"좋습니다."

집안에서 그에게 합당한 자리를 찾아 주었을 뿐이고, 사업 파트너를 지정해 줬을 뿐이다. 그렇다면 그는 그 일을 받아들이기만 하면 되는 일이었다.

이 회장은 아무 말 없이 얼음이 동동 띄워져 있는 수정과를 후루룩 마시는 아들의 얼굴을 보았다. 도대체 뭐가 좋다는 것일까. 아들은 그가 말하는 '참한 아가씨' 가 어떠한 사람인지 별로 궁금해하지 않는 것 같았다.

하지만 이 회장은 그 사실을 크게 신경 쓰지 않았다. 그리고 그와 똑 닮은 아들이 자리에서 일어나는 것을 보며 흐뭇하게 웃었을 뿐이다.

"대헌호텔 2시다."

"네?"

그제야 가면을 뒤집어쓰고 있던 것처럼 단단했던 아들의 표정이 무너졌다. 이 회장은 그 모습을 보며 속으로 킬킬 웃었다. 그래, 이렇게 나와야지. 그는 아들의 당황한 모습을 볼 때면 알 수 없는 묘한 쾌감을 느끼곤 했다.

"오늘 말씀이십니까?"

"그래, 오늘 2시다. 약속 잊지 마라."

"하지만……."

"하지만은 무슨."

이 회장은 수정과를 후루룩 마신 뒤 여전히 자신을 뚫어져라 쳐다보는 아들의 시선을 느끼며 말을 이었다.

"나도 네놈 바쁜 거 알고 있다. 하지만 그쪽에서 오늘밖에 시간이 안 난다는 걸 어떻게 해."

이 회장의 말에 종현의 얼굴이 느슨하게 풀렸다. 얼마나 대단한 집 자제이기에 이쪽에서 직접 스케줄까지 맞춰 줘야 하는 것일까.

"네, 알겠습니다. 스케줄 조정하겠습니다."

"그래, 이 비서한테는 아가씨 모시러 가라 일러뒀으니, 넌 혼자 움직여라."

아가씨라……. 깍듯한 존칭에 예상을 뛰어넘는 집안일지도 모르겠다고 생각하며 그는 곧 잡생각을 물렸다.

"그러죠."

그 후 부엌을 빠져나가는 종현의 뒤를 마 여사가 따랐다. 마 여사는 집안일을 봐 주는 여주댁에게서 가방을 받아 든 뒤 아들에게 건네었고, 종현은 곧 허리를 숙여 인사한 뒤 집을 빠져나갔다.

마지막까지 알 수 없었던 아들의 표정을 걱정스런 눈으로 바라보던 마 여사는 아들이 집을 떠나자 서둘러 식탁으로 왔다. 그리고 여전히 느긋한 포즈로 수정과를 마시고 있는 남편의 팔을 다시 한 번 소리 내어 내려치며 말했다.

탁!

"당신 정말!"

"아, 내가 뭘!"

연이어 구타를 당하자 이 회장이 버럭 소리를 질렀다.

"아파!"

이 회장의 불만이 커짐에도 불구하고 마 여사는 여전히 마음에 들지 않는 듯 잔소리를 늘어놓았다.

"제대로 설명을 해 줘야 할 것 아니에요, 제대로!"

"그럼 당신이라도 제대로 설명해 주지 그랬어."

아내의 말투를 따라 하던 이 회장이 입술을 뾰족하게 내밀었다. 지금 자신은 불만에 가득 차 있고 삐친 상태니 소중하게 대하라는 이 회장만의 표현 방법이었다.

"아들이 괜히 꽃순이만 오해할 거 아니에요! 그 여린 아이 상처 받으면 당신이 책임질 건가?"

"꽃순이 아가씨는 왜!"

미처 거기까지 생각하지 못했다는 듯 이 회장이 외치자 마 여사가 혀를 끌끌 차며 말했다.

"그러니까 아들한테 충분히 설명을 했어야죠. 소중한 사람이니 예의에 어긋나지 않게 행동하라고."

"뭐? 그 녀석이 지금 싸가지 없게 굴기라도 할 태세란 거야? 이 놈의 자식을 그냥!"

이 회장은 당장이라도 아들에게 전화를 걸어 경이라도 칠 것처럼 굴었다. 회사에서는 호랑이 회장으로 이사진까지 두려움에 떨게 만드는 사람이 이럴 때 보면 참 한심하게 느껴진 다는 듯 마 여사는 다시 한 번 혀를 끌끌 찼다. 그러곤 남편의 손에 들려 있는 휴대전화를 빼앗으며 말했다.

"누가 우리 아들이 그렇대요? 다만 오해를 하면 그렇게 될 수도 있으니까, 잘 모시라고 말을 했었어야 한다, 이거죠."

"그, 그런 거야?"

"네, 방금 당신, 사업 때문에 아들 팔아먹는 인간처럼 굴었단 말이에요. 경박하게."

"그, 그랬어?"

이 회장의 얼굴이 시무룩하게 변했다. 마 여사는 깊은 한숨을 내쉰 뒤 남편을 토닥이며 말했다.

"그래도 뭐, 우리 아들이 그렇게 경우 없는 사람은 아니니까 잘하겠죠."

"그, 그렇겠지?"

"물론이죠."

아내의 확신에 이 회장의 얼굴에 있던 시름이 조금 물러났다.

❋

탁, 탁.

종현은 투명한 유리컵을 손톱으로 두드리고 있었다. 잘 정리된 손톱과 크리스털 유리컵이 부딪히며 둔탁한 소리를 냈다. 귀에 거슬리는 소리에 주위에 있던 사람들이 힐끗 그를 보며 표정을 구겼지만, 그는 다른 생각에 빠져 그 시선을 눈치채지 못했다.

누군가를 기다리는 모습이 역력한 그는 계속 손목시계를 확인하며 얼굴을 찌푸렸다.

2시 20분.

약속했던 시간에서 20분이 훌쩍 지난 시각이었다. 그는 물컵을 노려보다가 깊은 한숨을 쉬었다. 10분 정도 더 기다린 뒤에도 상대가 나타나지 않으면 그냥 자리에서 일어날 생각이었다. 첫 약속부터, 더욱이 기업 간의 사업 협정과 같은 이 자리에 늦는 상대에 대한 인내심은 딱 거기까지였다.

조금의 시간이 더 흐른 후 결국 참다못한 그가 의자를 밀며 자리에서 일어났다. 드르륵, 귀에 거슬리는 소리에 그가 미간을 찌푸리며 막 걸음을 옮기려던 찰나였다.

"어머, 저게 뭐야?"

사람들의 수군거리는 소리가 곁에서 들려왔다. 그들의 시선은 하나같이 호텔 레스토랑 입구로 향해 있었다. 자연스레 종현의 시선 또한 입구로 향했다. 순간 그의 얼굴이 구겨졌다.

오랫동안 제 곁을 지킨 이 비서가 젊은 아가씨를 안내하고 있었다. 그 모습만 본다면 별 특별한 것이 없었지만, 문제는 그 여자가 입고 있는 옷이었다.

"저건 또 뭐야."

그의 입에서 무심한 어조의 목소리가 흘러나왔다. 노란색 저고리와 청색 계열의 한복 치마는 화려했고 또한 고급스러웠다. 금실로 아름다운 꽃이 수놓아져 있는 치마는 척 보기에도 꽤 고가의 것으로 보였고, 상의에 달려 있는 노리개는 푸른 실과 옥석으로 꽤 정교하게 만들어진 것이었다.

노란색 꽃신을 신고 사뿐사뿐 걸어오던 여자는 이 비서가 자신의 앞에 멈춰 서 허리를 숙이자 살짝 놀란 눈으로 그를 올려다본 뒤 어설프게 웃었다.

"안녕하세요."

고아한 목소리였다. 지금 그녀가 입고 있는 옷이랑 별반 다를 바 없이. 잘 땋아 내린 머리카락을 보던 종현은 이게 무슨 상황인지 얼른 설명하라는 듯 이 비서를 보았다.

"여기서부턴 사장님께서 안내해 주실 겁니다."

"감사합니다."

"별말씀을요."

짧게 인사를 건넨 이 비서가 종현의 눈치를 본 뒤 살짝 고개를 숙여 인사했다. 그런 뒤 가타부타 말없이 자리를 떴다.

끼기긱, 이 비서가 호텔 레스토랑을 빠져나가는 것을 뚫어져라 보던 종현의 고개가 삐걱삐걱 옮겨져 눈앞의 여자에게로 향했다. 그리고 어느새 조신하게 자리에 앉아 물을 한 모금 마시고 있는

13

여인에게서 시선을 떼지 못했다. 노란색 댕기로 잘 땋아 내린 머리가 보였다.

"죄송해요. 목이 무척 말랐거든요."

헤실헤실 웃어 보인 여자가 신기하다는 눈으로 종현을 올려다보았다. 고개를 힘껏 젖혀야 그의 얼굴을 볼 수 있을 정도로 키가 큰 남자였다. 제 또래의 남자를 처음 본 그녀는 한참이나 그를 관찰하듯 뜯어본 뒤에야 어색하게 웃었다.

"안 앉으세요?"

"아."

이제껏 제가 서 있었다는 사실도 잊고 있었던 듯 종현이 놀라며 자리에 앉았다. 그리고 제 눈앞에 있는 여자의 얼굴을 보았다.

조막만 한 얼굴에 눈, 코, 입 없는 것 없이 꽉 들어차 있었다. 커다란 눈망울은 사슴의 것처럼 초롱초롱했고 순해 보였다. 그 밑으로 작게 솟아 있는 코와 작은 입술. 객관적으로 보았을 땐 참한 미인에 가까웠지만, 이곳과 전혀 어울리지 않는 의상 때문인지 고루해 보이고 모나 보였다.

여자는 한참이나 어떠한 말을 해야 할지 모르겠다는 듯 눈알을 데굴데굴 굴려 댔다. 그 모습이 어린아이처럼 순진해 보였다.

종현은 갑자기 갈증이 일자 물을 한 모금 마셨다. 그 뒤 손목시계를 확인했다. 2시 45분. 3시부터 이사진들과 만남이 있었으니 지금 움직여야 했다.

"죄송해요, 초행길이어서 제가 조금 헤맸어요."

"역으로 이 비서가 모시러 갔다고 들었습니다만."

첫 약속에 늦은 괴상한 여자 때문에 신경이 날카로워졌던지 튀어나온 말투가 꽤 사나왔다. 그는 깜짝 놀라 토끼 눈을 하는 여자를 보며 헛기침을 내뱉었다. 그의 모습에 여자는 오해 말라는 듯 양손을 들어 저으며 말했다.

"아, 그게 제가 서울역이 처음이거든요. 안에서 길을 잃었지 뭐예요."

"……."

"저, 정말이에요. 믿어 주세요."

여자는 자신의 말을 믿어 주지 않으면 당장이라도 울음을 터트릴 것처럼 굴었다. 그 모습에 종현의 입에서 저도 모르게 깊은 한숨이 흘러나왔다.

눈앞에 있는 이 여자는 그가 생각했던 결혼 상대와는 180도 다른 사람이었다. 그러고 보니 아버지에게도 '참한 아가씨'라고 들었지, '어느 기업의 여식'이라고 들은 적이 없었다.

그럼 일반적인 정략결혼과는 다른 것일까?

머릿속에 혼란이 오자 곧 지끈지끈 아프기 시작했다.

종현은 콧잔등을 찌푸린 뒤에 말했다.

"네, 믿습니다. 서울역에서 길을 잃을 수도 있죠."

"그렇죠? 정말 세상에나. 서울이 요상한 동네라는 건 알았지만, 이렇게 복잡할 줄 누가 알았겠어요."

"……."

"아버님께서 생전에 서울은 아주 위험한 곳이라고 하셨지만, 이렇게 어지럽고 별 세계인 줄은 몰랐지 뭐예요."

"……."

"어르신 차를 타고 이곳까지 올 때도 정말 놀랐어요. 하늘을 가릴 정도로 커다란 건물이나 자동차가 무척이나 많더라고요. 제가 생각했던 것과는 영 다른 세상이에요."

"……."

가관이다. 눈앞의 여자가 말을 하면 할수록 그 생각이 그의 머릿속을 떠나지 않았다. 조곤조곤한 목소리엔 흥분이 서려 있었다. 서울을 초행길이라 말하며, 대한민국 수도가 이런 곳일 줄은 몰랐다는 말을 어떻게 받아들여야 할까?

종현의 얼굴이 시멘트 바닥처럼 딱딱하게 굳어 있음에도 신기한 세상을 본 여자는 그 사실을 눈치채지 못하고 한참이나 더 조잘조잘 떠들어 댔다. 마치 참새처럼. 그러다가 순간, 제 소개를 잊었다는 걸 눈치챘는지 손뼉을 쳤다.

"아참, 제 소개를 안 했죠?"

여자의 양 뺨이 붉게 물들었다. 그 모습이 조선시대에서 튀어나온 것 같았다. 여자는 제 소개를 정식으로 하려는 듯 양손을 무릎 위에 모은 뒤에 허리를 꾸벅 숙였다. 그리고 새까만 종현의 눈동자를 마주하며 말했다.

"제 이름은 김고운이에요. 앞으로 절 돌봐 주실 분이라고 들었어요. 정말 잘 부탁드릴게요."

"돌……봐 줄 사람?"

"네."

여자가 입술을 크게 늘어트리며 웃었다. 그 모습이 제법 봐 줄 만했지만, 그는 그런 것 따위 따지고 있을 여력이 없어 보였다.

여자의 대답에 종현이 자리에서 벌떡 일어났다. 그리고 무슨 일이냐는 듯 커다란 눈을 깜빡이는 여자를 내려다보며 말했다.

"뭔가 착오가 있었던 것 같습니다."

"네?"

여자는…… 아니, 김고운은 '나 아무것도 몰라요'라는 표정으로 여전히 그를 올려다보고 있었다. 그 표정에 종현의 얼굴이 점점 차갑게 식었다.

이곳은 내가 나올 자리가 아니었다. 자신은 누군가를 돌봐 줄 여력도 마음도 없는 사람이었다.

"전 이 자리에 나올 사람이 아닙니다. 뭔가 착오가 있었던 것 같군요."

그의 말을 듣고 난 뒤에도 어떠한 뜻인 줄 몰라 고운은 한참 동안이나 눈을 깜빡이고 있었다. 그러다가 갑자기 자리에서 벌떡 일어나 허리를 꾸벅 숙였다.

"죄, 죄송합니다. 제가 사람을 착각했나 봐요. 하지만 어르신이 분명 이종현 사장님이 절 돌봐 주실 거라고……."

"제가 이종현인 건 맞습니다. 하지만 전 오늘 이러한 자리인 줄 모르고 왔습니다. 그리고 객관적으로 봐도 김고운 씨는 누군가의 도움을 받지 않아도 될 성인처럼 보이고요."

"……."

고운은 순간 꿀 먹은 벙어리가 되어 그를 보았다. 자리에서 일어섰음에도 그의 어깨 정도밖에 오지 않는 자그마한 여자는 아직도 이 상황을 이해하지 못한 것처럼 보였다.

입고 있는 꼴도 가관인데, 머리까지 나쁜 여자라.

역시나 그와는 맞지 않는 상대. 이 여자가 얼마나 참하든, 아니든!

"즐거운 서울 여행이 되시길 바랍니다."

그렇게 말한 종현은 더 이상 생각할 것도 없다는 듯 뒤돌아선 뒤 걸음을 옮겼다. 그의 뒤에서 끈질기게 따라붙는 시선이 느껴졌지만 그뿐이었다.

"내가 뭔가 실수를 했나?"

고운은 멀어져 가는 종현의 뒷모습을 보며 말했다. 남자는 발걸음을 거침없이 옮기더니 곧 그녀의 시야에서 완전히 사라졌다. 그 모습을 멍하니 보고 있던 고운은 테이블에 이마를 콩 박으며 청색의 치마를 손바닥으로 쓸어내렸다.

"예쁘게 보이려고 곱게 차려입고 왔는데."

그렇게 말한 고운은 콩콩콩 이마를 세 번 더 박았다.

"뭔가 내가 실수한 것이 틀림없어."

입술을 뾰족하게 내민 고운은 연신 자신을 책망했다. 책 속에서만 보던 멋진 분을 힘겹게 만났는데 이 모든 것을 자신이 망쳐 버린 것이다.

"내가 나쁜 거야."

연신 입술을 뾰족하게 내밀던 고운은 투덜거리던 것을 멈추고, 갑자기 무언가 번뜩 생각이 난 듯 몸을 일으켰다. 그러곤 그가 사라진 곳을 바라보더니 화들짝 놀란 얼굴로 서둘러 뛰어가기 시작했다.

로비 안은 여름철을 맞이하여 휴가객으로 북적였다. 지방까지 내려가 휴가를 지내는 것보단 모든 것이 갖춰져 있는 호텔 안에서 편안히 보내는 것을 선택한 사람들은 모두 짝지어서 로비 안을 돌아다니고 있었다. 그 사이에서 길을 잃은 아이처럼 주위를 두리번거리던 고운은 울상이 된 얼굴로 읊조렸다.

"큰일 났다."

초등학교 때 아버지 손을 잡고 지방으로 향한 뒤로는 단 한 번도 서울에 올라온 적이 없었다. 근 20년 동안은 이곳에 발길을 둔 적이 없었다는 말이다. 서울에 연고 하나 없고 의지할 곳이 없었던 그녀는 쌩쌩 자동차가 달리는 찻길을 허망한 눈으로 보았다. 눈가엔 어느새 눈물이 조금 맺혀 있었다.

"어떻게 해……."

모든 것이 낯선 도시. 누구 하나 믿을 사람이 없는 곳. 그녀가 지냈던 곳은 사람의 인적이 완전히 끊어진 곳이었고, 전기도 제대로 들어오지 않는 오지였다. 그러한 곳에서 쭉 살아왔던 고운은 이 모든 것이 낯설고 어려웠다. 제대로 버스를 탈 줄도 몰랐으며 택시란 존재도 알기만 할 뿐 어떻게 잡아타야 하는지 몰랐다. 아니, 설사 대중교통이나 택시를 이용한다 하더라도 그녀가 갈 곳은 아무 데도 없었다.

한참이나 그 자리에 멀뚱히 서 있던 고운은 치맛자락이 바닥에 쓸리는 것도 모른 채 자리에 털썩 주저앉았다.

쉽게 말해 그녀는 지금,

"길 잃었다!"

길을 잃은 상태였다.

✳

벌써 열두 통째였다. 본가의 전화번호가 찍힌 것도, 그리고 그가 전화를 무시하는 것도 열두 통째다. 그는 휴대전화를 뒤집어 시야에서 멀어지게 한 뒤 계속해서 회의를 진행했다.

"대헌리조트 건은 어떻게 되고 있습니까?"

"현재 제주도 쪽은 착실하게 진행 중에 있습니다. 그런데……."

"그런데?"

이 일의 총괄 팀장이 말끝을 흐리자, 그와 함께 종현의 얼굴도 굳었다. 팀장이 지금 얼굴을 굳힌다는 건 뭔가 일이 제대로 진행되고 있지 않다는 뜻이었다. 그가 표정을 구기자 주위에 있던 직원들이 화들짝 놀라 딸꾹질이 나오려는 것을 꾹 참았다.

이종현 사장.

그는 이 회장과 마찬가지로 대헌그룹 내에서 절대 권력을 가진 사람이었다. 날던 새도 떨어뜨린다는 그의 심기가 불편해지자 총괄 팀장이 서둘러 말을 이었다.

"땅 매입이 순조롭지가 않습니다."

"그게 무슨 말입니까. 지난주만 해도 순조롭게 모두 매입할 수 있을 거라 하지 않았습니까."

"그게……."

총괄 팀장이 막 말을 이으려던 찰나였다. 그의 뒤에 서 있던 이 비서가 휴대전화를 들어 종현에게 다가왔다. 종현이 날카로운 눈으로 그를 보았지만, 이 비서는 손을 흔들어 휴대전화를 받으라는 제스처를 취하였다.

"이 회장님이십니다."

"지금 회의 중인 것 안 보이십니까?"

종현의 목소리엔 고저가 없었다. 그는 회의 시간에 갑작스레 전화를 건네는 이 비서에게 화가 많이 난 듯했다. 하지만 이 비서는 다급한 목소리로 휴대전화를 그에게 더욱 가까이 들이밀며 말했다.

"그래도 꼭 받으셔야 할 것 같습니다. 이 회의와 무관하지 않은 내용입니다."

이 비서의 말에 종현의 입에서 깊은 한숨이 흘러나왔다. 도통 이해하지 못할 말이었지만, 사람들이 보는 앞에서 아버지의 전화를 무시할 순 없었다.

그러나, 전화를 받자마자 떨어지는 불호령에 종현의 이마가 구겨졌다.

-네 이 녀석!

"회의 중입니다."

딱딱한 그의 말에도 이 회장은 노발대발했다.

-꽃순이 아가씨를 호텔에 버리고 와? 니깟 게?!

꽃순이 아가씨?

그의 눈동자에 의아함이 서렸다.

"꽃순이 아가씨는 또 누굽니까."

-고운 아가씨 말이다! 김고운 아가씨!

"아⋯⋯."

그제야 꽃순이의 정체를 안 종현이 고개를 끄덕였다. 그의 짧은 말에 이 회장은 벼락같은 목소리로 외쳤다.

-아아? 꽃순이 아가씨를 데려다 준 은인만 아니었으면 서울 한복판에서 미아 되실 뻔했다! 당장 집으로 와! 안 그럼 리조트 건 없던 일로 생각하겠다!

끝까지 언성을 낮추지 않은 이 회장이 전화를 뚝 끊자, 종현의 미간에 주름이 졌다. 원래 즉흥적으로 행동하고 기분에 따라 쉽게 움직이시는 분이 아닌데 회의를 한다는 이야기에도 당장 소환령을 내리다니, 한숨이 나왔다. 이건 무조건 이 회장의 명에 따라야 한다는 뜻이었다.

임원들 또한 이 회장이 노발대발하는 것을 들었는지 얼굴색이 새파랗다.

요즘 이 회장이 종현의 후계자 행보를 마음에 들어 하지 않는다는 소문이 대헌그룹 내에 파다했다. 리조트 사업을 키우겠다는 종현의 의지와는 다르게 이 회장은 현재 있는 계열사로만 그룹을 운영하길 바랐고, 요즘 들어 그의 결정에 사사건건 관여하고 있었다.

실세와 예비 실세의 힘겨루기에 밑에 있는 직원들은 숨소리 하나 낼 수 없었고, 모두 긴장한 눈으로 종현을 보고 있었다.

종현은 제 앞에 있는 마이크를 끌어와 말했다.

"오늘은 여기까지 진행하겠습니다. 다음 주까지 토지 매입 완료하세요."

본의 아니게 짧게 회의를 마쳐야 하는 종현은 극도로 가라앉은 마음을 애써 숨기며 회의실을 빠져나갔다.

종현의 잘빠진 자동차가 고래 등처럼 큰 본가 앞에 멈춰 서자, 자동으로 주차장 문이 열렸다. 안은 이미 세 대의 차가 세워져 있었지만, 족히 네 대의 차를 더 주차할 수 있을 정도로 큼지막했다.

차에서 내린 그가 집과 연결된 계단을 올라 현관문 앞에 섰다. 그때 집 안에서 하하호호 웃음소리가 들려온다. 그러자 그의 날 선 예감이 쭈뼛 서며 그에게 서둘러 이곳을 벗어나라 종용한다. 하지만 그는 애써 강하게 번져 오는 불길한 예감을 억누르며 초인종을 눌렀고, 곧 오랫동안 집안일을 봐 온 명희가 문을 열어 주었다.

"도련님 오셨어요?"

"아, 네."

그가 답을 하는 순간, 집 안에서 낭랑한 목소리가 들려온다.

"어르신, 너무 감사합니다. 어르신이 아니었으면 큰일 날 뻔했어요."

맑은 목소리에 이어 그에겐 없을 것이라 생각했던 상냥함을 담은 이 회장의 목소리가 들렸다.

"아, 그 망할 자식……. 아아, 종현이가 아가씨를 호텔에 두고 오지만 않았으면 이런 일도 없었겠죠. 정말 죄송합니다, 아가씨. 다시는 이런 일이 없도록 그놈의 버르장머리를 확! 고쳐 놓겠습니다."

이 회장의 이야기를 듣던 종현의 미간이 찌푸려진다. 저자세를 취하는 이 회장의 모습은 너무 낯설다. 아니, 이상하게 느껴질 정도고 자신의 귀를 의심할 정도였다. 늘 상대를 찍어 누르는 권위로 직원들을 대해 온 이 회장의 입에서 저렇게 다정한 목소리와 말이 나오다니. 노인네가 드디어 노망이 든 건가?

"어르신, 말씀 편하게 하세요."

"아, 어떻게 편하게 할 수 있겠습니까?"

종현은 지금 이 상황을 이해하지 못해 한참이나 그 자리에 서서 둘을 보고 있었다. 왜 저 말도 안 되는 한복을 걸치고 있는 여자가 상전으로 보이고, 다른 사람들에게 존재만으로 벌벌 떨게 만드는 이 회장이 종놈 같은지.

이해하지 못할 상황에 그가 분위기를 파악하느라 한참 그들을 보고 있을 때, 뒤늦게 아들의 존재를 알게 된 마 여사가 한걸음에 달려와 종현의 등을 쓸어내렸다.

"아들, 왔어?"

마 여사의 말에 그제야 고운과 이 회장의 시선도 그에게로 향했다. 고운은 양 뺨을 붉힌 채 자리에서 벌떡 일어났고, 이 회장은 그를 탐탁지 않은 얼굴로 보더니 혀를 끌끌 찼다.

"뭘 잘했다고, 그렇게 **뻣뻣해?!**"

이 회장의 입에서 좋은 소리가 나올 리가 없다. 서울 한복판에서 고운을 버리고 갔으니.

이 회장은 잔뜩 화가 난 얼굴로 자리에서 벌떡 일어났다. 그리고 서재가 있는 방향으로 걸음을 옮기며 매서운 목소리로 말한다.

"이종현, 따라와라."

과일 접시를 가지고 들어왔던 고운이 고개를 꾸벅 숙이고 나가자, 참다못한 종현은 이 회장을 보았다. 여전히 고운 색감의 한복을 입고 있는 저 여자가 왜 본가에 있는지, 더욱 이 회장이 몇 번씩이나 보여 준 말도 안 되는 저자세에 대해 따져 물을 것이 많았다.

"이게 도대체 어떻게 된 일입니까?"

그의 물음에 이 회장은 예쁘게 깎여 있는 사과 하나를 날름 먹으며 말했다.

"그건 내가 물을 말이다. 아무리 그래도 그렇지, 꽃순이 아가씨를 호텔에 버리고 가?!"

"꽃순이 아가씨……?"

"그래!"

이 회장이 버럭 소리를 지른 뒤 화를 억누르기 위해 몇 번 심호흡을 크게 했다. 그 뒤 뻣뻣한 종현의 얼굴을 보며 말했다.

"귀히 여겨야 하는 분이다! 너같이 모자란 놈한테 주기 아까울 정도로! 내가 아들만 하나 더 있어도 너한테 찍어 붙이진 않았을 거야!"

이 회장의 말에 종현이 결국 참다못해 툭 말을 내뱉었다.

"도대체 저 여자랑 뭘 하라는 겁니까?"

"몰라서 물어?"

이 회장은 도대체 언제부터 네가 그렇게 멍청해졌냐며 혀를 끌끌 찼다. 이 회장은 더 이상 종현을 닦달하거나 하진 않았지만, 어두운 눈빛에 경고가 숨어 있었다.

"21세기에 결혼 때나 입을 법한 한복을 입고, 이상한 말이나 해대는 저 여자랑 지금 결혼이라도 하라는 말씀이십니까? 그럴 수 없습니다. 저 사람은……."

"저 사람이 아니라, 김고운이다. 꽃처럼 예쁜 아가씨고."

"……아버지."

종현의 낮은 음성엔 더 이상 참지 않겠다는 뜻이 숨어 있었다. 제 피를 이어받고 오랫동안 곁에서 지켜봐 온 아들의 속내를 모를 리 없는 이 회장은 작전을 바꾸기로 한 것인지 등을 의자에 기대며 제법 부드러운 분위기를 만들어 냈다. 그리고 허허 웃더니 날카롭게 눈을 빛내고 있는 냉랭한 아들의 얼굴을 보며 말했다.

"강원도에 리조트 들어설 땅, 누구 건 줄 알아?"

"네?"

뜬금없이 나온 말에 종현이 순간 당황해 되물었다. 하지만 이 회장은 가타부타 설명도 없이 계속 말을 이어 나갔다.

"꽃순이 아가씨 거다."

"……."

"본사 건물이 있는 강남 땅도, 사무실이 있는 청담동 땅도, 구미에 있는 공장 땅도. 모두 그때 꽃순이 아씨 아버님께 받은 것들이다. 지금의 대헌이 그분 때문에 있다 해도 과언이 아니란 말이야!"

이 회장이 벼락처럼 외쳤다. 그러자 종현 또한 꿀 먹은 벙어리가 되어 입을 다물었다.

그는 처음 듣는 이야기들이었다. 혹여 이 회장이 자신을 기만하는 것일지도 모른다. 그는 여전히 의심의 눈초리를 거두지 않으며 이 회장의 다음 말을 기다렸다.

아들의 생각을 정확히 읽은 이 회장이 말했다.

"대헌그룹의 주식 5%도 모두 꽃순이 아가씨 거다. 지난달 넘겼다."

그의 이야기가 이어질수록 종현의 얼굴이 새파랗게 질려 갔다. 부지의 문제는 둘째 치더라도 주식은 그냥 넘어갈 수 없는 부분이었다. 도대체 이게 어떻게 된 일인지 명확한 설명이 필요했다. 왜 그도 모르게 주식을 넘겼는지.

"뭡니까?"

그의 물음에 이 회장은 조금 심각한 표정을 지어 보였다. 일부러 만들어 낸 표정인 것처럼 보였으나, 지금은 그러한 걸 따지고 들 때가 아니었다.

"뭐긴 뭐겠냐. 생명의 은인 따님이시다."

"……네?"

"처음 대헌섬유를 했을 때 부도가 한 차례 왔다. 어떻게 막아 볼 수 없는 부도라 한강에서 뛰어내려 죽으려고 했어. 그때 그분을 만났다."

"……."

"젊은 사람이 왜 죽냐며 땅과 돈을 주더구나. 지금으로 쳐도 엄청난 액수였다. 그 돈을 그냥 줬어. 본인에겐 그저 쓰레기이고 짐일 뿐이라고."

"……."

"벌써 40년도 더 된 이야기다. 그때 그분의 도움이 없었으면 지금의 나도 없고, 너도 없고, 대헌도 없다."

난생처음 듣는 이야기에 종현은 놀란 듯 눈을 동그랗게 떴다. 그가 태어나기 전의 일이었으니 모르는 건 어찌 보면 당연한 것일지도 모른다. 그래서 이 회장의 입에서 나오는 말들을 순순히 모두 믿을 수가 없었다.

"믿을 수 없습니다."

아들의 성격을 잘 알고 있는 이 회장은 미리 준비해 둔 서류를 종현의 앞으로 내밀었다. 땅과 관련된 문서와 이 회장의 앞으로 되어 있던 주식의 5%를 양도했다는 서류까지.

그리고 마지막으로 변호사의 공증까지 받은 유언장을 아들의 앞으로 내민 이 회장은 진지한 얼굴로 말했다.

"모든 걸 아가씨에게 주고 떠날 작정이다. 회사 일에 직접적으로 관여를 안 하시더라도 평생 편히 살 수 있게 만들어 드릴 참이야. 꽃순이 아가씨가 커 온 과정을 모두 지켜봤다. 나에겐 딸이나 다름없는 사람이야."

"하지만 친딸은 아닙니다."

종현의 태클에도 이 회장은 말을 멈추지 않았다.

"그분의 금지옥엽이야. 지난달 지병으로 세상을 떠나던 순간까지 꽃순이 아가씨만 걱정하셨다. 그분께 난 약속했고."

"그래도 이건……."

종현이 토를 달려고 하자 이 회장은 재빨리 본심을 꺼내 놓았다.

"계산 빠른 놈이니 알 거다. 너도 평생 은인으로 모시고 살아야 한다. 그렇지 않으면 꽃순이 아가씨를 호적에 올려 대주주로 만들

27

생각이야. 이건 네 엄마도 동의했다."

"……."

마 여사까지 동의를 했다는 말에 종현은 더 이상 뭐라 말할 수가 없었다. 이미 마음을 굳힌 듯 옹고집처럼 입을 굳게 다물고 있는 이 회장을 보자 속에서 깊은 한숨이 끓어올랐다.

원래 그녀의 것이니 모두 돌려주겠다. 그러니 회사를 안정적으로 운영하고 싶으면 그 여자와 결혼하라 이건가? 그는 밖에서 들려오는 웃음소리에 무심한 얼굴로 물었다.

"아내냐, 동생이냐, 선택하라는 겁니까?"

그의 질문에 이 회장의 얼굴이 종잇장처럼 구겨졌다.

"이놈의 자식, 동생이라니!"

"……네?"

"너보다 한 살이나 많다!"

그 말에 종현의 얼굴이 순간 멍해졌다. 하지만 이 회장은 그의 사정 따윈 봐줄 마음이 없는 듯 이어 소리친다.

"선택은 네놈이 해! 더 이상 강요하지 않겠다!"

이 이상 어떻게 강요할 수가 있겠는가.

결혼은 어차피 사업의 일환이라 생각했다. 거래를 가족이랑 하게 될 줄은 몰랐지만…….

종현은 고개를 끄덕이며 자리에서 일어나며 말했다.

"결혼하겠습니다."

"그래? 그럼 지금 아가씨에게……."

"이 뒷이야기는 제가 직접 하겠습니다."

그의 굳은 얼굴에 이 회장은 헛기침을 큼큼 뱉더니 고개를 끄덕였다.

"그래, 너희 일이니 이젠 알아서 해야겠지. 하지만 종현아, 이건 기억해라."

"뭘 말씀이십니까?"

"아가씨에게 실례되는 짓은 절대 하지 마. 이건 부탁이 아니라 경고다."

너무 깊숙한 곳까지 관여를 한 것은 아닐까, 생각해 보았지만 이 회장은 서재 문을 열고 나서는 아들의 뒷모습을 보며 절레절레 고개를 저었다.

"이 정도는 해야 저 녀석이 말을 듣지."

성큼성큼 먼저 나가 버리는 아들의 뒤를 따라 나온 이 회장은 곧장 현관으로 향하는 종현의 모습을 보았다. 마 여사와 고운까지 현관 앞에 서서 종현을 잡으며 이야기를 나누고 있었다.

"기다렸다가 저녁 먹고 가지 그러니?"

"생각 없습니다."

서늘한 표정으로 말한 종현은 마 여사에게 꾸벅 인사를 한 뒤 고운에게는 시선도 주지 않은 채 곧장 문을 열고 나가 버린다.

쾅!

닫힌 문을 보던 고운은 우울한 목소리로 속삭이듯 말했다.

"사장님은 절 싫어하는 것 같아요……."

이 회장과 마 여사는 서로의 눈치만 살필 뿐 아무런 말도 할 수가 없었다. 저렇게 냉랭한 모습이니 고운에게 그 어떠한 위로를 건네더라도 상처받은 그녀의 얼굴은 지울 수가 없을 것 같았기 때문이다.

제2장
우리 결혼해요?

"된장찌개는 아가씨가 끓이셨습니까?"

이 회장의 말에 고운은 얼굴을 붉히며 고개를 끄덕였다. 그러자 이 회장은 다시 한 번 기쁜 마음으로 찌개를 한 입 더 떠먹은 뒤 고개를 끄덕였다.

"역시 아가씨 솜씨를 따를 사람은 없죠."

"과찬의 말씀이세요, 어르신. 그리고 말씀 편히 하세요. 제가 마음이 편치 않아요."

고운의 말에 이 회장은 잠시 무언가를 생각하는 듯하더니 이내 고개를 끄덕였다. 그리고 손을 뻗어 고운의 거친 손을 맞잡으며 말한다.

"그럼 그럴까?"

"네, 어르신."

고운의 얼굴에 미소가 번졌다. 제 아버지 또래의 분이 높여 말하니, 영 부담스러웠던 것이었다. 이제라도 편히 대해 준다니 조금 더 편해진 마음으로 고운 또한 수저를 들었다.

이 회장이 식사 중인 고운을 어두운 시선으로 보다가 남들이 모르게 한숨을 속으로 삼킬 때였다. 조용히 식사를 마친 고운이 수저를 내려놓는 이 회장을 따라 식사를 마친 뒤 싱긋 웃었다.

"절 돌봐 주실 분이 싫다 하셨으니, 이만 집으로 내려갈까 해요, 어르신."

"아니, 고운아, 그게 무슨 말이야?"

이 회장이 놀라 물었다. 그러자 고운은 지난밤 고심을 한 끝에 내린 결정이라는 듯 말했다.

"언제까지 어르신 댁에 머물 수도 없는 일이고, 절 돌봐 주시기로 한 분께서 그리 말씀하셨으니, 저도 제 집으로 돌아가야죠. 그곳에 아버지의 묘도 모셨고 또……."

"그건 절대 안 돼."

"어르신……?"

결사반대를 하는 이 회장의 모습에 고운이 커다란 눈을 깜빡였다. 눈망울은 놀란 듯 흔들리고 있었다.

"그 험한 산중에 홀로 어떻게 있겠다는 말이야? 그냥 여기서 나와……."

부녀 사이처럼 살지 않으련? 내 아들과 결혼해서.

이 회장이 그리 말을 하려고 했다. 아직 고운에게는 결혼의 결자도 꺼내지 못한 상태라 좋은 기회라 생각했기 때문이다. 하지만 갑작스레 등장한 남자가 이를 방해했다.

"식사하고 계셨군요."

부엌으로 들어온 종현이 허리를 숙여 인사한 뒤 화들짝 놀란 이 회장과 눈을 마주하며 말했다.

"식사 끝나셨으면 김고운 양과 이야기 좀 나눠도 됩니까?"

"아, 그게 아직……."

이 회장이 더듬더듬 말을 내뱉었다. 아직 고운에게 제대로 된 설명을 해 주지 못했으니 기다리라 말을 하려 했다. 하지만 그는 이 회장의 답을 끝까지 듣지 않고 고운에게 곧장 시선을 돌린 뒤 말했다.

"잠시 시간 좀 내주시죠."

그의 말에 고운이 자리에서 일어나며 고개를 끄덕였다.

"어르신, 다녀올게요."

"어? 아아."

이 회장이 고개를 끄덕였다. 그러자 고운은 치맛자락을 잘 여민 뒤 종현의 앞에 섰다. 그가 차가운 눈으로 자신을 내려 보고 있음에도 그녀는 만면에 미소를 머금은 채 말했다.

"어디에서 이야기할까요?"

"나가서 이야기하시죠."

"네, 그럼 채비하고 올게요."

총총걸음을 옮겨 자신의 방이 있는 곳으로 사라지는 고운의 뒷모습에서 시선을 떼지 못하고 있던 종현은 의자를 끌며 자리에서 일어나는 이 회장을 보았다. 이 회장은 일부러 그의 시선을 끌어오기 위해 크게 헛기침을 한 뒤 말했다.

"부드럽게 이야기해야 해, 부드럽게."

"그건 제 마음입니다."

차가운 목소리만큼이나 칼날처럼 날카로운 눈매. 원하는 바를 얻기 위해선 제 표정을 숨기고 앞뒤 가리지 않는 냉철한 아들놈이었으나 어쩔 수 없는 현실에 놓여 자신의 뜻과 다른 길을 선택하게 되니, 평소에 쓰고 있던 가면도 벗어던지고 있었다.

"쯧쯧, 뻣뻣한 놈. 그러다 큰코다칠 게다."

그의 앞에선 '알았다' 고 말할 법도 하건만, 어찌 저렇게 뻣뻣하게 구는 건지.

이 회장의 못마땅한 말에 미간을 찌푸린 종현이 삐딱하게 서 있던 몸을 바르게 했다. 그리고 그의 뒷말에 덧붙여진 의미를 물었다.

"무슨 말이십니까."

"말 그대로다."

짧게 말한 이 회장이 얼굴을 굳히며 말했다.

"이야기 끝나면 아가씨를 이곳까지 잘 모셔다 드려야 할 거다. 또 한 번 예전과 같은 일이 있으면 그땐 내가 가만히 있지 않을 거야."

획 하니 돌아서는 이 회장의 뒷모습에 대고 피식 웃음을 내뱉은 종현이 느른하게 풀어진 입술 위로 조소를 머금으며 말했다.

"알아서 하겠습니다."

그의 이야기에 이 회장의 발걸음이 멈칫했지만 곧장 서재로 들어가 버린다. 더 이상 그와는 이야기할 의사가 없다는 뜻이었다.

✳

고운은 신기한 눈으로 차 밖의 세상을 보고 있었다. 높다란 건물들이 즐비한 도시의 중심, 셀 수 없이 많은 차들. 그리고 세상 밖으로 모두 쏟아져 나온 것처럼 많은 인파들. 조금 이른 시각의 강남은 직장인들과 볼일이 있어 온 사람들로 인해 생기가 돌았다.

그리고 이 모든 것을 처음 본 고운은 연신 눈을 깜빡이며 작은 차창 속 세상에 호기심을 느끼고 있었다.

우와, 집이 참 높다.

우와, 사람들 진짜 많다.

우와, 서울은 젊은이들이 많구나.

속으로 연신 감탄을 터뜨리며 그녀가 정신을 차리지 못하고 있을 때였다.

그는 10분째 자신이 보고 있다는 것도 눈치채지 못한 채 어린애처럼 연신 감탄을 터뜨리는 이상한 여자를 보았다. 여자 선 자리에 입고 나왔던 한복이 콘셉트가 아니었다는 듯 오늘도 개량한복을 입고 낮은 운동화를 신고 있었다.

잡티 하나 없는 새하얀 얼굴과 호기심에 반짝이는 커다란 눈동자, 조금 낮은 콧날과 살짝 벌어져 있는 도톰한 핑크빛 입술. 전형적인 미인상이었지만 그녀가 지금 짓고 있는 어리바리한 표정과 놀라움에 놀라 벌어진 입술 때문인지 그는 단순히 예쁜 여자에 대한 호기심보다, 이 여자에 대한 호기심부터 들었다.

가만히 그녀를 보고 있던 종현은 차가 한 건물 앞에 부드럽게 멈추자 서늘하게 말했다.

"내리세요."

"여기서 이야기를 하나요?"

사람들이 연신 빙글빙글 돌리고 있는 회전문을 놀란 눈으로 보던 고운이 물었다. 건물은 최신식 건물이었고, 홍콩에 있는 빅토리아 빌딩을 설계한 차이코프가 지은 것이었다. 다른 사각틀의 빌딩보다 더 요상한 형태를 지니고 있는 건물을 바라보던 고운은 곁에서 들려오는 목소리에 고개를 돌려 종현을 보았다.

"네."

짧고 서늘한 목소리에 고운이 눈을 깜빡였다. 그는 시간을 지체하는 자신이 마음에 들지 않는다는 듯 연신 손목시계를 보고 있었다. 고운은 운전석에서 내렸던 기사가 차를 빙 돌아 문을 열어 주자 더듬더듬 두려운 세상 밖으로 발을 내디뎠다.

종현은 차에서 내리자마자 일언반구도 없이 먼저 건물 안으로 걸음을 옮겼다.

이곳은 작은 대한민국이라 불리는 대헌그룹의 본사였다. 1층 로비는 지나치게 모던하고 심플했지만, 각 층별로 나누어져 있는 부서 사무실의 경우엔 그 부서의 특색에 맞춰 꾸며 놓은 특별한 공간이었다.

차가운 대리석으로 만들어진 곳에 허름한 신발이 자국을 남긴다. 자신에게 향하는 관심과 종현을 향해 인사를 건네는 사람들의 모습에 고운은 긴장한 눈으로 침을 꼴깍 삼켰다.

어미 닭을 쫓는 새끼 병아리처럼 그의 뒤만 졸졸 따라가던 고운은 혹여나 그를 놓칠세라 신기한 주위 환경에 시선을 주지도 않은 채였다. 임원용 엘리베이터 앞에 멈춘 그는 비밀번호를 누른 후 엘리베이터에 올랐다. 그리고 자신을 멀뚱히 바라본 채 탈 생각이 없는 고운을 향해 미간을 찌푸리며 말했다.

"그런 표정 짓지 말고 얼른 타세요."

"……여긴 어디예요?"

답답할 만큼 여자는 이것저것 물어 대고 있었다. 종현은 닫힘 버튼을 누르지 않아 여전히 활짝 열린 엘리베이터 안에서 말했다.

"대헌그룹 본사입니다."

"대헌그룹이요?"

그게 뭔가요? 라는 표정이었다. 그녀의 말에 그는 기가 차 입을 꾹 다물었다.

여자는 초등학생만 되어도 알 법한 대헌그룹을 모르고 있었다. 그래, 그럴 수도 있다. 이 여자가 오지에서 텔레비전도, 냉장고도, 가스레인지조차도 사용하지 않는 생활을 했었다면. 그래, 그렇게 이해해 줄 수도 있다. 하지만 그녀가 방금 전까지 이 회장의 사가에 묵었다 생각하면 말이 달라진다.

"아버지께 아무것도 듣지 못하셨습니까?"

"어르신한테요?"

"그렇습니다."

"네……."

고운이 말끝을 흐렸다. 그에 맞춰 눈빛 또한 흐려진다. 그녀는 마치 감당하지 못할 만큼 엄청난 이야기를 들은 사람처럼 굴고 있었다.

후, 하고 한숨을 내뱉은 종현이 팔짱을 끼며 말했다.

"당신이 방금 전까지 묵었던 곳은 대헌그룹 본가였죠. 당신이 어르신이라 부르는 사람은 대한민국 전자, 건설, IT, 자동차, 호텔 사업에서 독보적인 존재인 이주현 회장이고요. 그리고 지금부터 우리는 제 사무실로 올라가 앞으로의 일에 대해 이야기할 예정입니다."

"……."

회장…… 회장…….

회장이라면 엄청 높은 자리에 있는 사람이 아닌가? 고운이 충격을 받은 얼굴로 입술을 벌렸다. 이 회장은 그녀에게 있어 고마운 어르신 그 이상도 이하도 아니었다. 어릴 적 선물을 한 보따리 싸와 그녀에게 안겨 주던 고마운 분. 아버지가 돌아가셨을 때 누구보다 슬퍼해 주시던 분. 아버지의 유일한 친구.

그녀에게 이 회장은 돈이 많은 회장님이 아니라 아버지 같은 분이었다. 그분은 그녀에게 단 한 번도 부를 자랑한 적이 없었다.

고운이 혼란스러운 눈으로 종현을 바라보자 그는 손목시계를 손가락으로 툭툭 두드리며 짜증스런 기색이 가득 담긴 목소리로 말했다.

"더 이상 궁금한 것은 없겠죠? 그러니 얼른 타세요. 시간 허비하지 말고."

종현의 서늘한 눈빛에 멈춰 있던 발걸음이 안으로 향한다. 자신의 곁에 고운이 서자 그는 그제야 닫힘 버튼을 눌렀다. 엘리베이터는 순식간에 위로 향하고 그의 집무실이 있는 32층에 멈췄다. 문이 열리자 엘리베이터가 움직이는 순간 비서실로 연락이 가게 되어 있어 그의 개인비서 세 명이 허리를 숙인 채 그를 맞이하고 있었다. 그 모습을 놀란 눈으로 바라보던 고운은 곁에 있는 종현이 작게 고개를 끄덕인 후 엘리베이터에서 내리자 뒤따라 내렸다.

그는 이런 융숭한 대접이 익숙한 사람으로 보였다. 어색해 몸이 배배 꼬이는 그녀와는 달리.

집무실 문이 열리고 곧 널찍한 공간이 드러났다. 종현은 사무실에 도착하자마자 익숙한 듯 외투를 벗어 따라온 비서에게 건네며 말했다.

"차를 준비해 주세요."

"알겠습니다, 사장님."

허리를 숙여 인사한 젊은 여비서가 나가는 것을 멀뚱히 바라보던 고운은 자신의 책상에서 흰 서류를 가져다 소파에 앉는 종현을 보았다.

"앉으세요."

그가 차갑게 일갈하자 그녀가 걸음을 옮겨 기다란 소파에 조심스레 엉덩이를 내렸다. 낡은 치맛자락을 연신 만지작거리던 고운은 방금 전 나갔던 여비서가 들어와 자신과 종현의 앞에 고급스런 잔을 내려놓는 것을 멍하니 본다.

깜빡깜빡, 눈이 빠르게 떠졌다 감긴다. 지금 자신에게 일어난 모든 일들에 혼란을 느끼듯 그녀는 멍한 얼굴이었다.

"10시부터 업무 회의가 있습니다."

"네, 알겠습니다."

두 사람이 빠르게 말을 주고받았다. 여비서는 제 할 일이 끝났다는 듯 허리 숙여 인사한 뒤 쟁반을 들고 나갔다.

달칵, 작게 문이 닫히는 소리가 스위치가 되어 고운의 얼굴이 종현을 향했다.

그는 정갈한 동작으로 차를 마시고 있었다. 행동은 군더더기 없이 깔끔했다. 소리 내지 않고 찻잔을 내려놓은 종현은 들고 있던 종이를 그녀에게 건네며 말했다.

"읽어 보십시오. 혹 문제가 되는 문항이 있으면 오늘 이 자리에서 수정하는 걸로 합시다."

감정이 묻어나 있지 않은 목소리는 마치 사업 석상에 서 있는 오너의 모습이었다. 강압적인 분위기에 고운은 종이를 받아 들어 적힌 내용을 눈으로 빠르게 훑었다. 온통 알아 들을 수 없는 말만 가득 적힌 종이였다.

"차후에 생길지도 모를 재산 분할 문제에 대해 적혀 있습니다.

더욱이 사생활 노출을 해서는 안 되기 때문에 가정에서 일어나는 모든 가정사에 대해 함구하겠단 내용도 적혀 있죠."

종현이 계약서에 적혀 있는 내용에 대해 간략하게 설명해 주었다. 그러자 고운의 눈이 종이에서 떨어져 그로 향했다.

"서명하시면 오늘부터라도 당장 결혼 준비를 하겠습니다."

"……네?"

고운이 멍한 표정을 짓자 오늘 수없이 많은 화를 참아 냈던 그의 얼굴이 결국 와자작 찌푸려졌다.

"결혼에 대해서도 모릅니까?"

"네."

"아버지께서 언질도 없으셨단 말입니까?"

"……네."

그의 얼굴이 점차 살벌하게 변해 가자 고운이 입을 꾹 다물었다.

"도대체 아는 것이 뭡니까?"

대헌그룹에 대해서도 아버지에 대해서도, 그리고 결혼에 대해서도. 그녀는 아무것도 모르고 있었다. 무지해도 이렇게 무지할 수가 있을까.

종현이 화를 내자 고운은 들고 있던 종이를 테이블 위에 놓아둔 뒤, 두 손을 가지런히 무릎 위에 올려 두었다.

"그러니까 설명해 주세요."

그녀의 얼굴이 차분해졌다. 방금 전까지만 해도 멍청하게 짓고 있던 표정은 모두 자취를 감춘 뒤였다.

"우리 결혼해요?"

"……."

"왜요? 전 어르신께 사장님이 절 돌봐 주실 거란 이야기만 들었어요. 어려서 어머니를 여의고, 최근 아버지까지 돌아가셔서 사고무인(四顧無人:주위에 사람이 없어 쓸쓸함)한 저에게 좋은 분이 되어 주실 거라고요. 결혼이란 말은 전혀 듣지 못했어요."

고운이 그의 눈을 똑바로 마주하며 말했다. 그녀가 알고 있는 것은 이것이 전부였다. 그가 얼마나 알고 있냐 물었으니 솔직히 말했다.

그런 뒤 그가 제안한 일에 대한 거절을 위해 빠르게 말을 이었다.

"결혼이라고 하면 백년해로(百年偕老)할 수 있는 두 사람이 만나 가정을 꾸리는 일이라, 아버지께 배웠어요. 하지만 전 사장님에 대해서 전혀 모르고, 이런 종이에 적힌 이상한 말에 서명을 해 함께 가정을 꾸리고 싶은 마음은 없습니다."

방금 전까지만 해도 어리바리했던 고운이 빠르게 제 의견을 털어놓자 딱딱하고 차가웠던 그의 얼굴이 일그러졌다. 이렇게 말이 많은 사람이 방금 전까지 놀란 얼굴로 아무 말도 못 한 채 앉아 있느라 얼마나 답답했을까. 그의 입가에 조소가 머물렀다.

그의 비틀린 웃음을 모를 리 없는 고운은 꼭 쥐고 있던 손을 풀며 한숨을 내뱉었다. 그리고 혼란스러운 눈빛으로 가득했던 눈동자를 텅 비우고, 모든 사태에서 한 발자국 물러나겠다는 듯 말했다.

"어르신과 이야기를 나누겠습니다. 전 이만 가도 될까요?"

그래, 우선은 어르신과 이야기를 나누는 게 우선이야. 이 모든 일들이 어떻게 된 일인지 자초지종을 물은 뒤 거절해야 해.

고운이 행동으로 보이듯 자리에서 일어났다. 그러자 종현은 구겨져 있던 얼굴을 부드럽게 풀며 세우고 있던 허리를 소파에 편히 기대었다. 그런 뒤 손을 들어 제 시선을 가리며 허탈한 듯 웃었다.

"하, 하하⋯⋯."

제 이야기가 끝나지도 않았는데 자리부터 박차고 일어나는 무지한 여자.

종현은 방금 전까지만 해도 답답했던 가슴이 용암처럼 들끓는 것을 느꼈다. 자신의 웃음에 눈살을 찌푸리는 고운을 보며 그가 천천히 자리에서 일어났다. 그리고 그녀와 시선을 똑바로 마주하며 삐딱하게 웃었다.

"재미있는 여자네."

"뭐가요?"

고운이 반짝이는 눈을 깜빡이며 물었다.

"백년해로?"

"네, 부부란 자고로⋯⋯."

고운이 입술을 달싹일 때였다. 하지만 그는 더 이상 그녀의 말을 듣고 싶지 않다는 듯 손을 들어 말을 막았다.

"그래, 백년해로 좋지. 계약서에 문구를 추가하지. 절대 이혼은 없다고."

"모순당착(矛盾撞着:같은 사람의 문장이나 언행이 앞뒤가 서로 어그러져서 모순됨)이세요."

그는 마치 백년해로의 뜻도 모르는 멍청이처럼 굴고 있었다. 그래서 평소 화를 낼 줄 모르는 그녀가 굳은 얼굴로 말했다. 이에 그는 팔짱을 끼며 삐딱하게 고운을 내려다보았다. 마치 최상위 포식자처럼 여유로운 모습으로.

"그래서 나랑 결혼할 수 없다?"

"네."

즉각 들려온 답에 그가 작게 웃음을 뱉었다. 하지만 웃음과 달리 그의 얼굴은 딱딱하게 굳어 있었다. 그는 마치 어린아이를 놀리는 어른처럼 말했다.

"그런데 이걸 어쩌지? 난 너랑 결혼을 해야 하는데."

"네, 네?"

고운이 말을 더듬자 그제야 굳어 있던 그의 얼굴이 느른하게 풀린다.

"이 일에 있어 당신의 의견은 중요하지 않아. 당신이 가진 땅, 주식이 중요할 뿐이지."

"……."

"그것도 모르고 있는 것 같군. 그건 아버지에게 들어."

무시하는 듯한 어투에 그녀가 입술을 깨물었다. 예쁜 색감이던 도톰한 입술이 순간 새하얗게 질리자 그는 진정 즐겁다는 듯 입술에 부드럽게 호를 그리며 말한다.

"그리고 다음에 만날 땐, 내 말에 이의 달지 마. 정말 화나니까."

"예의가 없는 분이시군요."

참다못한 고운이 말했다. 그 뒤 안하무인인 그와는 더 이상 이야기하고 싶지 않다는 듯 몸을 돌렸다. 문으로 터벅터벅 걸음을 옮기는 그녀는 얼른 이곳에서 벗어나 이 모든 일을 숨기고 있던 이 회장을 만나야겠다는 생각만 하고 있었다.

손을 뻗어 문손잡이를 잡은 고운은 뒤에서 걸음을 옮기는 소리와 함께 고저 없는 목소리가 들려오자 행동을 멈췄다.

"이 비서 차 타고 가도록 해. 또 길 잃지 말고 말이야."

고운이 눈을 질끈 감았다. 따귀나 휘갈겨 주면 좋으련만. 손을 부들부들 떨던 고운이 화를 참은 뒤 커다란 문을 열고 밖으로 나갔다.

달칵, 조용히 문이 닫혔다.

✳

좋은 사람이라 생각했다. 도움이 필요한 사람에게 도움의 손길을 내미는 그런 사람. 동화책에 나온 키다리 아저씨처럼 아주 고운 마음씨를 가진 사람이라, 그녀는 생각했다.

하지만 그런 그녀의 예상은 모두 빗나갔다. 그는 나쁜 사람이었다. 사람의 의견을 묵살하고, 이상한 소리만 해 대는 나쁜 사람! 그런 사람에게 잘 보이려고 아버지가 예쁘게 지어 주신 한복과 꽃신을 신고 나갔었다니! 그런 남자가 자신을 싫어한다 생각해 의기소침해졌었다니! 고운은 과거 자신이 했던 행동과 생각에 심통한 표정을 지었다.

"혹부리 영감보다 더 나쁜 사람이었어."

이 회장에게 들었던 그와 현실의 그는 엄청난 갭을 가지고 있었다. 이 회장은 자신의 아들을 표현하길, 앞으로 고운을 돌봐 줄 사람이라 했다. 이 회장의 유일한 자식이라 했고, 앞으로 그녀가 서울 생활에 적응할 수 있도록 크나큰 도움을 줄 사람이라 했다. 늘 곁에 있으며 오래전 서울을 떠나온 그녀를 돌보아 줄 것이라고.

하지만 고운이 판단하기에 그는 자신이 편히 생활할 수 있도록 도와줄 사람은 아닌 듯했다. 차갑고 감정이 없는 눈빛이 그리 말하고 있었으니까.

최근 건강이 좋지 않아 모든 업무를 서재에서 보고 있는 이 회장이었기에 고운은 집에 도착하자마자 곧장 서재로 향했다. 그리고 두껍게 쌓인 서류들을 검토 중이던 그는 노크 소리와 함께 허락이 떨어지자마자 들어오는 고운의 모습에 자리에서 일어났다. 어두운 그녀의 표정을 보자 무슨 일이 일어나도 단단히 일어났다는 것을 알 수 있었으니까.

잠시 후 두 사람은 서재 한쪽에 놓여 있는 소파에 마주 앉았다. 이 회장은 고운의 표정만 살피고 있었고, 그녀는 생각에 잠겨 관찰하는 그의 시선을 미처 눈치채지 못했다.

한참 입술을 다물고 있던 그녀가 시선을 들어 이 회장을 보았다. 생각이 정리되었는지 눈빛은 또렷했고 곧았다.

"이 회장님, 오늘 사장님에게 이야기를 들었어요. 제가 그분과 결혼을 하나요?"

가장 먼저 물어볼 말은 이것이었다. 그의 입에서 나온 것 중 가장 궁금한 이야기였으니까. 그녀의 말에 이 회장은 천천히 끄덕이며 말했다.

"미안하다, 먼저 말을 했어야 했는데, 아들이 잘 설명해 줄 거라 생각하고 말하지 않았다. 그 아이가 말하는 것이 좋겠다, 판단하였으니까."

그가 판단하는 데 빠뜨린 것은 아들 녀석의 싹수가 아주 노랗다는 것 정도였다.

"고운이 네가 내 딸은 되지 않겠다고 했잖아. 그러니 아들과 결혼을 하면 한 가족이 될 수 있을 거라 생각했단다."

"하지만 제게 먼저 말씀해 주셨어야 했어요."

꽃처럼 예쁜 마음을 가진 꽃순이 아가씨, 고운이 눈살을 찌푸리자 이 회장은 자신도 함께 그녀와 비슷한 표정을 지었다.

뻣뻣한 아들 녀석이 결국 고운을 설득하지 못한 듯했다. 아니, 설득은 둘째 치고 오히려 사태를 악화시킨 것이 분명했다.

그는 애잔한 눈으로 고운을 보았다. 표정은 방금 전과 180도 달라져 있었다. 그리고 바뀐 표정만큼이나 바뀐 호칭과 말투로 그녀를 보며 조심스럽게 운을 뗐다.

"꽃순이 아가씨."

"아가씨라니요, 어르신. 그냥 편하게 고운아라고……."

고운은 그가 '꽃순이'라 부르는 것을 정정하지 않았다. 정정한 것이 있다면 '아가씨'라는 표현뿐이었다. 어머니의 뱃속에 있을 때 태명이 '꽃순이'였고, 아버지 또한 생전에 꽃순이라 불렀기에 그 호칭이 어색하진 않았다.

이 회장은 고운의 말이 끝나기도 전에 말했다.

"전 태우 형님께 목숨을 빚진 사람입니다. 그분이 꽃처럼 어여쁘 여기던 아가씨를 걱정하며 눈을 감았을 때 약속했습니다. 무슨 수를 쓰든 아가씨를 지키겠다고."

김태우, 그는 고운의 친부이자 세상을 뜬 망자였다. 평생 그녀를 홀로 키운 사람. 그녀는 아버지의 생각에 눈빛을 흐렸다. 아버지의 이름만 들어도 벌써부터 눈에 눈물이 고였다.

"아가씨, 근데 저도 살날이 얼마 남지 않았습니다. 세상에 홀로 아가씨를 두고 저 홀로 편히 눈을 감을 수 있겠습니까? 위에서 기다리고 있을 형님을 볼 면목이 없어 죽어도 눈을 감을 수 없을 겁니다."

"어르신……."

고운의 목소리가 파들파들 떨렸다. 슬픔이 그득한 목소리, 눈빛은 그녀가 아직도 아비의 죽음에서 벗어나지 못했다는 것을 단적으로 보여 주고 있었다. 그녀의 모습에 이 회장이 애잔한 눈빛으로 말했다.

"그러니까 한 번만 생각해 주세요. 아들 녀석이 어릴 적부터 부족함 없이 모든 걸 누리고 살았더니 좀 뻣뻣하긴 합니다."

그리고 싸가지도 없고. 뒷말을 웅얼거리듯 말한 이 회장이 말을 이었다.

"그 녀석이 경우 없게 굴었다면 내가 혼을 내서라도……."

표정을 굳히며 하는 말에 고운은 작게 고개를 저었다.

"어르신께서 수양딸이 되어라 말씀하셨을 때 거절한 건 굳이 호적으로 묶일 필요가 있을까, 싶어서였어요. 어르신의 곁에 있으며 딸 노릇을 하면……."

"아가씨, 그건 아주 순진한 생각이십니다."

"그게 무슨 말씀이세요?"

"아가씨가 있었던 행원산과 이곳은 너무 다른 곳이에요. 제가 죽으면 서로 아가씨가 가진 것들을 빼앗으려 혈안이 될 겁니다. 그 땐 저도 이 세상에 없는데, 어떻게 아가씨를 지켜 줄 수 있겠습니까?"

이 회장은 요즘 들어 하루가 다른 몸을 기억하며 말했다. 자신이 죽으면 꽃순이 아씨는 누가 지킨단 말인가? 그녀의 곁엔 아무도 없게 된다. 마 여사가 그녀를 돌본다 해도 그 한계가 있을 것이다.

하지만 고운의 생각은 다른 것인지 그녀가 서둘러 말했다.

"어르신, 저도 제 한 몸은 책임지고 살 수 있……."

그 말에 이 회장이 고개를 저었다.

"아닙니다, 아가씨. 이곳은 아가씨가 생각하시는 것만큼 호락호락한 세계가 아닙니다."

"제 배움이 짧아서인가요?"

초등학교만 겨우 나온 고운이 그리 물었다. 그러자 이 회장은 펄쩍 뛰며 아니라는 듯 온몸을 저어 대며 부정했다. 그러자 슬펐던 그녀의 눈망울이 흔들렸다. 더 큰 부정이 긍정으로 다가왔기 때문이다.

그녀의 표정에 이 회장이 천천히 말을 꺼냈다.

"아가씨가 너무 착해섭니다."

"예……?"

"누군가를 의심할 줄도 모르고 순박하시기도 합니다. 행원산에서 자란 아가씨는 세상이 얼마나 험한지도, 세상의 순리가 어떠한 것인지도 모르시지 않습니까."

태우와 고운이 왜 첩첩산중에 들어가 칩거하듯 살아갔는지 이유를 알고 있는 이 회장이 눈빛을 흐리며 말했다. 사람과의 교류도, 세상의 문물도 전혀 받아들이지 않은 채 두 사람만 서로를 의지하며 살아갔다.

"아들과 결혼이 싫으면 지금이라도 제 딸로 호적에 올리는 건……."

"제게 부모님은 아버지뿐이에요."

고운이 단호하게 말했다. 그녀에게 부모란 아버지 김태우뿐이었다. 어머니는 기억이 모두 날아가 부모라 부르기 어려웠지만, 성심을 다해 그녀를 돌본 아버지는 세상에서 가장 특별한 사람이자 부모였고, 친구였으며, 세상의 전부였던 사람이었다.

"후우……."

"어르신이 말씀하신 건 조금 더 시간을 두고 생각해도 될까요?"

47

"좋습니다, 아가씨."

짧게 말한 이 회장이 상석 옆에 놓여 있는 작은 협탁 안에서 두 터운 파일 하나를 꺼내 고운의 앞으로 내밀었다. 투명한 파일 안에는 서류와 함께 통장 세 개가 들어 있었다. 이 회장이 미리 준비해 둔 것들이었다.

현금과 부동산 서류, 그리고 주식에 관련된 문서들.

이미 대헌그룹 담당 변호사를 통해 모두 고운의 앞으로 돌려놓은 엄청난 재산이었다.

그녀의 무기가 되어 줄 것들.

처음에는 아들놈을 골탕 먹이기 위해 준비한 것들이었지만 지금은 아니었다. 이것들은 고운을 앞으로 지켜 줄 방패이자 칼이 될 것이다.

"이게 뭔가요?"

고운이 눈을 깜빡이며 물었다. 생전 처음 통장이란 것을 본 그녀가 한눈에 그것의 정체를 알 수 있을 리 만무했다. 이 회장은 부드럽게 미소 지으며 말했다.

"예전에 형님께 빌린 것들입니다. 거기에 조금 이자를 쳐서 갚는 거지요."

"어르신, 받을 수 없……."

"받아 주세요, 그래야 제 속이 편할 것 같습니다."

이 회장이 눈살을 찌푸렸다. 화가 나거나 짜증이 나서 찌푸린 것이 아니었다.

"태우 형님이 서울 생활을 할 때 기업을 모두 팔아 현금화한 돈을 제가 받았다는 것은 알고 계시죠? 그걸로 지금의 부를 축적할 수 있었습니다. 그것들에 비하면 이것은 아주 약소한 것입니다."

"아…… 아주 높은 자리에 있던 회장님이었을 때요?"

고운은 우연히 아버지에게 들었던 과거를 떠올리며 물었다. 그러자 이 회장은 작게 고개를 끄덕인 뒤 앞으로 그녀가 하길 바라는 것들을 읊기 시작했다.

"이곳에서 교과 수업도 정식으로 배우고, 중고등학교 검정고시도 치고 원하시면 대학도 다니세요. 좁은 세상에서 벗어나 넓은 세상을 보길 원합니다, 저는."

그로 인해 그녀가 과거의 일을 알게 되어 상처받게 된다면 안 되겠지만, 그래도 이 회장은 그녀가 현대 21세기 사람처럼 살기를 원했다. 그리고 이 모든 것들은 가끔 그가 태우의 집을 방문할 때 그녀가 말했던 것들이기도 했다.

"세상 밖에는 학교라는 것들이 있다지요?"

"아가씨가 그걸 어찌 아셨습니까?"

"마 여사님이 그러셨어요. 아들이 있는데 꼭 제 나이라고. 지금 학교란 곳에 다니고 있다고."

그 말을 듣고 태우에게 곧바로 그녀를 학교에 다시 보내는 것은 어떠냐 제안했지만 그는 냉정하게 고개를 저었다.

"세상은 너무 위험해."

태우는 세상과 철저히 단절하며 살았다. 자신의 딸을 지키기 위해. 행원산으로 들어가고 20여 년의 시간 동안 그는 단 한 번도 도시로 간 적이 없었다. 식자재를 구입하기 위해 5일장이 설 때면 홀로 마을로 나와 음식만 구입해 다시 깊은 산속으로 들어갔을 뿐, 고운을 세상 밖으로 데리고 나온 적은 없었다.

그녀가 만난 사람은 이 회장 내외와 가끔 마을에서 올라오는 노부부뿐.

그녀의 세상은 그렇게 좁았고 철저한 벽으로 가로막혀 있었다.

하지만 이젠…….

"전 태우 형님과 생각이 다릅니다."

"어르신……."

"세상은 그렇게 위험하지만은 않습니다. 즐길 거리가 아주 많죠."

태우가 죽은 이상 이 회장은 더 이상 그녀를 그곳에 두지 않을 것이다. 그녀가 원하는 대로 세상 밖으로 나와 과거에 누리지 못했던 것들을 하며 살게 하고 싶었다.

우선 시작은 배움부터였다. 그것이 그녀가 가장 원했던 것이니까.

부드럽게 미소를 지은 이 회장이 긴 이야기를 마친 듯 한숨을 내뱉은 뒤 말했다.

"이젠 말을 편히 해도 될까요?"

"늘 말씀드렸지만 제발 그래 주셔요."

"고운아……. 난 네가 행복하길 바란다. 이건 틀림이 없어."

그의 말에 놀란 듯 눈을 크게 뜬 고운이 이내 그처럼 부드럽게 미소 지으며 고개를 끄덕였다. 그녀는 그의 진심을 곡해하거나 오해하지 않았다. 이 회장과 그녀가 보낸 시간은 결코 적지 않았으니까.

"네, 믿어요."

그녀의 말에 이 회장이 간절한 목소리로 말했다.

"그러니까 이곳에서 지내도록 해."

그건 부탁이었다.

✸

콜록콜록!

격한 기침에 침대에 누워 있던 이 회장이 상체를 일으켜 세웠다. 새파래진 얼굴로 마 여사가 건네는 잔을 받아 든 그가 미지근한 물을 꿀떡꿀떡 삼키고 난 뒤에야 살겠다는 듯 낮은 한숨을 뱉었다.

컵을 받아 든 마 여사가 걱정스러운 얼굴로 이 회장을 보며 말했다.

"김 선생님 부를까요?"

이 회장이 고개를 내저으며 말했다.

"아니야, 괜찮아."

"그래도……."

"괜찮대도. 나이가 들면 몸이 약해지는 건 당연한 거지."

마 여사의 눈빛이 걱정으로 물들었다. 그의 말이 맞았다. 오래 쓰고 닳은 몸이었으니 시간이 갈수록 쇠약해지는 것은 당연하다. 하지만 요즘 들어 이 회장의 몸은 눈에 띌 정도로 약해지고 있었다. 마 여사가 걱정에 한숨을 내뱉을 때였다.

"내일 꽃순이 아씨와 쇼핑 좀 다녀와."

"갑자기 쇼핑은 왜요? 뭐, 물론 옷이나 이것저것 사야 할 것 같긴 하지만."

마 여사는 추레한 고운의 모습을 떠올리며 말했다. 깨끗하게 빤 것이긴 했으나 색이 바랜 옷은 예쁜 고운이 입기엔 너무나 낡은 것들이었다.

"서울 생활에 적응하려면 외모부터 바꿔야겠지."

그리고 아들의 마음에 들기 위해서라도.

상심이 가득한 얼굴로 몇 번 더 기침을 내뱉은 이 회장이 무언가 묵직한 돌이 얹어져 있는 것 같은 가슴을 주먹으로 쿵쿵 내려쳤다. 체기가 있는 듯 가슴이 답답하고 속이 더부룩했다.

그는 눕는 것이 좋겠다 판단한 것인지 일으켰던 상체를 눕혔다. 그리고 피곤함 때문에 건조해진 눈을 몇 번 깜빡이더니 눈을 감으며 말했다.

"당신이 직접 해. 다른 사람 시키지 말고."

"당연하죠, 아가씨 일인데."

마 여사가 이 회장의 목 아래 부분까지 이불을 끌어 올린 뒤 그의 잠자리를 봐 주며 말했다.

"그러니까 아가씨 일은 제게 맡기고 푹 쉬세요. 요즘 정말 안색이 좋지 않으니까."

"음."

"알죠? 당신 몸이 안 좋으면 꽃순이 아가씨도 슬퍼할 거예요."

마 여사의 말에 이 회장이 천천히 고개를 끄덕이며 읊조렸다.

"그래, 그래야겠지."

✳

고운은 자신과 마 여사가 지나갈 때마다 허리를 숙여 인사를 하는 예쁜 아가씨들의 모습에 자신도 서둘러 허리를 숙였다. 잘 알지도 못하는 사람에게 허리 숙여 인사하는 그들을 보며 그녀는 참 예의성이 바른 사람이라 생각하고 있었다.

백화점이란 곳은 고운에게 그런 곳이었다. 눈만 마주쳐도 웃어 주고 밝은 어조로 인사를 건네고 웃어 주는, 참 예의 바른 사람이 많은 곳.

고운은 신기한 눈으로 주위를 둘러보며 마 여사의 조금 뒤에서 따르고 있었다.

"뭐 마음에 드는 옷은 없니?"

마 여사가 밝은 어조로 묻자 고운은 재빨리 사람들에게서 시선을 떼 주위를 둘러보았다. 사람과 비슷한 마네킹에 걸린 옷을 바라보던 그녀의 얼굴이 작게 내저어졌다.

"마음에 드는 옷이 없어요."

"그래? 고운이는 어떤 옷이 좋니?"

이 회장과 마찬가지로 앞으로 딸처럼 대하겠다 말했던 마 여사다. 고운에게 말하는 어조도 제 배 아파 낳은 딸처럼 친절하고 다정했다. 그러자 고운은 잠시 자리에 멈춰 서 진지한 얼굴로 주위를 둘러보더니 다시 한 번 입술을 뗐다.

"전부 예쁘긴 예쁜데 치마가 너무 짧고 옷 색이 너무 고와 부담스러워요."

고운은 종아리 중간까지 오는 제 치마 위에 손을 가져다 대면서 저 옷을 입으면 제 허벅지 반까지밖에 오지 않을 것이라며 말을 덧붙였다.

평생 짧은 치마도, 화려한 원색의 옷을 입어 보지도 못했던 그

녀로선 최근 봄이 되어 꽃 모양이 박혀 있는 화려한 옷들이 마음
에 들 리가 없었다.

그 말에 마 여사는 그녀에게 다가가 어깨를 토닥이며 말했다,

"고운이 네 옷들은 아주 예쁘지만, 서울에서 살기 위해선 이러
한 옷도 입어야 한단다. 현재 사람들은 모두 저런 옷을 입으니까.
짧은 치마가 마음에 들지 않는다면 바지를 입어도 되고 말이야."

그러면서 마 여사는 가장 가까운 매장으로 들어갔다. 매장에 들
어서자마자 사람들은 역시나 인사를 내뱉으며 마 여사의 곁으로
다가왔다. 샵 매니저로 보이는 사람은 옷을 구입할 사람이 고운이
란 것을 한눈에 알아보고 고운에게 다가가 허리를 숙였다. 그러자
고운도 허리를 숙여 따라 인사한다.

"아, 안녕하세요?"

허리를 숙여 인사하는 그녀의 모습에 결국 샵 매니저가 난감한
듯 허리를 더 숙였다. 그러자 고운도 따라 더욱 깊숙이 허리를 숙
인다.

두 사람의 인사 대결에 주위에서 참다못한 웃음이 터져 나왔다.

"……풋!"

샵 매니저가 허리를 펴 날카로운 눈빛으로 웃음을 터뜨린 직원
을 노려보았다. 그러자 고운의 고개가 옆으로 기운다. 내가 뭘 잘
못했나?

맑은 고운의 시선이 자신에게 닿자 마 여사는 웃음 띤 얼굴로
고개를 내저었다. 그리고 고운의 팔을 잡아 매장 안을 둘러보며 비
치된 신상품을 살펴보았다.

매니저는 웃으며 매장 안을 둘러보는 마 여사에게 착 달라붙었
다. 지갑이 마 여사라는 것을 한눈에 알아챈 것이다.

"어떠한 스타일을 구입하러 오셨나요? 저 예쁜 고객님 옷이죠?"

매장 안에 있는 옷들이 2, 30대의 것들이다 보니 어찌 보면 당연한 물음이었다. 매니저는 새하얀 고운의 피부와 어울릴 법한 원피스 몇 가지를 골라 마 여사에게 보여 주며 재빨리 말을 이었다.

"고객님 얼굴이 워낙 하얗고 예쁘니 푸른빛과 붉은빛의 강렬한 색감과 잘 어울릴 것 같아요."

"어머, 색이 엄청 곱네요."

마 여사는 매니저가 건넨 원피스 자락을 매만지며 말했다. 원피스는 기장이 조금 짧아 보이기는 했으나 센스 있는 매니저가 골라준 것답게 예쁘고 고운과 잘 어울릴 것처럼 보였다.

그녀는 뒤에서 어쩔 줄 몰라 하며 다가오지 못하는 고운을 손짓해 부르며 말했다.

"이 원피스 어떠니? 고운이 너와 딱 어울릴 것 같아."

가까이 다가온 고운에게 원피스를 보여 주며 마 여사가 웃었다. 그녀가 쥐고 있는 원피스는 파란색으로 목 부분에 큐빅이 박혀 있어 굳이 다른 액세서리를 하지 않더라도 충분할 정도로 화려한 것이었다. 평소에 입고 다니기엔 부담스러운 디자인이긴 했으나, 마 여사에게는 중요한 것이 아니었다.

상류층 사람들은 밑의 사람들에게 늘 빈틈을 보이지 않는 생활을 해야 했기에 일상에서도 이러한 원피스를 입고 있어야 했다.

고운은 치맛자락을 조심스러운 손으로 만지며 눈을 빛냈다.

"예뻐요. 어쩜 이렇게 곱죠?"

고운의 입에서 감탄사가 터져 나왔다. 아무리 다른 여자들과 다른 생활을 해 온 그녀라 할지라도 여자는 여자였다. 예쁜 옷에 마음이 동하고 가슴이 콩닥거리는.

고운이 마음에 드는 눈치이자 마 여사는 원피스를 건네며 고개를 끄덕였다.

"한번 입고 나와 보겠니?"

"네? 이 옷을요?"

그렇게 되물은 고운이 고개를 내저었다.

"저랑은 어울리지 않을 거예요."

고운의 목소리엔 확신이 어려 있었다. 자신에게 이렇게 화려하고 멋진 옷이 어울릴 리가 없다며. 하지만 마 여사는 옷을 다시 한 번 내밀며 말했다.

"아주 예쁠 거야. 설사 안 어울린다고 하더라도 한번 입어 보는 건데 어때?"

사자는 것도 아니고. 마 여사의 회유에 고운이 옷을 받아 들며 만지작거렸다. 그래, 한번 입어 보는 건데 어때? 언제 또 이런 옷을 입어 볼지도 모르고.

고운이 고개를 끄덕이자 직원이 매장 내에 있는 탈의실로 고운을 안내했다. 두근두근한 얼굴로 안으로 들어간 고운은 문이 닫히자 다시 한 번 옷을 만지작거렸다. 손바닥으로 옷의 겉면을 쓰다듬는 고운의 입술이 부드럽게 휘었다.

"예쁘다."

자신의 것이 되지 못하는 옷이겠지만. 한참 옷을 만지작거리던 고운이 옷걸이를 벽에 툭 튀어나와 있는 부분에 건 뒤, 제가 입고 있던 낡은 개량한복을 벗었다. 그 뒤 원피스의 옆 부분에 있는 지퍼를 한참 헤매고 난 뒤에 내린 뒤 힘겹게 옷을 입었다. 지퍼를 올릴 때 엉덩이 부분과 가슴 부분에서 턱턱 걸려 지퍼가 올라가지 않았다.

"어, 어떻게 해."

옷에 제 몸을 맞추려 아무리 애를 써 보아도 되지가 않는다. 고운이 어찌할 바를 몰라 할 때였다.

"고운아, 아직 멀었니?"

구세주의 목소리가 들려왔다. 고운이 재빨리 답했다.

"옷이 안 들어가요."

"작니?"

"네에……."

"잠시만."

밖에서 마 여사가 직원들과 몇 마디를 주고받았다. 그 뒤 또다시 노크해 온다.

"문 조금만 열어 줄래? 한 사이즈 큰 것 줄게."

끼익, 조금 문을 열자 마 여사의 손이 문틈 사이로 불쑥 튀어나왔다. 그녀의 손에 들린 옷을 받아 든 고운이 이번에도 역시 꽤나 애를 먹어 옷을 입은 뒤 힘겹게 지퍼를 올렸다.

"흡."

가슴 부분이 지나치리만큼 조였다. 고운의 시선엔 적어도 그랬다. 거울 속 자신의 모습을 보는 고운의 얼굴이 울상이 되었다.

"이상해."

남우세스러워. 고운이 이번에도 역시나 발을 동동 굴릴 때였다.

"고운아, 뭐 하니?"

또다시 마 여사의 목소리가 들려온다. 고운은 어쩔 수 없이 긴장된 얼굴로 문을 열고 밖으로 나온 고운은 순간 변하는 사람들의 얼굴에 양팔을 들어 가슴 부분을 가렸다. 얼굴은 신호등의 빨간불처럼 변했다.

"가, 가슴이……."

차마 터질 것 같다고 말은 못한 채 고운이 입술을 앙 깨물었다.

"아, 안 어울리죠?"

역시나 자신과는 어울리지 않다고 생각한 그녀가 말하자 마 여사가 성큼성큼 다가와 고운이 질끈 묶고 있던 머리를 풀어준 뒤 웃었다.

"무슨 소리야, 이렇게 예쁜데."

"저, 정말요?"

고개를 끄덕인 마 여사가 말했다.

"거울을 보렴."

그 말에 고운이 뒤돌아 문에 달려 있는 전면 거울을 보았다. 그곳엔 자신 같지 않은 여자가 서 있었다. 한 번도 염색하지 않은 머리카락은 윤기 있게 굽이치고 있었다. 머리를 묶은 자국이었지만 그 모습도 썩 괜찮아 보였다.

"화장도 하고, 머리도 잘 손질하면 더 예쁘실 것 같아요."

매니저가 기회를 놓치지 않고 말했다. 머리카락은 그녀가 가위로 대충 잘라 낸 머리였다. 마 여사가 공감한다는 듯 고개를 끄덕이며 말했다.

"그럼 고른 옷들 전부 계산해 주세요."

고른 옷들? 그 말에 고운의 시선이 곁으로 향했다. 데스크에 가득 쌓인 옷을 보며 고운이 놀란 눈을 깜빡였다.

"저렇게 많은 옷을요? 전 이것만 있으면 돼요."

"옷이 몇 별 없지 않니. 이 회장님도 적당한 옷을……."

마 여사의 말에 고운이 고개를 내저었다.

"정말이에요. 이 옷도 부담스러운걸요."

고운이 고집을 꺾지 않자 직원들의 얼굴이 울상이 되었다. 수지 맞았다고 생각했는데, 돌아가는 분위기를 봐서는 하나 정도만 팔 수 있을 것 같았다.

매니저가 나서려 하자 마 여사는 한숨을 내쉰 뒤에 매니저를 보며 말했다.

"저것만 계산해 주시겠어요?"

"네……? 아, 네."

"감사해요, 마 여사님."

고운이 활짝 웃으며 자신이 입고 있는 옷을 손바닥으로 어루만졌다. 마 여사가 서명을 하기 위해 매니저의 뒤를 따를 때였다. 고운이 듣지 못할 정도로 아주 작은 목소리로 그녀가 말했다.

"사람을 보낼 테니, 다 계산해 줘요."

"네, 감사합니다."

울상이 되었던 얼굴이 그제야 펴졌다.

쇼핑은 그 후로 두 시간이 지나서야 끝났다. 난색을 표하는 고운에게 속옷 세트와 집에서 편히 입을 수 있는 옷 몇 벌을 안겨 주느라 마 여사는 진이 빠진 얼굴로 터벅터벅 걸음을 옮기고 있었고, 극구 거부했음에도 불구하고 자신에게 어마어마한 양의 선물을 한 마 여사 때문에 불편한 얼굴로 고운이 그 뒤를 따르고 있었다.

고운의 손에는 쇼핑백이 가득했다. 평생 밖으로 나와 이런 식으로 옷을 구입하거나 속옷을 구입해 본 적이 없는 고운은 마치 자신이 아버지가 어릴 적 구해 줬던 동화책에 나온 이상한 엘리스처럼 느껴졌다.

세상 밖의 것들을 모두 거부하며 그 흔한 TV 하나 들여놓지 않앗던 태우였지만, 동화책은 몇 권을 선물해 줬는데 그중 하나가 이상한 나라의 엘리스였다. 이상한 나라에 떨어진 엘리스의 모험기. 엘리스가 처음 접해 본 세상에 뚝 떨어져 모든 것에 당황하지만 그 상황을 즐겼던 것처럼 지금의 고운 또한 그랬다.

마 여사가 건네는 물건들은 신세를 진다는 생각에 하나같이 불편하고 미안한 마음이 들었지만 예쁜 옷을 입고 예쁜 속옷을 고르는 일은 즐거웠다.

그렇게 두 사람은 직원들의 융숭한 대접을 받으며 걸음을 옮기고 있었다. 어찌 그렇지 않을 수가 있겠는가. 오늘 마 여사가 쓴 금액이 웬만한 직장인들의 연봉에 달하는 금액이었으니 직원들은 그들과 눈을 마주치기 위해 평소보다 더욱 큰 목소리로 인사를 건넸고, 허리를 숙였다. 그들에게 일일이 인사를 해 주던 고운의 시선이 한 곳에서 멈췄다. 그와 함께 마 여사도 걸음을 멈추며 물었다.

"왜 그러니?"

그렇게 물은 마 여사의 시선이 고운의 시선 끝으로 향했다. 화려하고 높은 굽을 자랑하는 힐들 사이에 평범한 구두 하나가 있었다. 흔한 디자인의 것이었지만 그게 쏙 마음에 드는 것인지 고운의 시선은 쉬이 떨어지지 못했다.

이에 본능적으로 그곳으로 걸음을 옮긴 마 여사는 고운이 뚫어져라 바라보고 있던 구두를 들어 보이며 말했다.

"아주 예쁜 구두구나. 이거라도 선물하게 해 주련?"

쇼핑 내내 구입하지 않겠다는 고운 몰래 물건을 사들였다. 하지만 고운은 모르는 사실이었기에 마 여사는 그렇게 말했다.

고운은 제 손에 들려 있는 많은 종이가방을 보며 피식 웃음을 터뜨렸다.

"선물은 이미 너무 많이 받았는걸요?"

속옷 두 세트, 옷 하나, 화장품, 집에서 입을 옷 몇 벌. 모두 생활에 필요한 것들만 최소한으로 샀지만 고운에게는 난생처음 받아본 어마어마한 양의 선물이었다. 하지만 마 여사는 이번엔 제 뜻을 굽히지 않겠다는 듯 부드러운 어조로 말했다.

"고운아, 아주 예쁘고 좋은 구두가 그 신발의 주인을 좋은 곳으로 안내한다는 말을 알고 있니?"

"그런 말이 있나요?"

"그래, 도시의 사람들은 그렇게 이야기한단다. 좋은 신발은 그 주인을 좋은 곳으로 인도한다고. 다른 것들은 네가 이곳에서 살기 위한 물건들이었지만, 이 신발은 개인적으로 내가 너에게 주고 싶은 선물이란다."

"……."

고운이 입을 꾹 다물었다.

"좋은 곳으로 가길 바라. 나는 진심으로 네가 행복하길 바라고 있단다."

이 회장도, 마 여사도, 그들이 하는 말에는 진심이 가득했다.

내가 행복하길 바란다는.

피가 이어지지 않은 사람들이 어찌 이렇게 자신을 걱정해 줄 수 있는지.

고운은 습기로 얼룩진 눈으로 마 여사에게 다가갔다. 그리고 들고 있는 종이가방을 바닥에 내려놓은 뒤 마 여사가 건네는 신발을 받아 들어 품에 안았다.

"정말 감사해요. 정말 예쁜 신이에요."

감사해요, 감사해요.

그렇게 말하는 고운이 눈을 감으며 고개를 숙였다. 눈가에 맺혀 있던 눈물이 후두둑 바닥으로 떨어졌다. 그리고 생각했다.

아버지, 아버지가 떠나면서 이렇게 좋은 분을 제 곁에 두어 주신 거지요? 홀로 외롭지 말라고. 그런 것이지요?

눈물을 흘리는 고운을 애잔한 눈으로 바라보던 마 여사가 팔을 뻗어 자신보다 훨씬 큰 고운을 제 품으로 끌어당겼다. 그리고 그녀와 마찬가지로 눈물지으며 말했다.

"울지 마, 고운아. 앞으론 행복한 일들만 가득할 테니 웃어. 우리들이랑 이곳에서 함께 늘 웃으며 잘 살자꾸나."

토닥토닥, 고운의 등을 토닥이는 손길은 부드러운 음률을 담고 있었다.

✻

대현의 직원들은 종현이 회사를 물려받지 못할 것이라곤 단 한 번도 생각해 본 적이 없었다. 이종현은 이 회장 내외가 힘겹게 가진 아이였다. 마 여사의 나이 서른여덟에 겨우 낳은 소중한 아들이었기에 그들은 당연히 종현이 회사를 물려받을 것이라 생각했다.

하지만 요즘 들어 임원들 사이에선 그러한 의견에 반대되는 소문이 알음알음 퍼지기 시작했다.

"이 회장님이 직접 일선으로 돌아온다고 하시더군."

"뭐? 은퇴하셨잖아?"

작년에 건강상의 이유로 일선에서 물러나며 회사의 주요 자리에는 외부에서 사람을 들여 CEO로 앉혔고, 종현은 사장 직함을 달고 여전히 후계자 수업에 매진하고 있는 상태였다. 이런 상태에서 다시 이 회장이 다시 일선으로 돌아온다는 것은 종현의 위치가 위태롭다는 뜻이었다.

"글쎄, 무슨 생각이신 건지."

본사 스카이라운지에 앉아 있는 두 임원이 한숨을 내뱉으며 어느 곳에 줄을 서야 하는지 감을 잡을 수 없어 앞에 놓인 음식이 식어 가는 줄도 모른 채 시간을 흘려보내고 있을 때였다.

그와 멀지 않은 곳에 앉아 있던 남자가 자리에서 일어난 것은 그때였다. 남자는 냅킨으로 입 주위를 닦은 후 두 사람에게 다가와 섰다. 한숨을 쉬며 이야기를 하던 두 임원의 시선이 남자에게로 향했다. 보통의 남자들보다 훨씬 긴 남자를 올려다보던 두 사람의 얼굴이 순식간에 굳어졌다.

"식사를 하고 있는데 재미있는 이야기를 들어서요."

"사, 사장님……!"

인사 쪽을 맡고 있는 임원이 자리에서 벌떡 일어났다. 종현의 날카로운 눈이 번뜩였다.

"뒤에서 뜬소문을 가지고 안주 삼는 분들이실 줄은 몰랐습니다."

"그게 아니라……."

어떠한 변명이라도 내놓아야 하건만 종현은 가차 없이 그들의 말을 잘라 냈다.

"그럼 다음 회의 때 뵙겠습니다."

더 이상 뒤에서 이러한 소리를 하고 다니다간 당신네들의 자리가 남아 있지 않을 거라 협박은 잊지 않고서.

종현은 엘리베이터로 향하며 입술을 악물었다. 동그랗게 말아 쥔 주먹이 부들부들 떨렸지만 그는 곧 냉정을 유지하며 손을 들어 버튼을 누른다.

"후."

뒤에서 따가운 시선이 느껴졌다. 그러니 이성을 유지해야 한다. 저러한 말에 동요를 보인다면 소문에 힘을 실어 주는 것밖엔 안 되니까.

엘리베이터에 올라탄 그는 집무실이 있는 버튼이 아닌 1층을 눌렀다.

모든 소문을 잠재우기 위해서라도 이 회장을 만나야 했다. 아버지를 만나 직접 의중을 들어야 했다.

❋

"아이고, 예쁘다. 어쩜 이렇게 과일을 잘 깎니?"

"아니에요."

마 여사는 접시에 가지런히 놓여 있는 과일을 보며 눈을 반짝였다. 딸을 가지고 싶었던 마 여사다. 하지만 나이 마흔이 다 되어 겨우 종현을 낳고 포기하였다. 그 뒤로는 마음이 잘 맞는 딸 같은 며느리를 얻는 것으로 위안을 삼던 차, 이 회장에게서 고운을 며느리로 들이면 어떠냐는 말을 들었을 땐 뛸 듯이 기뻤다. 고운의 성품을 잘 알고 있는 마 여사였기 때문이다.

마 여사가 연신 과일을 너무 잘 깎았다며 말을 하고 있을 때였다. 이 회장은 고운이 건넨 포크를 받아 들며 허허 웃었다. 그리고 과일을 한 입 맛보며 미소 짓는다.

"고운이가 줘서 그런지 더 맛난 거 같다."

"과일이 참 달더라고요."

이 회장의 말에 고운이 웃으며 맞장구쳤다. 저녁 시간, 맛있는 식사 후에 맞는 평온한 휴식 시간에 느른한 마음으로 이야기를 나누던 세 사람 사이로 웃음꽃이 피었다.

"그래, 오늘 하루는 어땠니?"

이 회장의 물음에 고운은 찻잔 밑에 손을 대고 호로록 마시다가 소리 나지 않게 내려놓으며 말했다.

"마 여사님이 예쁜 옷도 사 주시고, 신도 사 주셨어요."

"그래, 마음에 드는 걸로 산 거야?"

"네, 마 여사님이 예쁜 걸로 골라 주셨어요. 모두 너무 고와서 입기 아까운걸요?"

그렇게 말한 고운이 고개를 돌려 마 여사를 보며 부드럽게 미소 지었다.

"너무 감사해요."

"감사할 건 또 뭐야? 그런 건 얼마든지 사 줄 수 있다고."

마 여사가 팔을 뻗어 꺼칠꺼칠한 고운의 손을 붙잡았다. 첩첩산중에서 사람이 살기 위해선 많은 노동을 해야 했다. 고운도 어릴 적부터 아버지를 도와 집안일을 했기에 여느 2, 30대 여자보다 거칠고 볼품없는 손이었다.

하지만 마 여사는 그 손이 너무 예쁘다는 듯 붙잡고 엄지로 손등을 쓰다듬었다.

"그러니 필요한 것이 있다면 언제든지 말하렴, 부담 가지지 말고. 알겠지?"

고운이 천천히 고개를 끄덕였다. 그 말을 거절할 수가 없었다. 부드럽게 미소 짓는 고운의 얼굴을 보며 이 회장이 고개를 끄덕일 때였다.

딩동, 인터폰에서 소리가 남과 동시에 부엌에 있던 광주댁이 쪼로로 달려 나와 방문자를 확인했다.

"누구세요?"

–접니다.

광주댁은 화면에 비친 종현의 목소리에 열림 버튼을 눌렀다. 그러자 화면이 꺼지고 종현의 모습이 사라지자 광주댁이 하하호호 웃고 있는 이 회장에게 다가갔다.

"이 사장님이 오셨네요? 요즘 발걸음을 자주 하세요."

광주댁은 독립을 한 이후로 자주 찾지 않던 종현이 요즘엔 자주 들르자 기쁜 듯 웃었다. 그러자 이 회장은 헛기침을 내뱉으며 고개를 현관문에서 휙 돌리며 언짢은 목소리로 말했다.

"그래, 제깟 놈이 오지 않고는 못 배기겠지."

잔뜩 심통 난 그의 표정에 고운이 어색한 분위기를 이기지 못하고 눈을 내리깔았다.

곧 현관문이 열리고 길쭉한 기럭지를 자랑하는 종현이 집 안으로 들어섰다. 성큼성큼 걸음을 옮겨 이 회장을 향해 허리를 숙여 인사한 그가 시선을 들어 고운을 보며 말했다.

"말씀드릴 게 있어 왔습니다, 아버지."

말은 이 회장에게 하는 것이었으나 시선은 고운을 향해 있었다. 그의 서늘한 시선에 고운이 당당히 시선을 들어 마주할 때였다. 무릎을 짚고 자리에서 일어난 이 회장이 서재 쪽으로 걸음을 옮기며 말했다.

"그래, 기다리고 있던 참이다."

작게 허리를 숙인 종현이 이 회장의 뒤를 따랐다.

서재 문을 열고 먼저 방 안으로 들어선 그가 고급스런 가죽 소파에 몸을 앉히자 종현은 상석과 반대쪽인 소파에 앉았다. 일인 소파에 앉은 두 사람은 잠시 말없이 서로를 노려보고만 있었다.

두 사람 사이로 서늘한 침묵이 흘렀고, 누구 하나 입술을 뗄 생각을 하지 못하고 있을 때였다. 광주댁이 들어와 두 사람 앞에 찻잔을 놓아준 후 사라졌고, 이에 이 회장은 차를 호로록 마신 후 입을 열었다.

"그래, 할 말이 많을 것 같은데."

"꼭 이렇게까지 하셔야겠습니까?"

종현은 알고 있었다. 그가 다시 일선으로 복귀한다는 이유에 밖에 있는 저 이상한 여자가 8할 이상은 차지하고 있으리란 걸. 하지만 은인의 딸 때문에 이런 반응까지 보일 줄은 몰랐기에 그는 내심 속으론 당황하고 있었다.

"내가 분명히 경고했다. 잘 대해 주라고 말이다."

"……결혼하겠다고 말씀드렸습니다."

그 말에 이 회장이 주먹을 말아 테이블을 쾅! 내려쳤다. 커다란 소리에 종현의 잘생긴 이마가 찌푸려졌다. 이 회장은 노기 어린 시선으로 종현을 죽일 듯 보며 말했다.

"그딴 식으로 할 거면 결혼은 없었던 일로 하자! 고운이는 내 호적에 올릴 테니 그렇게 알아!"

"아버지!"

이 회장의 말에 종현이 자리에서 벌떡 일어나며 말했다. 그 여자를 딸로 삼는다니. 절대 있을 수 없는 일이다. 그 여자로 인해 자신의 후계 구도가 어떻게 될지 모르는 이 상황을 그는 잠자코 보고 있을 생각이 없다는 듯 서늘한 표정으로 늙은 호랑이가 된

이 회장을 보며 말했다.

"결혼, 합니다."

딱딱 끊어 분노를 담아 이야기하는 종현의 목소리에 이 회장의 눈빛이 순간 변했다.

"아버지께서 그리도 원하시면 그 결혼, 정식으로 하지요. 밖에 있는, 아버지께서 아끼다 못해 모시고 있는 저 여자에게 허락받으면 되는 거 아닙니까."

"뭐야?"

"하겠습니다, 제대로. 아버지가 원하는 대로 해 드리지요."

종현이 고집 있게 말한 뒤 목례했다. 그리고 더 이상 이 회장과 이야기할 생각이 없다는 듯 서재 문을 열고 밖으로 나갔다.

굳은 아들의 등을 보며 이 회장은 머리가 아프다는 듯 이마를 부여잡으며 말했다.

"못난 놈."

괜히 일을 키운 것은 아닐까, 이 일로 아들과 딸로 삼고 싶은 고운 모두 상처를 입게 되는 것은 아닐까, 이 회장은 걱정이 되기 시작했다.

"이 모든 일이 너를 생각해 하는 것인 줄도 모르고."

한숨처럼 내뱉은 이 회장이 자리에 일어나 창가로 향했다. 창밖에서 종현이 고운의 팔목을 거칠게 붙잡은 채 성큼성큼 걸음을 옮기고 있는 모습이 보였다. 고운이 어떠한 표정을 짓고 있는진 몰랐지만, 한쪽 신발이 벗겨진 채로 질질 끌려가는 뒷모습이 언뜻 굳어져 있는 것 같았다.

그 모습을 보며 이 회장이 쓰린 속을 달래고 있을 때였다. 똑똑, 노크 소리와 함께 마 여사가 서재 안으로 들어섰다.

"여보, 아무래도……."

마 여사의 말에 이 회장이 돌아서 자신의 곁을 평생 지킨 아내의 얼굴을 보며 말했다.

"말하지 않아도 알아."

"……그냥 모두 사실대로 말하는 것이 어떨까요?"

"……그건 안 돼."

이 회장이 작게 고개를 저었다. 그는 붉어진 눈으로 마 여사를 보며 웃었다.

"그땐 두 아이 모두 상처받을 걸세."

"여보……."

종현은 둘째 치더라도 고운은 견디지 못할 것이다.

두 사람에게 이젠 잊혀진 과거의 일을 구태여 꺼내 일을 키우고 싶진 않았다.

"난 내 아이들이 상처받는 건 싫어."

이 회장이 슬픈 어조로 말했다.

제3장
결혼해요

고운은 종현의 손에 질질 끌려 거칠게 차 앞에 서게 되자 그제야 아픈 제 발을 내려다보았다. 현관문에서 대충 꿰어 신었던 한쪽 신발이 벗겨져 있었다. 그가 자신을 짐짝 다루듯 했다는 사실에 그녀는 울컥 화가 올라와 이를 악물며 말했다.

"이게 무슨 무례한 짓이죠?"

잇새로 내뱉는 말은 제법 위협적이었다. 그는 그제야 정신이 돌아오는 것인지 가슴이 크게 들썩일 정도로 심호흡하며 머리를 거칠게 쓸어 올렸다. 그리고 부들부들 떨리는 손을 내려 마른세수를 하고 곁에서 차가운 표정으로 자신을 보는 고운을 향해 말했다.

"미안."

짧고 서늘한 어조가 가득한 어투였지만 그에게 사과의 말을 들을 것이라 생각하지 못해서였을까, 고운은 자신도 모르게 고개를 끄덕였다. 그리고 땅이 꺼져라 한숨을 내뱉는 종현을 보았다.

"어르신과 어떤 이야기를 나누셨는지는 모르겠지만……."

"알고 있지 않나?"

종현은 자신이 말을 내뱉고도 움찔 놀라 입을 다물었다. 목소리엔 감정이 가득하다. 평소의 그라면 상상조차 하지 못할 정도로.

그는 손을 들어 입술을 달싹이는 고운의 말을 막은 뒤, 관자놀이를 손가락으로 꾹꾹 눌렀다. 오늘은 정상적인 대화가 되지 않을 것 같았다.

"미안, 오늘은 내가 이야기를 할 만한 상태가 아니군."

"……그래 보이네요."

꾹꾹, 꾹꾹. 연신 관자놀이를 손가락으로 누르던 종현은 갑자기 피곤이 몰려오자 시선을 들어 고운과 눈을 마주하며 말했다.

"주말에 연락하지."

그렇게 말한 종현은 속주머니에 들어 있던 개인 연락용 휴대전화를 꺼내 고운에게 내밀며 말을 이었다.

"연락처 찍어."

"……그런 거 없어요."

"……."

"이런 손전화기는……."

고운이 고개를 내젓자 종현의 얼굴이 와자작 구겨졌다. 세상에 휴대전화도 없는 여자라니. 그렇게 생각하던 종현은 그녀를 처음 만난 날 그녀의 꼴을 떠올리며 고개를 끄덕였다. 그래, 도심 한복판에 치마가 부풀려진 한복을 입고 댕기까지 하고 온 여자이니 휴대전화가 없을 수도 있겠다는 생각이 들었다.

종현은 반짝이는 눈으로 자신을 올려다보는 고운을 내려다보다 떠오르는 기억에 피식 웃음을 터뜨렸다.

"왜 웃어요?"

"예전에 옆집에 살던 여자아이가 키우던 개가 있었는데."

예전에 이 여자의 눈빛과 닮은 생명체를 본 적이 있었다. 직접 키우는 강아지는 아니었지만, 자주 드나들던 아버지의 친구분 집에서 키우던 강아지였는데, 늘 그만 보면 이렇게 눈을 빛냈었다.

그 강아지는 잘 지내고 있나? 어느 순간 뚝 끊긴 기억 한 자락에 종현이 입을 꾹 다물었다. 그녀의 신기한 눈동자와 마주했기 때문이다.

"뭘 그렇게 봐?"

신기하다는 듯 바라보는 눈동자에 그가 툭 내뱉었다. 그러자 그의 웃음이 신기하단 생각에 속으로 놀라던 고운은 그제야 그의 말뜻을 알고 미간을 구겼다. 그녀는 현대 문명에 대해 잘 모르는 이였지, 눈치가 없거나 등신 반푼이는 아니었다.

"지금 제가 똥개가 같다는 거예요?"

고운은 행원산 밑에 살던 노부부의 똥개를 떠올리며 물었다. 꼬질꼬질한 개는 원래의 털색이 뭔지도 모를 정도로 지저분했고 제대로 관리받지 못해 퀴퀴한 냄새도 났었다. 그런 개랑 나와 닮았다니. 고운이 도끼눈을 뜬 채 그를 노려보았다.

"뭐, 그렇게 알아듣든가."

하지만 종현은 전혀 개의치 않는 모습으로 어깨를 으쓱인다.

"너무해요, 개 같다니!"

내가 그렇게 더러워요? 막 냄새나요? 고운의 대화가 이상한 쪽으로 빠지기 시작하자 편두통이 더욱 심해지는 기분이었다. 가끔 보면 이 여자와의 대화는 어딘가 겉돌고 있는 느낌이다.

"냄새도 안 나고, 더러운 것도 모르겠어. 답이 됐지? 그러니까

지금 그 입은 다물어 줬음 좋겠네."

"……"

고운이 입술을 앙 깨물며 말문을 닫는다. 종현은 그제야 두통이 물러가자 몸을 곧게 세운 뒤 잔뜩 심통 난 얼굴로 자신을 올려다보는 고운을 내려다보며 말했다.

"사람을 시켜서 휴대전화 보내지. 전화 오면 재깍 받아."

"그런 거 필요 없……!"

고운이 고개를 내저으며 거절을 하려 하자, 그는 그녀의 말이 끝나기도 전에 딱 잘라 말했다.

"내가 필요해."

"뭐, 뭐예요?"

"그럼 간다."

짧게 내뱉은 그는 끙 소리를 내며 입술을 다무는 고운을 보았다.

낡은 개량한복 차림의 고운은 그의 주위에 있는 화려한 여자들과는 질적으로 달랐다. 새하얀 얼굴은 청초해 보였고, 눈동자엔 감정을 숨길 줄 모르는 듯 짜증스러운 기색이 가득했다. 그래, 많이 다르다. 족히 세 군덴 성형으로 손을 댄 여자들과 달리 고운은 손하나 대지 않은 얼굴이다. 음란한 파티를 즐기며 남자를 돈으로 주물러 대는 그 여자들과 어찌 같을 수가 있겠는가.

그래서 오히려 이러한 마음이 드는 것이리라.

"당신, 참 귀찮은 여자야, 내 인생의 커다란 걸림돌이기도 하고."

자신의 신경을 이 여자가 계속 거스르는 이유는, 주위에서 볼 수 없는 전혀 다른 패턴의 여자이기 때문이기에 그런 것이다. 그래, 그런 거야.

말을 마친 그가 차에 올라타자 그 모습을 멍하니 보던 그녀는 그가 차를 출발시키기 전 커다랗게 외쳤다.

"누가 할 소리!"

얼굴이 벌겋게 달아오를 정도로 버럭 외친 고운이 몸을 파르르 떨었다. 귀찮다니. 인생의 걸림돌이라니. 그건 자신이 하고 싶은 말이었다. 고마운 이 회장 내외의 아들만 아니었다면 결코 상종하고 싶지 않은 나쁜 사람.

검게 선팅이 되어 안이 전혀 보이지 않는 창을 뚫어져라 바라보던 고운은 지이잉 소리와 함께 창이 아래로 내려가자 화들짝 놀라 한 걸음 뒤로 물러섰다.

자신이 질러 놓고도 고운은 소심한 마음에 잔뜩 긴장한 눈을 깜빡였다. 그러다 곧 종현의 입가에 부드러운 미소가 머금어지는 것을 멍하니 본다.

"간다, 꽃순이 아가씨."

차는 부드럽게 차고를 벗어나 밖으로 향했다. 매연을 내뱉으며 빠르게 사라지는 차 뒤를 바라보던 고운이 멍하게 읊조렸다.

"진짜 이상한 사람이야."

그리고 웃는 것이 참 예쁜 사람.

고운은 한참이나 그러한 생각을 하며 차 뒤꽁무니만 보았다.

✻

"받지 않을래요."

고운은 직사각형의 최신식 휴대전화를 검은 양복을 입은 남자

74

앞으로 다시 밀어 놓았다. 그러자 남자는 곤란하다는 듯 다시 한 번 말했다.

"사장님께서 드리고 오라고 하셨습니다. 아가씨께서 계속 이렇게 거부하시면……."

제 입장이 참으로 곤란해진답니다, 그렇게 말하려던 최 비서는 말을 끝내기도 전에 울리는 휴대전화에 입술을 굳게 다물었다. 액정에 뜬 이름을 보았기 때문이다.

"받아 보십시오, 사장님이십니다."

"……후."

띠리리리- 띠리리리-

재미없는 벨소리가 계속해서 울리자 고운이 시선을 들어 최 비서를 보며 어색한 웃음을 지었다.

"어떻게 받는 건가요?"

"네……?"

"받을 줄 몰라서……."

고운의 말에 멍한 표정을 짓던 최 비서가 전화 버튼을 꾹 누른 뒤 옆으로 밀며 말했다.

"이렇게 하면 전화를 받으실 수 있으십니다."

"오, 그래요? 정말 신기해요."

고운이 눈을 반짝이자 최 비서가 미소를 지었다. 이제껏 긴장감이 돌았던 둘 사이에 서늘한 감각이 물러나고, 훈훈한 분위기가 흐를 때였다.

-여보세요? 여보세요? 이봐!

전화를 받은 뒤로 두 사람이 잡담만 나누자 결국 참다못한 종현이 버럭 소리쳤다. 그제야 잊고 있던 그의 존재가 생각나자 고운이 조심스럽게 휴대전화에 귀를 가져다 댔다.

"여보……세요?"

—이제야 받는군.

귀에 선명하게 들려오는 종현의 목소리에 고운이 눈을 깜빡였다. 전화기조차 접해 보지 못한 그녀로서는 휴대전화가 참으로 신기하기만 했다. 이 회장 내외가 가끔 행원산의 집을 찾아왔을 때 들고 있는 것을 보기는 하였지만 이렇게 직접 사용한 것은 처음이다.

하지만 이 물건은 자신에게 어울리지 않는 물건이었고, 또 필요 없는 물건이었다.

"손전화기는 받지 않을래요. 보내 주신 분께 돌려 드릴 테니……."

—가지고 있어. 연락을 하기 어렵잖아.

"뭐라고요?"

—내가 불편하다고, 내가.

뭐, 이런 안하무인이……! 붉어진 얼굴로 고운이 버럭 소리치려 할 때였다. 그녀가 화를 낼 것이란 걸 알고 있는 것인지 종현이 먼저 말을 꺼냈다.

—오늘 저녁에 시간 어때?

"……저녁엔 왜요?"

고운이 뾰족한 어조로 말했다. 작은 반항에 지나지 않는 행동이었다.

—저녁 같이 먹지.

"……저녁이요?"

—그래, 그때쯤 되면 일이 마무리될 것 같아. 어때, 같이 먹겠어?

"……."

-싫으면 거절해도 괜찮아.

그의 말에 고운은 고민이 되는 것인지 커다란 눈알을 도록도록 굴렸다. 그와 함께 저녁을 먹을 정도로 친한 사이는 아니었으나, 이 회장이 한 말이 있었다. 그와의 결혼을 진지하게 생각해 보라는. 그리고 그 또한 그 문제로 요즘 골치를 썩고 있으니 식사 후 함께 이야기해 보는 것도 나쁘지 않을 터다.

고운이 고개를 끄덕였다.

"좋아요."

-여섯 시까지 사람을 보내지. 멀쩡하게 입고 와, 제발.

"……네?"

물음 같은 답에 종현이 먼저 전화를 끊자 고운은 조금 뒤에야 귀에 대고 있던 휴대전화를 내려놓았다. 그리고 조금 떨어진 곳에서 자신을 바라보고 있는 최 비서를 보며 물었다.

"멀쩡하게 입는 게 뭐죠?"

"네?"

그가 되물었음에도 이미 다른 곳으로 생각이 돌려진 그녀는 연신 자신의 치맛자락을 손바닥으로 펴 만지며 심각한 얼굴로 읊조렸다.

"지금도 괜찮은데……."

뭔가 생각이 이상한 쪽으로 돌아가고 있었다.

✳

"이상한 것 같아요."

고운은 거울 속에 비친 자신의 모습에 울상을 지었다. 짧은 치마는 남우세스럽게 하얀 허벅지를 훤히 보여 주고 있었고, 답답할 정도로 두꺼운 분을 발라 귀신처럼 얼굴이 하얗게 변해 있었다. 하지만 이런 고운의 생각과는 달리 곁에 있던 마 여사와 광주댁은 박수를 치며 호들갑을 떨어 댔다.

"이상하긴! 예쁘기만 한데!"

"맞아요, 아가씨. 오늘 정말 예뻐요."

두 중년 여인의 말에 고운의 고개가 옆으로 기울었다.

"정말요?"

"그래, 어디 내놔도 꿀리지 않을 정도다."

흡족한 얼굴로 고개를 끄덕인 마 여사가 거울 속에 고운의 모습을 보았다. 고운 몰래 쇼핑을 해 둔 것이 다행이라 여겨질 정도로, 연분홍빛 원피스를 입고 있는 고운은 브라운관에 나오는 연예인 저리 가라 할 정도로 예쁜 모습이었다.

가슴부터 허리까지 피트되어 있는 위와는 달리 넉넉한 품의 치마 때문인지 고운의 풍만한 가슴과 가녀린 팔다리를 잘 살려 주는 디자인이었다. 옷과 함께 급히 부른 전문가의 손길이 닿은 굽이치는 머리카락과 연하게 한 화장은 흡사 봄 처녀처럼 싱그럽고 예뻤다.

네 녀석이 안 넘어가나 보자.

마 여사는 속으로 킬킬거리며 허리를 구부정하게 굽히고 있는 고운의 등을 손바닥으로 툭툭 두들겼다.

"허리 펴야지."

"네, 네."

놀란 고운이 허리를 바짝 펴자 마 여사는 한쪽 무릎을 꿇고 앉아 새 구두를 고운의 앞에 놓아주었다.

"여사님, 일어나셔요."

고운이 화들짝 놀라 자신도 자리에 주저앉으며 말했다. 놀란 토끼처럼 동그랗게 떠진 눈을 본 마 여사가 피식 웃음을 내뱉으며 구두를 고운 앞으로 밀어 주었다.

"좋은 구두는 좋은 사람에게 데려가 준다고 했지?"

"네? 네."

"자, 신어 보아."

마 여사가 재촉하자 허리를 구부정하게 편 고운이 낮은 아이보리색 단화에 조심스럽게 발을 밀어 넣었다. 꼭 맞는 구두는 불편함 없이 고운의 발을 감쌌다.

자리에서 일어난 마 여사는 고운의 뒤로 가 그녀의 양어깨를 붙잡아 거울 속의 그녀와 시선을 마주했다.

"우리 고운이 정말 예쁘다. 정말 이름처럼 곱구나."

연이어 터져 나오는 칭찬에 고운의 뺨이 핑크빛으로 물들었다. 그 모습에 잔잔하게 미소 지은 마 여사가 연이어 말했다.

"누가 데려갈지, 참 예쁘다."

그게 아들 녀석이었으면 하는 바람이 있었지만, 사람의 일이란 것이 모르는 것이지 않은가.

마 여사는 연신 부끄러움에 몸을 배배 꼬는 고운을 보며 고개를 끄덕였다.

"고운아, 즐거운 저녁 시간 되거라."

혼잡한 도시는 저녁이 되어 더욱 아름다움을 발산하였다. 주황색에 가까운 가로등 불빛과 자동차 헤드라이트 불빛이 어우러지고, 빌딩을 밝히는 조명들은 눈이 어지러울 정도로 여러 색을 띠며 고운의 시선을 붙잡았다.

"예쁘네요, 기사님."

고운이 멍하니 말했다. 그러자 앞에서 '하하, 그런가요?' 라는 다소 싱거운 답이 나왔다.

창밖의 세상을 보던 고운이 작게 고개를 끄덕였다.

"네."

아버지는 세상이 참 위험하다 말했다. 그래서 그녀가 행원산을 벗어나 사는 것을 반대했다. 어느 날은 아버지의 바짓가랑이를 붙잡으며 학교에 다니고 싶다고 빌기도 했지만, 아버지는 매정하게 그녀의 청을 거절하셨다.

"이곳을 떠날 일이 없는데, 배워서 무엇해. 꽃순아, 우린 여기서 둘이서 행복하게 지내면 된단다."

"싫어요, 아버지. 저도 또래 아이들처럼 지내고 싶어요."

평범하게요, 평범하게. 아주 평범하게 그렇게 살고 싶어요.

그렇게 말하고 또 말했다. 하지만 아버지는 행원산을 벗어날 일이 없을 테니, 지금처럼 지내도 문제가 없을 거라고만 말씀하셨다.

그런 아버지가 돌아가셨다. 세상의 전부였던 그런 아버지가.

고운은 우울한 얼굴로 야경을 보며 읊조렸다.

"이곳은 생각보다 위험하지 않은 것 같아요…… 아버지."

"네? 지금 뭐라고 하셨습니까?"

고운의 혼잣말에 운전기사가 고개를 돌려 고운을 보았다. 그러자 고운은 퍼뜩 아무것도 아니라는 듯 고개를 내저었다.

"아니에요, 정말 너무너무 예쁘다고요."

왜 이제야 이런 걸 볼 수 있게 되었을까, 아쉬울 정도로 너무 예뻐요.

고운은 차마 뒷말은 잇지 못한 채 부드럽게 미소 지었다. 그러자 운전기사는 꽉 막힌 도로에 한숨을 쉬면서도 애써 밝은 목소리로 말했다.

"사장님께 다음엔 63빌딩이나 남산 타워에서 데이트하자고 말씀해 보세요. 야경은 높은 곳에서 봐야 가장 예쁜 법이거든요."

"그럴까요?"

고운은 그가 그런 친절을 자신에게 베풀 리 없다는 사실을 알면서도 그리 말했다. 그러자 운전기사는 젊은 시절 아내와 함께 그곳에서 데이트했던 이야기들을 늘어놓으며 서울의 야경과 얽힌 자신의 추억을 이야기해 주었다. 그 이야기에 귀를 기울이자 차는 어느새 약속 장소에 도착해 있었다.

"사장님은 일 때문에 조금 늦는다고 하시니, 들어가서 기다리시면 됩니다. 사장님 성함을 대면 직원이 안내해 줄 거예요."

운전기사의 이야기를 들으며 고운이 레스토랑을 보았다. 모던하게 꾸며져 있는 레스토랑은 유리문으로 되어 있었으나, 수백 개는 되어 보이는 와인 때문에 안이 보이지 않는 구조였다.

안이 보이지 않기 때문일까. 고운이 잔뜩 긴장한 얼굴로 침을 꼴깍 삼키자, 운전기사는 그녀가 못 미더웠던지 몸을 뒤로 돌려 고운을 보며 말했다.

"같이 들어가 드릴까요?"

"아니, 아니에요. 번거로우실 텐데. 그냥 들어가서 사장님 성함만 대면 되는 거지요?"

"네, 그럼 자리로 안내해 줄 겁니다."

고운이 바짝 긴장한 얼굴로 고개를 끄덕였다. 그리고 무릎 위에 올려 두었던 가방을 들고 문을 연 뒤 세상 밖으로 한 발자국 내딛었다. 납작한 신발 바닥에 차가운 콘크리트 바닥의 서늘함이 느껴지는 것 같았다. 하지만 고운은 용기 내어 다리에 힘을 주며 자리에서 일어났고, 곧 차 문을 닫은 뒤 걸음을 옮겼다.

뒤에 자신을 이곳까지 데려다 준 차가 부드럽게 자리를 뜨는 소리가 들렸다.

꼴깍.

고운이 다시 한 번 침을 꼴깍 삼킨 뒤 커다란 눈을 연신 깜빡였다.

새로운 세상에 홀로 발을 디딘다는 것은 생각보다 용기가 필요한 일이었고, 고운은 그 자리에 한참이나 멈춰 서 가게 안을 뚫어져라 바라보고만 있었다.

후아, 후아.

그녀가 심호흡을 내뱉으며 철근을 달아 놓은 듯 무거운 걸음을 옮기려 할 때였다.

"어? 재미있는 아가씨?"

뒤에서 들려온 목소리에 몸이 딱딱하게 굳을 정도로 긴장하고 있던 고운이 고개를 홱 돌렸다. 그러자 잘 세팅해 놓은 머리카락이 공중에서 춤을 춘 뒤 그녀의 동그란 어깨에 내려앉았다.

고운은 자신을 부른 남자의 모습에 눈을 동그랗게 떴다.

"친절하고 마음씨가 고운 분!"

손가락을 앞으로 척 내밀며 표정으로, 몸으로 놀라움을 표현하는 그녀의 모습에 그가 하하하 커다랗게 웃음을 터뜨리더니 고운이 내민 손가락을 손으로 잡으며 말했다.

"삿대질은 너무한 거 아닙니까?"

"아, 아, 죄송……."

고운이 얼굴을 붉히며 그의 손에 잡힌 제 손가락을 빼내며 엉덩이 뒤쪽으로 손을 숨겼다. 귀여운 그녀의 반응에 필성은 눈가에 여전히 웃음을 띤 채 말했다.

"제 이름 까먹은 거 아니죠? 전 아가씨 이름이 김고운이라는 거 기억하고 있는데."

"잊지 않았어요. 필성 씨, 맞죠?"

어떻게 잊을 수가 있겠는가. 그에게 도움을 받고 가슴속으로 몇 번이고 읊은 이름인데. 종현이 그녀를 도시에 버리고 가 버렸을 때 그녀는 우연히 필성을 만나 도움을 받았다. 다행히 서울역에 그녀를 데리러 온 이 비서에게 명함을 받았기에 망정이지 아니면 길에서 노숙이라도 할 뻔했었다. 그때부터 필성은 그녀에게 '친절하고 고운 님'이 되어 있었다.

고운이 미소 지으며 말하자 필성이 고개를 끄덕인 후 그녀의 얼굴을 보았다. 무슨 일이 있었던 것인지 과할 정도로 화려한 한복을 입고 있던 그녀라고는 생각할 수 없을 정도로 많이 변한 모습이었다.

"오늘 무척 예쁜데요? 하마터면 못 알아볼 뻔했어요."

"정말요? 정말 괜찮아요?"

고운은 자신의 모습에 걱정이 많았다는 듯 치맛자락을 붙잡으며 물었다. 그녀의 물음에 필성은 조금 얼떨떨한 마음이 되어 고개를 끄덕였다.

"네, 물론이에요. 무척 예뻐요."

"후우, 다행이다."

가슴에 손을 얹은 채 안도의 한숨을 내쉰 고운이 생긋 웃었다. 정말 다행이라는 얼굴이었다. 그 모습에 필성이 더듬더듬 한 걸음 앞으로 움직일 때였다.

"필성아, 가자!"

"아아."

뒤에 서 있던 필성의 일행들이 기다림을 참다못해 버럭 소리쳤다. 필성의 이마가 찌푸려졌다. 눈치 없는 것들. 속으로 생각한 필성이 애써 입가에 미소를 띠며 말했다.

"아, 일행이 기다리네요."

"네, 얼른 가 보셔요."

고운이 순진한 눈으로 그를 올려다보며 말했다. 그러자 필성은 주머니에서 휴대전화를 꺼내 그녀의 앞으로 내밀며 말했다.

"혹시 연락처 알 수 있을까요? 다음엔 느긋하게 이야기하고 싶은데, 고운 씨."

"아……."

고운이 그가 내민 검은색 휴대전화를 보았다. 그녀가 가지고 있는 것과 같은 기종이었다.

"이번에는 작업 거는 겁니다."

작업? 작업이 뭐지?

알아들을 수 없는 이야기에 고운의 머릿속에 사전적인 의미만 둥둥 떠다닐 때였다. 그녀가 아무 말 없이 자신의 얼굴만 멀뚱멀뚱 올려다보자 이를 거절의 뜻으로 받아들인 필성이 휴대전화를 거둬들이며 얼굴을 붉혔다.

"이런."

그녀가 거절할 줄은 몰랐다는 듯 그가 짧게 말한 뒤 뒷머리를 긁적였다.

"싫으시면 하는 수……."

"싫은 게 아니라……."

필성이 말끝을 흐리자 고운이 재빨리 운을 뗐다. 그 뒤 가방 속에 들어 있던 휴대전화를 꺼내 그의 앞으로 내밀며 말했다.

"이건 돌려줄 물건이라서요."

"돌려줄 물건이요?"

"네. 제 것이 아니에요."

고운이 작게 고개를 저으며 말하자 필성이 눈을 깜빡였다. 그녀의 말을 취합한 필성이 고개를 끄덕였다. 거절하는 것은 아니나 알려 줄 번호가 없다는 뜻이었다. 방금 전까지만 해도 민망함에 붉어졌던 얼굴이 원래 색으로 돌아왔다. 그는 휴대전화를 다시 가방에 주섬주섬 넣고 있는 고운의 정수리를 보았다.

재미있는 아가씨였는데 이젠 관심이 가고 귀여운 아가씨로 변했다.

"그럼 제 번호를 가르쳐 드려도 될까요?"

"네, 좋아요."

고운이 웃으며 말하자 그가 곧장 레스토랑 안으로 들어갔다. 카운터에서 직원과 몇 마디 나눈 그는 냅킨에 볼펜으로 자신의 이름과 연락처를 적어 서둘러 밖으로 나왔다. 그리고 고운의 손에 꼭 쥐여 주고, 그녀의 작고 거친 손을 꼭 움켜쥐며 말했다.

"꼭 연락해야 해요, 알았죠? 기다리고 있을 거예요."

"네, 꼭 연락드릴게요."

그가 자신을 어떠한 마음으로 바라보고 하는 말인지 모르는 고운은 활짝 웃으며 고개를 끄덕였다. 그녀의 모습에 필성이 오해하는 것도 모른 채.

※

피곤한 얼굴로 자리에 앉는 그의 눈 밑에 짙은 그늘이 내려앉았다. 장기간 이어진 릴레이 회의는 성과 없이 끝났다. 주말도 반납하고 회사에 나온 것치고 성과는 너무 하잘것없는 것이었다.

종현이 이마를 손가락으로 꾹꾹 누르자 곁에 다가온 그의 비서가 조심스러운 어조로 물었다.

"어떻게 하실 생각이십니까?"

그 물음에 종현이 깊은 한숨을 내뱉었다. 그리고 그답지 않게 확신 없는 어조로 말했다.

"글쎄……."

눈앞에 있는 모든 일들을 생각하자 당연하게 한 여자의 얼굴이 떠올랐다.

조선시대에서 뚝 떨어진 것만 같은 여자, 김고운.

그녀 생각에 그의 입에서 또다시 한숨이 흘러나왔다.

"그 여자 잘못은 아닌데 말이야……."

그래, 결혼 문제가 나온 것은 그녀 때문이 아니다. 선대에서 이어진 관계 때문이었고, 이는 종현과 고운의 탓이 아니었다. 그런데 그는 그녀에게 화를 냈다. 그녀를 무시했고, 뒤틀리는 마음에 불쑥불쑥 튀어나오는 화를 필터링을 거치지 않은 채 뱉어 냈다.

그녀의 잘못이 아닌데도 그녀에게 화를 돌리고 있었다.

아픈 머리를 손가락으로 꾹꾹 누르던 종현이 한숨을 훅 토해 냈다.

사과를 해야 했다. 어른이었으니까. 실수에 대해선 인정을 하고 이 문제에 대해 그녀와 진지한 논의를 해 봐야 했다.

힘겹게 눈꺼풀을 들어 올린 종현이 곁에서 자신을 의아하게 보고 있는 비서를 보며 물었다.

"지금 몇 시지?"

"7시입니다."

"아⋯⋯."

이런, 늦었다.

차에서 내리는 종현의 얼굴은 무덤덤했으나 걸음은 평소보다 성급하고 빨랐다.

예상보다 회의가 길어졌다. 이 회장이 이번에 새로 들어설 리조트의 부지를 모두 고운에게 넘겼다는 폭탄선언을 한 덕에 결과는 하나뿐이었다. 이 모든 사실을 고운에게 알리고 협조를 구할 것. 오늘 고운에게 부탁해야 할 것이 많은 그였지만, 생각보다 훨씬 더 늦은 시각에 성큼성큼 걸음을 옮겨 그녀와 만나기로 한 레스토랑 안으로 들어갔다.

"안내해 드리겠습니다."

앞장서 걷는 직원의 뒤를 따르며 그가 손목시계를 확인했다. 7시 30분. 30분이나 늦어 버렸다. 미리 전화는 해 두었지만, 그래도 마음이 급해지는 것은 어쩔 수가 없었다.

"여깁니다."

문을 열어 준 직원이 허리를 숙여 인사하자 작게 목례한 종현이 룸 안으로 걸음을 옮겼다. 그리고 곧장 두 명이 앉기엔 과할 정도로 큰 테이블 쪽으로 향하며 말했다.

"미안해. 많이 늦었어……."

사과의 말을 건네던 종현이 말을 멈췄다. 그리고 의자에 앉아 있는 분홍빛 드레스의 여자를 보며 미간을 찌푸렸다.

젠장, 서비스가 엉망이구만.

레스토랑 측의 실수에 속으로 울컥 화를 낸 그가 정중하게 허리를 숙여 인사했다.

"죄송합니다. 방을 잘못 찾은 듯하군요."

"네……?"

허리를 편 그가 곧장 문으로 향하려 하자 당황한 고운이 자리에서 벌떡 일어나며 말했다.

"저 맞는데요."

"……?"

"저 김고운 맞다고요."

"……."

할 말을 잃고서 고운의 얼굴을 뚫어져라 바라보던 그는 화장 뒤에 숨어 있는 그녀의 얼굴을 알아본 뒤에야 머리부터 발끝까지 그녀의 모습을 쭈욱 훑어보았다. 사람이 이렇게 하루아침에 변할 수 있는 건가? 이 정도면 환골탈태가 아니라 새로 태어나는 수준일 듯했다.

얼굴은 많은 변화가 없었지만 촌스러운 옷을 벗은 고운은 세련된 도시 여성의 모습을 하고 있었다.

한참 말을 잃고 서 있던 그가 저도 모르게 멍하니 짓고 있던 표정을 재빨리 수습하며 말했다.

"수박이 되었군."

"그거 욕이죠?"

"아니야."

예뻐졌다고. 그 짧은 말을 꺼내지 못한 그는 작게 고개를 내저은 뒤 그녀의 맞은편으로 가 의자를 끌어다 앉으며 말했다.

"미안해. 회의가 생각보다 길어졌어."

"알아요. 연락 주셨잖아요."

그렇게 말한 고운이 가방 속에 고이 모셔 뒀던 휴대전화를 꺼내 그의 앞으로 내밀었다.

"이거 돌려주려고요."

"……왜?"

"저한테는 필요 없는 물건이고……."

또 무척 비싸 보여요. 그녀가 그렇게 뒷말을 이으려 할 때였다. 종현이 팔짱을 끼며 눈을 내리깔았다.

"그건 안 돼."

"왜죠?"

그가 너무 단호하게 말해 그녀는 자신도 모르게 그리 되물었다. 그러자 종현은 순식간에 머릿속으로 그녀에게 휴대전화를 쥐어 줘야 하는 이유 10가지를 떠올린 뒤, 그녀를 설득할 수 있을 만한 이야기 몇 가지를 추려 냈다.

"첫째, 내가 연락하기 불편해."

"그런 건 이유가 안……."

안 돼요, 라고 말을 하고 싶었으나 그는 계속 이야기를 들어 보라는 듯 고개를 저었다. 그 뒤 말을 이었다.

"둘째, 당신은 서울 지리에 익숙하지 않아. 무슨 일이 일어날지 모르지. 휴대전화 봐서 알겠지만 아버지부터 시작해서 어머니, 집

전화, 채 기사 번호까지 모두 저장되어 있어. 위급한 일이 생겼을 땐 전화를 걸면 좋겠지?"

"······."

"셋째, 앞으로 이곳에서 생활하기 위해서 휴대전화는 필수 요소야. 당신도 마냥 집에만 있을 건 아니잖아. 밖으로 다닐 텐데, 그러기 위해선 휴대전화가 꼭 있어야 하지."

"······."

"······계속할까?"

그의 말에 고운이 넉 다운이 된 얼굴로 절레절레 고개를 저었다. 냉철한 사업가의 가면을 뒤집어쓴 채 말하는 그를 당해 낼 재간이 그녀에겐 없었다.

고운이 포기모드로 휴대전화를 가방 안에 넣는 것을 보며 그는 그제야 굳은 얼굴을 풀었다. 그리고 다시 한 번 그녀의 얼굴을 살피며 눈살을 찌푸렸다.

도대체 무슨 요술을 부린 거지?

분명 마 여사의 솜씨가 분명해 보이는 고운의 모습을 그가 한참이나 뚫어져라 바라볼 때였다. 갑자기 고개를 든 고운은 날카로운 시선이 자신에게 닿아 있자 고개를 옆으로 기울였다.

"왜 그렇게 보세요?"

"응? 아, 아니야."

그가 재빨리 정신을 수습하며 고개를 저었다. 그리고 재빨리 속이 모두 투영되는 순진한 눈동자를 피하며 말했다.

"배고프지?"

왜 갑자기 눈을 마주할 수가 없는 것일까.

그래, 그건 아마도 제 마음을 들킬 것 같아서이다. 그녀의 갑작스런 변화에 놀라고 당황하는 내 마음.

마치 외모에 홀리는 그런 얼간이로 그녀에게 비치는 것은 아닐까, 그는 애써 표정 수습을 한 뒤 고운의 말에 고개를 돌렸다.

"네, 엄청 배고파요."

"미안해."

종현이 말했다. 그러자 고운은 피식 웃음을 내뱉은 뒤 입술을 한껏 늘어뜨려 웃었다. 눈동자가 조명의 빛을 받아 예쁘게 반짝인다. 반짝반짝. 마치 눈동자가 보석을 머금은 것 같았다.

"사장님 입에서 계속 미안하다는 말이 나오니까 이상해요."

"뭐?"

고운의 말에 종현이 미간을 찌푸렸다. 잘못해서 미안하다 사과를 했는데, 그것이 이상하다 말하니 새삼 자신이 고운에게 막 대했던 일들 몇 가지가 뇌리를 스치고 지나갔다. 그가 다시 한 번 사과의 말을 건네려 하다가 입술을 꾹 다물었다. 그러자 고운이 쿡쿡 웃음을 내뱉은 뒤 말을 이었다.

"사장님답지 않다고 할까?"

"……."

"그러니까 그만 미안해하시라고요."

그렇게 말한 고운이 어깨를 한 번 들썩인다. 그 모습을 눈에 천천히 담던 종현이 굳은 눈가를 부드럽게 휘었다. 눈이 길쭉해지며 평소 차갑고 냉랭해 보이던 인상이 부드럽게 풀어진다.

"앞으로 미안하다는 말은 하지 않도록 노력해 보지."

"정말요?"

"그래."

짧게 말을 내뱉은 종현이 입가에 미소를 띠며 말했다.

"밥부터 먹자."

식사 시간은 제법 무탈하게 지나갔다. 평소 고운에게 바짝 가시를 세우던 그였지만 어떠한 심경의 변화가 있었던 것인지 포크와 나이프 순서를 몰라 당황하는 그녀에게 바깥쪽부터 사용하면 된다고 친절히 알려 주었고, 스테이크가 나왔을 땐 그녀가 먹기 불편할까 싶어, 직접 썰어 그녀의 접시와 바꿔 주기도 했다.

그의 갑작스런 친절에 고운이 오히려 당황하고 있을 때였다. 그는 육즙이 흐르는 스테이크를 보며 미간을 찌푸렸다.

"왜, 못 먹겠어? 바짝 익혀 달라고 했는데."

혹여나 그녀가 먹지 못할까 싶어 조금 더 익혀 달라고 주문을 했는데도, 그녀는 스테이크가 낯선지 연신 접시만 내려다보고 있었다.

그가 직원을 부르려고 할 때였다. 시선을 든 고운이 종현을 보며 말했다.

"사장님."

"왜?"

"죄송해요."

"뭐가?"

갑작스런 사과에 종현이 눈살을 찌푸리며 물었다. 그러자 그녀는 더 이상 식사를 할 마음이 없는 것인지 들고 있던 포크를 테이블 위에 올려 두었다. 깊은 한숨을 내뱉은 고운이 잔잔한 파동이 이는 눈동자로 그를 올려다보았다.

"생각을 해 보니, 제 입장에서도 날벼락이긴 하지만 사장님 입장에서도 그럴 것 같아서요."

"뭐?"

"결혼 말이에요. 그리고 제 존재도 그렇고. 그래서 이렇게 친절하신 분이 저한테 그렇게 대하신 거겠죠?"

그녀의 물음에 종현은 자신도 모르게 고개를 내저을 뻔했다.

아니, 아니야. 난 누군가의 고기를 썰어 준 역사가 없는 놈이야.

그렇게 말을 하고 싶었으나, 그 또한 자신의 낯선 모습을 방금 전 깨달았기에 당황한 눈으로 고운을 바라보고만 있었다.

"결혼은…… 이 회장님께 다시 한 번 확실하게 말씀드릴게요."

"……."

"너무 과한 사랑을 받느라 착각을 했어요. 이 회장님이 수양딸이 되어 달라 말씀을 하셨지만 그 부분은 거절을 했어요. 그러니까……."

걱정하실 필요 없어요. 그렇게 말하려던 고운은 잠자코 이야기를 듣고 있던 종현이 팔을 들어 그녀의 말을 막자 입을 다물었다. 동그란 눈을 깜빡이며 굳게 닫혀 있는 그의 입술이 열리길 기다렸다. 뚫어지게 바라보며.

조금의 시간이 흐른 후 그가 한숨처럼 말했다.

"뭔가 대단한 착각을 하고 있는 거 같아."

"네……?"

"나 원래 그런 사람이야. 당신의 존재가 언짢아서 그런 게 아니라고."

그렇게 이야기하면서도 종현은 제 입으로 제 욕을 하는 이 순간이 썩 내키지 않은 듯 미간을 찌푸렸다. 하지만 확실히 짚고 넘어갈 문제였다.

"결혼? 당신이 생각하는 결혼은 사랑하는 사람과 하는 것이겠지만 나한테는 조금 달라."

"그게 무슨 말인가요?"

순진한 물음에 종현은 한숨을 내뱉었다.

"나에게 결혼은 얻는 것이 있는, 사업적인 관계야. 굳이 당신이 아니더라도 언젠가 누군가와 사업적 협약을 위해 해야 하는 것."

"아……."

무슨 말인지 정확히는 알아들을 수 없었으나 고운은 천천히 고개를 끄덕였다.

"그리고 난 오늘 그 사업적인 제안을 당신에게 하러 왔어."

"……네?"

잠자코 이야기를 듣고 있던 고운이 놀라 말꼬리를 높이며 물었다. 그러자 종현은 조금 짜증이 섞인 목소리로 말했다.

"일일이 설명해 주는 것은 이번이 마지막이니까 잘 들어."

"……."

그는 친절한 사람이 아니었다. 설명을 한 번이라도 해 주는 것은 그의 입장에서 엄청난 친절을 베푸는 일이었다.

"당신의 앞으로 있는 강원도와 제주도 부지, 그리고 주식들. 그건 나에겐 꼭 필요한 것들이야. 그것을 얻을 수 있다면 당신과 결혼을 하는 것도 나쁘진 않다 생각을 할 정도로 말이야."

"……그렇지만."

짧게 운을 뗀 고운이 미간을 찌푸리며 그를 올려다보았다. 차가운 얼굴에 흐르는 냉기. 그가 지금 하는 모든 말들이 진심이라는 것을 깨닫자 고운이 입술을 달싹였다.

"그런 결혼은 할 수 없어요."

"그래, 하지만 난 이번에 효자 노릇을 한번 해 보기로 했어. 나에게도 손해가 되지 않는 장사이기도 하고."

그가 확신에 찬 어조로 말했다. 오늘 그녀에게 할 말을 모두 한꺼번에 꺼내 놓은 그는 외계어를 듣듯 알아듣지 못한 표정으로 멍하니 눈을 깜빡이는 고운을 뚫어져라 바라보았다.

"당신이 원하는 결혼이 사랑하는 사람들의 결합이라 했지?"

"……."

"그 결혼, 한번 해 보자고."

그가 너무나 쉽게 말했다.

✳

이성 관계라는 것 자체에 무지한 고운이었다. 그래서 그녀는 현재 한참이나 고민 중이었다.

휴대전화를 조물딱조물딱거리며 필성이 쥐여 준 티슈에 적힌 번호를 보던 고운이 콧잔등을 찌푸렸다.

"뭐라고 보내야 하지?"

연락을 기다리겠다 했으니 해야 했다. 더욱 그녀 또한 꼭 연락하기로 약속을 하지 않았던가.

한참이나 고민하던 고운은 마 여사에게 배운 대로 티슈에 적혀 있던 번호를 주소록에 저장한 뒤 문자 메시지 창을 켰다. 처음 걸음마를 하는 아이처럼 하나하나 집중하여 연락처에 필성의 번호를 불러 넣은 뒤, 밑의 창을 클릭한 고운이 눈알을 데록데록 굴렸다.

[안녕하세요, 김고운입니다.]

문자를 보던 고운이 찡긋 구겼던 콧잔등을 폈다. 그리고 이 정도면 됐다는 생각에 고개를 끄덕인 후 문자를 발송했다.

첫 문자치곤 오탈자 하나 없이 완벽했다 생각한 그녀와는 달리 문자를 받은 필성은 잠시 업체에서 온 것과 같은 딱딱한 문자에 당황하고 있다는 사실을 깨닫지 못한 채.

뿌듯한 얼굴로 휴대전화를 보던 고운은 부엌에서 나오는 마 여사의 모습에 싱긋 웃음 지었다.

"뭐하던 중이었니?"

"손전화기는 참 신기해요."

고운은 휴대전화를 들어 마 여사에게 보여 주며 생긋 웃었다. 그녀의 모습에 마 여사가 깔깔 웃음을 터뜨리더니 그녀의 맞은편에 앉으며 말했다.

"그러니?"

"네, 언제든지 보고픈 이와 연락할 수 있다니. 정말 좋은 물건인 것 같아요. 편리하기도 하고요."

웃으며 손에서 휴대전화를 놓지 못하는 고운의 모습에 마 여사가 따라 웃었다.

"그래? 근데 별일이 다 있구나. 종현이랑 잘 못 지내는 줄 알았더니, 그 녀석이 선물을 다 하고."

그 말에 고운의 입가에 피어 있던 웃음이 소리 없이 사라졌다. 그녀는 휴대전화를 쥔 손에 힘을 주곤 천천히 눈을 깜빡이며 그에게 들었던 말들을 하나둘 머리에 되새겼다. 그녀의 표정이 심상치 않게 변하자 이를 가만히 보고 있던 마 여사 또한 표정을 굳혔다.

무슨 일이 있었군.

지난밤, 심상치 않은 얼굴로 외출을 마치고 돌아왔던 고운의 모습을 떠올린 마 여사가 속으로 한숨을 삼켰다. 그리고 하고 싶은 말이 있는 듯 입술을 달싹이는 고운을 본다.

한참 고민하는 얼굴로 할 말을 머릿속에 떠올리던 고운은 생각이 정리가 된 것인지 조심스러운 어조로 물었다.

"사장님이 아주 멀쩡한 결혼을 하자고 말씀하셨어요. 어떻게 생각하세요?"

아주 멀쩡한 결혼? 앞에 붙은 그 말이 이상해 마 여사가 눈을 깜빡였다.

"그게 무슨 말이니?"

"제가 말씀드렸거든요. 결혼은 정인과 하는 것이라고."

고운이 말을 마치듯 입술을 꾹 다물자 마 여사는 결국 참다못한 한숨을 푹 내뱉었다. 그 말에 그 녀석이 어떻게 반응할지 보지 않아도 눈앞에 선하게 그려졌다.

너무 오냐오냐 키웠다.

귀한 아이였고, 너무 힘들게 얻은 아들이어서, 그리고 그러한 일을 겪어서, 심할 정도로 그 아이의 말을 받아들여 줬고, 그 아이가 원하는 대로 살길 바라며 방임 아닌 방임을 했다.

그러지 말았어야 했는데…….

마 여사가 애잔한 눈으로 고운을 보았다. 고민이 가득한 얼굴로 자신을 올려다보는 순진한 눈동자를 보자 울컥 감정이 치받아 올라왔다.

"그래서 넌 어떻게 했으면 좋겠니?"

"전 잘 모르겠어요."

애써 마음을 추스린 마 여사가 묻자 고운은 가볍게 고개를 저었다. 요즘은 정말 모를 것투성이였다. 갑작스럽게 변한 환경과 그녀

앞에 놓인 처지 때문이었다.

길 잃은 아이처럼 혼란스러운 기운이 가득한 눈망울에 마 여사
는 그녀보다 더 오래 산 사람답게, 그리고 두 아이를 누구보다 아
끼는 사람답게 적당한 해답을 내놓았다.

"그럼 한번 그 아이를 곁에서 지켜보는 건 어떻니?"

답이었지만 물음이었다.

그녀의 의사를 존중해 준다. 자신의 의견을 피력시키지만은
않겠다는 것.

그녀의 말에 고운의 고개가 기울여졌다.

"성격이 못돼 먹고 나쁜 녀석 같긴 하지만, 그래도 속을 들여다
보면 그 아이가 왜 그렇게 행동하는지 알게 될 거란다."

그래, 마음씨 따뜻한 고운은 분명 그 아이를 이해해 줄 것이다.

하지만…… 정말 이것이 정답일까?

마 여사는 계속해서 의문만 드는 상황에 본인도 모르겠다는 듯
고개를 절레절레 저었다. 이 회장이 어떠한 생각으로 두 사람에게
부부의 연이 닿았으면 좋겠다, 생각하는지 그 마음은 잘 알았으나
그것이 과연 이 아이들에게 좋은 일일지에 대해선 아직 확신이 서
지 않은 상태였다.

하지만 모른다 하여 이 모든 상황을 방관한 채 지켜보고만 있을
생각은 없었다.

마 여사는 광주댁이 부엌에서 불쑥 얼굴을 내밀어 '다 준비했습
니다'라고 말하자 좋은 생각이 떠올랐다는 듯 고운을 보며 눈을
빛냈다.

"그런 의미로 오늘 종현이 집에 반찬 좀 가져다주련?"

"반찬이요?"

갑작스런 제안에 고운이 눈을 동그랗게 뜨자 마 여사는 고개를 끄덕이며 변명처럼 말했다.

"혼자 있으면 도통 뭔가 챙겨 먹질 못하거든. 그래서 가족 식사가 없는 주말에는 가끔 반찬을 공수해 줘."

혼자 사는 남자가 챙겨 먹어 봤자 얼마나 잘 먹겠는가. 대학에 입학하면서부터 쭉 밖에서 생활했던 아들은 간단한 계란 후라이도 하지 못했으니, 걱정되는 어미는 매일 엄마 새처럼 음식을 아들의 집으로 나르고 있었다.

고운이 이제야 이해했다는 듯 고개를 끄덕이며 말했다.

"네, 제가 다녀올게요."

"그래, 그럼 부탁 좀 하마."

마 여사의 말에 고운이 고개를 끄덕였다. 마침 할 말도 있었는데 잘됐다 싶은 고운은 곧장 마 여사의 뒤를 따랐다.

✳

딩동— 딩동—

연신 초인종을 누르던 고운의 고개가 옆으로 기울었다. 벌써 5분째 개미 새끼도 미끄러질 정도로 반들반들한 대리석 바닥 위, 고급스러운 현관문 앞에 서서 초인종을 누르고 있는 고운은 안에서 아무런 인기척이 없자 그제야 뭔가 잘못됐다는 생각에 메모를 확인했다.

프리미엄 월 1101호

"여기가 맞는데……."

혹여 자신이 집을 잘못 찾았을까, 메모를 확인해 보았지만 문에 박혀 있는 숫자와 같은 번호가 적혀 있었다.

고운의 미간이 구겨졌다. 설마 집에 없는 것일까?

다시 한 번 초인종을 누른 고운은 끝끝내 집 안에서 아무런 인기척도 들려오지 않자 휴대전화 단축번호 1번을 꾹 눌렀다. 그러자 자동적으로 마 여사의 번호가 입력이 되고 곧 신호음이 가는 소리가 들렸다.

몇 초의 기계음 뒤, 교양 있는 목소리로 마 여사가 '여보세요?' 하며 전화를 받았다.

"사장님 집에 안 계신가 봐요."

-그럴 리가 없는데…….

말끝을 흐린 마 여사가 곁에 있는 사람과 대화를 나누었다. 혹여 이 회장이나 종현에게서 이번 주 주말에 그가 자리를 비운다는 소릴 들은 적이 없냐고 마 여사가 물었다. 하지만 곁에 있는 이는 그런 이야기를 들은 적이 없다 말했다.

-잠시 자리를 비웠나 보구나. 비밀번호를 말해 줄 테니 안에 반찬만 두고 나오련?

"네, 알겠어요."

부드러운 목소리로 답한 고운은 마 여사가 시키는 대로 직사각형의 플라스틱 물체 위에 손바닥을 올려놓은 뒤 불빛이 들어오자 천천히 비밀번호를 눌렀다. 그녀의 손가락이 기계에 닿을 때마다 삑삑 소리를 낸다. 신기한 듯 눈을 깜빡이던 고운은 삐리릭 소리와 함께 잠금장치가 풀리는 소리가 들리자 손잡이를 돌렸다. 신기하게도 문이 열렸다.

"어머."

고운이 짧게 소리를 내뱉자 전화 저편에서 호호 웃음소리가 들려왔다.

-열렸니?

"네! 열쇠가 없어도 문을 열 수가 있네요. 신기해요."

-넌 참 신기한 것도 많다. 그럼 반찬만 놓아두고 얼른 돌아오렴. 저녁은 같이 준비해서 먹자꾸나.

"네, 알겠습니다."

방긋 웃으며 통화를 마친 고운이 휴대전화를 주머니 안으로 밀어 넣었다. 그리고 비밀번호를 누르느라 바닥에 내려 둔 반찬통을 다시 든 뒤 집 안으로 걸음을 옮겼다.

종현의 집 첫인상은 코끝에서부터 느꼈다. 은은한 꽃향의 근원지를 찾기 위해 시선을 돌리던 그녀는 타이머가 맞춰진 방향제가 칙- 소리를 내며 향기를 내뿜자, 잠시 신기해 멀뚱히 바라보았다.

"우와……."

고운의 입에서 감탄사가 터져 나왔다. 진한 향은 곧 옅어지고, 고운은 조심스럽게 신발을 벗은 뒤 집 안으로 들어섰다. 그녀의 입가에 부드러운 미소가 맺혔다. 달콤한 꽃향기는 그녀의 마음을 평온하게 만들어 주었다. 하지만 이러한 기분도 얼마 지나지 않아 와장창 깨졌다.

"이, 이게……."

엉망인 집 안을 보며 고운이 입술을 달싹였다. 모던한 가구만 놓여 있는 거실은 커다란 물건이 몇 되지 않아 전체적으로 휑한 느낌이었다. 아니, 휑한 느낌이어야 했다. 무지막지하게 쌓여 있는 서류들과 바닥에 아무렇게나 놓여 있는 옷가지들만 아니라면.

끼기긱, 기계적으로 고개를 돌린 고운은 테이블 위에 선인장처럼 자라난 재떨이를 보았다. 꽁초가 쌓이고 쌓여 마치 크리스마스 트리처럼 보이기도 했다.

"집 꼴이 이게 뭐야……?"

동그랗게 변한 눈으로 집 안을 둘러보던 고운은 들고 있던 반찬통을 떨어뜨릴 뻔하고서야 정신을 차렸다. 풀린 손에 힘을 준 고운이 천천히 안으로 이동했다.

식탁 위에 반찬통을 올려놓은 고운이 난감한 얼굴로 집 안을 휘둘러보았다.

"어쩌지?"

못된 오지랖이 또 발동되려고 한다.

널려져 있는 물건을 보면 치우지 않고 견딜 수 없는 고운은 손가락을 꼼지락거리며 제 손길을 기다리는 아가들을 보며 뭔가에 홀린 사람처럼 읊조렸다.

"내가 다 치워 줄게."

하루 우렁각시가 되리라 마음먹은 고운은 구석에 처박혀 있던 걸레와 청소기를 용케 발견하곤 빠르게 집을 정리해 나가기 시작했다.

서류는 건드리면 안 될 것 같아 한쪽에 잘 쌓아 두었고, 테이블 위에 흉측한 모양으로 쌓여 있던 재떨이는 꽁초를 버린 후 깨끗하게 씻어 뒤집어 놓았다. 바닥에 떨어져 있던 빨래거리는 깨끗하게 빨아 베란다에 잘 말려 두었고, 컵만 쌓여 있는 설거지거리까지 깨끗하게 정리하고 나서야 고운은 하루 종일 굽히고 있던 허리를 폈다.

치맛자락은 어느새 잘 여며 끈으로 고정해 놓아 무릎 위에 종긋 올라와 있었다.

누가 딱 보아도 본격적으로 노동을 마친 모습의 고운은 이마에 맺힌 식은땀을 닦아 낸 뒤 싱긋 웃었다.

"깨끗해졌다."

누군가 시켜서 한 것은 아니었지만 고운은 깨끗하게 정리된 집 안을 보자 그제야 부산스럽게 움직이던 몸짓을 멈췄다. 그리고 파리도 날아와 앉으면 미끄러질 정도로 매끈매끈한 집을 보며 행복에 겨워 웃었다.

아버지가 지나칠 정도로 깔끔 떠는 성격이었기에 거기에 맞춰 집안일을 하던 고운 또한 더러운 것은 보지 못하는 사람이 되었다. 그리고 종현의 집은, 곳곳에 마음에 들지 않는 부분들이 아직 보이긴 하였으나 만족할 정도는 됐다.

손가락으로 책꽂이를 스윽 만져 본 고운은 손가락 끝에 아무것도 묻어 나오지 않자 그제야 책들을 향해 시선을 돌렸다. 청소를 하느라 한쪽 벽면을 가득 채우고 있는 책들을 그제야 본 것이다.

"우와…… 어렵다."

영문으로 적힌 제목부터 시작해 어느 나라 말인지 모를 말들로 책등에 적혀 있는 글귀들을 눈으로 훑으며 천천히 걸음을 옮기던 고운은 무릎을 굽히고 앉아 밑에 있는 칸들의 책을 천천히 살펴보았다.

인문과학서적과 자기개발서, 소설책과 자서전이 차례대로 꽂혀 있는 책장을 훑어보던 고운은 다른 것들과 달리 가죽으로 되어 있는 겉면을 보며 고개를 멈췄다.

선원초등학교 5기 졸업앨범

　그 옆으로도 그가 나온 것으로 보이는 중학교와 고등학교, 대학
교의 졸업앨범이 나란히 꽂혀 있었으나 그녀의 시선을 사로잡은
것은 초등학교 졸업 앨범이었다.
　그의 어린 시절이 궁금했기에 졸업 앨범에서 시선을 떼지 못하
는 것이 아니었다.
　"선원…… 선원……?"
　어디서 들어 본 것만 같은 그 명칭이 계속 머릿속에서 맴돌고
입 밖으로 튀어나왔기 때문이었다. 계속 앨범 등을 보며 금색으로
박혀 있는 글자를 읽던 고운이 조심스러운 손길을 내밀어 앨범을
뽑아 들었다. 그리고 혹여 앨범이 망가질세라 살며시 첫 장을 펼쳤
다.
　첫 장은 학교의 전경 사진이 박혀 있었다. 화려한 컬러로 찍혀
있는 사진을 뚫어져라 바라보던 고운은 차갑게 식어 버린 손끝으
로 사진을 어루만지다가 손가락을 오그렸다.

　"넌 왜 맨날 병신처럼 웃냐?"

　움찔.
　고운의 몸이 떨린다.
　자신의 뇌리를 강력하게 때린 어린아이의 목소리에.
　놀란 눈으로 앨범을 바라보던 고운은 무언가에 홀린 듯 방금 전
까지 무릎 위에 소중히 올려 두었던 앨범을 집어 던져 버렸다.
　"아아……."

입에서 신음이 흘러나왔다. 강력한 두통이 찾아와 뇌리를 때린다. 깊은 곳에 잠재되어 있던 기억이 계속 불쑥불쑥 솟아 고운을 괴롭혔다.

"너무해, 말하는 게 너무 나빠."
"네가 더 나빠."

어린 여자아이의 목소리와 남자아이의 목소리.

번갈아 들린 그 말에 고운의 눈이 크게 떠지더니 이내 동공이 파르르 떨리기 시작했다.

"이게 도대체 무슨……."

자리에서 벌떡 일어난 고운은 화들짝 놀란 얼굴로 집어 던졌던 앨범을 원래 자리에 놓아두었다. 그리고 서둘러 부엌으로 가 정수기 물을 컵에 따른 뒤 벌컥벌컥 들이켰다.

"뭐지…… 뭐지?"

차가운 물이 왈칵 몸으로 스며들자 멀어졌던 정신이 조금씩 돌아오기 시작했다. 하지만 방금 전 일을 떠올리면 떠올릴수록 머리는 두 갈래로 갈라질 것처럼 격렬한 고통을 일으키기 시작했다.

"하아, 하아."

가쁜 숨을 내뱉으며 한 손으로 벽을 짚은 고운이 고통에 숨을 허덕거렸다. 이마에 맺히기 시작한 땀방울이 아래로 흘러내리며 그녀의 고통이 어느 정도로 심한 것인지 단적으로 보여 주었다.

얼마의 시간이 흘렀을까. 빠르게 들썩이던 가슴도, 가빴던 호흡도 점차 제자리를 찾기 시작했고, 깨질 것 같은 두통도 어느 정도 가셨다. 속눈썹이 구겨지도록 감고 있던 눈을 슬쩍 뜬 고운은 심호흡을 내뱉은 뒤 구부정했던 허리를 곧게 세웠다. 그리고 말했다.

"아닐 거야."

그래, 그녀의 기억 속에 없는 대화였다. 그녀는 그러한 대화를 나눈 적이 없었고, 제 또래의 친구를 가진 적도 없었다. 물론 그녀가 겪었지만 그녀가 기억하지 못하는 초등학교 시절의 일이라 할지라도 기억을 잃은 일이었다. 아버지는 그 일에 대해 깊이 생각하지 말라고 당부에 당부를 하셨다.

"기억나지 않는 건 그만한 이유가 있기 때문이란다, 고운아."

"그래도 소중한 기억일지도 모르잖아요."

"소중한 기억이었다면 잊었을까? 아니기 때문이야. 기억하지 않았으면 하는 일이기 때문이야. 난 그렇게 생각한단다, 딸아."

기억을 잃은 그녀가 괴로워하자 태우가 했던 말.

그래, 기억을 잃은 것엔 이유가 있을 것이다. 그녀가 기억하면 괴로울 엄청난 일을 겪었을 수도 있다. 그녀의 세상 전부였던 아버지가 하신 말씀이니 그럴 것이다. 그러니 기억하지 말자.

고운은 불쑥 튀어나왔던 기억을 억누르며 애써 입가에 미소 지었다. 그리고 생각을 다른 곳으로 돌리기 위해 서재와 안방으로 보이는 문 두 개를 보며 읊조렸다.

"저기도 많이 더럽겠지?"

그렇게 말한 고운이 천천히 걸음을 옮긴다. 마치 무엇엔가 홀린 사람처럼.

검은 문 앞에 멈춰 선 고운이 천천히 문손잡이를 잡고 돌렸다. 그러자 달칵 소리와 함께 문이 열렸고, 곧 한쪽 벽면을 치고 있는 암막커튼과 커다란 침대가 드러난다.

어두운 내부에 고운이 눈을 게슴츠레 뜨며 불쑥 솟아 있는 이불을 보았다. 하지만 아무리 눈에 힘을 주고 보아도 이불을 번쩍 들어 올린 형체는 잘 보이지 않는다.

더듬, 더듬. 몇 발자국 더 움직여 침대맡으로 다가간 고운은 색색 숨을 내뱉고 있는 남자의 모습에 순간 눈을 크게 뜨고 버럭 외쳐 버렸다.

"으악!"

뭐야? 집에 있었던 거야?

청소기를 돌리고 부산스럽게 움직였음에도 그는 곤한 잠에 빠져들어 있었다. 하지만 고운이 와락 지르는 소리에 벼락 맞은 듯한 얼굴로 눈을 번쩍 뜨며 그 또한 소리를 내질러 버렸다.

"뭐야, 너……!"

"그, 그럼 당신은 뭐예요!"

고운은 벗고 있는 그의 상체에 깜짝 놀라 몸을 뒤로 돌려 버렸다. 쿵덕쿵덕, 가슴이 디딜방아를 찧는다. 갑작스럽게 본 성인 남자, 그것도 자신과 비슷한 또래의 남자 가슴에 그녀의 얼굴이 터져 버릴 듯 붉어지고 사지가 바들바들 떨린다.

내가 방금 본 것이 무엇이지?

그녀가 입술을 뻐끔거리며 연신 당황하고 있을 때였다.

종현은 낡은 개량한복 차림의 고운이 지금 자신의 침실에 있다는 사실이 믿기지 않은 것인지 한참이나 그녀를 뚫어져라 보고 있었다. 이 모든 게 꿈인가? 하는 얼굴이었다.

"뭐?"

"왜 여기 있냐고요!"

귀를 쩌렁쩌렁 울리는 목소리에 종현은 조금씩 잠결을 물리고 제정신을 찾기 시작했다.

꿈일 리가 없었다. 그 이상한 여자가 왜 자신의 꿈에 갑자기 나온단 말인가.

"그건 내가 할 소리야."

그의 말에 고운이 입술을 굳게 다물었다.

당황했던 심장이 점차 제 속도를 찾길 기다리며.

잠시의 침묵 후, 먼저 정신이 돌아온 것은 종현이었다. 그는 헐벗고 있던 상체를 가리기 위해 이불을 끌어 올린 뒤 차갑게 일갈했다.

"당장 나가!"

그의 목소리엔 화가 가득했다.

✳

소파에 앉아 팔짱을 끼고 있는 종현은 이제 막 잠에서 깨어난 사람이라고 하기엔 너무나 멀쩡한 표정으로 고운을 노려보고 있었다. 여전히 검은색 잠옷 차림이었지만 잠옷이라고 하더라도 일상에서 쉽게 입는 트레이닝복이었다.

그는 잠이 홀딱 깬 얼굴로 고운을 노려보고 있었다. 어찌 잠이 홀딱 깨지 않을 수가 있겠는가. 인기척에 눈을 떴는데 눈앞에 웬 여자가 있으면 누구라도 놀라지 않겠는가? 거기에다가 잘 때는 최대한 간편한 차림을 했기에 속옷만 입고 자는 경우가 많았고, 이번에도 역시나 그랬다. 속옷 차림의 상태에서 고운을 마주해야 했던 그는 지금 심기가 무척이나 나빴다.

"가택침입이야, 이건."

그가 까칠한 목소리로 말했다. 그러자 고운은 입술을 모았다가 늘어뜨리길 반복하더니 우물쭈물 말했다.

"여사님이 비밀번호를 가르쳐 주셔서……. 그게 반찬을 가지고 왔어요. 또 할 말도 있고……."

당황한 마음에 자꾸만 말이 꼬인다. 난생처음 보았던 남자의 탄탄한 가슴이 계속 눈앞에 어른거려 붉어진 얼굴이 제 색으로 돌아오지 않았다. 당황한 고운은 그와 시선을 마주치지 못했다. 이에 그의 얼굴이 더욱 찌푸려졌다.

"지금 무슨 생각을 하는 거야?"

"아, 아무 생각도 안 해요."

"아무 생각도 안 한다는 사람이 왜 시선을 피하고, 말을 더듬고 그래?"

그의 까칠한 목소리에 반발심이 생긴 고운이 고개를 번쩍 들어 종현과 시선을 마주했다. 그러자 얼굴은 더욱 화르륵 타오르기 시작했다. 콩닥콩닥, 심장이 튀어나올 것처럼 빠르게 뛰었다.

"……괜찮아?"

그러자 방금 전까지 그녀를 향해 있던 눈이 놀라움에 커졌다. 사람의 얼굴이 어떻게 저렇게까지 붉어질 수 있을지 놀란 듯했다. 그러자 고운은 힘차게 고개를 내저었다.

"문제없어요."

"뭐가?"

"그러니까, 괜찮다고요."

고운이 고개를 폭 숙이며 그렇게 말했다. 기어들어 가는 목소리로.

그녀의 모습에 한숨을 푹 내뱉은 종현은 손을 들어 이마를 쥐었다. 놀란 마음이 조금 가시자 작은 두통이 찾아왔다. 손가락으로 이마를 꾹꾹 누른 종현이 고개를 끄덕였다.

"내가 너무 예민하게 반응했던 것 같다."

툭 내뱉은 그가 고개를 들어 반질반질 빛이 나는 거실을 휘 둘러본 뒤 다시 몰려오는 두통에 눈을 질끈 감았다가 떴다. 그녀가 한쪽에 잘 정리해 놓은 서류 더미를 보자, 내일 당장 회의에 들고 가야 하는 서류가 어디에 있을지 감도 오지 않았다. 하지만 그 문제를 굳이 그녀에게 말하진 않았다.

그 대신 이렇게 물었다.

"청소, 당신이 한 거야?"

끄덕끄덕, 고개를 숙인 채 고운이 끄덕였다. 힘없는 고갯짓을 종현이 말없이 바라보았다. 잔뜩 기가 죽은 모습에 그가 천천히 말을 내뱉었다.

"고맙다."

"……네?"

퍼뜩 고개를 든 그녀의 시선과 마주한다. 그리고 그녀의 눈동자에 서린 감정에 그가 속으로 제 감정을 삼킨다.

왜 이 여자는 날 이렇게 볼까.

의외, 두려움, 놀라움, 다행…… 여러 감정이 복합적으로 섞인 눈으로 왜 날 바라보는 것일까.

그리고 그게 마음에 걸리는 이유는 무엇일까?

그는 자신도 알 수 없는 감정에 뒤죽박죽이 되는 머릿속을 애써 정리했다.

그냥.

짧은 두 글자로 자신의 마음을 그리 정리한다.

"하지만 다음부턴 하지 마. 집안일을 봐 주는 아주머니가 계시니까."

"아……."

그의 말에 고운이 재빨리 고개를 끄덕였다. 괜히 쓸데없는 짓을 한 것은 아닐까 고민하고 있었는데 그 생각이 맞았구나, 라고 생각하며.

그리고 혹 그에게 사과해야 하는 것은 아닐까, 생각이 다른 쪽으로 튀고 있을 때였다.

"당신은 내 집을 치워 주는 사람이 아니잖아."

끄덕끄덕, 고운이 천천히 고개를 끄덕인다. 그러자 그는 자신의 말뜻이 충분히 전달되지 않았나 싶어 재빨리 말을 이었다.

"그러니까…… 벌써부터 내 뒤치다꺼리할 필요 없다고. 당신은…… 그러니까, 아직은 내 아내가 아니잖아."

"……."

종현이 미간을 찌푸렸다. 말솜씨가 꽤 좋다는 평가를 받았는데, 왜 지금 이 순간 이 여자를 홀릴 만큼 완벽한 어휘력을 구사할 수가 없는 것일까. 뚝뚝 끊어지는 말끝에 나온 것은 결국 조금의 짜증을 담은 말이었다.

"내 말뜻 알겠어?"

그 말에 바짝 얼어 있던 고운의 얼굴이 부드럽게 풀렸다.

"절 배려해서 하시는 말이죠?"

"뭐?"

입가에 맺힌 부드러운 미소에 그가 입을 꾹 다물었다. 이 멍청한 물음은 뭐란 말인가. 얼간이가 된 기분이었다. 하지만 그녀는 자상한 미소를 지으며 그를 이해한다는 듯 말했다.

"어떤 말인지 알 것 같아요. 하지만 집을 너무 엉망으로 쓰세요. 일이 바쁜 건 어르신이나 사모님을 통해 들어서 알고 있지만, 그래도 집은 깨끗해야 해요. 집은 휴식하는 공간이고, 휴식을 취하기 위해선 공간이 깨끗해야 하잖아요."

"……."

당신, 지금 나한테 잔소리하는 거야?

그 말이 목 끝까지 차올랐다. 하지만 이번엔 멍청하게 입 밖으로 내뱉진 않았다. 그 대신 그녀의 선한 눈망울을 바라보았다.

"오늘 찾아온 것은 말씀드리고 싶은 게 있어서예요."

그녀의 말에 그는 계속 이야기하라는 듯 고개를 끄덕였다. 그러자 고운은 긴장되는 마음을 밀어내려는 것인지 심호흡을 한 뒤 그와 시선을 똑바로 마주했다.

"사장님, 사장님은 왜 제가 사장님의 아내가 되길 바라세요?"

지지부진, 계속 끌고 있는 문제였다. 이로 인해 이 회장 내외와 몇 번이나 계속 이야기를 나누었고, 그들이 자신을 기대에 찬 시선으로 바라볼 때마다 그녀는 안절부절못했다. 고마운 분들이었지만 결혼은 단순히 그녀의 의사로만 결정되는 것이 아니었다. 눈앞의 남자, 이종현도 이 결혼에 대해선 회의적인 반응을 보였기에 오늘은 꼭 결판을 지어야 했다.

"뭐?"

그녀의 물음에 순간 말문이 왈칵 막혔다. 그래서 간단한 물음을 또다시 던져 버렸다. 그녀가 답을 바라며 물은 말에 계속 그는 물음을 던졌다. 어떠한 말을 해야 할지 몰랐기 때문이다.

그가 당황한 듯 입술을 꾹 다물자, 고운의 웃음이 더욱 진해졌다.

"평범하게 연애를 하고 결혼하자고 하셨죠?"

"그래."

그의 답은 망설임이 없다. 그래서 그녀는 오히려 그가 지금 진심을 말하지 않고 있다는 것을 깨달았다.

"아닌 거 다 알아요, 사장님. 그럴 마음이 없으시잖아요."

순진한 눈망울이 떨렸다. 흔들리고 요동치는 눈망울에 그의 입술이 꾹 닫혔다. 허를 찔린 남자는 할 말을 잃었다.

"땅과 주식 때문에 그러세요? 그렇다면 그거 사장님께 다 드릴게요."

"……."

"그러니까 단순히 그런 것들 때문이라면 더 이상 이 문제로 사장님께서 골치를 썩지 않았으면 좋겠어요. 전 그런 것들이 필요 없거든요."

종현의 눈빛이 흐려진다. 그녀의 말이 이어지면 이어질수록.

"그러니까 사장님 가지세요."

그리고 그녀의 마지막 말에 결국 그가 참고 있던 말을 왈칵 내뱉었다.

"그냥 주겠다고?"

그게 말이 되나? 그 많은 것들을 어찌 이 여자는 이리도 쉽게 내주겠다 말을 할 수가 있는 건가. 상식적으로 말이 되지 않아 그는 그렇게 물었다. 그러자 고운은 생각할 여지도 없는 문제라는 듯 빠르게 답했다.

"네, 저에겐 필요 없는 물건이니까요."

"당신이 가지고 있는 것들이 얼마나 대단한 건지, 종이쪼가리로

밖에 못 봐서 모르나 본데, 금액으로 환산해 줘? 대충 계산해도 수천억 대야. 그런데 그걸 다 포기하겠다고?"

그가 미간을 찌푸리며 그렇게 말했다. 그리고 이 여자가 갑자기 왜 그 문제에 대해 언급하는 것인지 떠보기 위해 운을 뗐다.

"다른 걸 원하는 게 있다면……."

아버지가 그녀를 수양딸로 삼겠다고 했으니 어쩜 그쪽이 더 좋을지도 모른다. 그에게 재산을 위임하고 여기에서 발생하는 수익들을 앞으로 차곡차곡 쌓는다면 당장의 것들보다 더한 것들을 손에 쥘 수 있을 것이다. 자신과 결혼을 하지 않고서도.

제법 똑똑하다 생각한 그가 다음 말을 이으려 할 때였다. 그의 이야기를 잠자코 듣고 있던 고운이 고개를 내저은 뒤 거실 벽을 가득 채우고 있는 유리창을 향해 고개를 돌렸다. 그의 집이 위치해 있는 곳은 전망이 아주 좋은 곳이었다.

서울을 가로지르는 한강이 한눈에 보였고 도시의 숲들도 멋들어지게 자리하고 있었다. 그녀가 있던 곳에는 이러한 것들이 없었다. 높은 빌딩도 없었고, 한강처럼 커다란 강도 없었다. 그녀가 생전 처음 보는 것들. 그녀에게 서울은 낯선 곳이었다.

이런 곳으로 자신을 데리고 온 이 회장 내외는 그녀를 살뜰히 돌봐 주었다. 그들의 뜻을 따르고 싶었지만 결혼이란 문제는 달랐다. 그저 그분들이 자신이 평생 그들의 곁을 지키길 바란다면 그 뜻만은 들어 드리고 싶었다. 그건 굳이 결혼이나 딸이 되지 않아도 할 수 있는 것들이었다.

"제가 원하는 건 하나예요. 이 회장님과 마 여사님이 절 너무 가엽게 여기지 않았으면 하는 거요."

그렇게 말한 고운이 시선을 돌려 날카로운 종현의 눈동자와 눈을 마주했다. 그가 지금 자신을 어떻게 바라보는지 그녀도 알고 있었다. 제 속을 꿰뚫어 보려는 시선. 그건 사업석상에서 사업가들이 지을 법한 것들이었다.

"그리고 사장님도 절 그렇게 보지 않았으면 해요."

"……뭐가?"

그가 또다시 물었다. 그녀의 말은 온통 뜬구름 잡는 것들뿐이어서 묻지 않을 수가 없었다.

"절 무조건적으로 도움을 줘야 하는 사람으로 보지 않았으면 한다고요."

"……."

"포기 각서? 뭐, 그런 게 있다면서요. 그걸 원하시면 그걸 써 드릴 수도 있어요. 그러니까 사장님…… 절 너무 그런 눈으로만 보지 마세요."

전 원하는 것이 정말 아무것도 없어요. 사장님과의 결혼도 원치 않아요. 이 문제를 얼른 해결하고 싶어요. 그래서…… 조금은 이 혼란스러운 일들을 잠재우고 싶어요.

그녀가 천천히 말을 이었다. 그런 뒤 어느새 눈망울에 맺힌 눈을 천천히 깜빡였다.

"저도…… 상처받아요."

✻

VIP들로만 운영이 되는 바 〈코른〉은 은은한 조명만 켜져 있어 당장 옆의 사람의 얼굴도 보이지 않을 정도로 어두컴컴했다. 젊은 재벌 2, 3세들이 많이 이용하는 이곳은 주말인데도 한산했다. 워

낙 손님 하나가 쓰는 돈도 어마어마해서 굳이 많은 손님이 찾지 않더라도 바가 운영될 정도였다. 그리고 이런 한산함을 이곳을 이용하는 이들은 좋아했다.

바의 가장 구석진 자리. 늘 이곳을 찾을 때마다 종현이 자리하곤 하는 자리엔 벌써부터 많은 술병이 놓여 있었다. 한 병에 수백만 원을 호가하는 양주와 안주가 들어차 있는 테이블을 무심한 눈으로 바라보던 종현은 맞은편에 앉은 자신의 벗을 보며 무심한 어조로 말했다.

"그 여자, 정체가 뭔지 모르겠어."

그렇게 말한 종현이 천천히 눈을 감았다가 떴다. 그리고 오늘 낮, 그녀에게서 들은 이야기들을 하나둘 되새겼다.

"정말이라면 내일이라도 당장 변호사를 부르지."
"빠르면 빠를수록 좋겠지요? 그럼 그렇게 할게요."

투명한 눈망울엔 거짓 하나 없었다. 그녀는 진심이었다. 자신의 모든 것을 그에게 내어 주겠다고. 그 대신 결혼은 하지 않겠다고. 진심으로 자신을 바라보지 않는 이와는 결혼할 수 없다고 그녀가 말했다.

그 말에 왜 자신은 이리도 충격을 받은 것일까.

팔딱팔딱 뛰던 심장은 원래 제 속도를 찾았으나, 머릿속은 아직도 멍했다. 자신의 주위에서 볼 수 없는 유형의 사람은 그를 계속 당황하게 만들고 있었다.

시선을 든 종현은 맞은편에 앉아 있는 친구의 얼굴을 보았다. 최근 해외 공연이다 뭐다 해서 한국에 들어와 있는 날이 적은 친구였다. 유명한 피아니스트인 그는 올해는 한국에서 공연과 앨범 작업만을 하며 보낼 것이라 말한 뒤 진심으로 제 이야기를 들어주고 있었다.

피아니스트답게 섬세한 손가락으로 잔을 든 친구가 물었다.

"너 정말 결혼하게?"

"뭐, 지금 봐선 안 해도 될 것 같긴 하지만."

종현이 말을 툭 던진다.

"난 정말 이해를 못 하겠어. 다운이도 그렇고, 철우도 그렇고. 어떻게 아무것도 모르는 사람이랑 사업적인 관계로 살 수 있을까?"

"못 살 건 뭐 있어? 있는 듯 없는 듯 굴기만 하면 상관없어."

순진한 친구의 물음에 종현은 너무도 쉽게 답을 내놓았다. 그 또한 한국에서 악기 사업을 하며 돈 꽤나 만지는 집안이었지만, 자유로운 음악가가 많은 집안이다 보니 사업을 하는 일반적인 가정보다는 자유로운 환경에서 자라났다. 그래서 가끔 사업가 집안들의 정략결혼에 대해 그는 이러한 반응을 보이곤 했다. 그 모습에 종현은 입가를 비틀어 웃으며 제 친구의 눈망울을 마주했다.

"순진하게 이러지 말자, 필성아."

"그래도 난 이해 못 하겠어. 사랑은 역시 사랑하는 사람과 함께 해야 하지 않을까? 1, 2년도 아니고 평생을 함께하는 건데."

공중에서 술잔을 흔들며 하는 그의 말에 또다시 불쑥 치고 들어오는 언성.

"전 사랑하는 사람과 결혼하고 함께 늙어 가고 싶어요, 사장님. 제가 원하는 건 그겁니다. 그리고 제 뜻을 회장님도 받아들여 줄 거라 믿어요."

부부가 아닌 단순한 동거인. 그것이라면 상관이 없다고 그는 늘 생각했다. 어릴 적부터 누려 온 것들은 평생의 사생활을 포기하는 대가라 그는 생각해 왔다. 하지만 요즘 들어 이런 그의 생각에 반박을 하는 이들이 늘어난다. 자신의 앞에 있는 하필성이나 그리고 김고운이나.

"그 여자도 너랑 똑같은 소릴 하더라."

"응? 너랑 결혼 이야기 오고 간다는 그 사람?"

"그래."

짧게 답한 종현이 술잔을 기울였다. 차가운 알코올은 몸 안으로 들어오자 화르륵 불길을 일으켰다. 혈관을 타고 빠르게 번져 가는 뜨거운 기운에 그가 잔을 내려놓았다. 그리고 재미있다는 듯 입술을 휘는 필성을 보았다. 친구는 이 상황이 꽤나 즐거운 듯 보였다.

"너랑은 참 다르네."

"어, 맞아."

나도 그렇게 생각해. 그가 답했다.

순진한 여자, 재물엔 관심이 없다고 말했던 여자. 결혼은 사랑하는 사람이랑 해야 한다는 여자. 그리고…….

"나랑은 너무 다른 사람이야. 그래서 계속 거슬려."

제 신경을 계속 긁어 놓는 여자.

그녀의 생각에 종현의 눈빛이 짙어졌다.

오랜만에 만난 필성과 함께 거나하게 술잔을 기울여 버렸다. 시야가 흐려지고 정신은 어지럽게 흩어진다. 비틀거리며 차에서 내린 종현은 자신에게 다가온 대리운전기사에게 현금을 꺼내 내밀었고, 기사는 십만 원짜리 수표에 미간을 찌푸렸다.

"잔돈이 없는데 어쩌죠?"

그전 손님도 수표를 건넨 탓에 동전까지 싹싹 긁어 잔돈을 주었기에 현재 수중에는 동전 하나도 없었다. 대리운전기사의 말에 종현이 허공에 손을 내저었다.

"됐습니다."

"정말 괜찮습니까?"

이게 웬 횡재냐는 듯 대리운전기사가 눈을 빛내며 물었다. 그리고 그 뒤 차를 몰고 오는 내내 신경 쓰이던 것을 말했다.

"그런데 사장님, 아까 전부터 계속 휴대전화가 울리는데……."

오는 내내 반쯤 잠에 취해 있었던 상태인지라, 전화가 울리는 것조차 몰랐다.

"감사합니다."

종현의 말에 기사가 고갯짓을 한 뒤 시야에서 사라지자 종현은 팔을 뻗어 차를 짚어 몸을 지탱한 뒤 주머니를 뒤져 휴대전화를 꺼냈다. 그러자 막 걸려 온 전화가 끊기며 〈부재중 20통〉이 액정에서 반짝인다.

"뭐야?"

무지막지한 부재중 통화 수에 순간 정신이 번뜩 든 것인지 종현이 서둘러 통화 목록을 확인했다. 목록에 찍혀 있는 것은 대부분 고운의 전화번호였다. 간간이 찍혀 있는 본가 전화번호를 보았을 때 그는 뭔가 일이 잘못되었다는 것을 깨달았다.

서둘러 고운에게 전화를 건 그는 오랜 통화음 끝에야 전화를 받는 그녀에게 다급히 물었다.

"무슨 일이야?"

―…….

"이봐?"

상대는 말이 없었다. 꿀 먹은 벙어리처럼.

이에 그는 닦달했다.

"김고운, 무슨 일……."

―당장 와 주세요.

"뭐?"

―지금 당장…… 와요. 얼른요.

고운의 목소리엔 울음이 가득했다.

❋

　개량한복 자락이 엉망으로 구겨져 있었다. 그것만으로도 그녀 홀로 얼마나 고군분투했을지 알 수 있었다. 본가에 도착하자마자 자신을 맞이하는 그녀의 모습에 그는 말없이 고개를 숙여 인사를 한 뒤 곧장 안방으로 걸음을 옮겼다.

　문을 열고 안으로 들어가자 침대맡에 의자를 끌어와 앉아 있는 마 여사와 파리한 안색으로 잠들어 있는 이 회장의 모습이 보였다. 이미 상황이 모두 종료된 모습. 그 모습을 한참이나 보던 종현은 결국 두 사람을 그렇게 내버려 둔 채 안방을 나섰다.

　소리가 나지 않게 문을 닫고 나온 종현은 힘없이 소파에 앉아 있는 고운을 보았다. 바짝 말라 있는 입술은 그녀의 속과 같이 거칠었다. 부엌으로 가 물 한 잔을 떠 온 종현이 고운에게 건넸다. 그러자 고운은 말없이 잔을 받아 든 뒤 입술만 축이고 테이블 위에 내려놓았다.

그녀의 맞은편에 앉은 종현은 가만히 그녀의 얼굴만 바라보았다. 그가 필성과 함께 술잔을 기울일 때 그녀는 홀로 주치의를 부르고 외출한 마 여사를 불렀으며, 숨이 넘어갈 듯 꺽꺽거리는 이 회장의 곁을 지킨 것이다.

죄책감이 파도처럼 몰려왔다.

"요즘…… 많이 무리하셨대요. 늘 서재에서 나오지 않으셨거든요."

"……."

고운이 천천히 운을 뗐다. 중간엔 목소리가 잘 나오지 않는지 멈추긴 하였으나 그녀는 비교적 담담하게 그리 말하고 있었다.

그녀의 이야기에 가만히 귀를 기울이던 종현이 고개를 끄덕였다. 그러자 고운의 눈빛이 흐려지더니 옆으로 비껴 나간 시선을 그에게 옮겼다.

"마 여사님도 많이 놀라셨어요. 마침 외출하신 상태였는데……."

고운이 더듬더듬 이야기를 내뱉었다. 맑은 눈망울엔 슬픔이 가득했다. 얼마나 울었는지 눈두덩이 부어 있었고, 새하얀 눈알 또한 실핏줄이 터져 붉어져 있었다.

그 모습을 가만히 보던 그가 숨을 삼켰다. 그녀는 그보다 더 슬퍼하고 있었다. 분명 이 회장의 자식은 자신이었건만, 그녀가 더 딸처럼 울음 짓고 있었다.

왜……? 남의 일에 왜 그녀는 이리도 슬퍼하는 것일까.

그는 그 이유를 알 수 없었다. 그는 김고운이 아니었으니까.

"그리고…… 그리고……."

그녀가 힘겹게 이야기를 내뱉었다. 그리고 맑은 눈망울을 흔들며 그를 바라보았다.

"말 바꿔서 미안해요."

"뭐가?"

정작 하고자 하는 말을 빼놓고 말하자 무슨 말인지 알 수가 없었다. 그가 되묻자 고운은 눈가에 눈물을 가득 메운 채 말했다.

"사장님, 우리 결혼해요."

또르르, 동그란 눈물이 무게를 이기지 못한 채 아래로 쏟아져 내린다. 한 방울, 두 방울…… 그렇게 시작된 눈물은 수도꼭지를 연 것처럼 빠르게 터져 나왔다.

"……뭐?"

그의 눈이 커졌다. 놀라움에 턱도 벌어졌다. 늘 갑작스럽고, 자신의 기준과는 다른 여자이긴 하나, 이 여자의 입에서 미처 이 말을 들으리라곤 생각하지 못했다.

"우리 결혼해요."

그녀가 눈물을 흘리며 그에게 애원했다.

제4장
나 여기 있어요

많은 것들이 변했다.

무더웠던 여름이 어느새 절정에 달하고 있었고, 나무에 매달려 우는 매미 소리도 점차 커져 가기 시작했다. 정원에서 맴맴, 시끄럽게 우는 매미를 보던 고운이 시선을 돌려 제 앞에 있는 종현을 보았다. 군더더기 없는 동작으로 차를 마시고 있는 그의 모습에 고운은 마른 입술을 뗐다.

"회장님께서 말씀하셨어요. 나중을 위해서라도 저와 사장님이 함께했으면 좋겠다고."

그녀가 천천히 또박또박 말을 내뱉었다. 서재에서 갑자기 심장을 부여잡고 바르작 쓰러지던 그 순간, 늙은 노인은 그녀에게 그리 말했다.

"고운아…… 네가 혼자 있다 생각하면 내가 편히 눈을 감을 수가 없구나. 태우 형님도 이런 마음이었겠지."

왜 그가 그리도 종현과 자신의 결혼을 바라는지 모르겠다. 하지만 한 가지 사실은 확실히 알 수 있었다. 고운은 정갈한 동작으로 차를 마신 뒤 잔을 내려놓는 그를 보았다. 작은 찻잔 위에는 매화가 활짝 펴 있었다. 봄을 뜻하는 꽃. 뜨거운 찻물에 제 꽃잎을 활짝 열고 있는 것을 보며 그녀가 슬쩍 미소 지었다.

"잘할 수…… 있겠죠?"

매화차는 아버지도 참 좋아하셨는데……. 이야기를 하면서도 그녀는 딴생각을 하고 있었다. 그리고 곧 확신 있는 얼굴로 입술을 달싹이는 그의 얼굴을 보았다. 그는 그녀와 눈이 마주치자 그제야 입술을 달싹였다.

"물론이야."

그가 짧게 답했다. 이에 그녀는 고개를 끄덕였다.

"잘 부탁드립니다."

고개를 숙인 고운이 예를 다해 말했다. 그녀의 정수리를 내려다보던 종현이 조심스러운 어조로 이야기를 시작했다.

"결혼식을 올리기 전에 혼인신고부터 하는 게 어때?"

"네?"

뜻밖의 제안에 고운의 눈이 커졌다.

"대헌은 그룹은 아버지가 만든 거야. 1부터 100까지. 그런 아버지의 건강이상설이 오늘 오전에 언론을 통해 나갔어."

"아……."

고운의 눈빛이 슬퍼졌다. 그의 건강이 좋지 않다는 이야기만 들어도 마음이 아픈 듯했다.

"회사 주식이 요동치고, 내부 직원들도 동요가 심해. 시기상 좋지 못해."

그의 이야기를 완벽하게 알아들을 수는 없었으나 고운은 고개를 끄덕였다. 고운이 차를 한 모금 마셨다.

"혼인신고는 다음 주에 하고, 결혼식은 반년 뒤쯤으로 하지. 괜찮아?"

"네, 결혼식이 중요한 건 아니니까요."

고운이 미소 지으며 이야기하자 그는 그제야 한시름 놓았다는 듯 굳어진 얼굴을 푼 뒤 고개를 끄덕였다. 이 문제에 대해 그녀가 어떠한 식으로 반응할지 몰랐기에 자신도 모르게 긴장하고 있었던 것이다.

종현은 그제야 편한 마음이 되어 고운의 모습을 살폈다. 초연한 얼굴로 차를 마시던 여자는 소리 없이 잔을 내려놓은 뒤 그와 시선을 마주했다. 아무 말 없이 자신을 바라보는 그의 시선에 고운이 눈을 깜빡였다.

"왜요?"

"할 말 없어? 당신은 그냥 다 좋은 거야?"

"……음. 무슨 답이 듣고 싶은 건데요?"

"정말 괜찮은 거냐고."

머리카락을 한데 모아 오른쪽 어깨로 모두 쓸어 놓은 고운의 머리카락이 허공에서 흔들렸다. 그녀의 몸이 눈으로 보기에도 알 정도로 움찔 떨렸기 때문이다.

"이제 와 그 이야기를 묻는 이유는 뭐예요?"

고운이 떨리는 목소리로 물었다. 그러자 그는 눈살을 찌푸리며 말했다. 목소리나 표정, 그 모두에 그의 불편한 감정이 담겨 있다.

"예전에는, 아니, 며칠 전까지만 해도 당신을 이해하려는 노력은 해 보지 않았어."

그가 진중한 목소리로 이야기를 시작했다. 그러자 고운은 무릎 위에 양손을 모은 뒤 그의 말을 경청한다.

"그런데 당신에게 결혼하자는 이야기를 들은 그 뒤로, 아니, 아무것도 필요 없다는 말을 들은 그 이후로 당신을 이해해 보려 노력 중이야."

참 좋은 목소리였다. 어딘지 차가운 느낌이 드는 말투긴 했지만 그가 하고 있는 이야기가 예뻐서인지, 고운은 오늘따라 그의 목소리가 참 좋다고 느꼈다.

그는 계속해서 말을 번복하며 자신의 생각을 솔직히 전했다. 그의 이야기에 고운의 입술에 따스한 미소가 걸린다.

"당신이 원하는 건 사랑하는 사람끼리의 결혼이었어. 그럼 나한테 바라는 게 있지 않겠어?"

자신의 말에 고운의 눈빛 또한 따스한 빛을 머금자 그는 계속 말을 이었다.

"당장 사랑을 하긴 힘들 거야. 난 사람의 감정은 컨트롤이 가능하다고 생각하지만, 당신은 그렇게 생각하지 않을 것 같거든. 맞지?"

"맞아요. 정확하게 이야기하셨어요."

"나한테 바라는 게 있어?"

그가 그녀와 눈을 마주치며 물었다. 목소리엔 진심이 가득했다. 함께하기로 한 이상, 그는 얻는 것이 많았다. 사업은 순조로울 것이고, 주식으로 걱정하는 일도 없을 것이다. 자신은 이러한 상황이었는데 그녀는 아무것도 원하는 것이 없다.

그녀는 돈을 원한다고 하지도 않았다. 자신을 불쌍하게만 보지 않아 달라 부탁했다. 그것 말고는? 그것 말고는 정말 아무 것도 없는 것일까? 그러한 의문이 계속해서 머릿속을 떠돌았고 양심의 가책을 느끼게 만들었다.

"바라는 거라……."

천천히 그녀가 운을 떼자 그가 말해 보라는 듯 작게 고개를 끄덕인다. 그의 고갯짓에 따스한 기운으로 가득했던 그녀의 얼굴에 웃음꽃이 핀다. 눈은 반달로 부드럽게 웃음을 머금고, 입술은 호를 그린다. 그녀가 짓는 표정에 순간 그의 표정이 멍하니 변했다.

"늘 함께해 줘요. 그거면 돼요."

너무 짧은 시간에 너무나 많은 이들이 제 곁을 떠났다. 그래서 그녀가 지금 이 순간 가장 바라는 것은 그것뿐.

"정말 그거면 돼?"

끄덕끄덕, 고운이 천천히 고개를 움직였다.

그녀가 바라는 것은 정말 그것밖에 없었다.

※

시간은 무서운 속도로 흘러갔다. 하지만 그 시간들이 결국 허투루 흐른 것은 아니다. 그 시간 동안 이 회장 내외는 제주도에 큰 별장을 구했다. 거동이 불편해진 그를 위해 안을 개조하느라 요즘 공사가 한창이라 했다.

고운은 넓은 정원을 바라보고 있는 이 회장의 곁에 서 있었다. 휠체어에 앉은 채 힘없이 눈을 깜빡이는 그의 모습에 그녀의 가슴이 아팠다.

"고운아……."

"네, 말씀하세요."

뒤에서 들려온 그녀의 목소리에 이 회장의 입술에 부드럽게 미소가 내걸렸다.

"예전에, 아주 예전에 말이다……. 저기 저 나무 밑에 연못이 있었단다."

이 회장은 커다란 소나무가 심어져 있는 곳을 바라보며 말했다. 그녀의 시선도 푸르른 소나무로 향했다. 딱 보아도 연수가 오래되어 보이는 커다란 거목이었다.

"그때 저기서 너와 종현이가…… 매일 금붕어 밥을 주며 놀았단다. 금붕어들이 배가 터질 정도로 밥을 주었지."

"네……?"

조금 뜸을 들인 말. 그녀에게 해도 될까, 고민하며 꺼낸 과거의 한 기억. 그 말에 고운은 눈을 크게 뜨며 물었다. 그러한 기억 따위 없다. 종현과 어릴 적 알았다는 사실도, 그리고 저곳에서 어릴 적 그와 물고기 밥을 주었던 기억도. 모두 그녀의 기억 속엔 없는 것들이었다.

하지만 이 회장은 그에 대한 설명 대신 자신의 마음을 솔직히 전했다.

"고운아, 언젠가 감당하기 힘들 정도로 많은 일이 떠오르면 말이다. 그때 내가 네 곁에 없다면…… 그땐 내 아들놈에게 기대어라. 혼자 끙끙 앓지 말고."

"전 지금 어르신이 무슨 말씀을 하는지 모르겠어요. 그리고 혼자 있다니요."

빠르게 말을 내뱉은 고운이 이 회장의 어깨에 양손을 얹은 뒤 고개를 숙이며 말했다.

"그런 무서운 소리는 하지 말아 주세요, 어르신. 전 언제나 어르신이랑 함께……."

고운이 미처 말을 마치지 못하고 입을 꾹 다물었다. 그는 고개를 내저었다. 그리고 고운의 손을 잡아당겨 자신의 앞으로 이끌었다. 입술을 꽉 앙다물고 있는 고운의 얼굴을 보며 이 회장은 입가에 잔잔한 미소를 내걸었다. 눈 또한 웃고 있었다. 그의 눈가에 진나이테에 고운의 눈빛이 더욱 흐려졌다.

"종현이에게 비밀로 해 달라고 한 건 미안하구나."

"어르신……."

"하지만 사람은 누구나 죽는 거란다. 내 나이를 생각하면 불만이 없어."

그 말에 고운의 눈에 고여 있던 눈물이 왈칵 쏟아졌다. 그녀의 손을 가져와 손등을 토닥토닥 두드린 이 회장이 갈라진 목소리로 말했다.

"나에게 남은 시간이 얼마 없구나."

"아니에요, 치료받으면 괜찮을 거예요."

"내 주치의는 날 오랫동안 봐 온 사람이란다. 그 사람이 내게 남은 시간이 6개월이라면 그건 정말이야. 아마 날 생각해서 더 길게 말한 걸지도 모르지."

그에게 선고된 시한부 인생. 오랫동안 무리한 활동에 몸은 병들고 이미 손을 쓸 수 없는 상태가 되었다. 이 회장만큼이나 나이가 든 주치의는 그에게 남은 생이 6개월밖에 없다고 말했다. 그리고 그 이야기에 눈물을 흘리는 고운을 보며 그도 따라 울었다.

"회장님은…… 지금도 아주 아프실 겁니다. 치료도 거부하시니……."

젖어 있는 목소리로 그는 말했다. 수술도 항암치료도 모두 거부한 이 회장은 자신이 받은 죽음의 날짜에 서서히 다가가고 있는 중이었다. 그리고 시한부 선고를 받은 것은 약 두 달 전이라 했다.

이 회장은 그녀의 손에 다정한 온기를 불어넣으며 파르르 떨리는 시선으로 자신을 보고 있는 그녀를 향해 다정하게 웃었다.

"혼자 있지 말거라. 혼자 아파하지 말거라. ……고운아, 고운아. 미안하다."

그리고 말했다.

아버지의 죽음으로 여전히 아파하고 있을 너에게 또 다른 이별을 겪게 해 미안하구나, 미안하구나.

그렇게, 그렇게, 한동안 말하던 그는 아이처럼 엉엉 울음을 터뜨리며 자리에 주저앉는 그녀의 어깨를 따스하게 감쌌다.

그 모습을 조금 떨어진 거리에서 마 여사가 슬픈 눈으로 바라보았다.

세 사람은 죽음의 기운으로, 슬픔으로 물들었다.

✻

도시의 시간은 행원산의 시간과 확연한 속도 차이가 있었다.

전기가 없어 뭐든 빨리 시작되고 빨리 끝나는 그곳의 생활과는 달리 도시에서의 생활은 조금 늦게 시작되고 늦게까지 이어졌다. 어디 그뿐인가. 밥을 할 때도 불편한 것투성이였던 행원산의 집과는 달리 이곳은 편한 삶의 기기들이 있다 보니 일을 하는 시간은 줄어들었고, 그만큼 하루에 수많은 일을 할 수 있었다.

고운은 방 안에서 며칠 전 마 여사가 건넨 핸드크림을 손에 펴 바르고 있었다. 여자 손이 왜 이렇게 거치냐며 그녀가 준 것이었다. 잘 바르고, 앞으로는 고운 손을 만들어 주겠다 그녀는 웃으며 말했다. 그리고 함께 건넨 것은 각종 서적과 문제집이었다.

고운은 〈중학교 검정고시 패스〉라는 책을 펴 들었다. 첫 장을 펴 든 뒤 제일 먼저 나온 수학에 당황해 접은 것이 며칠 전이었다. 하지만 시간의 흐름에 따라 그녀는 수많은 문제가 적혀 있는 책을 가볍게 읽고 있었고, 어떻게 푸는 줄은 모르나 즐거운 마음으로 보았다.

그녀가 그렇게도 하고 싶었던 공부. 그걸 나이 서른셋이 넘어서야 할 수 있게 되었다. 하지만 지금에 와서는 어떻게 공부를 하는 건지 몰라, 가벼운 소설책을 보듯이 훑어보고만 있었다.

그때 책상 한 켠에 놓아둔 휴대전화가 징징 울렸다.

[뭐해요?]

짧은 문자 밑에는 하필성이란 이름이 찍혀 있었다. 요즘 들어 그는 간간이 고운에게 문자를 보내고 있었고, 고운은 이에 늘 정성스레 답장을 해 주었다.

[공부하고 있어요.]
[오늘 진도는 어때요?]
[늘 같아요. 너무 어려워요.]

그녀가 검정고시를 준비하고 있다는 사실을 필성은 잘 알고 있었고, 힘내라는 응원의 말도 여러 번 들었다. 그 말에 그녀는 늘 열심히 하겠다고 답을 했지만 이번엔 달랐다. 혼자서 어떻게든 될 것이라던 생각은 책 귀퉁이가 구겨지고 손때가 묻은 지금에 와서는 조금 달라졌다.

[내가 도와줄까요? 저 이래 봬도 S대 출신이랍니다.]

"S대?"

고운의 입에서 놀란 음성이 터져 나왔다. S대라면 그녀 또한 잘 알고 있었다. 어찌 모를 수가 있겠는가. 아무리 무지렁이라 하더라도 대한민국에서 최고의 대학이라 불리는 그곳을 모를 리가 없었다.

거기에 아버지도 언뜻 그곳 출신이라 들었던 적이 있어, 그녀는 거절을 해야 함에도 불구하고 책에서 느껴지는 막막함과 의지하고 싶고 도움을 받고 싶은 마음에 긴 문자를 남겼다.

[나중에 정 힘들면 도움 요청할게요. 그때 모른 척하시면 안 돼요.]
[물론이죠.]

짧은 답과 함께 고운은 휴대전화를 책상 위에 올려 두었다. 그리고 조금은 달라진 마음으로 책을 향해 시선을 돌렸다.

촤르륵, 책장을 빠르게 넘기자 종이냄새에 입가에 절로 미소가 맺혔다. 그렇게도 하고 싶었던 공부. 요상하고 꼬부랑글씨로 적혀 있는 것들은 무엇 하나 알아먹을 수 없는 암호 같았지만 기분만은 최고였다.

책을 보고 있던 고운은 똑똑 노크 소리와 함께 문이 열리자 시선을 옆으로 돌렸다. 자신의 방을 찾은 이는 마 여사였다.

"공부하고 있었니?"

"공부랄 것도 없어요. 무슨 말인지 하나도 못 알아먹겠는걸요?"

"그러게 과외 선생님 붙여 준다니까."

마 여사가 미간을 찌푸리며 말했다. 기초가 전혀 없는 고운이었기에 과외로 유명한 학원 강사를 붙여 주겠다고 말을 했으나,

"처음엔 혼자 해 보고 정 안 되면 부탁드릴게요. 그땐 부탁 꼭 들어주세요."

"너도 참."

마 여사가 극구 도움을 거부하는 고운을 보며 한숨을 쉬었다. 늘 마음을 완전히 열고 가족처럼 생각하라 말을 하는데도, 고운은 늘 한 발자국 뒤로 물러서 그들 사이에 벽을 쳐 놓았다. 그것이 그녀의 타고난 성격 때문이란 것을 알면서도 마음은 조급해진다.

조금만 빨리 마음을 열었으면 좋겠는데…….

입가에 따스한 미소를 짓고 있는 고운을 보며 마 여사가 말했다.

"종현이 왔단다."

"이 시간에요?"

고운의 시선이 놀란 듯 눈을 깜빡였다. 그러자 마 여사가 고개를 끄덕였다.

"너와 데이트를 하려는 게 아닐까?"

"아⋯⋯."

고운이 엉덩이를 들썩이며 자리에서 일어섰다.

낮부터 찾아온 그를 만나기 위해.

❊

"정말 괜찮으신 겁니까?"

이 회장의 파리한 안색을 보며 종현이 물었다. 종현이 기억하는
이 회장은 늘 건강했고 활동적이었으며 매사 열심히인 사람이었
다. 부지런하고 불같은 그 성격 덕에 가난하던 그 시절, 대한민국
경제의 한 축이 되어 가난에서 벗어나려 사람들과 함께 발버둥 쳤
다. 그리고 시간이 흘러, 수많은 좌절과 노력 끝에 그는 수많은 직
원을 거느린 작은 대한민국의 존경받는 사람이 되어 있었다.

하지만 시간이 무엇인지. 세월이 무엇인지.

예전에는 날던 새도 떨어뜨린다던 대헌그룹 총수는 이젠 늙고
노쇠하여 거동조차 불편해졌다. 그런 아비의 모습에도 종현의 얼
굴엔 감정 한 터럭 보이지 않았다.

차갑고 냉랭한 아들의 모습에 이 회장은 속으로 한숨을 삼켰다.
아들에게 누구보다도 냉철한 사업가가 되라 가르친 것은 그였다.
네가 어깨에 짊어지고 있는 무게가 얼마인지 아냐며, 네 결재 서류
하나에 좌지우지되는 집안의 가장들을 늘 생각하고 신중하게 행동
하라 가르친 것도 그였다. 하지만 요즘 들어 그 가르침들이 모두
부질없었던 것이란 걸, 아니, 오히려 잘못된 가르침이었단 걸 깨닫
게 된다.

"일없다."

이 회장이 짧게 내뱉었다. 하지만 말끝에 결국 기침이 묻어 나온다. 쿨럭쿨럭, 몇 번이고 기침을 내뱉은 이 회장이 지친 기색으로 종현을 보며 말했다.

"준비는?"

"웬만한 것들은 비서실 통해서 진행하라 일러 뒀습니다."

그 말에 이 회장이 고개를 끄덕였다.

"시기가 좋지 않아 혼인신고부터 할 생각입니다."

종현이 뒤이어 말하자 이 회장의 눈빛이 어두워졌다. 당장 결혼식부터 올리라 하고 싶었지만 자신의 건강 상태가 외부로 새어 나가 주식이 물결치고, 회사 내에서도 이사진들이 우왕좌왕하고 있었다. 이런 시기에 결혼이 그들에게 좋게 받아들여질 리가 없다. 고운은 겉으로 보기엔 아무것도 가진 것이 없는, 천애고아 신데렐라였기 때문이다.

하지만 그래도 이 회장은 계속 마음에 걸렸다. 많은 사람들의 축복 속에 결혼식을 올리고 함께 사는 것이 좋으련만.

이 회장의 입에서 한숨이 터져 나왔다.

"어쩔 수 없는 일는 일입니다. 김고운 씨께도 말해 놨고요."

"안다, 나도."

이 회장이 짧게 답했다. 그리고 고개를 끄덕인다. 계속해서 고운의 입장에선 '희생'만 요구하고 있으니 제 마음도 제 마음이 아니었다.

"혼인신고 정리하는 대로 멈췄던 리조트 사업 계속 진행할 생각입니다."

"……그래, 정리하고 본사로 들어와. 최대한 빨리 잡도록 조치하마."

그 말에 별 이견이 없는 것인지 종현 또한 고개를 끄덕였다. 그의 예상보다 빠르게 본사로 들어가는 거긴 했으나 어쩔 수 없는 일이었다. 이 회장의 건강에 적신호가 켜졌으니 그가 빠르게 본사를 장악해야 한다.

종현의 눈빛이 짙어지자 이 회장은 걱정이 가득한 눈길을 보냈다.

"그래, 잘 준비해라. 그 아이 서운하지 않게."

고운이 상처받지 않도록, 그 아이의 마음이 다치지 않도록 신경 쓰라는 이야기였다. 이에 종현의 시선이 위로 들렸다.

"아버지…… 왜 그러십니까? 마지막처럼."

"당부를 하는 건 이번이 마지막이다."

"……."

종현이 놀란 눈으로 이 회장을 보았다.

"앞으로 네 가정이니 네가 지켜야지."

"아……."

종현이 짧게 소리를 내뱉더니 고개를 끄덕였다. 그러자 이 회장은 입가에 부드럽게 미소 지으며 말을 마쳤다.

"난 너희가 잘 해 나가리라 믿는다."

그는 이상한 낌새를 눈치채고 입술을 달싹이는 아들을 보며 고개를 저었다. 그리고 세우고 있던 상체를 침대에 누이며 한숨을 내뱉었다.

"피곤하구나. 쉬어야겠다."

"……네, 쉬십시오."

고갯짓으로 인사를 한 종현이 안방 문을 열고 밖으로 나왔다. 달칵 소리와 함께 조심스레 문을 닫고 밖으로 나온 그는 거실에서 마 여사와 이야기를 나누는 고운의 모습을 보았다.

"하하, 정말요?"

"그래. 내가 얼마나 당황했게?"

마 여사와 웃으며 대화를 나누고 있는 고운을 보던 그의 눈살이 찌푸려졌다.

도대체…… 도대체 저 여자가 뭐기에.

그렇게 시작됐던 의문은 어느새 조금씩 변하기 시작한다.

그래…… 저 여자니까.

✳

"어디 가는 거예요?"

고운은 오늘 직접 운전을 하는 종현의 옆모습을 보며 물었다. 팔목을 걷어 올려 능숙하게 운전을 하는 그의 모습을 신기하다는 듯이 눈을 반짝이며. 그러자 종현은 정면을 향해 있는 시선을 옮기지 않은 채 말했다.

"우선은 차를 마실 거야."

무심한 어투와는 어울리지 않는 말이었다. 고운의 눈이 동그랗게 변했다.

"차요?"

"꽃차 좋아하지?"

그의 물음에 고운의 눈망울이 흔들렸다. 왜 이러한 질문을 하는지 모르겠다는 듯 그를 향한 시선을 거두지 않았다. 그는 자신의 뺨에 닿는 따가운 눈빛에 입술을 비틀며 웃었다.

"아닌가?"

"아니요, 맞아요."

고운의 답에 그의 입술이 더욱 비틀어졌다. 조소처럼 보이는 웃음이었다. 하지만 그녀는 그 웃음이 그가 으레 짓는 만들어진 웃음이 아닌, 진심에서 우러나오는 웃음이라는 것을 깨달았다.

아, 이 사람은 이렇게 웃는구나.

그녀가 그렇게 생각할 때였다.

"청담에 괜찮은 집이 있어. 그리로 가는 길이야."

"아……."

갑자기 웬 차지? 라는 생각도 잠시, 그는 핸들을 부드럽게 돌리며 말을 이었다.

"다음 주면 우리 집으로 들어오는 거 알고 있지? 그전에 필요한 것들을 대충 나에게 말해 줘. 준비해 둘 테니까. 직접 구입하고 싶으면 그렇게 해도 상관없지만."

"아…… 벌써 시간이 그렇게 되었군요."

고운이 고개를 끄덕였다.

그 뒤로 차 안엔 침묵이 내려앉았다. 종현은 묵묵히 운전을 했고, 고운은 싱그러운 색으로 반짝이는 창밖 세상만을 보았다.

조금의 시간이 흐르고, 차는 너른 마당처럼 가꾸어져 있는 공간에 멈췄다. 시동을 끈 그가 고운을 보며 '내리자'라고 말했고 그녀는 고개를 끄덕이며 차에서 내렸다. 평평한 돌이 박혀 있는 길 위를 걸으며 고운은 찻집을 보았다. 도시에도 이런 곳이 있구나, 라고 생각될 정도로 기와가 올려져 있는 찻집은 아늑해 보였다.

꼭 마음에 드는 찻집에 고운의 발걸음이 저절로 가벼워졌다. 마 여사가 골라 준 원피스에 총총히 박힌 꽃 때문인지 마음까지 살랑살랑 봄바람이 불고 꽃 처녀가 된 기분이었다.

즐거운 발걸음에 곁에서 그녀와 걸음을 맞춰 주던 종현이 시선을 힐끗 보내며 말했다.

"뭐가 그렇게 즐거워?"

"음, 정말 좋은 차를 마실 것 같아서?"

고운의 말을 그는 100% 이해하지 못했지만 이해한 척 고개를 끄덕였다. 너무나 다른 삶을 살아온 둘이기에 못 알아듣는 것이 당연한 것이었다. 고운이 그가 사업 이야기를 할 때 정확한 의미를 파악하지 못하는 것처럼.

"그래, 마음에 든다니 다행이다."

하지만 그는 그렇게 말했다. 차차 알아 가면 된다는 생각과 함께.

종현은 눈으로 고운의 모습을 훑었다. 새하얀 얼굴과 톡 튀어나온 이마, 선한 눈빛, 오뚝한 콧날과 조금은 도톰한 입술. 쇄골 라인 바로 밑까지 파여 있는 원피스는 노출 하나 없는 것으로, 수없이 많은 꽃이 수놓아져 있었다. 다른 이들이 그녀를 '꽃순이'라 부르는 것처럼 옷도, 신발에 박혀 있는 디자인도 모두 꽃이다.

정갈한 동작으로 차를 마시는 고운을 보던 그도 따라 잔을 들었다. 입술에 찻물을 대자 곧 향긋한 꽃향이 입 안 가득 퍼지기 시작했다. 그도 모르게 기분이 느른하게 풀리고, 얼어붙어 있는 것만 같은 분위기는 어느새 조용한 침묵 속에 평온한 것으로 바뀌어 있었다.

시선을 내린 그는 침묵을 즐겼다.

그의 입가에 잔잔히 핀 미소를 보며 고운이 입술을 달싹였다.

"그렇게 웃으니 얼마나 보기 좋아요."

"뭐?"

또, 또 멍청한 물음.

하지만 이러한 말을 처음 들은 그는 또 당황해 그리 물어 버렸다. 그러자 고운은 '보기 좋다고요.' 라고 짧게 답한 뒤 웃는다.

다정한 웃음, 작고 조용한 목소리. 이에 그는 '누가 할 소리.' 라고 말하고 싶었지만 입을 꾹 다물었다. 그리고 피식, 소리 내어 웃는다.

둘 사이의 분위기가 느슨해졌다. 그건 두 사람의 웃음소리와 더불어 그들의 머리 위로 쏟아지는 햇빛 또한 한몫했다.

종현은 소리 나지 않게 잔을 내려놓은 후 고운을 바라보며 물었다.

"앞으로 하고 싶은 일 있어? 어머니껜 들었어. 공부를 하고 싶다고 했다고."

"그건 혼자 잘하고 있어요."

고운이 재빨리 답했다. 그 말에 종현은 단호하게 고개를 내저었다.

"기왕 시작하기로 했다면 확실히 하는 게 좋아."

"아……."

"대학까지 생각하고 있는 건지는 모르겠지만, 하고 싶은 거, 배우고 싶은 거 마음껏 하도록 해."

후회하지 않도록.

뒷말에 고운의 표정이 흐려졌다. 그녀를 향해 날카로운 감각을 세우고 있던 그는 그 작은 변화를 눈치챘다. 그는 그녀의 표정 가득 떠올라 있는 애환에 조심스러운 어조로 물었다.

"왜 학교를 못 다닌 거야?"

아주 개인적인 질문이었다. 앞으로 결혼할 사이라 하더라도 지난 과거를 묻는 질문은 되도록 하지 말아야 한다는 그의 생각과는 상반된 물음이기도 했다. 그 물음에 고운의 눈빛이 순간 바뀌었다.

"아버지와 아주 깊은 산속에서 살았어요."

"산속?"

그가 물었다. 그러자 고운은 천천히 고개를 끄덕이더니 이젠 옛 기억이 되어 버린 자신의 집을 떠올렸다.

"집은 아버지가 손수 지으셨어요. 등산로도 없는 아주 깊숙한 곳에 지으셨는데, 전기도 들어오지 않았고, 수도도 들어오지 않았어요. 전 여기 와 씻을 때 뜨거운 물이 콸콸 나온다는 사실에 얼마나 놀랐다고요."

그 말에 오히려 놀라 버린 것은 그였다.

"왜 그런 곳에서 살았어? 공교육도 받지 못하고, 세상과 단절한 채."

"세상과 완전히 단절된 건 아니에요. 어르신과 여사님은 간혹 만나고 했으니까."

그렇게 말한 그녀가 슬쩍 웃은 뒤 말을 잇는다.

"그리고…… 아버지의 뜻은 아직도 모르겠어요. 왜 그렇게 살았는지……. 어르신이 그러셨거든요. 아버지는 예전에 아주 높은 자리에 있던 회장님이라고. 그런 아버지가 왜 하루 종일 나무를 베고, 밭을 가꾸어야 하는 삶을 사셨는진 전 몰라요."

"몰라……?"

"네."

고개를 끄덕인다, 그녀가. 그리고 말한다.

"기억도 안 나고요. 초등학교 때까진 도시에 살았다고 하지만 기억이 전혀 없어요."

아무것도 기억하지 못해요. 난 세상과 철저히 단절된 삶을 살았어요, 라고.

"그리고 이거에 대해서 아버지는 어떤 의심도 가지지 말고, 잊은 기억은 잊은 채로 살아가라고 하셨어요. 전 그 말에 동의했고요."

수동적으로 남이 결정해 준 인생을 살았다는 말에 그의 입에서 왈칵 한숨이 터져 나오려 했다. 어떻게 자신의 인생인데도 그렇게 방관한 채 살 수 있었을까, 라는 마음이 들었다. 하지만 그는 곧 자신의 처지를 깨닫고 고개를 끄덕인다. 자신 또한 자신의 인생을 결정한 적이 없었다. 엘리트 코스를 밟고 당연히 대헌의 주인이 되어야 한다고 어릴 적부터 생각해 왔고, 그 생각을 단 한 번도 바꾼 적이 없었으니까.

그리고 여전히 그렇게 생각하고 있는 그였다. 하지만 그녀는 조금 다른 듯했다.

"하지만 요즘은 계속 궁금해져요. 난 왜 그렇게 살아야 했나…… 라고 말이죠."

그러면서 고운은 슬쩍 웃었다.

그 웃음에 그는 고개를 끄덕였다. 그녀가 첫날, 자신의 앞에 한복에 댕기를 하고 온 이유를 이제야 알 것 같았다. 전기가 들어오지 않으니 텔레비전을 접해 보지 못했을 것이고, 도시의 생활은 모두 잊었다 했으니 그럴 수도 있겠다 싶었다.

"아무것도 설명해 주지 않았어?"

"네, 그 누구도요. 그리고 왜 그런지 어르신은 알고 계신 것 같은데, 여전히 말씀해 주시지 않으셔요. 그런데 왠지 알 것 같아요."

"뭘?"

"제가 알아서는 안 될 일이 있는 것 같아요. 저도 눈치라는 게 있잖아요."

그렇게 말하는 고운이 힘없이 웃었다. 그녀는 자신이 처했던, 그리고 처한 상황을 모두 받아들이고 있는 것 같았다. 그런 그녀가 종현은 답답했다. 답답함이 불쑥 올라와 그녀를 닦달한다.

"그래서? 당신은 계속 그 상태로 지낼 거란 말인가?"

"아니요. 이젠 그래선 안 될 것 같아요."

굳어진 얼굴과 짜증이 서린 눈길에도 그녀는 여전히 웃었다. 그녀는 그를 이해하고 있는 것처럼 보였다. 자신도 자신의 상황이 답답한데 곁에서 지켜보는, 그리고 앞으로 자신과 함께 지내야 하는 그는 오죽할까.

그녀가 입술을 더욱 늘어뜨려 웃으며 말했다.

"방금 말했듯이 저도 눈치란 게 있잖아요?"

그 말에 종현은 한 방 먹은 얼굴로 그녀를 보았다.

"우선 이곳에 적응하기 위해 노력해야겠죠. 공부를 열심히 해볼 생각이에요. 학교 공부도 그리고 사회 공부도."

"……"

"그다음엔 제가 하고 싶은 일을 찾아볼 참이에요. 지금은 아무것도 모르니까, 뭘 해야 할지 모르겠어요. 하지만 차차 하나씩 알아 가기 시작하면 남은 생을 무엇을 하며 살아갈지 결정할 수 있을 것 같아요."

그는 말없이 그녀의 얼굴만 보았다. 자신은 이 모든 상황에 계속 조급한 마음이 드는데 그녀는 아닌 것 같았다. 여유롭게 웃고 있었고, 시간의 흐름을 잊은 듯 보였다.

그와 눈을 마주한 그녀가 말했다.

"그러니 너무 답답한 눈으로 바라보지 마셔요."

"좋아. 천천히 하자고."

그렇게 말한 그는 곁에 놓아두었던 가방에서 노트와 볼펜 하나를 꺼냈다. 노트는 손바닥만큼 작은 것으로, 학생들이 보통 단어 암기를 할 때 사용하는 것이었다.

"앞으로 당신이 하고 싶은 일들을 여기 모두 적어."

"네?"

"내 머리로는 당신에게 무엇을 해 줘야 할까, 아무리 생각해도 답이 나오지 않아서 말이야. 본인에게 직접 의견을 구하는 것이 좋겠다고 판단했어."

고운이 노트의 첫 페이지를 폈다. 아무것도 적혀 있지 않은 줄 노트. 그녀가 아무 말 없이 노트만 바라보고 있자 종현은 팔짱을 끼며 턱을 치켜 올린다. 평소의 거만한 그로 돌아가.

"숙제야, 다음 주까지 한 페이지 채워 놔."

그 말에 그녀는 벌써부터 고민이 되는 것인지 한참이나 노트를 뚫어지게 바라보았다.

언제 이걸 다 채우지……?

열 줄을 한 페이지 채우려면 얼마나 많은 것들을 해야 할까?

그가 내준 숙제를 다 할 수 있을지는 모르겠으나 그녀는 천천히 고개를 끄덕이며 답했다.

"알았어요."

짧은 답에 그가 만족한 듯 굳어 있던 얼굴을 느른하게 풀었다.

"숙제 잘 해 오면 선물을 줄게."

"선물이요?"

"그래. 기대해도 좋아."

그가 웃으며 말한 뒤 식어 버린 찻잔을 들어 차를 한 모금 마셨다.

식어 버린 차는 쓴맛이 났으나 자신에게 향해 있는 반짝이는 눈동자 때문일까.

왠지 달게 느껴졌다.

✻

다르다 하여 틀린 것은 아니었다. 하지만 그녀는 다른 정도가 아니었다. 아무것도 모르는 상태의 그녀는 다른 것도 틀린 것도 아니다.

종현은 고민하는 얼굴로 너른 창을 보았다. 한쪽 벽을 가득 채운 창문 너머로 밝은 햇살이 쏟아져 왔으나 그는 눈 하나 깜짝하지 않은 채 무심한 눈길만 창으로 두고 있었다. 뒷짐을 진 채, 무언가 생각에 빠진 얼굴로.

똑똑, 노크 소리가 들린 것은 그가 창밖을 바라보며 생각에 빠진 지 한 시간의 시간이 흘렀을 때였다. 그의 사적인 업무를 총괄적으로 봐 주는 총괄 비서가 문을 열고 안으로 들어왔다.

"부르셨습니까?"

"보도자료는?"

"우선 회장님의 건강이상 문제에 대해선 반박하는 보도자료를 발송하였고, 제주도 본가 이전설에 대해선 차후 대응을 할 생각입니다."

어제 모두 보고를 받은 것들이었으나, 마지막으로 확인한 그가 고개를 끄덕였다.

창밖을 보던 종현이 천천히 뒤돌아 이 비서를 바라보았다.

"한 가지 알아볼 게 있어."

"말씀하십시오."

이 비서가 짧게 답했다. 충실한 부하는 그의 물음에 토를 달지 않는다.

"김고운, 그 여자에 대해 조사해. 그 여자의 부모까지 모두 다. 무슨 일이 있었는지, 아버지와의 관계는 어떻게 되는지까지도."

"네, 알겠습니다."

"후."

만족스런 답에도 종현은 무엇이 그리 답답한 것인지 긴 한숨을 내뱉었다. 그리고 지금쯤 그녀의 스케줄을 떠올리며 이마를 손가락으로 꾹꾹 눌렀다.

"그래, 준비는?"

"지금 김 비서를 보내서 조치해 놨습니다."

"김 비서?"

제3비서에게 지시를 했단 말에 종현이 눈살을 찌푸리며 물었다. 그러자 이 비서는 허리를 한 번 숙인 뒤 빠르게 답한다.

"아무래도 사모님껜 여자분이 좋을 것 같아서요."

"그래, 그게 좋겠지."

도시의 여성. 평범한 여자가 좋을 것이다. 이사를 오기 전 필요한 것들을 직접 구입하고 싶다는 그녀의 요청에 안 그래도 신경이 쓰였던 터였는데, 잘됐다 싶었다.

"그럼 이만 나가 봐."

"강원도 출장 일정은 어떻게 할까요?"

리조트 건에 대해 언급하는 말에 종현이 고개를 끄덕이며 말했다.

"지금은 회사를 비울 수 없으니 다음 달로 미루자고. 본사에 들어가서 해도 늦지 않아."

"그럼 착공식 행사도 그에 맞춰 미뤄 두겠습니다."

이 비서가 말을 마친 후 허리를 숙여 인사한 뒤 사장실을 벗어난다. 이 비서의 뒷모습을 보던 그가 다시 창밖을 향해 시선을 돌렸다. 그리고 이 비서가 들어오기 전, 계속 머릿속을 떠돌던 말을 혼잣말로 내뱉었다.

"도대체 뭐야?"

이 회장, 자신의 아버지가 숨기고 있는 고운의 비밀이 무엇일까.

왜 그는 고운에게 아무런 말도 해 주지 않는 것일까.

그러면서도 왜 자신과 결혼하길 바라는 것일까.

이 회장은 상식이 있는 인물이었고 상대가 원하지 않는 일을 부득불 진행하는 스타일이 아니었다. 하지만 이번 일에 있어서만은 다르다. 다시 복귀를 하겠다고 선언하며 회사 내에서 자신의 입지를 뒤흔들고, 건물과 땅, 주식으로 자신을 압박했다. 그러면서까지 자신과 고운을 결혼시키려고 하는 이유가 무엇일까……?

그의 고민이 깊어졌다.

✳

책상 앞에 앉아 있는 고운은 동그란 눈을 연신 깜빡이며 새하얀 노트를 바라보고 있었다. 연필꽂이 안 색색의 볼펜 중 검은색과 파란색 볼펜을 꺼내 들어 책상 위에 가지런히 올려놓은 자세가 경건하기까지 하였으나, 그녀는 모든 준비를 마친 것이 한참이나 지났음에도 노트에는 단 한 자도 적지 못했다.

어제도 그랬고, 그제도 그랬다. 어디 그뿐인가. 사흘 전, 그에게 이 노트를 받은 그 순간부터 고운은 계속 고민하고 있었다. 손바닥만 한 이 종이를 무엇으로 채워야 할까?

고민에 고민을 거듭한 고운이 검은색 펜을 집어 들었다. 그리고 뚜껑을 연 뒤 조심스런 손길을 옮겼다.

스륵, 스르륵. 종이와 소매 단이 부딪히며 부드러운 소리를 낸다. 종이가 내는 그 소음이 기분 좋은 것인지 고운이 부드럽게 웃음 지었다.

하고 싶은 일 첫 번째

삐뚤삐뚤, 물결치는 글씨였지만 그녀는 정성스레 글귀를 적어 내려갔다.

고등학교 검정고시 합격

마침표를 힘 있게 눌러쓴 고운의 입술에 만족이 어린다. 처음을 시작하자 그다음은 술술 적어 내려갈 수 있었다.

하고 싶은 일 두 번째: 소리 나는 악기 배우기
하고 싶은 일 세 번째: 자전거 배우기
하고 싶은 일 네 번째: 놀이공원……이란 곳 가 보기

다섯 번째는 생전 보지 못한 바다를 보는 것이었고, 여섯 번째는 수영을 한번 해 보고 싶다는 것. 일곱 번째는 아주 높은 빌딩에 올라가 야경 보기, 여덟 번째는 어렴풋이 기억에 남아 있는 초등학교 시절에 살던 집에 한 번 가 보는 것이었다.

보고 싶은 것도, 하고 싶은 것도 많은 그녀는 거침이 없었다. 하지만 여덟 개를 쓰자 더 이상 생각이 나지 않는 것인지 손을 멈춘다.

"하아⋯⋯."

고운의 눈빛이 흐려졌다. 무슨 생각을 하는 것일까, 손가락 끝이 떨리고 곧 고개가 아래로 뚝 떨궈졌다. 그녀가 붉어진 눈망울로 천천히 꾹꾹 눌러, 다음 페이지에 글자의 흔적이 남을 정도로 힘주어 썼다.

하고 싶은 일 아홉 번째: 가족사진 찍기

아버지의 장례식 날.

그녀는 그때서야 알았다.

아버지와 함께 찍은 사진이 없다는 사실을.

아버지 또한 20년 전에 마지막으로 산골로 들어왔을 때 찍어 둔 사진이 전부였다.

사진 속 아버지는 젊었다. 그래서 낯설었다.

하고 싶은 일 열 번째: 나 버린 엄마 찾기

아버지가 살아 계실 적, 엄마는 어디 있냐 물었을 때 아버지는 나를 버리고 멀리멀리 도망가 행복하게 살고 있다 했다. 새로운 남자를 만나 손에 물 하나 묻히지 않고 호의호식하며 살고 있다고.

그때 당시 엄마를 많이 원망하긴 했으나 지금은 아니었다. 열 달 동알 날 품어 주고 낳아 준 그녀의 존재가 그리웠다. 어렴풋이 기억에 남아 있는 그 따스한 손길을 느끼고 싶었고, 느른했던 그 품을 한 번 느껴 보고 싶었다.

열 번째까지 쓰자 이젠 정말 쓸 것이 없었다. 아니, 눈물이 너무 많이 흘러 쓸 수가 없었다. 앞의 것들은 즐거운 마음으로, 아니, 그가 보기엔 괜찮다 느낄 정도로 적당한 것들로 채웠지만 아버지 생각이 떠오른 순간, 가족과 관련된 이야기가 나오는 순간, 그녀의 뺨에 진한 선이 그어졌다.

무게를 이기지 못한 눈물방울이 아래로 후두둑, 후두둑 떨어진다. 끊임없이 떨어지고 떨어져, 노트를 적시고 손등을 적시고 마음을 적신다.

눈물로 번진 노트를 보던 고운이 피식 웃음을 내뱉었다.

"다시…… 써야겠다."

✳

"자주 찾아뵐게요."

"괜한 걸음 할 필요 없다. 나중에 이사 후에 제주도에 놀러 오렴."

"그런 말씀 하지 마세요."

늘 웃음으로 가득했던 그녀의 얼굴이 순간 화를 담자 이 회장이 허허 웃음을 내뱉더니 고개를 끄덕였다.

"네 고집을 누가 말리냐."

"아시죠? 저 한 번 한다면 하는 사람이에요."

고운이 장난스럽게 으름장을 늘어놓았다. 그리고 굳었던 얼굴을 애써 편 뒤 허리를 숙여 이 회장에게 인사했다.

"감사했습니다. 그리고 앞으로도 잘 부탁드립니다."

말을 마친 고운이 허리를 펴자 이 회장의 곁에 서 있던 마 여사가 그녀에게 다가왔다. 그리고 마치 마지막 인사를 하듯 고운을 제품으로 끌어당기며 등을 토닥토닥 천천히 두드렸다.

"종현이가 속 썩이면 언제든지 연락하거라."

"속 안 썩이더라도 연락드릴게요. 자주자주."

고운의 눈빛이 흐려졌다. 그러자 마 여사는 계속해 그녀를 토닥이며 위로를 건넨다.

오늘은 종현의 집으로 고운이 들어가는 날이었다. 일주일이란 시간 동안 그녀는 그의 집에 들어가기 위해, 그가 보낸 사람들과 함께 여러 가지 물건을 구입했다. 그의 생활에 완벽하게 맞춰져 있는 것들 사이사이에 제 흔적을 남기기 위해 많은 돈을 썼지만 그렇게 한다 하여 그의 삶에 자신이 파고들 수 있을진 몰랐다.

하지만 앞으로를 위해 그녀 또한 이러한 호의들을 거부해서는 안 된다는 것을 알기에 순순히 물건을 구입했고, 그의 집에 그것들을 옮겨 놓았다.

그래서 오늘 고운은 이사를 가는 사람보다는 가까운 곳에 나들이를 가는 사람 같았다. 머리를 질끈 묶고, 평범한 청바지에 티셔츠 차림이었으나 손에 들린 짐은 아무것도 없었다.

"안녕하세요, 민아 씨."

"안녕하십니까, 사모님."

민아가 허리를 숙여 인사했다. 그녀의 얼굴은 사무적이었고 딱딱했다. 하지만 고운은 제 또래의 여자에게 지대한 관심을 보였다. 늘 검은 정장 차림에 흰 와이셔츠를 입고 있는 그녀는 가까이 다가갈 수 없을 분위기를 풀풀 풍기고 있었으나, 늘 자신의 도움과 물음에 꼬박꼬박 답을 해 주는 사람이었으니까.

고운은 오늘도 그녀에게 조금 더 다가가기 위해 말을 걸었다.

"그렇게 딱딱하게 인사하지 말라니까요. 제가 몸 둘 바를 모르겠잖아요."

사모님이란 호칭도 뭐라 하고 싶었으나, 이 문제에 대해선 지난번에 이름을 불러 달라는 그녀의 요청에 민아가 정중하게 거절을 했기에 더 이상 언급하지 않았다. 이에 민아가 고개를 저었다.

"그럴 수 없습니다."

"전에 내가 말했던 건 받아들여질 수 없는 건가요?"

고운의 물음에 민아는 지난날 그녀가 '친구 하면 안 돼요?' 라고 했던 말을 떠올린 것인지 정색을 하며 고개를 내저었다.

"네."

"그렇군요…… 아쉬워요."

진심인 말은 표정으로 알 수 있었다. 고운의 얼굴엔 아쉬움이 뚝뚝 떨어지고 있었다.

"조금의 시간이 더 흐르면 그땐 가능하지 않을까요?"

고운이 포기하지 않고 눈을 동그랗게 뜨며 물었다. 눈빛에 묻어난 감정에 민아의 얼굴에 고민이 어렸다. 원칙주의자이고 누구보다 계급사회에 물들어져 있는 그녀였지만 순진한 눈망울에 맺힌 감정을 쉬이 거절할 수가 없는 것인지 후우, 하고 한숨을 내뱉었다.

민아는 꼿꼿하게 세우고 있던 허리를 조금 구부정하게 만들며 방금 전과는 달리 감정이 섞여 있는 목소리로 말했다.

"왜 저랑 친구가 되고 싶으신 겁니까?"

"음……."

운을 뗀 고운이 곧이어 말을 이었다.

"사장님께서 내주신 숙제가 있어요."

"숙제요?"

뜬금없는 말에 민아가 눈살을 찌푸리며 물었다. 그러자 고운은 작게 고개를 끄덕인 뒤 말했다.

"저에게 하고 싶은 일을 열 개나 적어 오라고 하셨거든요. 적다가 적다가 적을 게 없어서 민아 씨랑 친구가 되고 싶다고 적었어요. 괜찮죠?"

"……."

민아의 얼굴이 사정없이 구겨졌다. 그러자 고운은 입술을 손바닥으로 가리며 혹 자신이 실수한 것이냐 되물었다.

정말 몰라서 묻는 것일까?

"어머, 제가 실수한 건가요?"

고운이 눈을 동그랗게 뜨며 물었다. 그러자 민아가 한숨을 내쉰 뒤 고개를 내저었다. 저 표정을 보고 어찌 의심할 수가 있겠는가. 고운은 진심으로 민아와 친구가 되고 싶은 듯했다. 세기의 신데렐라를 상대해야 한다는 생각에 상부의 지시가 떨어졌을 때도 마음에 들지 않았던 그녀이다. 어떤 까다로운 인간일까, 어떤 유형에 속하는 허영심에 찬 여자일까, 라는 생각을 했던 적도 있었다. 고운을 만나기 전까지는.

하지만 막상 당사자를 만나자 그녀는 다른 방향으로 머리가 아프기 시작했다. 사장님의 부인과 친구가 된다? 지금껏 단 한 번도 생각을 해 본 적이 없던 문제였다.

이 일을 사장이 어떻게 받아들일지 몰라 고민하는 얼굴로 고운을 보던 그녀가 천천히 고개를 끄덕였다. 처음엔 장난인 줄 알았던 그 말이 사실이란 것을 알게 되자, 조금씩 마음이 바뀐다.

"사모님이 생각하시는 친구는 뭡니까?"

"친구는 마음을 나누는 사이지요."

고운의 말에 민아가 고개를 끄덕였다. 그녀의 생각도 별반 다르지 않았다.

"그렇다면 사장님의 숙제에서 그 문구는 빼 주십시오. 마음을 나누는 게 친구라면 상부의 압박이 있어선 안 되지 않겠습니까."

"네, 그렇군요. 제 생각이 짧았어요."

고운이 시무룩한 얼굴을 하자 민아가 피식 웃음을 내뱉었다.

"상부에서 내려온 지시사항은 앞으로 사모님의 곁에서 수행을 하라는 것이었습니다. 시간은 아주 많습니다. 마음을 나누는 일, 천천히 해 봅시다. 아니, 해 봐요."

그녀의 말에 고운의 표정이 순식간에 밝아졌다. 그녀는 재빨리 고개를 끄덕이며 민아의 손을 끌어와 힘주어 잡으며 외쳤다.

"좋아요! 고마워요!"

그녀가 진심으로 기뻐하자 민아가 고운을 향해 처음으로 웃음을 보이며 말했다.

"사장님께서 기다리고 계실 겁니다. 아시겠지만 사장님은 기다림을 가장 싫어하시죠."

"알아요, 세상 참 팍팍하게 살죠."

고운이 진심이라는 듯 눈살을 찌푸리며 말하자 민아의 입에서 키득키득 웃음이 터져 나왔다. 민아의 웃음에 고운이 놀란 듯 그녀를 바라보다가 부드럽게 미소 지었다.

"역시 좋네요."

"무슨 말씀이십니까?"

민아가 웃음기 담긴 물었다. 그러자 고운은 산뜻한 미소로 화답했다.

"함께 웃을 수 있는 거요. 그거 참 좋은 일 같아요."

※

"왔으면 앉지."

고운은 집에 들어오자마자 들리는 목소리에 거실 쪽으로 걸음을 옮겼다. 소리의 진원지를 찾아가자 그가 보였다. 다리를 꼬고 소파에 앉아 있던 그는 들고 있는 신문을 테이블 위에 내려놓고 있었다.

"뭐 하고 있었어요?"

"널 기다리고 있었지."

종현의 답에 고운이 고개를 끄덕였다. 당연한 말을 물어 버렸다. 그녀가 사뿐사뿐 걸음을 옮겨 길쭉한 소파에 앉자 그는 다짜고짜 손을 옆으로 내밀며 무심히 묻는다.

"숙제 내놔."

"……도착하자마자 이러기예요?"

고운이 입술을 뾰족하게 내밀었다. 숙제를 완벽하게 하지 못한 그녀는 노트가 들어 있는 가방 끈만 만지작거리며 그의 눈치를 보고 있었다. 그러자 그가 좀 더 엄한 목소리로 말했다.

"어허!"

그가 배에 힘을 주고 그리 말했다. 그러자 고운의 불만이 더욱 커졌다.

"노인네 같아."

"……당신한테 그 소릴 들으니까 무척 기분 나빠."

"왜요?"

고운이 눈살을 찌푸리며 묻는다. 그녀의 물음에 대한 답은 거침이 없었다.

"당신이 처음 내 앞에 왔던 꼴을 생각해 봐."

한복을 입은 전형적인 노친네의 모습이었다고. 그의 뒷말에 고운의 얼굴이 와작 찌푸려졌다. 그녀가 외쳤다.

"나쁜 사람!"

"뭐……?"

그녀가 고작 할 수 있는 욕은 이 정도였다. 세상에 있는 수만 가지의 욕을 알지 못했으니까. 그리고 그런 상태를 그 또한 대략 알고 있었기에 그의 얼굴이 와자작 찌푸려졌다.

"가장 예쁜 옷을 입고 간 거예요! 어찌 그리 고운 옷이 노인네 옷이 되는 거죠?"

"……."

"당신, 정말 나빠요. 난 진짜 엄청 신경 쓴 건데. 그러고 보니 그날 날 버리고 가기까지 했군요?"

한 번 터져 나온 불만은 꼬리에 꼬리를 물고 계속 되었다.

"어디 그뿐인가? 그다음에도 무척 예의 없이 굴었어요. 난 사장님이 천하의 불한당인 줄 알았단 말이에요."

"……미안, 미안하다고. 그리고 그 사장이란 호칭은 앞으로 고쳐. 남편 될 사람한테 그러한 호칭은 좋지 않아."

"……."

그의 지적에 고운의 입이 꾹 다물렸다. 방금 전까지 호기롭게 말하던 그녀라고 생각되지 않을 정도로 순간 기가 팍 죽은 모습이었다.

"미안해요. 고칠게요."

"좋아, 그럼 숙제 내놔."

그의 말에 고운이 꼼지락꼼지락 손가락을 굽혔다 펴길 반복한다. 그러다 가방에서 노트를 꺼내 그에게 내밀었다. 그는 노트의 첫 장을 펴 열 개 중 아홉 개만 적혀 있는 것을 확인했다. 그리고 그마저도 마지막 건 붉은색 펜으로 찍찍 그어 놓아, 실상 그녀가 적어 온 것은 여덟 개밖에 되지 않았다.

"세 개는 어디 팔아먹었어? 마지막 건 또 왜 지웠고."

종현이 노트를 테이블 위에 내려 두었다. 그러자 종이에 적힌 문구들이 그녀의 눈에도 들어온다. 마지막 아홉 번째는 '친구 사귀기'였다.

"그건 방금 이뤘거든요."

"뭐?"

"나머지 세 개는 무슨 수를 써서든 생각해 낼게요. 숙제를 완벽하게 마치겠다고요."

고운이 빠르게 말을 이었다. 혹여 그가 더 타박할까 싶어. 그 속이 뻔히 보였지만 종현은 오늘은 여기까지 하는 것이 좋겠다며 노트를 챙겨 들고 자리에서 일어났다.

"집은 대충 둘러봐. 보다시피 별로 넓지 않아서 딱히 설명해 줄 것도 없어."

고운의 눈이 커진다. 이 집이 별로 넓지 않다고? 고운이 시선을 돌려 빠르게 집 안을 살폈다. 방은 단 두 개뿐이었지만, 거실과 부엌은 지나치게 넓었다. 그리고 지난번 청소하기 위해 들어갔던 안방 또한 무지막지하게 큰 사이즈였다. 행원산의 집, 두 개는 합쳐야 될 크기. 이것들이 그에겐 작게 보이는 것일까?

고운이 눈빛으로 묻자 그는 팔짱을 끼며 턱을 치켜 올린다. 지극히 거만한 모습이긴 했으나 종현이었기에 당연시 받아들여지는 자세였다. 그는 태어나자마자 높은 위치에 있었고, 지금은 대한민국 그 누구도 그를 내려다보지 못하니까.

"본가에 비해서 말이야. 여긴 혼자 살기 위해 구한 곳이니까. 결혼식을 올리면 좀 더 넓은 집으로······."

그가 말을 잇자 고운이 재빨리 고개를 내저었다.

"여기서 더 크면 곤란해요. 청소는 어떻게 해요? 그리고 수도세나 전기세도 엄청 나올 거고요."

도시에 살기 시작하면서 세금이란 개념을 알게 되었다. 행원산에 있을 적에는 몰랐던 것들이었다. 하지만 알게 된 이상, 허투루 돈을 쓰는 일은 없어야 했기에 그녀는 강력하게 주장했다. 하지만 그는 앞말만 들은 것인지 얼굴을 굳히며 말했다.

"내가 저번에도 말했지만 집안일을 봐 주는 사람이 있어. 그러니 당신은 그런 것들은 신경 쓰지 말고 지내."

"그럴 수 없어요."

"뭐?"

그녀가 연이어 자신의 말을 자른 것도 모자라 토까지 달자 그의 얼굴이 구겨졌다. 오늘따라 기가 산 모습으로 당당히 제 의견을 펼치는 그녀의 모습에 계속 당황하고 있는 그였다. 그러고 보니 이러한 모습은 처음 결혼 이야기를 꺼냈을 때도 마찬가지였다. 그때 이후로 보지 못하긴 했지만서도.

"이곳은 이제 사장…… 아니, 종현 씨 집이기도 하지만 제 집이기도 해요. 전 제집은 스스로 돌보고 싶어요."

"……."

"그래야 진짜 집이죠."

그녀의 말에 입에서 왈칵 한숨이 터져 나올 것 같았다. 그녀는 자신의 위치를 모르고 있었다. 대헌의 안주인은 집안일을 하지 않는다. 그건 마 여사 또한 마찬가지였고. 하지만 지금은 이러한 설명을 일일이 하기엔 무리가 있었기에 그는 작게 고개를 끄덕였다.

"이 문제는 다음에 이야기……."

"싫어요. 전 제가 직접 집을 가꾸고 싶어요."

그녀가 고집스럽게 말했다. 양보하지 않겠다는 모습이었다. 그 말에 그는 '고집하고는.' 이라 짧게 말하더니 이내 반쯤 포기한 목소리로 말을 이었다.

"좋아. 하지만 오늘 저녁은 밖에서 먹자고."

"밖에서요?"

"그래."

그렇게 말한 그는 수첩에 적혀 있는 문구 중 다섯 번째 문구를 보았다.

"하고 싶은 일 일곱 번째, 이거 오늘 하려고."

고운의 눈이 커졌다. 일곱 번째는 아주 높은 빌딩에 올라가 야경을 보는 것이었다. 이것과 밥을 먹는 게 무슨 상관이 있단 말인가? 고운이 의아한 얼굴로 그를 보자 그는 자신의 옷을 한 번 내려다보더니 짧게 말했다.

"옷 갈아입고, 대충 일 정리하고 나올 테니까 그전까지 집 구경 끝내 놔. 이상, 더 궁금한 거 있어?"

"아니요, 아직은요."

"좋아."

짧게 답한 그가 곧장 서재로 향했다. 그리고 그녀는 그 모습을 여전히 의문이 가득한 표정으로 바라보고만 있었다.

✱

살랑살랑 바람이 불어와 마음을 뒤흔든다.

서울에서 가장 높은 남산에 올라오니 세상이 한눈에 담겼다.

주말의 저녁. 잠시의 나들이로, 그리고 평범한 일상을 탈피해 이곳을 데이트 장소로 정한 사람들로 북적였다. 그녀는 잠시잠깐 걸음을 옮기면서도 골반뼈에도 오지 않는 작은 아이들의 손을 잡고 걸음을 옮기는 부모들과, 유모차를 끌고 걸음을 옮기는 엄마의 모습에서 시선을 떼지 못했다.

앞서 걷고 있던 종현은 자꾸만 뒤처지는 고운이 신경 쓰이는 것인지 계속 힐끗힐끗 돌아보다가 이내 걸음을 멈췄다. 그리고 손을 뻗으며 말을 툭 내뱉었다.

"미아 되겠어, 그러다가."

"미아라니요?"

고운이 멍한 눈빛으로 물었다. 그가 무슨 말을 하는지 알 수 없다는 듯. 이에 그가 팔에 힘을 주어 그녀를 자신 쪽으로 잡아당기며 말했다.

"잘 보고 따라오라고."

순간 몸이 밀착되었다. 힘없이 끌려온 그녀의 어깨와 그의 가슴이 닿는다. 고운의 뺨이 순식간에 핑크빛으로 물들었고, 손가락이 저릿저릿해졌다. 당황한 고운은 잡혀 있지 않은 반대편 손을 뻗어 그의 너른 가슴을 살짝 밀었다.

"알았어요. 그니까……."

"그러니까, 뭐?"

종현은 부끄러움에 연신 움찔거리는 얼굴을 보았다. 눈동자는 촉촉하게 젖어 있고, 입술은 연신 달싹인다. 다른 곳보다 조금 붉어진 뺨과 불안한 듯 손가락으로 꼼지락거리는 여자. 그 모습에 왜 자신은 웃음이 나오는 것일까.

그는 속에서 불쑥 솟아오르려는 웃음을 꾹 내리누른 뒤 애써 얼굴을 굳혔다.

"말을 했으면 마쳐야지."

고저 없는 목소리와 굳은 얼굴. 그가 일부러 만들어 낸 표정을 멀뚱멀뚱 바라보던 그녀는 뭔가 깨달은 것인지 눈을 가늘게 뜬다. 순진함으로 가득하던 눈동자에 의심이 서렸다.

"……알면서도 묻는 거죠? 너무 가깝다고요."

"그런가?"

그가 모르겠다는 듯 고개를 기울이자 그녀의 눈빛이 뾰족해졌다.

"떨어져요, 떨어져!"

그녀가 연달아 외쳤다. 붙잡힌 손을 비틀어 그의 손을 떨궈 낸 뒤 가슴을 힘껏 민다. 하지만 오른쪽 발을 뒤로 물려 몸을 버티며 개구진 웃음을 지었다.

"남편 될 사람인데, 그렇게 싫어해서 어떻게 하나? 오늘부터 당장 같은 침대에 있어도 이상하지 않을 사인데."

"뭐, 뭐예요?"

"왜? 내 말에 거짓이 있어?"

그 말에 그녀는 꿀 먹은 벙어리처럼 입을 다물었다. 부부 사이에, 더욱이 법적 서류까지 정리한 마당에 그의 말에 틀린 점이 있을 리가 없다. 그녀의 얼굴이 더욱 불타오른다. 활활 타올라 절정기에 맞이한 불길처럼 화르륵 번지고 온몸 여기저기가 뜨겁게 체온이 올라갔다.

그녀가 부끄러움에 고개를 뚝 떨어뜨리고 입술을 앙다물자, 그는 이제 멈춰야 한다는 것을 깨달았다. 장난은 여기까지. 슬슬 배도 고팠고, 미리 예약을 해 두었던 레스토랑으로 가야 할 시간이었다.

"자물쇠 달고 갈래? 조금 시간이 있어."

그가 손목시계를 확인하며 말했다. 10분여의 시간이 남았다. 그의 말에 그녀가 재빨리 고개를 끄덕였다.

"해 보고 싶어요!"

그녀의 외침에 그의 입에서 키득키득 웃음이 터져 나왔다. 반짝이는 눈동자에 호기심이 가득하다. 자물쇠를 거는 단순한 일부터 저렇게 기뻐하니 괜스레 그의 마음도 술렁인다.

"좋아. 아주 커다란 걸로 사 주지."

그가 그녀에게 손을 뻗으며 말한다. 그러자 고운은 그 손을 멀뚱멀뚱 바라보다 이내 조심스럽게 손을 내밀어 쥐었다. 그의 손은 참 컸다. 자신의 손이 아이의 것처럼 보일 정도로. 손가락을 움직여 자신의 손가락 사이로 파고드는 움직임에 그녀의 온 신경이 손으로 향했다. 그가 깍지를 낀 뒤 위로 들고 있던 손을 아래로 축 늘어뜨렸다.

고운이 괜스레 부끄러움에 입술을 뾰족하게 내밀며 조잘거렸다.

"적당한 크기면 돼요."

"무슨 소리야?"

그가 발걸음을 옮기며 말했다. 그에 따라 그녀의 걸음도 옮겨지기 시작했다. 그녀보다 훨씬 큰 그가 배려를 해 주어 적당한 보폭으로 걸음을 옮기던 그녀는 그의 목소리에 고개를 돌려 그의 눈동자를 보았다. 갈색의 눈동자는 어느새 심드렁해져 있었다.

"기왕할 거면 가장 크고 가장 튼튼한 걸로 하는 게 좋겠지."

난 돈이 아주 많으니까.

그 말에 그녀가 꺄르르 웃음을 터뜨렸다. 종달새가 우는 것처럼 예쁜 웃음소리. 그 소리에 그의 한쪽 입꼬리가 하늘을 향해 올라갔다.

"자물쇠를 그냥 거는 건 줄 알아? 거기에 소원을 담아 거는 거라고. 풀리지 않는 한 자신의 소원이 계속 유지되고 이루어지길 간절한 바람에서."

역시나 조소처럼 보이는 웃음. 하지만 그것이 진심에서 나오는 거란 걸 그녀는 이제 알고 있었다. 그와 함께 있을 때면 그녀의 시선은 늘 그를 향해 있으니까.

이종현.

그녀의 시선 끝엔 늘 그가 있었으니까.

"아, 그런 거예요?"

"그래."

짧은 답에 그녀가 입가를 부드럽게 휘었다.

"좋아요. 그럼 가장 크고 튼튼한 걸로 사 줘요. 내 소원이 오랫동안 유지되고 이루어질 수 있도록."

"좋아, 이제야 말이 통하는군."

그렇게 두 사람은 두 사람은 자물쇠를 파는 곳으로 가 가장 크고 좋은 것을 구입했다. 그리고 고운은 네임펜을 받아 들고 커다란 자물쇠 겉면을 무엇으로 채울지 고민하기 시작했다.

어떤 소원이 좋을까?

지극히 개인적인 소원을 빌면 될 것을 그녀는 주위 사람들에게 가장 필요한 것이 무엇인지, 그로 인해 자신이 행복해질 수 있는 것은 무엇인지 고민하기 시작했다.

"뭐야? 왜 안 적어?"

"아주 중요한 걸 빌어야 할 것 같아서요."

그렇게 말한 고운이 천천히 글귀를 써 내려가기 시작했다.

모두 건강하기

"너무 고리타분한 거 아니야?"

종현은 그녀의 소원이 마음에 들지 않는다는 듯 말했다. 그러자 고운이 눈살을 찌푸리며 그를 타박했다.

"건강이 얼마나 중요한 줄 알아요?"

그녀의 말에 그가 허공에서 손을 휘저었다. 알겠으니 잔소리를 그만하라는 것 같았다.

"다 됐어?"

아주 큼지막하게 쓴 글귀는 더 이상 다른 말을 적을 수 없을 정도로 겉면을 가득 채우고 있었다.

"네, 제가 바라는 건 이것뿐이에요."

"좋아, 그럼 빨리 걸고 밥 먹으러 가자고. 위장이 난리야."

말을 내뱉은 그가 먼저 걸음을 옮겼다. 너른 등은 언젠가 들었던 바다와 같다. 넓고 이상한 분위기를 느끼게 만든다는 그 말. 실제로 보지 못했지만 그녀 또한 바다를 본다면 그러한 기분이 들 것이라 생각하며 그의 뒷모습을 향해 있던 시선을 내려 자물쇠를 뒷면으로 뒤집었다.

그 사람과 늘 웃을 수 있길

그제야 그녀의 소원이 끝났다. 네임펜을 내려 둔 고운이 만족스레 자물쇠를 보고 있을 때였다. 자신의 뒤를 따라오고 있을 것이라 생각했던 그녀가 여전히 그 자리에 머물러 있자 고개를 돌린 그가 말했다.

"안 오고 뭐해?"

"지금 가요."

"역시나. 한눈팔면 안 된다니까."

그가 투덜투덜 말한 뒤 자신에게 다가오는 고운을 향해 손을 뻗었다.

"잡아."

"네."

두 사람의 손이 마주했다. 두 사람의 손바닥도 마주한다. 그리고…… 두 사람의 마음도 마주했다.

�֍

한적한 레스토랑, 수많은 테이블이 있었지만 비싼 가격 때문인지 드문드문 사람들이 자리하고 있었다. 행복한 연인들, 혹은 행복한 가족의 모습들. 서로를 바라보며 웃고 떠드는 그들의 모습과 별반 다르지 않는 종현과 고운이 앉아 있는 테이블엔 작고 낮은 대화가 오고 가고 있었다.

고운은 오늘도 그가 썰어 준 고기를 입 안에 넣으며 질겅질겅 씹었다. 적당하게 구워진 소고기는 맛이 있었으나 그녀의 취향과는 달랐다. 그녀는 고기를 별로 좋아하지 않았으니까.

하지만 그녀를 모르는 종현은 오늘도 그녀에게 스테이크를 주문해 주었고, 이에 고운도 별말 없이 고개를 끄덕였다.

고운이 고기 한 점을 다시 입에 넣은 뒤 오물오물 씹었다. 도대체 이걸 무슨 맛으로 먹는 거지? 그러한 생각이 들었으나 겉으론 표현하지 않은 채 물었다.

"종현 씨는 뭘 좋아해요?"

그가 그녀를 모르는 것처럼 그녀도 그를 모른다. 어떻게든 닿은 인연이긴 하였으나 스스로가 만든 인연이 아니었기에. 하지만 이제부터 조금씩 알아 가면 된다는 생각에 그녀는 물었고, 이에 종현은 물을 마신 뒤 물었다.

"음? 뭐가?"

"음식이요. 앞으로 식사를 준비해야 할 텐데, 기왕이면 좋아하는 걸로 식탁을 가득 채우는 게 좋잖아요."

그녀의 말에 종현은 식사를 마친 것인지 접시를 옆으로 치운 뒤 빈 공간에 팔꿈치를 내려 턱을 괴었다. 그러자 그녀도 더 이상 식사를 할 마음이 없는 것인지 들고 있던 포크를 내려놓았다.

"흠, 글쎄."

그가 짧게 말했다. 그리고 자신이 좋아하는 음식이 무엇인지 고민하기 시작했다. 하지만 이에 대한 답을 그는 끝까지 찾을 수가 없었다.

"없는 것 같은데?"

"정말요? 하나도요?"

어떻게 삼십여 년의 세월을 살면서 좋아하는 음식이 하나도 없을 수가 있을까? 그녀는 자신이 좋아하는 음식 목록 수십 가지를 순식간에 떠올릴 수 있는데.

고운의 표정에 놀라움이 번지자 그가 피식 웃으며 말했다.

"음식은 칼로리 섭취를 위한 거야. 난 밥을 먹는 데 시간을 빼앗기는 걸 좋아하지 않아."

"아⋯⋯."

"사실 운동도 별로 좋아하지 않아. 하지만 일하기 위해선 체력도 중요하지."

"온통 일 생각뿐이네요?"

고운의 말에 종현이 '그런가?' 라고 의문을 내뱉더니 이내 자신의 상태를 인정하는지 고개를 끄덕였다.

"어."

짧은 그 답에 고운은 왜 안쓰러운 마음이 드는 것일까. 본인의 마음을 본인도 모른다. 하지만 한 가지만은 확실히 알았다.

"먹는 재미가 있어요."

"먹는 재미?"

고개를 끄덕인 고운이 말했다.

"봄에 나는 봄나물로 만든 비빔밥, 여름에는 여름별미 초계국 수, 가을에는 가을의 맛이 있고, 겨울에는 겨울의 맛이 있어요. 이 음식들을 기다리고 맛보다 보면 1년이 후딱 지나가죠."

"뭐…… 그렇기도 하겠군."

종현이 고개를 끄덕이며 제 앞에 놓인 음식들을 보았다. 양식이었다. 바이어와 미팅을 하거나 할 때 먹는 음식. 그는 일주일에 3일 이상은 늘 덜 익힌 스테이크를 먹고 있었다. 제철음식과는 상관없게.

"종현 씨가 저에게 새로운 세상을 보여 주기로 한 것처럼 저도 새로운 세상을 보여 드릴게요."

그 말에 그의 시선이 다시 그녀에게로 향한다. 부드러운 웃음을 짓고 있는 편안한 분위기의 여자에게로.

그리고 이내 고개를 끄덕였다.

"그거 기대되는군."

정말 앞으로 이 여자와 함께 보낼 시간들이 조금은 기대가 되기 시작했다.

❋

엄청 즐거운 시간이었다.

종현의 집에 들어오는 첫날, 부부가 되어 앞으로 그와 한집에서 살아야 한다는 긴장감은 어느새 소리 없이 녹아 버렸다. 함께 남산에 올라 아름다운 야경을 내려다보며 소원 자물쇠도 걸었고, 곧장 레스토랑으로 올라가 식사도 마쳤다. 커피 대신 차를 마시러 저번에 함께 갔던 찻집에 들러 이번엔 전통차를 마시며 이런저런 이야기를 나누었다.

"좋은 분이에요."

그녀는 종현에게 그렇게 말했다. 찻집을 나오며.
그러자 그는,

"당신도 좋은 사람이야."

라고 화답해 주었다.

그렇게 부드러운 분위기 속에서 외출은 끝이 났다. 그리고 둘은 함께 집으로 돌아왔다. 서로에게 한 발자국 더 다가가며.

어색한 욕실에서 부끄러움을 느끼며 고운은 몸을 깨끗이 씻었다. 샤워기의 물소리도 혹여 밖에 있는 종현이 듣는 것은 아닐까, 두근두근하는 마음을 애써 억누르며. 그리고 깨끗한 잠옷으로 갈아입고 나온 그녀는 욕실과 곧장 이어진 화장대에서 자신의 것과 종현의 로션이 나란히 놓여 있는 것을 잠시 멀뚱히 바라보았다.

그녀는 생각했다. 돈으로 그의 집에 자신의 흔적을 남길 수 있을까, 하고.

하지만 남길 수 있었다. 그의 생활용품이 놓여 있는 곳곳에 자신의 것도 놓여 있었다. 칫솔꽂이엔 그의 파란색 칫솔과 내 붉은색 칫솔이. 옷장 제일 밑에 서랍장엔 그의 속옷과 그 위 서랍장엔 내 속옷이. 반으로 나뉘어져 있는 드레스룸엔 그의 옷과 내 옷이 서로 마주 보고 걸려 있다.

그녀가 천천히 손을 뻗어 로션을 쥐어 들었다. 향긋한 향의 스킨을 얼굴에 펴 바르던 고운이 거울 속 자신의 모습을 보았다. 긴장감이 가득한 얼굴.

"하아."

입에선 결국 참다못한 한숨이 터져 나왔다.

"어떻게 하지?"

얼굴엔 벌써부터 긴장감이 흘렀다. 고개를 살짝 돌리자 커다란 침대가 보인다.

오늘 밤을 어떻게 나야 할까, 그와 부부가 되었으니 이제 한 침대를 써야겠지?

어지러운 생각들이 그녀를 괴롭혔다.

불안함에 울렁이는 거울 속 자신의 모습을 보던 고운이 애써 미소를 지어 보인다. 입가에 유순한 웃음이 내걸리지만 눈은 웃고 있지 않았다.

"잘할 수 있어."

고운이 스스로에게 다짐을 하듯 그렇게 말했다. 그때 뒤에서 갑작스런 인기척이 느껴졌다.

"뭐가?"

"헉!"

종현이 문지방에 팔을 기댄 채 그녀를 바라보고 있었다. 언제 들어온 것일까. 그의 존재를 알아차리지 못한 그녀는 팔딱팔딱 뛰기 시작한 심장 위에 손을 지그시 내려 눌렀다. 깜짝 놀라 심장이 터질 것만 같았다.

"어, 언제 왔어요?"

고운이 놀란 고양이 눈을 하고 물었다. 그러자 그는 입가에 맺힌 장난스러운 웃음을 숨기지 않은 채 말했다.

"뭘 잘할 수 있냔 말이야. 물었잖아."

"아무것도 아니에요."

고운이 제법 뻔뻔한 표정을 지었다. 하지만 그의 장난은 멈추지 않았다.

그가 빤히 그녀를 바라보자 고운의 목이 안으로 쏙 들어간다. 그녀도 모르게 나온 행동이었다.

얼굴을 옷 속에 파묻은 채 자신을 바라보지 못하고 고개를 뚝 떨어뜨리고 있는 그녀의 정수리를 보던 종현이 피식 웃음을 내뱉었다. 그리고 문기둥에 기대고 있던 몸을 곧추세운 뒤 말했다.

"먼저 자."

짧은 말. 하지만 그 말에 신기하게도 절대 들리지 않을 것 같던 고운의 고개가 위로 번쩍 올려졌다. 그는 시작과 끝을 아는 남자였다. 오늘은 여기까지. 여기서 더 장난을 했다간 저 여자의 심장이 남아나질 않을 것이다.

"종현 씨는요?"

고운의 물음에 그는 말끔하게 정리된 서재를 떠올리며 말했다.

"일이 남았어."

이미 일을 모두 마쳤지만 그는 그렇게 말한 뒤 서재로 걸음을 옮겼다. 열린 문 사이로 그의 뒷모습을 보던 고운이 한숨을 내뱉었다. 안도한 얼굴이었다.

✳

달칵.

서재 문을 닫고 안으로 들어온 그의 입에서 깊은 한숨이 터져 나왔다. 서재 한 켠에 자리 잡고 있는 소파를 보던 그의 미간이 찌푸려진다.

"저기서 자야 해?"

자신의 침대를 고운에게 내어 주고 나서야 그는 앞으로 어디서 자야 할지 고민이 되기 시작했다. 그냥 한 침대를 써도 상관은 없었으나 잔뜩 쫄아 있는 그녀의 어깨를 보니 도저히 그럴 수가 없었다.

내일이라도 당장 적당한 크기의 침대를 사야겠다 생각하던 그가 좁고 불편한 소파에 앉을 때였다. 테이블 위에 올려 둔 휴대전화가 윙윙 소리를 내며 울렸다. 액정을 보자 이 비서의 전화였다.

"이 시간에 무슨 일이야?"

그가 전화를 받자마자 물었다. 주말의 저녁 시간, 이 비서를 오랫동안 제 사람으로 두었다. 길다면 긴 그 시간 동안 이 비서는 이렇게 늦은 시간에 연락을 해 온 적이 없었다. 아주 중요한 일이 아니라면 말이다.

-죄송합니다. 김고운 씨 조사 도중에 의아한 사실이 나와서 연락드렸습니다.

"의아한 사실?"

종현의 목소리가 조금 커졌다. 그러자 이 비서는 서둘러 말을 이었다.

-김고운 씨가 실종으로 주민등록이 말소되어 있었습니다. 김태우 씨도 마찬가집니다.

"뭐……?"

-사망신고도 하지 않은 것으로 보입니다.

종현의 얼굴이 굳었다. 실종신고가 되어 주민등록이 말소되어 있다? 태우 또한 사망한 뒤에 법적인 절차를 밟지 않은 것으로 보였다. 죽은 사람이 결정할 일은 아닐 터. 이 회장 내외에게 물으면 사실을 알 수 있을 것이다.

미간이 찌푸려졌다.

"그럼 어떻게 혼인신고를 할 수 있었다는 거야?"

-회장님이 이번에 재산상속을 하면서 한꺼번에 정리하신 듯 보입니다.

끙, 종현의 입에서 앓는 소리가 흘러나왔다. 그렇다는 건 역시나 아버지는 이 사실에 대해 다 알고 있었다는 뜻이다. 하지만 숨기고 싶으셨겠지.

"알았어. 계속 조사해서 보고 올려."

-네, 알겠습니다.

통화는 짧았다. 하지만 이 비서와 나눈 대화는 깊은 생각을 하게 만들었다.

달칵, 휴대전화를 테이블 위에 올려놓은 그가 옆에 놓여 있는 노트를 보았다. 밋밋한 색의 노트는 그가 고운에게 숙제를 내준 노트였다. 원하는 걸 모두 적어 오라고 했던 노트. 그 노트를 바라보던 종현의 얼굴이 와자작 구겨졌다.

"당신 진짜 정체가 뭐야?"

어떤 인생을 살아온 거야?

무엇 때문에 그런 인생을 살게 된 거야?

왜 당신은 실종 상태가 되어 주민등록번호까지 말소된 거지?

의문은 의문을 낳았고, 생각은 계속 꼬리를 물었다. 한참 뚫어져라 노트를 바라보던 그의 눈에 무언가가 들어왔다. 노트를 번쩍 든 그는 눈을 게슴츠레하게 떴다. 손가락을 가져다 대자 오돌오돌한 것이 만져졌다.

걸음을 옮겨 두 번째 서랍장을 연 그는 연필을 꺼내어 그 위를 살살 긁어 보았다. 그러자 글자가 드러났다.

볼펜으로 적어 놓은 글자 뒤에 드러나는 글자.

하고 싶은 일 열 번째: 나 버린 엄마 찾기

"이 여자, 정말······."
그녀는 숙제를 완벽하게 마쳤다.
차마 그에게 주지 못했을 뿐이었다.

✳

집 안 곳곳에 자신의 흔적을 묻힌다. 이것이 부질없는 짓인지도 모르나, 그녀는 자신이 스스로의 인생을 만들어 가야 한다는 것을 알기에 천천히, 아주 작은 것부터 바꿔 나가기 시작했다.

그중 그녀가 가장 먼저 한 것은 작은 화분을 구입하는 일이었다. 베란다와 집 안 곳곳에 생기를 불어넣고 싶어, 그녀는 작은 꽃이 피는 화분과 허브 화분도 구입했다.

라벤더······ 로즈마리······ 캐모마일······ 재스민 등등.

음식에 넣으면 풍미를 더하지만, 평소엔 예쁜 관상용 식물이 되기도 하는 것들을 구입해 집 안에 놓아두자 마음까지 편안해지는 기분이었다. 생명력이라곤 종현밖에 없었을 것 같은 이곳을 조금씩 가꾸기 시작했다. 그리고 원했던 자리에 원하던 화분을 모두 놓아두고 나서야 그녀의 얼굴이 밝아졌다.

마지막으로 작은 분무기로 물을 주던 그녀가 입가에 부드러운 미소를 지었다.

"그래, 이래야 집이지."

밤늦게까지 집 안을 정리하고 나서야 그녀는 벽에 걸린 시계를 확인했다.

새벽 1시.

너무 늦은 시각이었지만 아직 종현은 돌아오지 않고 있었다. 걱정되는 마음에 그에게 먼저 전화를 걸어 볼까, 고민하던 그녀는 이내 고개를 내젓는다.

"방해될 거야."

일을 하느라 한창 바쁜 그에게 괜히 전화를 걸어 방해하고 싶진 않았다.

고운이 부엌으로 가 오늘 하루 종일 쓴 컵과 접시를 닦으며 조금의 시간을 더 흘려보낼 때였다. 초인종 대신 비밀번호를 누르는 소리가 집 안을 가득 채웠다. 종현이 내는 것이 분명한 소리에 앞치마에 대충 젖은 손을 닦은 고운이 현관문 쪽으로 향했다. 그러자 그가 벽에 손을 짚으며 신발을 벗다 말고 깜짝 놀란 눈으로 그녀를 보았다.

"뭐야, 안 잤어?"

"네, 밥은요?"

피곤한 기색이 가득한 그의 얼굴을 보며 고운이 물었다.

"간단하게 먹었어."

그렇게 말한 그가 신발을 마저 벗고 집 안으로 들어섰다. 그러자 고운은 아주 자연스레 그에게 손을 내밀었다.

"줘요."

"뭘?"

그녀의 말뜻을 이해할 수 없었던 종현이 묻는다. 그러자 그녀는 피식 소리 내어 웃은 후 짧게 답했다.

"가방이요."

종현이 가방을 건네자 그녀는 또다시 손을 내밀었다.

"이번엔 또 뭐?"

"넥타이랑 외투요. 셔츠는 벗어서 빨래 바구니에 넣어 주세요."

"아……."

고개를 끄덕인 그가 기계적으로 외투를 벗어 그녀에게 내민 후 넥타이도 끌어 냈다. 그에게 원하는 것을 모두 받아 낸 고운은 드레스룸이 있는 쪽으로 걸음을 옮기며 말했다.

"과일즙 있어요. 그거라도 드실래요?"

"아니, 아무 생각 없어."

"알았어요. 그럼 씻으세요."

고운이 제 시야에서 사라지자 종현은 그제야 멍하던 표정을 바로잡았다. 그리고 순식간에 자신의 가방과 외투, 넥타이를 들고 사라진 그녀의 모습에 웃음을 내뱉었다.

"진짜 부부 같네."

짧은 말과 함께 그가 곧장 서재로 향했다. 가는 길에 양말과 셔츠를 벗은 그는 서재에 달려 있는 욕실로 들어가기 전, 셔츠와 양말을 빨래 바구니에 넣고 곧장 욕실로 들어갔다.

얼마 안 돼 쏴아아— 물이 쏟아지는 소리가 욕실을 가득 채웠다.

칙칙—

분무기 형식으로 되어 있는 세균 제거제를 외투에 뿌린 고운은 넥타이도 잘 정리해 붙박이장 안에 넣어 두었다.

건조대에 있는 옷을 깨끗이 개킨 고운은 내일 아침 다림질을 할 것들을 한쪽에 잘 놓아두곤 자리에서 일어났다. 그는 주로 서재에 있는 욕실에서 씻었기에 속옷은 서재에 달려 있는 작은 드레스룸에 넣어 두는 것이 좋았다. 안 그럼 그가 벌거벗은 채로 속옷을 달라고 외치게 될 수도 있으니까.

"킥."

쓸데없는 생각을 하던 고운이 웃음을 내뱉었다. 그가 속옷을 가져 달라고 외치는 모습을 떠올리는 것만으로도 웃음이 나왔다. 완벽한 그여서 그런 것일까.

그녀는 한참 후에야 간신히 눈가에 맺힌 웃음을 지우고 가방과 속옷을 들고 서재로 향했다.

똑똑, 작게 노크를 했다. 하지만 안에선 아무런 목소리도 들려오지 않았다.

"아직 씻나……?"

고운이 다시 한 번 노크를 한 뒤에도 안에서 아무런 반응이 없자 고민하는 얼굴로 문을 바라보았다. 평소 그가 누군가 서재에 들어오는 것을 원치 않았기 때문이었다.

그냥 문 앞에 놓아두고 간다고 말하려고 했는데…….

어떻게 할까, 고민하던 고운이 고민 끝에 문손잡이를 돌리고 안으로 들어섰다. 서재 안은 캄캄했다. 그리고 코끝으로 냄새가 훅- 하고 들어왔다. 여러 가지 냄새가 복합적으로 뒤섞여 있어 정확히 어떠한 향이라고 할 수는 없었지만 가장 강렬한 향은 그의 체향이었다. 그녀가 잘 알고 있는 그 향. 가끔은 심장을 콩닥콩닥 뛰게 만들고 다리를 바들바들 떨게 만드는 그 향 말이다.

더듬더듬 걸음을 옮긴 고운이 어둠에 익숙해지지 않은 눈을 깜빡였다. 그러자 어둠이 물러나고 창문을 통해 들어오는 작은 빛으로 인해 시야가 밝아졌다.

커다란 책상이 보였고, 그 앞에 작은 테이블과 소파도 보였다. 그리고 소파 너머로 삐죽 튀어나온 다리도 보인다. 깜짝 놀란 고운이 손을 들어 튀어나오려는 말을 틀어막았다.

"당신……."

하지만 생각을 벗어난 말이 툭 튀어나오고 만다. 그리고 화들짝 놀란다. 자신의 말소리에 그가 깰까 싶어서. 하지만 그는 일이 많이 고됐던 것인지 여전히 눈을 감은 채 곤한 잠에 빠져 있었고, 그녀의 인기척을 전혀 알아차리지 못했다. 불편한 자세에도 불구하고.

투둑, 걸음을 옮기자 바닥에 떨어뜨린 속옷과 수건이 발끝에 차였다. 하지만 그녀는 천천히 걸음을 옮겨 소파 밑으로 다가갔다. 그녀가 잘못 본 것이 아니었다. 그는 좁은 소파에 몸을 구긴 채 잠들어 있었다.

그의 곁에서 한쪽 무릎을 굽힌 고운이 조심스럽게 손을 뻗어 그의 눈을 가리고 있는 머리카락을 조심스럽게 쓸어 넘겨 주었다. 머리카락을 치우자 잘생긴 그의 얼굴이 드러난다. 가지런하고 고운 선을 그리고 있는 이마와 조금 날카롭고 기다란 눈, 콧대가 조금 휘어진 콧날, 조금 도톰한 축에 속하는 입술. 멋있는 그의 모습은 세상사를 넓게 보지 못한 고운의 가슴도 뛰게 만들 정도로 잘났다.

두근두근.

가슴이 뛰었다. 지금 그녀의 가슴이 뛰는 것은 이 모든 순간을 환상처럼 보이게 만드는 달빛 때문이 아니다. 잘난 그의 얼굴 때문도 아니다. 그녀를 위해 기꺼이 소파를 선택한 오만한 남자의 따스한 마음 때문일 것이다.

다시 한 번 머리카락을 쓸어 넘겨 준 고운이 반짝이는 눈동자로 그를 내려다보며 말했다.

"나 여기 있어요."

"……."

"그걸 당신도 알고 있는 거죠?"

그는 이제 자신의 모습을 진심으로 봐 주고 있는 것 같았다. 예전처럼 갑작스레 닥친 현실에 짜증을 내지도, 그녀를 가여운 눈으로 바라보지도 않았다. 그저 한 사람으로서 대해 주고 있다는 느낌이다.

이런 내 느낌이 맞겠지……?

아름다운 야경을 보여 주던 그. 그와 재미있게 나누었던 대화들. 그리고 흘러가는 소소한 일상.

조금씩 쌓여 가는 일상에 고운이 부드럽게 웃음 지었다. 그리고 그의 머리카락이 그녀의 입바람에 후후 흔들린다.

"고마워요."

한참 그의 얼굴을 바라보던 고운이 조심스럽게 자리에서 일어난 후 바닥에 떨어뜨렸던 빨랫감을 집어 들었다. 그리고 있어야 할 자리에 차곡차곡 챙겨 둔 후 소리 없이 문을 열고 밖으로 나간다.

달칵.

조심스럽게 문이 닫혔다. 소리를 내지 않으려 노력한 손짓이었지만 결국 작은 소리를 내고 만다. 그것이 신호가 되어 속눈썹 그림자를 길게 드리우고 있던 눈이 천천히 떠졌다. 멍한 눈빛으로 천장을 바라보던 그가 입술을 달싹여 짧게 말했다.

"뭐야."

무언가로 강하게 뒤통수를 후려 맞은 느낌.

한참이나 천장을 바라보고 있던 그가 몸을 뒤척여 소파를 보며 눈을 질끈 감았다.

"젠장."

심장이 뛴다.

오늘 밤 잠은 다 잤다는 생각에 그의 피곤이 깊어졌다.

❉

집엔 향긋한 꽃냄새가 났다. 그녀가 좋아하는 들꽃 냄새. 화사하고 진한 향은 아니었으나 곳곳에 놓아둔 화분과 향초가 부드러운 내음을 집 안 가득 메워 놓았다. 그녀가 화분을 놓아둔 지 3일 만에 생긴 변화였다.

그 사이를 사뿐사뿐 걷던 고운은 이 집에서 유일하게 들어갈 수 없는 공간을 힐끗 바라보았다. 굳게 닫아 놓은 문은 그녀의 출입을 막고 있었다. 문이 잠겨 있는 것은 아니었으나 왠지 그곳은 들어서지 말아야 할 곳 같았고, 발을 디디는 순간 큰일이 날 것만 같았다. 그리고 그 또한 그녀가 서재에 들락거리는 것을 원치 않아 했다.

"중요한 서류가 많아. 서재 청소는 하지 마."

며칠 전 그가 집을 나서기 전에 했던 말이 떠올랐다. 그리고 그녀는 그 후로 그가 없는 사이 함부로 서재에 들어가지 않았다. 그가 원치 않았으니까. 그곳은 그의 비밀스러운 공간이었다.

고운이 문만 뚫어지게 바라보고 있을 때였다.

딩동—

초인종이 울렸다. 종종걸음을 옮겨 인터폰을 확인한 고운은 상대의 '물건 가지고 왔습니다.' 라는 말에 고개를 기울였다.

"물건?"

주문한 물건이 없었기에 의아한 마음이 들면서도 고운은 의심 하나 없이 현관문을 열어 주었다. 그러자 모자를 쓰고 있는 두 명의 남자가 땀을 뻘뻘 흘리며 서 있었다.

"물건이요?"

"네, 이종현 씨가 주문하셨습니다. 침댄데 어디 두면 됩니까?"

고운의 눈이 동그랗게 변했다.

침대? 그러고 보니 남자들의 너머로 세워져 있는 침대가 보였다.

고운이 어쩔 줄 몰라 하며 미적거릴 때였다. 그녀의 주머니에 들어 있던 휴대전화가 소리를 내며 울렸다. 액정을 확인해 보니 종현에게서 걸려 온 전화였다.

"여보세요?"

-나야. 지금 물건 도착했지? 서재로 안내해 주면 돼.

그에게서 딱 맞춰 걸려 온 전화. 그는 할 말만 한 뒤 주위에 있는 사람들과 대화를 나누기 시작했다.

-제주도 건은 다음 달에 시공식 잡고, 관계자 미팅 준비해. 그래, 도면은 그대로 진행하고. 어, 어. 그래.

"종현 씨……?"

-아, 미안. 적당한 자리 봐서 놓아두면 돼. 그럼 이만 끊는다.

본인의 의사만 전달하고 끊어진 휴대전화를 멀뚱멀뚱 바라보던 고운은 곁에서 들려오는 독촉에 휴대전화를 주머니 안에 넣었다.

"이거 어디 두면 됩니까? 다음 배달이 있어서……."

"아, 죄송해요. 이리로 오세요."

고운이 걸음을 옮겨 서재로 향했다. 왜 그가 침대를 주문했는지는 모르겠으나, 우선 그가 하라는 대로 움직이기로 한 것이다. 자신의 뒤를 따르는 인기척에 고운이 서재 문을 열었다. 그러자 자신의 코에 확- 닿는 담배 찌든 내에 그녀의 얼굴이 와자작 찌푸려졌다.

"이게 대체 다 무슨 꼴이래?"

고운의 얼굴이 창백하게 질렸다. 테이블 위에 놓인 재떨이에는 담배꽁초들이 선인장 모양으로 꽂혀 있었고, 어제 저녁에 입고 있던 그의 옷은 침대에 아무렇게나 걸쳐져 있었다. 커다란 원목 책상 위에는 양주병과 잔들이 가지런히 놓여 있었고, 또 얼마 떨어지지 않은 장식장엔 보기에도 비싸 보이는 양주병들이 줄지어 서 있었다.

고운의 얼굴이 구겨졌다. 그가 눈앞에 있었다면 당장에라도 잔소리를 와르르 쏟아 놓았겠지만, 그녀는 애써 억눌러 참았다. 그리고 침대를 어디에 놓아두면 되냐고 묻는 배달부들에게 적당한 공간을 손가락으로 가리킨 뒤 한 발 물러섰다.

"여기 서명해 주시면 됩니다."

서명이란 말에서 잠시 멈칫했지만 고운은 자신의 이름 석 자를 기계 위에 적은 뒤 펜을 그들에게 돌려주었다. 자신의 일이 끝난 배달부들은 빠르게 집을 빠져나갔고, 고운은 엉망인 서재 가운데 서 있었다.

그녀의 시선이 가장 먼저 간 곳은 새로 놓인 침대였다. 싱글 침대는 그가 눕기엔 좁아 보였지만, 책과 테이블, 소파로 가득 차 있는 서재에 이것보다 더 큰 침대를 놓아두는 것은 무리로 보였다. 그도 그 생각하에 조그마한 침대를 주문한 것이리라.

왜 침대를 주문했지?

그리 고민하던 고운은 그녀가 집으로 온 뒤 매일 밤 일이 있다며 서재로 들어가는 그의 뒷모습을 떠올렸다. 매일 밤마다 각오를 거듭하던 그녀였지만 지금까지 한 침대에서 잔 적이 없었다. 그럼 이 침대는 그녀를 위한 배려일 것이다.

"후우……."

그의 마음에 고마워해야 할지, 아쉬워해야 할지 모르겠으나 서재를 보니 계속 심란한 마음만 든다.

침대를 향해 있던 고운의 시선이 이번엔 책상 위에 놓여 있는 재떨이를 향했다. 그리고 시선은 또다시 책상 한 켠에 놓여 있는 양주병과 잔을 향했다.

"몸에 안 좋은데……."

담배도 술도 백해무익한 것이다. 아버지가 가끔 술을 잡수실 때에도 그렇게 잔소리를 하지 않았던가. 갑자기 떠오른 태우 생각에 우울한 눈빛으로 장식장을 바라보던 고운이 뭔가 결심한 듯 눈을 반짝였다.

"좋았어."

목소리는 활기찼다.

✻

이번 앨범의 콘셉트는 힐링이었다. 그에 맞춰 곡이 먼저 선정되었고 그다음엔 앨범 재킷이 결정되었다. 대한민국 최고의 작곡가라 칭송받는 강하영 옹이 그에게 새 곡을 선물해 주면서 첫 번째 트랙을 장식하게 되었고, 두 번째 곡은 2년 전 대한민국의 민주주의를 이끌었다 평가받는 강철기 선생이 돌아가셨을 때 추모곡으로 사용되었던 곡의 피아노 버전이 들어가게 되었다.

총 열두 트랙으로 이루어져 있는 앨범은 필성이 세 번째로 내는 앨범으로 3년 만에 작업한 것이었다.

올핸 앨범 제작을 위해 대부분의 시간을 한국에서 보내기로 했던 터라, 정신없이 바빴던 일상에 조금의 여유가 찾아왔다. 그리고 그와 함께 그의 마음에 봄바람을 살랑살랑 불어넣는 존재도 나타났다.

따스한 기운이 가득한 필성의 입가에 미소가 내걸렸다. 그가 기다리고 있는 상대가 답장을 보내왔던 터다.

[그래요? 저 악기를 꼭 배워 보고 싶었거든요. 피아노를 실제로 본 적은 한 번도 없었어요. 궁금해라.]

그가 문자를 보냈던 것이 5분 전이었다. 문자 쓰는 것에 익숙하지 않는 그녀가 이 긴 문자를 보내기 위해 소모했던 시간이 5분이란 뜻이다. 그녀의 문자에 그는 빠르게 키판을 눌렀다.

[잘됐네요. 내일 만날 때 한번 쳐 볼래요? 가르쳐 줄게요.]

그의 문자를 본 그녀가 또 어떠한 답장을 해 올까, 필성은 벌써부터 기다려졌다. 한참 기다려야 답변이 올 터이지만, 그의 시선은 휴대전화에서 떨어지지 않았다.

그가 천천히 걸음을 옮기며 휴대전화만 바라보고 있을 때였다. 그의 앞에 불쑥 그림자가 나타났다.

"오, 하필성! 잘 지냈냐?"

고개를 들어 상대를 확인하자 멀끔한 정장 차림의 남자가 서 있었다. 누구더라? 짧은 생각 끝에 남자의 존재가 떠올랐다. 초등학교 때부터 고등학교 때까지 같은 학교를 다닌 동창이었다.

"어, 잘 지냈어? 여긴 무슨 일이야?"

"대헌호텔에 무슨 일이겠냐, 일하러 왔지."

"아아."

그러고 보니 동창은 대헌호텔 쉐프의 아들이었다. 해외에서 별 다섯 개나 되는 일류 호텔에서 일했던 그를 고등학교 시절, 이 회장이 직접 스카웃해 왔다는 이야기를 언뜻 들은 적이 있었다. 매해 그에게 천문학적인 연봉이 지급된다는 이야기까지 떠오르자 필성이 고개를 끄덕인다. 고등학교 시절, 눈앞에 있는 동창은 유독 종현에게 친한 척 굴기도 했었다.

좋은 집안 자제만 다닐 수 있을 정도로 학비가 비싼 학교였기 때문에 어릴 적부터 상류층의 세계는 돈독히 유지되고 있었다. 가는 곳은 거기에서 거기였고, 가끔 이렇게 우연히 만나기도 했다.

"넌?"

"미팅이 있었어. 앨범 미팅."

"아, 그래? 앨범 나오냐?"

동창이 관심도 없는 말을 해 댔다. 짓고 있는 표정은 반가움이었지만 저 사람이 지금 어떠한 생각을 하고 있는지는 필성 또한 잘 알고 있었다. 마음이 통하지 않는 관계는 지겹도록 겪어 왔으니까. 눈만 보아도 충분히 깨달을 수 있었다.

"어, 내년 초에 나올 것 같아."

"그래? 나도 꼭 사서 들어야겠다."

그렇게 말한 동창이 막 말을 이으려고 할 때였다.

띠링띠링—

손에 들려 있던 휴대전화가 울어 댔다.

"잠시만."

동창의 말을 막은 필성이 곧장 휴대전화 액정을 확인했다. 그러자 역시나 예상대로 고운에게서 답변이 와 있었다.

[공부까지 가르쳐 주시기로 했는데, 피아노까지요? 저 그렇게 염치없는 사람 아니에요.]

피식, 필성이 자신도 모르게 웃음 짓는다.

귀여운 아가씨다, 정말 귀여운 아가씨.

세계에서 주목받고 있는 피아니스트가 직접 피아노를 가르쳐 주겠다고 하는데, 이렇게 거절을 한다. 보통 일반적인 사람이었다면 공부 대신 피아노를 가르쳐 달라 했을 것이다.

[그냥 쳐 보기만 하는 건데요, 뭐. 그럼 내일은 저희 집에서 볼래요?]

그렇게 답변을 하면서도 그는 혹여 그녀가 자신의 마음을 잘못 이해할까 걱정했다.

약은 사람이 보기엔 여자를 자신의 집으로 끌어들이려는 불한당으로 보일 것이다.

지금이라도 정정 문자를 보낼까? 그렇게 고민하던 그는 궁금증을 이기지 못한 동창의 물음에 시선을 들어야 했다.

"뭐 좋은 일 있냐? 왜 그렇게 웃어?"

"아아, 그런 일이 좀."

짧게 답한 필성이 휴대전화를 힘주어 쥐었다. 지금이라도 답장을 보내야 할까? 그가 또다시 고민할 때였다.

"요즘 종현이 장가간다는 소문 있던데, 맞냐? 넌 좀 아는 게 있어?"

역시나.

그의 물음에 필성은 금시초문이란 표정을 지었다. 이미 그에게 들은 이야기가 있었으나, 이 세계는 친구들끼리 가벼이 사적인 일을 털어놓을 만한 곳이 되지 못했다.

"아니, 왜?"

"그래? 요즘 소문이 도는데 종현이가 들어 보지도 못한 여자랑 같이 살고 있다고 그러더라고. 역시나 개소문이었나 보네."

동창은 그렇게 이야기를 일단락 지었다. 역시나 헛소문이었다며 투덜거리기도 했다.

그의 말에 동조하며 필성이 고개를 끄덕였다. 원체 믿을 수 없는 이야기가 많이 도는 곳이지 않냐는 말도 덧붙였다. 들고 있던 휴대전화가 울리더니 문자가 왔음을 알렸다.

[그럼 신세 지겠습니다.]

고운에게서 문자가 왔다.

그 문자에 그는 또 한 번 웃음 지었다.

"정말 순진하다니까."

"뭐?"

필성의 말에 동창이 의아하게 그를 보았다. 말뜻을 이해하지 못한 얼굴이었다. 그러자 필성은 가볍게 고개를 저었다.

"아니, 아무것도 아니야."

"너 진짜 이상하다? 혹시 연애하냐?"

"어?"

동창의 물음에 필성이 눈을 동그랗게 뜨며 되물었다. 그러자 동창은 눈동자를 번들거리며 말했다.

"여자 숨겨 놓고 있는 건 종현이 녀석이 아니라 너 아니냐?"

"설마."

말도 안 된다는 듯 말한 필성이 고개를 내저었다. 숨겨 놓다니, 그런 적이 없었다.

"그냥 좋은 사람 만나고 있어."

연애는 아니지만 만나고 있긴 하다.

이 말로 인해 몇 시간 뒤부터 자신이 연애한다는 소식이 동창들 사이에서 쫙– 소문이 날 것을 알면서도 필성은 제 기분을 숨기지 않았다.

❋

지친 몸 때문인지 팔다리에 힘 하나 들어가지 않았다. 엘리베이터에 올라타는 순간 몸이 아래로 푹 꺼지는 기분이었다.

"아, 머리야."

그가 앓는 소리를 내며 머리를 부여잡았다. 본사로 넘어가기 전, 자신이 하고 있던 모든 일을 후임으로 오게 되는 직업 CEO에게 모두 전달해야 했기에 몸이 열 개라도 부족한 나날이었다. 본사에 컨트롤 타워를 만들어 추후의 관리도 계속 본사에서 하겠지만, 갑작스런 발령이었기에 신경 쓰이는 것이 한둘이 아니었다.

손가락에 힘을 주어 머리를 꾹꾹 누르던 그는 땡, 소리와 함께 엘리베이터 문이 열리자 곧장 걸음을 옮겼다. 지금은 휴식을 취할 때였다. 회사 일은 모두 잊고 집에 가면, 오늘은 편한 침대에 몸을 누일 수 있을 터다.

오늘도 한 잔의 알코올로 몸을 따뜻하게 만든 뒤 휴식을 취할 생각에 그의 발걸음이 조금 가벼워졌을 때였다.

"왔어요?"

초인종을 누르자마자 문을 열어 주며 반기는 그녀의 모습에 그의 입가에 보일 듯 말 듯 작은 미소가 떠올랐다. 그가 들고 있던 가방을 고운에게 내밀었다. 그러자 그녀는 가방을 받아 들고 종현의 뒤를 졸졸 쫓아왔다.

"어, 뭐 했어?"

그가 말함과 동시에 고개를 옆으로 돌렸다. 그러자 테이블 위에 문제집과 노트가 펼쳐져 있는 것이 보였다. 고운이 얼굴을 붉히며 쪼로로 쫓아가 문제집과 노트를 잘 덮어 한 켠에 쌓아 둔다. 그녀의 뒷모습을 보던 종현이 넥타이를 끄르며 말했다.

"오늘 진도는 많이 나갔어?"

그 물음에 고운은 노트와 문제집을 품에 안은 채 고개를 저었다.

"아니요, 친구가 재미있는 걸 가르쳐 준다고 해서 가려고요."

"친구?"

그녀에게 친구가 있던가? 도시는 처음으로 와 본 것이라 했던 그녀에게 친구가 있을 리가 없었다. 종현의 눈동자에 의문이 스며들자 고운은 입가에 부드럽게 미소를 내걸며 말했다.

"이곳에 와서 생긴 소중한 친구요."

"아."

그가 짧게 소리를 내뱉었다. 그러고 보니 김 비서와 친구가 됐다고 했던가? 대한민국 최고 대학까지 나온 그녀에게 공부를 배울 것이라 생각한 그가 고개를 끄덕였다. 그녀가 친구를 김 비서라고 말하지도, 배울 것이 공부라고 말하지도 않았는데도 말이다. 그냥 지레짐작하여 그리 결론 내렸다.

그리고 곧장 지금부터 안락할 안식을 취할 서재 문손잡이를 쥐었다. 오늘 침대가 도착했으니 드디어 불편하고 비좁은 소파에서 벗어날 수 있으리란 기대감에 그의 눈동자가 반짝였다.

문을 열고 안으로 들어간 그는 본능적으로 냄새부터 맡고 걸음을 멈췄다. 스위치를 누르고 서재 안을 밝히자 본능은 어느새 확신으로 바뀌었다.

"이게 대체……."

그가 벙쪄 말했다. 서재 안은 개미 새끼도 미끄러질 정도로 반들반들 빛이 났다. 객관적으로 보면 오늘 아침의 상태와 지금의 상태를 보았을 때, 지금 상태가 다들 좋다고 할 정도였다. 하지만 그의 입장은 달랐다.

성큼성큼 걸음을 옮긴 그는 책상 한 켠에 놓여 있어야 할 재떨이가 보이지 않자 미간을 찌푸렸다. 그리고 서랍장을 열어 그 안에 놓아두었던 비상 담배도 모두 사라져 있는 걸 본 후, 주름은 더욱 진해졌다.

"이게……."

그가 몸을 부들부들 떨어 댔다. 당장 쫓아 나가 멋대로 자신의 물건에 손을 댄 고운에게 뭐라 한 마디 하려던 그의 시선에 장식장이 닿았다. 안에 가득 들어 있어야 할 양주병까지 보이지 않자 그의 얼굴이 시뻘겋게 변했다.

"김고운!"

그가 버럭 소리쳤다. 온몸이 분노로 바들바들 떨려댔다.

고함 소리에 이제껏 그의 부름을 기다리고 있던 고운이 곧장 서재로 향했다. 그리고 책상을 양손으로 짚은 채 고개를 푹 숙이고 있는 그의 정수리를 보며 말했다.

"왜요?"

그녀의 평온한 목소리에 그의 고개가 위로 확 들렸다. 그가 고운을 노려보며 낮은 목소리로 말했다.

"다 어디 있어?"

목소리엔 크르릉, 분노마저 담겨 있었다. 제 물건을 제 허락도 받지 않고 치워 버린 것에 화가 났다. 하지만 고운의 얼굴은 여전히 너무나 평온하다. 길길이 날뛰는 그와는 상극되는 표정. 그에 그의 화가 점점 더 커지기 시작했다.

"뭐가요?"

"담배, 술!"

버럭 소리를 지른 그가 이내 평정심을 찾아야 한다는 사실을 깨닫고 심호흡을 내뱉었다.

후아후아, 화내지 말자. 이런 일일수록 이성적으로 대해야 해.

그가 속으로 끊임없이 주문을 외운 후 몸을 지탱하고 있는 팔을 들어 팔짱을 꼈다.

"다 어디 있냐고."

"다 치웠어요."

"뭐? 왜?"

"몸에 좋지 못한 거니까요."

당연한 말이다. 몸에 좋지 못하다는 것은. 그 또한 술, 담배가 몸에 좋지 않다는 것을 아주 잘 알고 있었다. 하지만 그는 성인이었고 대한민국 성인으로서 마음대로 술, 담배를 할 수 있는 위치에 있었다. 좋은 술을 마음껏 구입해 둔 후 한 잔씩 맛보는 것이 그의 삶의 낙이라면 낙이었다.

그것이 팍팍한 그의 삶에 유일한 낙이자 즐거움이었는데!

"그건 나도 알아."

"그럼 잘됐네요. 이참에 그럼 멀리하도록 하세요. 술과 담배는 만병의 근원이에요."

고운이 설득을 시키려는 듯 나긋나긋한 어조로 말했다. 하지만 그것이 오히려 그의 신경을 더 거슬리게 만든 것인지 표정을 딱딱하게 굳혔다.

그가 고저 없는 목소리로 빠르게 내뱉었다.

"난 아이가 아니야, 김고운 씨. 내가 결정해. 건강을 생각하고 있기는 하나 사소한 즐거움을 포기할 생각은 지금은 없어."

"전 당신의 아내예요. 당신이 나쁜 것을 가까이하는데 그냥 두고 볼 순 없어요. 어르신도 그 백해무익한 것들 때문에 몸이 나빠지셨고, 그건 저희 아버지도 마찬가지예요."

이 회장은 젊은 시절 관리하는 것을 소홀히 해 술로 간암을 얻었고, 그건 아버지 태우 또한 마찬가지였다. 왜 남자들은 몸에 나쁜 것들로 제 수명을 줄이려고 하는 것인지, 고운은 도통 이해하지 못했다.

하지만 종현의 생각은 다른 듯했다.

"스트레스가 더 안 좋아."

그가 뻔뻔한 얼굴로 말했다. 그러자 이번엔 고운의 얼굴이 종잇 장처럼 구겨졌다.

"내가 이렇게 부탁하는데도요?"

구겨진 얼굴과는 달리 고운이 간절한 목소리로 말했다. 하지만 그는 고집을 꺾지 않았다.

"그래. 그러니까 당장 원위치시켜 놔."

"떼쟁이!"

"뭐?"

고운의 말에 그가 황당함에 입을 떡 벌리며 되물었다. 그러자 고운은 다시 한 번 버럭 외쳤다.

"무지렁이!"

"뭐, 뭐야?"

"바보예요, 사장님은!"

어떻게 이렇게 내 마음을 모를 수가 있어요? 난 다 사장님이 걱 정되어서 그러는 거예요! 그런 나한테 어떻게 화를 낼 수가 있어 요? 미워요, 밉다고요!

그녀가 연이어 외쳤다. 울먹이는 목소리로 술, 담배를 계속하게 된다면 끔찍한 고통을 겪을 수도 있다 말했다. 하지만 그는 오히려 다른 쪽이 거슬린 것인지 미간에 주름을 잡으며 말했다.

"사장이라고 부르지 말라고 했지?"

"미워요!"

구겨진 얼굴로 하는 말에 고운이 지지 않고 말했다. 그리고 연이어 외친다.

"바보예요, 종현 씨는!"

"이 여자가 정말!"

그도 참지 않고 버럭 소리쳤다. 그의 언성이 높아지자 고운의 순진한 눈망울에 눈물이 맺혔다.

"몸에 나쁘다고요! 좋지 못한 것들이에요! 그러니까 하지 말아요!"

"이봐!"

"왜 소리는 지르고 그래요?"

"먼저 소리 지른 건 당신이야!"

그 말에 고운이 입술을 앙다물었다. 새하얗게 질릴 정도로 입술을 악문 그녀는 울음이 터져 나오려는 것을 애써 참았다. 입에선 계속 말이 맴돌았다.

그것들을 계속하게 되면 당신도 내 곁을 빨리 떠나게 될 거란 말이에요.

그건 싫어요.

당신까지 잃긴 싫어요.

그 말을 계속 맴돌고 맴돌아 입술 밖으로 튀어나오려 했다.

하지만 그녀는 입술을 악물며 참았다. 강한 이에 입술이 찢어질 것처럼 악물었다.

그리고 들썩이던 가슴도 조금 가라앉고, 눈물이 터져 나오려던 눈물샘도 틀어막고 나서야 자신을 노려보는 눈동자와 눈을 마주한 채 말했다.

"절대 돌려주지 않을 거예요."

"뭐야?"

그의 짜증스러운 음성에 또다시 감정이 들썩인다. 마음이 동요하고, 생각이 널뛰기 시작했다.

고운은 높아진 목소리로 외쳤다.

"종현 씨가 나한테 화내고 뭐라 그래도 안 줘! 그러니까 그렇게 몸에 나쁜 것들은 앞으로 가까이하지 말아요!"

쾅!

문을 닫고 밖으로 나간 고운의 뒷모습을 허망한 눈으로 바라보던 그가 의자를 끌어와 털썩 주저앉았다. 처음으로 부부싸움이란 것을 경험해 본 그는 순식간에 온몸에 있던 기운을 뺐다는 듯 이마를 짚으며 끙, 하고 앓는 소리를 냈다.

"내 휴식을……."

그녀가 망쳤다.

✳

부부싸움은 칼로 물 베기라 했던가.

해 봤자 별 소용이 없다는 뜻에서 옛 선조들은 그리 말을 했겠지만, 지금의 종현은 그 말에 전혀 동조할 수가 없었다.

비죽 뛰어나온 입술을 앙다문 고운은 그의 앞에 과일즙을 내려준 뒤 곧장 앞치마를 벗고 안방으로 들어가 버렸다. 그러자 그녀의 뒷모습을 따라 움직이던 시선이 다시 식탁으로 향한다. 오늘도 아침부터 진수성찬이었다.

"후."

한숨을 푹 내뱉은 종현은 들고 있던 신문을 한쪽에 잘 접어 두었다. 아침은 으레 신문을 읽곤 했다. 어젯밤의 주요 뉴스를 볼 수 있었고, 경제 또한 한눈에 파악할 수 있어 그가 의식적으로 행동하는 것 중 하나였다.

하지만 오늘은 신문을 단 한 자도 읽을 수 없었다. 정보를 얻기 위한 용도보다는 그녀 몰래 시선을 감추는 용도로 사용하였고, 결국 신문 1면에 나 있는 기사가 무엇인지도 가물가물하게 만들어 버렸다.

그는 아침에 새로 끓인 김치찌개를 보았다. 그는 매운 것을 잘 먹지 못했고, 이를 최단기간에 알아낸 그녀는 맵고 자극적인 음식은 밥상에 올리지 않았다. 하지만 오늘의 아침은 죄다 빨간색이었다.

김치찌개부터 시작해 고추 장아찌도 올라와 있었고, 반찬에도 녹색의 작은 것들이 콩콩 박혀 있었다. 분명 고추일 것이다.

"이런 식으로 복수를 하나? 치사하게."

먹을 것으로 복수하다니.

더럽고 치사하다고 생각한 그가 숟가락을 들어 김치찌개를 맛보았다.

"윽!"

그의 예상보다 훨씬 매웠다. 김치찌개가 어떻게 이렇게까지 매울 수 있을까 의문이 들 정도였다.

숟가락을 밥으로 옮긴 그가 퍽퍽 밥을 떠 입 안으로 밀어 넣었다. 그리고 그나마 괜찮아 보이는 반찬들을 몇 가지 골라 함께 먹는다.

우적우적 밥을 씹는 그는 반찬엔 거의 손을 대지 못한 채 밥그릇을 모두 비운 뒤 자리에서 일어났다. 그리고 굳게 닫힌 안방 문을 보며 외쳤다.

"나 간다!"

배에 힘을 주고 있는 힘껏 외쳤으나 안에선 아무런 반응도 없었다.

미간을 찌푸리며 한참이나 문을 노려보던 그가 소파 위에 올려져 있던 외투와 가방을 챙겨 들곤 집을 나섰다.

쾅!

첫 부부싸움은 예상보다 길어질 것 같았다.

＊

으리으리하진 않았지만 작은 2층집에 고운의 턱이 떡 벌어졌다.

"어머, 집이 너무 예뻐요."

고운이 새하얀 집을 보며 감탄한 듯 눈을 동그랗게 뜨며 물었다. 그러자 필성은 볼을 손가락으로 긁적이며 '그런가?' 되물었다. 이에 고운은 한 발자국 앞으로 더 다가가며 싱그러운 빛으로 가득한 마당을 보았다.

예쁘고 아기자기한 꽃이 심어져 있는 것은 아니었지만 녹푸른 잔디만으로도 입가에 부드러운 미소가 지어진다. 새로이 태어나는 생명체를 바라보는 그녀의 눈빛에 다정한 기운이 어렸다.

"귀여워요."

그 말에 필성도 그녀를 따라 웃었다. 그녀는 알고 있을까? 작은 잎들을 보고 있는 그녀가 더 귀엽다는 것을.

필성은 눈을 빛내는 고운의 옆모습을 한참을 보더니, 손을 들어 동그란 어깨를 톡톡 두드렸다. 마치 상대방의 마음에 들어가도 되냐고 의사 표시를 하는 것처럼. 이에 고운이 고개를 돌려 필성과 눈을 마주했다.

"왜요?"

"이제 그만 들어가면 안 될까요, 아가씨? 이러다 여기서 해 질 때까지 있겠어요."

"아⋯⋯."

짧게 신음처럼 소리를 내뱉은 고운이 커다란 눈을 깜빡였다. 뺨은 부끄러움에 붉어져 있었다.

"제가 정신이 팔려서⋯⋯."

고운이 입술을 달싹였다. 앵두처럼 붉은 입술이 동그랗게 모아 졌다가 늘어지길 반복하는 것을 보던 필성이 부드럽게 웃음 지으며 고개를 저었다.

"아니에요, 들어가요."

"네."

짧게 답한 고운은 그가 새하얀 담장 문을 여는 것을 보며 밝게 말했다.

"그럼 신세 좀 지겠습니다."

고운은 부산스럽게 움직이는 남자의 넓은 등을 보았다. 그를 바라보는 눈빛에 따스함이 어린다. 좋은 사람, 고마운 사람, 그는 여러 말로 형용될 수 있는 사람이었으나 현재는 조금 달라져 있었다.

친구.

그는 자신에게 조금씩 벗이 되어 가고 있었다.

그는 커다란 그랜드피아노 앞에 서 있었다. 새하얀 피아노를 손바닥으로 쓰다듬는 그의 모습은 마치 한 폭의 그림처럼 보였다. 그가 덮개를 열어 붉은색 건반 커버를 걷는다. 그러자 흰 건반과 검은 건반이 가지런히 깔려 있는 것이 보였다.

"이리로 와 봐요."

그가 고운에게 손짓했다. 그러자 그녀는 그가 집에 오자마자 건넸던 머그컵을 테이블 위에 올려놓은 뒤 천천히 그에게 다가갔다. 그가 의자를 끌어와 앉은 뒤 가지런한 손가락을 건반 위에 올려놓았다. 그런 뒤 고운을 올려다보며 웃으며 묻는다.

"먼저 연주부터 해 주는 게 좋겠죠?"

"해 주실 거예요?"

"물론이에요, 고운 씨가 원한다면 말이에요."

그의 말에 고운이 재빨리 고개를 끄덕였다.

"물론이에요. 한 곡 부탁드릴게요."

"음, 원하는 곡은 없고요?"

뭐든 말해 봐요, 그가 그렇게 말했다. 그러자 고운은 고개를 기울여 자신의 머릿속에 있는 몇 가지 곡들을 떠올려 보려 하지만 쉽게 떠오르지 않았다. 애초에 피아노를 접해 본 적이 없었기에 그녀가 실제로 알고 있는 곡은 몇 곡 되지 않았다.

"잘 모르겠어요."

그녀가 미간을 찌푸리며 말했다. 그러자 그는 고개를 끄덕인 뒤 손가락을 부드럽게 움직이기 시작했다. 흰 건반과 검은 건반을 두드리는 손길은 마치 연인을 매만지는 것처럼 다정하고, 조심스럽다. 건반이 마치 유리 공예품이라도 되는 듯.

그러자 그의 손끝에서 다정한 음악이 흘러나온다.

통통 튀는 음들. 명랑하고 경쾌한 음은 고운도 한 번쯤 들어 본 것이었다.

"어! 반짝반짝 작은 별!"

"맞아요."

그렇게 답한 그가 입가를 부드럽게 휘며 건반을 두드렸다. 그러면서도 입으론 곡의 설명을 잊지 않았다.

"모차르트의 반짝반짝 작은 별 변주곡이에요."

그의 말에 고운이 살며시 눈을 감았다.

반짝반짝 작은 별 아름답게 비치네
서쪽하늘에서도 동쪽하늘에서도
반짝반짝 작은 별 아름답게 비치네

기본음은 그녀도 알고 있는 것이었다. 하지만 거기에 변주가 들어가기 시작하고, 기본 멜로디를 연주하는 오른손과는 달리 왼손이 화려하게 움직여 따스한 음을 불어넣자 소리는 풍성해지고 이에 그녀의 마음도 부풀어 오르기 시작했다.

속으로 가사를 따라 하며 그가 선물하는 음악에 그녀의 마음이 느슨하게 늘어져 있을 때였다. 아쉬울 정도로 연주는 빨리 끝났다.

고운이 서서히 눈을 떴다. 눈망울에 아쉬움을 가득 맺은 채 읊조렸다.

"너무 예뻐요."

"감사해요."

"정말이에요. 너무너무 예뻐요."

그녀가 그의 앞으로 손을 내밀었다.

"만져지진 않지만 따뜻한 게 닿은 것 같아요."

순수한 그녀의 칭찬에 필성의 얼굴이 붉어졌다. 아주 쉬운 곡이었고, 그를 잘 아는 사람들이 들었다면 그의 선곡에 장난하냐며 타박을 놓았을지도 모른다. 하지만 그녀는 달랐다. 진정으로 음악에 감동한 듯 눈을 반짝이는 고운은 예뻤다. 그녀의 말 그대로.

필성이 그녀를 물끄러미 올려다보았다. 고운은 느낌이 좋은 사람. 그에겐 그러한 사람이었다. 그녀의 마음과는 달리. 함께 있으면 마음이 편안해지는 사람이기도 했다. 그런 그녀와 더 가까이 있고 싶었다. 그녀에 대해 더 많은 것을 알고 싶었고, 함께 시간을 보내고 싶었다.

그건 간간이 문자를 주고받을 때마다 더욱 커져 갔다. 이제 그의 마음은, 사소한 호기심이 아니었다.

"그렇게 치려면 얼마나 배워야 할까요?"

고운이 눈을 빛내며 물었다. 그러자 그는 그녀의 물음에 어떠한 답을 주어야 할까 고민했다. 반짝반짝 작은 별의 경우엔 특별한 스킬이 필요한 곡이 아니었다. 기본 멜로디의 경우엔 단 하루 만에도 배울 수 있고, 변주를 어떻게 하냐에 따라 난이도가 조금씩 바뀌긴 하나 아무리 어려운 변주를 한다 하더라도 한 달이면 충분했다.

하지만 그는 그녀와 최대한 오랜 시간 동안 보고 싶었다. 그래서 조금의 거짓말을 보태 말했다.

"두세 달 정도요?"

"으아? 그렇게나 오래요? 그럴 것 같긴 했지만……."

고운이 시무룩하게 말했다. 좀 더 빨리 배우고 싶었지만 전문가가 그렇게 말한다면 그러한 것이리라. 고운이 풀이 죽은 얼굴로 고개를 끄덕이자 필성이 손을 뻗어 그녀의 머리를 쓰다듬으려다 말고 손가락을 오므렸다.

성급해, 하필성.

그가 속으로 자신을 타박하며 한숨처럼 말했다.

"천천히 하자고요, 성질 급한 아가씨."

"알았어요."

고운이 힘없이 고개를 끄덕였다.

그 모습에 그가 한숨을 내뱉는다.

그래, 천천히. 천천히 하나씩 해 나가자. 그녀가 놀라지 않게.

그렇게 다짐한 그가 자리에서 일어났다. 그리고 그녀에게 자리를 내어 주며 눈짓한다.

"앉아 봐요."

"아…… 네."

고개를 끄덕인 고운이 긴장한 기색이 역력한 얼굴로 의자에 앉았다.

"손은 편하게 힘 풀고 건반 위에 올려놔 봐요."

"이렇게요?"

고운은 혹여 피아노가 상할까 싶어 조심스럽게 건반 위에 손을 내려놓았다. 그러자 그가 고개를 끄덕이며 손을 뻗었다. 그리고 고운의 오른손을 끌어와 엄지손가락을 도 건반 위에 올려놓은 뒤 나머지 손가락도 가지런히 놓아 주었고, 왼손도 마찬가지로 자리를 잡아 주었다. 그의 손길에 고운의 얼굴이 붉어졌지만 필성은 짐짓 모른 척 말했다.

"네. 자, 엄지손가락 움직여 봐요."

그의 말에 고운이 엄지손가락에 힘을 주어 건반을 눌렀다. 그러자 맑은 소리가 집 안을 가득 메운다.

"우와."

기껏해 봐야 건반 하나를 누른 것이 전부였으나 그녀는 신기하다는 얼굴로 그를 올려다보며 말했다.

"소리가 났어요."

"당연하죠. 건반을 눌렀으니까요."

그렇게 말한 필성이 부드럽게 웃으며 나머지 손가락도 움직여 보라 말했다. 그러자 고운은 자신의 손가락이 건반을 누를 때마다 나는 맑은 소리에 연신 눈을 반짝였다.

신기했다. 그리고 피아노 소리는 참 예뻤다.

그녀가 상상했던 것 그 이상으로.

"내일은 음계 공부부터 시작할 거예요. 악보를 보게 되기 전까진 피아노를 두드릴 일은 없을 테니, 오늘 실컷 두드려 봐요."

"으아, 공부해야 하는 거예요?"

"당연하죠. 악보를 볼 줄 알아야 하니까."

그 말에 고운이 시무룩한 얼굴로 고개를 끄덕였다. 공부할 것 참 많네요, 라는 말을 잊지 않으며. 그러자 그가 시원하게 웃음을 터뜨린 뒤 여전히 웃음기가 가득한 얼굴로 묻는다.

"피아노를 배우고 싶은 이유를 물어봐도 돼요?"

"제가 말 안 했던가요?"

그 말에 그는 휴대전화를 꺼내 그녀와 피아노 관련 이야기를 했던 문자를 찾아 그녀에게 보여 주었다. 그러자 고운의 시선이 휴대전화 액정으로 향한다.

[악기를 배우고 싶은데 뭘 배워야 할지 모르겠어요.]

[피아노 어때요? 내가 가르쳐 줄 수 있는데.]

[정말요? 우와, 그럼 엄청 신날 것 같아요.]

그 밑으론 공부를 배우는데 염치없이 피아노까지 배울 수 없다는 문자가 와 있었다. 그 어디에도 피아노를 배우고 싶은 이유는 적혀 있지 않았다. 고개를 끄덕인 고운이 양손을 가지런히 모아 무릎 위에 올려 두며 그를 올려다보았다.

"어릴 적에 피아노를 배웠다고 그러셨어요, 아버지가. 그때 제가 참 피아노 연주를 잘했다는 이야기도 했고요."

그녀는 전혀 제3자의 이야기를 하는 것처럼 굴었다. 그것이 의아했던 필성은 눈을 동그랗게 뜨며 물었다.

"왜 남의 이야기처럼 말해요?"

"음, 기억에 없으니까요."

그렇게 말하며 고운이 희미하게 웃음 지었다.

"그래서 아버지께 이야기를 들었을 때도 다른 아이의 일을 듣는 기분이었어요."

"아……."

"그래서 피아노를 배우고 싶었어요. 아버지께서 말한 아이가 내가 맞나, 궁금해서요. 그런데 오늘 건반을 두드려 보니 형편없네요."

씁쓸한 얼굴로 새하얀 건반을 바라보는 고운의 옆모습에 필성은 입술을 꾹 다물었다. 뭔가에 서운하고, 뭔가에 아파하는 모습이었다.

"내가 아니었나 봐요."

그가 사는 세상의 사람들은 제 감정을 잘도 숨긴다. 거짓말을 밥 먹듯이 해도 겉으론 티가 나지 않고, 서로가 서로를 어떻게 바라보는지 알면서도 웃으며 안부를 물을 수 있었다. 그의 세계에서는 그랬다. 고운처럼 예쁜 마음씨로 자신의 솔직한 감정을 터놓고 이야기하는 이들이 없었다.

그래서였을까.

필성은 자신도 모르게 팔을 뻗어 고운의 어깨를 붙잡았다.

"왜요?"

그녀가 눈을 동그랗게 뜨며 물었다. 그러자 그는 손가락을 동그랗게 말아 고운의 어깨를 쥐었다.

말할까?

그가 생각했다. 자신의 감정을 솔직히 그녀에게 터놓을까, 고민했다.

거절당하면?

그러자 이러한 생각이 들었다. 그녀가 자신을 거절할 수도 있다고. 마음도 얼굴도 예쁜 사람이었으니 다른 상대가 있을지도 모른다.

필성이 떨리는 눈으로 고운을 보았다. 그리고 입술을 달싹였다. 용기를 내야 할 타이밍. 하지만 계속 망설이게 되고, 결국 그는 어설픈 웃음을 짓는다.

"저녁 먹고 가요."

"저녁이요? 어머, 시간이 벌써 이렇게 됐네요?"

고운이 벽에 걸린 시계를 보고 깜짝 놀라 자리에서 벌떡 일어났다. 여섯 시였다. 평소 그의 퇴근 시간을 생각했을 때 아직은 이른 시각이었으나 그래도 외출이 너무 길어지긴 했다.

고운이 서둘러 종종걸음을 옮겨 소파 위에 올려 두었던 가방을 챙겨 들었다. 그리고 의아한 얼굴로 자신을 바라보는 필성을 향해 말했다.

"미안해요. 저녁은 못 먹을 것 같아요."

"네?"

"남편이 신경 쓰이거든요. 언제 올지 모르는 도깨비 같은 사람이어서."

웃음기 섞인 그녀의 말에 필성이 순간 멍한 표정이 되었다.

남편……?

그 말이 이질적으로 들렸다.

"남편이요? 결혼했어요?"

"아, 네. 말씀 안 드렸었나요?"

고운이 눈을 동그랗게 뜨며 오히려 되묻는다. 필성은 서둘러 흐트러지려는 정신을 붙잡으며 고개를 끄덕였다.

"네, 말해 주지 않았어요."

알았다면 좋았을 것을요. 그는 차마 뒷말을 붙이지 못한 채 부드럽게 호를 그리는 그의 입술을 바라보았다.

"아직 식은 올리지 않았어요. 올릴 때 꼭 참석해 줘요. 내 친구로."

"아……."

"괜찮죠?"

그녀의 물음엔 여러 뜻이 담겨 있었다.

나의 식에 오실 거죠?

나의 친구가 되어 주실래요?

필성은 눈치가 빠른 사람이었고, 흐려지려는 표정에 웃음을 머금으며 고개를 끄덕였다.

"네, 물론이죠."

"감사해요!"

고운이 밝은 얼굴로 외쳤다. 행복하게 웃는 그녀의 모습에도 그의 속은 쓰려진다.

그가 애써 밝게 말했다.

"그럼 다음 시간엔 악보 공부할 책과 문제집을 사러 가요. 고운 씨의 수준에 맞는 걸로."

"좋아요. 기대하고 있을게요."

그렇게 말한 고운은 집에 가 보겠다며 현관문을 나섰다. 그와 인사를 나누자마자 곧바로 그녀를 이곳까지 데려다 준 김 비서에게 전화를 넣었고, 이내 상대와 밝게 이야기를 나누기 시작했다.

"나 성공했어요, 친절한 분과 친구 되는 거!"

그러고선 상대와 도란도란 이야기를 나누는 그녀의 뒷모습을 바라보던 그는 현관문에 어깨를 기댄 채 피식 웃음을 내뱉었다.

"헛물 켠 건가?"

✳

집 안엔 정적이 내려앉아 있었다. 어두운 집 안엔 인기척이 없었고, 늘 다양한 냄새로 가득하던 집 안은 고운이 가져다 놓은 꽃만이 달콤한 향으로 제 존재를 알릴 뿐이었다.

종현의 얼굴이 구겨졌다. 늘 집을 지키고 있던 고운의 존재가 보이지 않았기 때문이다.

"어디 간 거지?"

혹시나 싶어 안방 문을 열어 침대를 살펴본 그는 오늘 아침에 보았던 그대로 깔끔하게 정리되어 있는 것이 보이자 바로 주머니를 뒤져 휴대전화를 꺼냈다. 그리고 고운에게 전화를 걸까 하던 그는 오늘 아침, 그녀와 대판 싸운 일을 떠올리며 미간을 찌푸렸다.

괜한 자존심이 생긴다. 그리고 그 자존심은 곧이어 오기로 변했다. 그녀에겐 전화를 걸지 않으리라! 그렇게 생각했지만, 그는 그녀의 행방을 알고 있을 이에게 바로 전화를 걸었다.

뚜루루, 뚜루루. 몇 번의 통화음이 들렸고 곧이어 상대가 전화를 받았다.

"어디야?"

그가 차갑게 말했다. 그러자 상대는 다짜고짜 묻는 그 말에 당황하지도 않은 채 답했다.

-사모님과 함께 지금 댁으로 향하는 중입니다.

김 비서는 종현의 오만한 성격을 아주 잘 알고 있는 인물이었고, 이러한 상태의 그에게선 그 어떠한 물음도 토도 달지 않아야 한다는 것을 알고 있었다. 그래서 그가 원하는 답을 해 주었고, 곧이어 들려오는 까칠한 말에도 망설이지 않고 답했다.

"이 시간까지 뭐 하다가?"

-친구분과 함께 계셨습니다.

오히려 그 말에 당황해 버린 것은 종현이었다.

"친구분? 그럼 그 친구가 김 비서가 아니었단 말이야?"

그는 어젯밤 그녀가 친구에게 배울 것이 있어 외출한다 했던 말을 떠올렸다. 그는 당연히 김 비서인 줄 알았다. 그녀의 인맥은 눈에 빤했으니까. 하지만 이러한 생각은 그의 오판이었나 보다.

-네.

그리고 김 비서의 짧은 답은 그에게 확신을 주었다.

그가 무언가 말을 하려고 할 때였다. 고운과 김 비서가 도란도란 이야기를 나누기 시작했다.

-종현 씨예요?

–네, 지금 댁으로 가고 있다고 이야기 중입니다.

–어머, 벌써 집에 도착했나 보네요? 저녁을 하지 않았는데……
이를 어쩌나.

걱정스런 고운의 말에 그가 인상을 와작 찌푸렸다. 그럼 오늘
하루 종일 자신은 모르는 그 누군가와 함께 시간을 보냈다는 말이
었다. 그 친구라는 사람이 남자인지, 여자인지도 몰랐으나 단순히
자신이 모르는 사람이라는 이유만으로도 기분이 나빠졌다.

아니지! 그 여자가 내가 모르는 사람이랑 시간을 보내든 말든
그게 나랑 무슨 상관인데?

반발심에 그가 애써 구겼던 얼굴을 펴며 말했다.

"언제쯤 도착해?"

–20분 후에 도착합니다.

"알았어."

짧은 통화를 마친 종현은 텅 빈 집 안을 눈으로 휘 둘러보았다.
요즘은 늘 집에 고운과 함께 있었기에 아무도 없는 썰렁한 집 안
이 더욱 차갑게 느껴진다.

"뭐 새삼스럽게."

그리고 애써 이러한 기분을 다독여 본다.

종현은 집에 오자마자 쌩하니 바람을 일으키고 곧장 방으로 들
어가는 고운의 뒷모습에 한숨을 삼켰다. 눈이 마주치자마자 그녀
가 하는 소리라곤 고작 '다녀왔어요.' 가 전부였다. 어디서 누굴 만
났는지도 무엇을 하다가 들어왔는지도, 일언반구 설명이 없었다.

그래서였을까. 그는 간혹 그녀가 집에서 입곤 하는 개량한복 차
림으로 나오자 미간을 찌푸렸다. 저 복장은 그 또한 몇 번 보았던

것이다. 하지만 핀트가 나가자 그 모습도 탐탁지 않게 여겨졌다.

그는 괜스레 제 곁을 스쳐 부엌으로 곧장 들어가는 그녀의 뒤에 대고 말했다.

"옷이 그게 뭐야?"

초딩도 이런 초딩이 없다. 어린아이처럼 불퉁하게 말한 그는 고개만 돌려 차가운 눈으로 자신을 바라보는 고운의 모습에 고개를 뒤로 뺐다. 조금 상스럽게 말하자면 그는 지금 단단히 쫀 모습이었다.

"이제 당신에게 복장 검사까지 받아야 하는 건 아니겠죠?"

"그, 그건 아니지만……."

"저녁은 거하게 차려 주지 못하겠어요. 잠시만 기다려요."

얼굴을 찌푸리며 겉으로 제 기분을 표하진 않았지만, 눈망울은 화로 번들거렸다. 단정한 얼굴로 종현을 보던 고운은 몸을 돌려 부엌으로 향했다. 더 이상 그를 상대하고 싶지 않다는 완곡한 표현이었다.

그녀의 뒷모습을 보던 종현이 머리를 거칠게 쓸어 올린다.

"이게 아닌데……."

말꼬리를 늘이며 혼자 중얼거리던 그는 주머니에 손을 꽂고 그녀의 뒤를 따랐다. 그녀는 화가 많이 난 것 같았다. 왜 자신의 일로 그렇게 화를 내는지는 몰랐으나, 그래도 늘 부드러운 미소를 입가에 잔잔히 띠고 화를 내는 법이 없던 그녀가 그러니 더욱 마음에 걸렸다.

의자를 끌어 앉은 그가 고운의 뒷모습을 보았다. 지지직 소리와 함께 후라이팬에 참기름과 김치를 들들 볶기 시작하는 그녀의 뒷모습을 보던 그가 입술을 달싹였다.

미안하다고 말해?

그렇게 생각하던 종현이 입을 꾹 다물었다. 이상하게도 입 밖으로 사과의 말이 나오질 않았다.

우물쭈물거리던 종현이 결국 한 마디도 꺼내 놓지 못했을 때다. 밥솥에서 밥까지 큼지막하게 퍼 후라이팬에 털어 넣은 고운이 주걱으로 볶은 김치와 밥을 잘 섞었다. 곧 고소한 냄새가 부엌 가득 메웠다.

침을 꼴딱 삼킨 종현은 이제껏 느끼지 못했던 공복을 느꼈다. 손을 내린 그는 뱃속에서 꾸룩꾸룩 요동을 쳐 대자 미간을 찌푸리며, 음식이 거의 완성될 때 동안 한 번도 뒤돌아보지 않은 고운의 뒷모습만 흘겨보았다.

왜 그렇게 화를 내는 건데?

불쑥 그런 말이 튀어나오려 해 그는 입술이 하얗게 질릴 정도로 앙다물어야 했다. 그는 지금 이러한 말을 해 고운의 성격을 더욱 돋을 만큼 멍청한 인사가 아니니까.

그렇게 한참 뒤돌아지지 않을 것 같던 고운은 접시에 붉은색 김치볶음밥을 담아내고 나서야 몸을 돌렸다. 그리고 자신을 뚫어져라 노려보는 그의 시선을 피한 채 식탁에 접시를 내려놓은 뒤 가타부타 말없이 밖으로 나가 버렸다. 그녀가 안방 문을 열고 안으로 사라지는 것을 보던 종현이 시선을 돌려 제 앞에 놓인 새하얀 접시를 보았다.

위험하도록 빨간 김치볶음밥.

자신의 집에 묵은지가 있었나 가물가물 생각하던 그는 곧 자신이 냉장고 한 번 열어 보지 않는 자란 생각을 떠올리고 나서야 한숨을 푹 내뱉었다.

"난 밥이랑 반찬 볶은 건 안 먹는다고."

그렇다고 접시째로 두면 그녀와 싸우자는 것밖에 안 되겠지? 거기서 그치면 다행이겠지만 혹여 그녀가 자신에게 '어린애처럼 반찬 투정까지 해요?' 라고 말하면 정말 돌이킬 수 없을지도 모르겠다.

한숨을 내쉰 그는 숟가락을 들어 김치볶음밥을 푹— 찔렀다. 은색의 숟가락에 붉은 흔적이 진득하게 묻어난다. 그 모습을 뚫어져라 노려보던 그가 한숨과 함께 밥을 입 안으로 밀어 넣었다. 시큼하고 고소하고 매콤한 맛이 동시에 느껴지는 이상한 맛.

밥을 우적우적 씹던 그가 한숨을 푹 내뱉었다.

＊

양치를 끝마치고 밖으로 나온 종현은 거실 바닥에 앉아 끙끙 앓고 있는 고운을 보았다. 가까이 다가가서 보자 그녀의 손바닥 아래에 있는 것은 초등학교 고학년이나 풀 법한 문제집이었다. 아니, 요즘 학생들은 조기교육으로 선행학습을 하고 있으니 저 정도 문제라면 초등학교 저학년에서 이미 끝마쳤을 것이다.

그는 목에 두르고 있던 수건으로 입가를 쿡쿡 찍어 닦으며 말했다.

"이것도 못 푸나?"

고운이 한 문제를 바라보며 끙끙 앓고 있자 그가 툭 내뱉었다. 자신의 목소리에 종현 또한 움찔 놀라 몸을 떨었다. 조금 날카롭게 흘러나왔기 때문이다. 그리고 이런 자신의 생각이 틀리지 않았는지 고개를 들어 그를 바라보는 고운의 눈동자가 상처로 얼룩져 있었다.

"종현 씨는 뭐든 다 잘해요?"

가라앉은 목소리로 말한 고운은 시선을 내려 다시 문제집을 보았다. 가지런히 빗겨진 머리카락과 곧은 가르마. 움직임 없는 머리를 보던 종현이 시선을 내려 고운의 손을 보았다. 방금 전까지만 해도 거리를 계산하는 문제를 푸느라 노트 위를 부산스럽게 움직이던 손은 딱 멈춘 뒤였다. 그녀의 시선은 아래를 향해 있었으나 문제를 보는 것이 아닌 듯.

이런, 내가 또 실수했군.

종현은 순간 손을 들어 입술을 후려치려던 것을 겨우 억눌렀다. 남들 앞에선 입바른 소리를 잘만 하면서 왜 그녀 앞에서는 계속 필터링을 거치지 못하는 말이 툭툭 내뱉어지는지 모르겠다.

속으로 한숨을 눌러 삼킨 종현이 어깨에 두르고 있던 수건을 빨래 바구니 쪽으로 집어넣었다. 수건은 정확하게 바구니 안으로 쏙 들어갔으나, 고운은 고개를 들어 퉁명스럽게 말했다.

"왜 던지고 그래요? 가져다 놓으면 되지."

시선을 돌려 고운을 보자, 그녀의 눈망울에 맺힌 슬픔이 보인다. 그는 그녀의 눈동자를 보자마자 자신도 모르게 툭 내뱉었다.

"미안."

아니, 마음을 다한 진심이다. 하지만 말은 방금 전과 마찬가지로 필터링을 거치지 않은 채 툭 나왔다. 그래, 그는 미안했다. 그리고 높은 위치에서 늘 사람들을 내려다보던 그는 상대를 홀릴 세 치 혀를 가지진 못했다. 말로 그녀에게 진심 어린 사과를 건넬 수 없으니 몸으로 하는 수밖에.

걸음을 옮겨 그녀의 앞에 앉은 종현은 문제집을 손가락으로 툭

툭 두드렸다.

"봐."

"네?"

"잘난 내 얼굴 보지 말고 문제집 보라고. 뭘 모르는 건데? 당신이 방금 물었던 질문에 대한 답을 해 주자면, 난 뭐든지 다 알아. 그렇게 교육받고 컸으니까."

그렇게 말한 그는 방금까지도 그녀가 보고 있던 수학문제를 보았다. 사각형의 둘레의 길이를 구하는 문제였다.

"사각형은 직각이고, 제일 긴 사각형이 7, 짧은 가로 5, 아래의 긴 가로가 8이지?"

그가 문제를 다시 한 번 되짚어 주었다. 그러자 고운은 고개를 끄덕였다. 눈동자는 여전히 슬픔으로 번들거렸으나 눈은 어느새 그의 손끝을 향해 있었다.

"이 문제는 미지수와 수식을 정확하게 뽑을 능력을 보는 문제야. 요즘 초등학교 문제도 다 이렇게 비꼬는 식이거든."

당신 말투처럼요?

그녀는 그렇게 물으려다 말고 입을 꾹 다물었다. 그는 고저 없는 목소리로 계속 말을 이었다.

"대입을 해서 푸는 문제라기보다는 이해를 하고 있냐를 보는 문제가 많아."

또다시 고개를 끄덕였다. 그리고 예쁘게 뻗은 고운 손가락을 보았다. 새하얀 노트 위에 그가 빠르게 수식을 적어 나가기 시작한다. 방금 전까지만 해도 절대 풀리지 않을 것 같았던 문제는 그의 손끝에서 너무나 쉬이 풀려 나갔다. 고운의 눈동자가 동그랗게 변했다.

"답은 40. 이해가 돼?"

"우와."

고운이 짧게 감탄을 내뱉었다. 그의 설명을 들으니 쏙쏙 이해되었다. 그러자 그는 어깨를 으쓱하며 다음 문제로 손을 옮겼다.

"이것도 가르쳐 줘?"

"네!"

고운이 밝은 얼굴로 외쳤다. 방금 전 슬픔으로 번들거리던 눈동자는 어느새 배움의 기쁨으로 반짝이고 있었다. 그녀의 눈빛에 종현이 작게 몸을 떨었다. 하지만 미세한 움직임을 그녀는 알아차리지 못했고, 그쪽으로 몸을 바싹 당겨 와 상체를 숙여 노트를 본다. 어서 다음 문제를 설명해 달라는 몸짓이었으나, 그의 얼굴은 점차 굳어 가기만 했다.

망치로 쾅 내려치면 와르르 무너져 내릴 것처럼 그가 석상처럼 굳어졌을 때다. 맑은 눈망울이 그를 향했다.

"왜요?"

고아한 눈매를 접어 웃는 고운의 얼굴에 그가 미간을 찌푸렸다. 그리고 시선을 내려 서둘러 다음 문제 밑에 밑줄을 쭉 긋기 시작했다.

"자, 이거 봐봐."

그렇게 말하는 그의 목소리는 방금 전과는 달리 감정을 담고 있었다. 눈살을 찌푸린 그는 속으로 한숨을 집어삼켰다.

왜 심장이 뛰고 난리야?

그의 양 뺨이 붉어졌다.

✳

끙, 앓는 시간이 조금 줄기는 했으나 고운은 오늘도 책상 앞에서 산통을 겪는 산모의 마음이 되어 온몸에 힘을 주고 있었다.

문제를 하나씩 풀어 나갈 때마다 기쁜 마음이 되어 눈을 반짝일 때도, 툭툭 막힐 때는 왜 이리 자신이 바보 같은지 삽질을 하기도 하며 그녀가 책상 앞에서 근 두 시간을 보낼 때였다. 주말을 맞이해 집에 있던 종현이 갑자기 고운이 공부하고 있는 안방 문을 벌컥 열어젖힌 후 놀란 눈과 마주했다.

"나가자."

"네? 지금요?"

"그래."

"아, 혹시 본가 가시는 거예요? 그럼 잠시만 기다려 줘요. 어르신을 위해 반찬 몇 가지를 했는데……."

고운이 조잘조잘 떠들며 자리에서 일어났다. 맑은 새처럼 예쁜 목소리에 그녀의 이야기를 가만히 듣고 있던 종현은 작게 고개를 내저었다.

"아니야, 집에 가는 거."

"음? 그러면요?"

"당신이 하고 싶은 일 하러 갈 거야."

"내가 하고 싶은 일?"

그의 말을 따라 한 그녀가 어정쩡하게 숙이고 있던 허리를 곧게 폈다.

"세 번째 일이었나?"

그 말에도 고운은 여전히 이해하지 못한 채 고개를 기울였다. 그에게 제출한 숙제 중 세 번째로 적은 일이라는 것은 알겠으나,

무엇을 적었는진 그녀의 기억에 없었다.

"옷은 최대한 편하게 갈아입고 와. 되도록 바지로. 기다릴게."

짧게 툭 내뱉은 종현이 뒤돌아서서 거실로 향하자 고운이 그의 뒷모습을 보며 고개를 기울였다.

"뭐지?"

그 의문은 얼마 지나지 않아 풀렸다.

아슬아슬하게 자전거 안장에 엉덩이를 대고 있던 고운이 창백해진 얼굴로 울먹였다.

"노, 놓으면 안 돼요. 놓으면 화낼 거예요."

"알았어, 그러니까 제발 다리 좀 떼."

그가 인내심을 가지고 말했다. 벌써 10분째 입씨름을 하고 있다는 걸 생각했을 때, 꽤나 그녀를 배려하고 있는 행동이었다. 뒤쪽을 꽉 붙들고 있는 종현의 팔뚝에 핏줄이 돋아 있었으나, 이를 고운은 알지 못했다. 아마 알았다면 그녀의 불안한 마음이 조금은 가셨을지도 모른다. 그 정도로 그의 팔뚝은 꽤나 믿음직해 보였다.

"어떻게 떼요? 바로 넘어질 것 같은데."

"아, 거참! 내가 잘 잡고 있다니까?"

종현은 몸을 오들오들 떨며 정면에서 시선을 떼지 않는 작은 등을 보며 한숨을 훅- 하고 내뱉었다. 그러자,

"그렇게 한숨 쉬어서 땅이 꺼지겠어요?"

민감해진 고운이 날카롭게 말했다. 그러자 종현은 장난스럽게 툭 내뱉었다. 늘 단정한 얼굴로 그림같이 굴던 그녀여서일까, 두려움에 몸을 오들오들 떨며 긴장감에 짜증까지 내자 괜스레 장난을 걸고 싶어졌다.

"당신, 지금 나한테 짜증내는 거야?"

"……."

한참 말을 잇지 못하던 그녀는 지금 이 순간 그에게 잘 보여야 한다는 사실을 모를 정도로 바보는 아니었다. 그의 손에 그녀의 안전이 달려 있었고, 난생처음 두 다리를 바닥에서 떼야 하는 이 순간, 그녀는 지푸라기라도 잡는 심정으로 간절히 말했다.

"미안해요, 정말 미안해요. 그러니 제발 놓지 말아 줘요."

"당신이 그렇게까지 말하면야."

그의 목소리에 있는 장난기를 알아차린 것인지 고운의 입술이 앙다물어졌다. 뭐라 톡 쏘아붙이고 싶었으나 자신의 안전은 모두 그에게 내주어 그럴 순 없었다.

"……출발해요?"

자전거에서 내려 가면 한마디 해야지. 고운이 그렇게 생각하며 묻자 자전거를 힘주어 잡던 종현이 말했다.

"그래. 이번에는 양발 모두 페달 위에 올려놔."

양발을 모두 페달 위에 올려놓은 고운이 발에 힘을 주어 천천히 자전거를 움직였다.

"앞을 똑바로 봐!"

"보, 보고 있어요!"

고운이 외쳤다. 억울한 기운이 가득한 목소리로. 핸들을 똑바로 쥐고 앞으로 향하려 노력하고 있으나 자전거 바퀴는 직선으로 나아가지 못하고 계속 자리에서 버벅거리고만 있었다. 삐뚤게 나아가는 자전거에 그는 혹여 그녀가 넘어질까 싶어 자전거를 더욱 힘주어 잡은 뒤, 자전거를 뒤따라가며 말했다.

"마음이 삐뚤구만?"

"그건 종현 씨고요!"

"뭐야? 손 놔줘?"

"제발요!"

고운이 애원했다. 하지만 그 순간 자전거가 기우뚱하더니 옆으로 기울어진다.

"악!"

쾅!

자전거가 쓰러지는 소리가 들린다. 그리고 그에 맞춰 고운이 눈을 질끈 감았다. 넘어진다는 생각이 들었지만 그녀가 할 수 있는 일이라곤 눈을 질끈 감는 것뿐이었다. 곧 얼마의 시간이 지나지 않아 온몸이 깨질 것 같은 고통이 느껴질 것이라는 생각과는 달리, 아무런 일도 일어나지 않았다. 눈을 게슴츠레 뜨자 깜짝 놀란 종현의 얼굴이 보였다.

"괜찮아?"

그는 고운의 허리를 감싸 든 채 그녀가 넘어지지 않게 잘 잡아 주고 있었다. 고운이 동그랗게 변한 종현의 얼굴을 보았다. 늘 날카로웠던 얼굴이 지금은 부드럽게 보인다. 고운이 눈을 깜빡인 뒤 자신의 허리를 감싸고 있는 그의 단단한 팔을 내려다보며 말했다.

"아, 아, 네."

"거참, 앞 좀 보라니까."

한숨을 푹 내쉰 종현이 기우뚱 기울어져 있는 고운의 몸을 똑바로 일으켜 세워 주었다. 그러자 두 사람의 얼굴이 가까운 위치에 놓이게 되었다. 두 사람의 시선이 마주한다. 그리고 묘한 긴장감이 흘렀다.

"아……."

작게 소리를 낸 고운이 눈을 깜빡였다. 깜빡깜빡, 그와 떨어져야 한다는 생각도 하지 못한 채 순진한 눈망울만 빛내고 있을 뿐이었다. 그리고 그건 종현 또한 마찬가지였다.

놀란 눈으로 고운을 바라보던 그가 입술을 앙다물었다. 조금만 고개를 내리면 그녀의 입술과도 닿을 수 있는 거리. 콩닥콩닥 뛰는 심장이 느껴졌다.

가슴이 왜 이렇게 미친 듯이 뛰는 거야? 라는 생각은 하지 않았다. 그건 이미 오랫동안 그의 의문 속에 있던 물음이었고, 그 시간 동안 그는 답을 내렸다.

이 여자니까.

그것이 그 의문에 대한 작은 답이었고, 지금의 심장박동 또한 그 답으로 직결되었다.

"종현 씨?"

고운은 점점 짙어지는 그의 심상치 않은 눈빛에 조용한 어조로 그의 이름을 불러 본다. 그리고 그 부름이 신호탄이 된 듯 종현이 천천히 입술을 내려 고운의 입가에 입을 맞췄다. 딱 들어맞는 입맞춤은 아니었으나 삐뚜름하게 내려앉은 입맞춤에선 서로의 떨림이 느껴졌다. 파르르 떨리는 고운의 입술에 그는 순간 머리가 텅 비는 듯한 느낌을 받았다.

아아, 아아.

속으로 짧은 그 말만은 내뱉으며 그는 입술을 조금 벌려 그녀의 입술을 맛보았다. 그녀의 입술은 뜨거웠다. 그리고 떨렸다. 달콤했으며 정신을 쏙 뺏길 정도로 그의 마음을 뒤흔든다.

쿵쾅쿵쾅!

설렘으로 뛰던 심장은 어느새 터질 것처럼 거칠게 뛰기 시작한다. 그와 함께 그의 호흡도 거칠어졌다. 이 이상 더 나가면 안 된 다는 것을 알고 있다. 그건 자신의 입술 밑에 굳어 있는 보드라운 입술이 말해 주고 있었다.

오늘은 여기서 그만. 그렇게 생각한 종현은 천천히 입술을 뗀 뒤 눈을 질끈 감은 채 오들오들 떨고 있는 고운의 모습에 그는 피 식 웃음이 터져 나오려는 것을 집어삼켰다.

그는 여전히 얼어 가만히 서 있는 그녀를 지나쳐 바닥에 쓰러져 있는 자전거를 세웠다.

"가자. 될 때까지 해 보자고."

"⋯⋯아."

그제야 고운이 천천히 눈을 뜬 뒤 자신과 몇 걸음 떨어져 웃고 있는 종현을 보았다.

아, 웃는다.

그가 웃는다.

그렇게 생각하던 그녀는 몇 걸음 뗀 뒤 자신을 향해 손을 뻗는 그의 모습에 더듬더듬 걸음을 옮겼다.

"얼른 와."

아무것도 하지 못한 채 가만히 있던 그녀가 손을 뻗어 그의 손 을 잡았다. 손바닥 밑에서 느껴지는 따스한 온기. 그 온기에 고운 의 입가에도 그와 비슷한 미소가 자리 잡혔다.

뜨거운 여름 햇살이 머리 위로 쏟아진다. 커다랗게 잎사귀를 늘 어뜨린 곳, 바닥에 철푸덕 앉아 있는 종현의 한쪽 눈살이 찌푸려져 있다. 그늘 밑에 앉아 있었으나 시원찮다는 얼굴로.

평소라면 상상조차 하지 못할 모습이었다. 천하의 이종현이 바닥에 앉아 햇살을 피하고 있다니. 하지만 그는 아무렇지도 않은 모습으로 편안하게 한쪽 무릎을 굽힌 채 그러고 있었다.

그의 시선 끝엔 자전거 위에서 아슬아슬하게 몸을 가누고 있는 고운이 닿아 있다.

"성공했어요!"

꺅, 소리를 지르는 고운의 목소리는 귀청이 따가울 정도였으나 즐거움이 가득했다. 이에 그의 입꼬리 또한 부드러운 곡선을 그리고 있었다.

"나 봐요, 나 봐!"

그녀가 신이 나서 연달아 소리쳤다. 그러자 그는 일부러 목소리에 짜증을 담아 말한다.

"보고 있어!"

햇볕이 공중에서 깨져 흩어지는 어느 여름날. 고운은 자전거를 타고 그의 주위를 빙글빙글 돌며 꺄르르 웃음을 터뜨렸고, 그는 시선으로 그녀를 좇으며 입가에 잔잔한 웃음을 내걸고 있었다.

❋

"오늘 저녁은 시원한 오이냉국인데 괜찮으세요?"

"거 메뉴 참, 단출하고 좋네."

종현은 집에 들어서자마자 자신을 맞이하는 고운에게 들고 있던 서류가방을 내밀며 말했다. 조금은 삐딱한 말이었지만 고운은 입가에 잔잔한 미소를 띠며 장난스레 말했다.

"저번에도 그렇게 말해 놓고 싹싹 비웠죠?"

"……."

종현이 걸음을 멈춘 채 고개를 돌려 고운을 본다. 그녀의 눈빛이 별빛처럼 반짝인다. 반짝반짝, 예쁘게 빛나는 눈빛에 자리한 장난기에 그가 입술을 앙다물었다.

"마치 내 머리 위에 있는 것처럼 말하네? 숙제는?"

"다 했어요."

그녀가 자랑스레 가슴을 조금 앞으로 내밀며 말했다. 그러자 종현은 깜짝 놀란 눈으로 고운을 보며 말한다.

"그걸 다?"

그녀가 다 하지 못할 만큼 어마어마한 숙제를 내줬다. 수학부터 시작해 국어, 사회, 과학까지. 그녀가 쩔쩔매며 '다 하지 못했어요.' 라고 말하는 걸 듣기 위해 그가 보기에도 과할 정도로 내주었건만, 그녀의 고갯짓에는 거짓 하나 없었다.

"좋아, 확인해 보면 되겠지."

분명 엉터리로 했을 것이라 생각한 그가 성큼성큼 서재 쪽으로 걸음을 옮겼다. 그리고 곧장 옷을 벗으며 욕실로 향한다. 간단히 샤워를 마치고 밖으로 나온 그는 수건으로 몸 여기저기를 닦은 후 제일 아래 서랍장에서 속옷을 꺼냈다. 그런데, 갑작스레 느껴진 인기척에 굽히고 있던 상체를 천천히 일으켰다.

"끅."

숨을 들이켠 채 들고 있던 그의 가방을 툭 떨어뜨린 고운이 바짝 얼어 서 있었다. 정신을 놓은 듯 멍한 눈빛을 자신에게 보내는 그녀의 모습에 그는 휑한 자신의 아랫도리를 느끼며 눈살을 찌푸렸다.

"언제까지 보고 있을 거야?"

민망함에 발가락이 오그라들었지만, 그는 애써 아무렇지도 않은 척 그렇게 말했다. 그의 목소리에 그제야 정신이 번뜩 든 것인지 고운이 더듬더듬 뒤로 걸음을 옮겼다. 속이 비칠 듯 투명한 눈동자와 붉어진 뺨만 보면 벗고 있는 그보다 그녀가 더 부끄러운 듯했다.

고운이 물기가 그득한 목소리로 말했다.

"미, 미안해요."

"미안한 줄 알면 그만 보고 나가."

그의 일갈에 뒤로 걸음을 옮기던 고운이 몸을 휙 돌려 서재를 빠져나갔다. 쾅, 소리와 함께 문이 닫히자 그제야 그가 꼿꼿하게 세우고 있던 허리를 구부정하게 구부렸다. 그리고 놀람에 바짝 쫄아 있는 남성을 내려다보던 그가 눈살을 찌푸렸다.

"평소 너의 위용은 어디로 갔냐?"

괜스레 쪼그라든 남성이 신경이 쓰이는 그였다.

도록, 도로록. 연신 눈을 굴리며 그와 시선을 마주치지 않기 위해 어색하게 굴던 고운은 더욱 고개를 푹 숙였다. 부끄러움에 몸이 동그랗게 말리는 것이 느껴졌지만, 애써 어깨를 펴려 노력했고, 몽골몽골 이상한 배 때문에 구겨지려는 인상 또한 펴려 노력했다. 하지만 갑작스럽게 들려온 그의 목소리에 이는 모두 허사가 되었다.

"이걸 정말 너 혼자 다 했단 말이야?"

종현은 그가 내준 숙제를 보고 있었다. 엄청난 숙제에 허거덕, 숨을 들이켜며 당황했던 그녀는 필성에서 SOS를 쳤다. 숙제를 받아 본 그도 이 무지막지한 걸 내준 것이 누구냐 물을 정도였다. 그래서 그녀의 불만도 하늘을 찔렀다. 원래 오늘의 계획은 그와 함께 적당한 책을 구입하러 가기로 한 날이었다.

지난 생각에 고운은 입술을 뾰족하게 내민 채 투덜거렸다.

"……친구가 도와줬어요."

또다시 나온 '친구'란 말에 그가 눈살을 찌푸렸다. 눈을 게슴츠레하게 뜬 그는 들고 있던 노트를 테이블 위에 올려놓은 후 팔짱을 꼈다. 지난번에 묻지 못했던 말을 오늘은 물어야겠다는 생각에 무심한 표정을 만들며 말했다. 도전적인 포즈와는 다른 어투였다.

"그 친구가 누군데? 김 비서는 아니라며."

네가 서울에 친구라고 부를 만한 인물이 있던가? 그의 물음에 고운은 고개를 끄덕이며 말했다.

"서울에 와서 생긴 친구예요."

"뭐 하는 사람인데?"

그의 말에 고운이 고개를 기울였다. 뭐 하는 사람? 왜 그런 걸 묻는 것인지는 모르나 그녀는 성실하게 답했다.

"피아니스트예요."

"피아니스트?"

"네."

"여자야?"

애써 아무렇지도 않은 척 그가 물었다. 정작 가장 궁금한 질문이었다. 고운의 입장에서는 여전히 알 수 없는 물음이었으나, 이번에도 역시나 성실하게 답했다.

"아니요, 남자예요."

"남자? 남자가 어떻게 친구야!"

평정심을 유지하던 목소리가 뾰족하게 올라갔다. 그건 눈치 없는 고운이 알 수 있을 정도였다. 고운이 눈을 깜빡이자 그는 아차 싶었던지 입을 꾹 다물었다. 그리고 문제집을 들어 손으로 대강 잡은 뒤 페이지 끝에 붉은색 펜으로 동그라미를 쳤다.

"여기까지 해 와."

"에……?"

"내일까지 다 해 오라고."

심통 맞은 얼굴로 말한 종현이 자리에서 벌떡 일어났다. 그리고 서재로 향한 그는 소리 내어 문을 닫은 뒤 씩씩거리며 의자에 앉았다. 그러다 문득 그녀가 했던 말을 되짚어 본다.

"남자, 피아니스트……?"

그가 잘 아는 남자의 모습이 떠올랐다.

"에이, 설마 아니겠지."

고개까지 저으며 혼잣말을 내뱉은 종현이 한숨을 푹 내뱉으며 가방에서 서류를 꺼내려고 할 때였다.

똑똑, 노크 소리가 들리며 문이 열렸다. 얼굴만 쏘옥 내민 고운의 모습에 그가 불퉁한 목소리로 말했다.

"왜? 봐줄 생각 없으니까……."

"할 거예요. 친구가 도와줄 거니까."

"뭐?"

지금 그 말투, 그 표정 뭐지? 그가 그렇게 따져 물으려 할 때, 고운은 들어온 이유를 떠올리며 그의 말을 가로막았다.

"손님 오셨어요."

"손님?"

이 시간에 올 손님이 있던가? 최근 하고 있는 업무들은 밤늦게 보고를 받을 정도로 급한 것들이 아니었다. 종현의 말에 고개를 끄덕인 고운이 말을 이었다.

"이강인 비서님이세요."

"이 비서가……?"

들어오라고 해. 짧은 그의 허락에 고운이 고개를 끄덕인 뒤, 뒤에서 대기하고 있던 이 비서를 향해 상냥한 표정을 지어 보였다. 그녀가 몸을 뒤로 물리자 이 비서가 살짝 문을 열고 안으로 들어와 목례했다. 그 뒤 그들의 대화가 밖으로 새어 나가지 않도록 문을 닫고 그의 앞으로 성큼성큼 걸음을 옮긴다.

"사장님."

"이 시간에 무슨 일이야?"

종현이 눈살을 찌푸리며 물었다. 얼마나 급한 건이기에 이 시간에 찾아온 것이냐며. 그러자 이 비서는 들고 있던 서류를 그의 앞으로 내밀었다. 백 마디 말보다 직접 확인하시라며.

여전히 표정을 구긴 그가 서류를 받아 든다. 노란 봉투 속에 든 종이를 꺼낸 그는 스무여 장에 달하는 서류를 눈으로 훑었다.

첫 장의 첫 글자를 읽는 순간, 종현의 놀란 눈이 이 비서에게로 향했다.

"이게……."

"계속 읽어 보십시오."

이 비서가 다급하게 묻는 그의 말을 억누르며 그리 말했다. 그러자 종현은 작게 고개를 끄덕인 후 빠르게 글귀를 읽어 내리기 시작한다. 몸이 떨리고, 손끝이 차갑게 식어 간다. 뇌는 바보처럼 텅 비어 버린 듯 사고회로가 멈추고, 다리는 힘을 꽉 주지 않으면 꼬꾸라질 것처럼 힘이 빠졌다.

어떤 줄은 읽다가 다시 시선을 올려 다시 읽어야 할 정도로 그의 상식선에선 이해할 수 없는 것들도 있었다. 평소라면 10분이면 충분히 내용 파악을 하고도 남았을 분량을 그는 30분이 지나서야 모두 읽어 내릴 수 없었다.

힘없이 들고 있던 종이를 책상 위에 올려 둔 그가 손을 들어 마른세수를 했다. 그러자 이 비서는 평소 무감각했던 얼굴에 감정을 띠며 말한다.

"역시나 예상대로 이 회장님께서 두 달 전에 사망신고되어 있었던 김고운 씨의 호적을 정리하신 것 같습니다."

"……."

그 말에 그는 아무런 말도 할 수가 없었다. 벌레 수십 마리가 몸을 기어 다니는 것만 같았다.

"그런데 말입니다, 사장님……. 제 개인적인 생각을 말씀드려도 되겠습니까?"

종현은 멍한 시선을 들어 이 비서를 보았다. 눈가에 나이테가 진 이 비서는 이 회장도 모셔 온 사람이었다. 종현이 회사에 잘 안착할 수 있도록 이 회장이 준 선물 중 한 사람. 그는 늘 감정이 없는 사람처럼 사무적으로 그의 곁을 지키고 있었고, 사람처럼 굴지 않았다. 하지만 그도 이번만은 참을 수 없었던 것인지 힘겨운 목소리로 말했다.

"저도 두 딸을 가진 아비로서…… 이렇게밖에 할 수 없었을 거라 생각됩니다. 그리고…… 이 회장님께서 갑자기 결혼을 서두르신 이유도 알 것 같고요."

이 회장의 성미를 잘 알고 있는 이 비서는 확신에 차 그리 말했다. 이 회장이 왜 그렇게 성급하게 굴었는지 이제야 이해가 간다며. 그리고 이러한 생각에 종현 또한 고개를 끄덕였다. 이제야 아버지의 행동이 모두 이해가 된다며.

"……."

"그냥 그렇다는 말입니다."

이 비서의 말에 종현은 한동안 말을 이을 수가 없었다.

두 사람 사이로 침묵이 내려앉는다.

✳

이 비서가 집을 나선 후에도 종현은 한동안 서재를 나오지 않았다. 그가 서재에 홀로 남은 지 한 시간쯤 흘러갈 무렵, 고운은 설거지를 마치고도 열리지 않는 문에 걱정스러운 눈을 깜빡였다. 단단한 문은 영원히 열리지 않을 것만 같았다.

먼저 들어갈까?

언제까지 저 문이 열리길 기다리는 것보단 매실차라도 준비해 먼저 문을 두드릴까 고민하던 고운은 문이 열리고 종현이 나오자 얼굴 가득했던 걱정스러운 기색을 지우며 다가갔다.

"뭐 마실 거라도 드릴까요?"

그녀의 물음에도 그는 걸음을 멈추지 않은 채 고운에게 다가왔다. 그녀의 앞에서 걸음을 멈춘 그는 고운의 얼굴을 물끄러미 내려다보았다. 눈빛은 무심했고, 차가웠다.

"왜, 왜요? 내 얼굴에 뭐 묻었어요?"

고운이 손을 들어 자신의 뺨을 어루만졌다. 그러자 그는 작게 고개를 저은 후 손을 내려 고운의 뺨을 엄지손가락으로 조심스럽게 쓰다듬었다.

그녀의 몸이 얼음장처럼 굳어진다. 바짝 얼어 버린 고운이 그의 얼굴만 올려다보고 있을 때였다. 팔을 뻗어 그 작은 몸을 제 품으로 끌어당긴 종현이 그녀의 어깨를 조심스레 쓰다듬었다. 그가 하는 행동은 잔잔히 뛰던 그녀의 심장에 돌을 던졌다.

두근두근, 그녀의 심장이 뛰었다.

두근거림이 격해지고, 곧 터질 것처럼 크나큰 울림으로 그녀의 온몸을 떨리게 만든다.

"왜, 왜 그래요?"

고운이 더듬더듬 말했다. 그러자 열리지 않을 것 같았던 굳은 입술이 달싹이며 말을 내뱉는다.

"어떻게 할까……."

"뭐가요?"

"어떻게 하면……."

거기까지 말한 종현은 눈을 감았고, 입을 다물었다. 그리고 자신의 아래에서 느껴지는 체온에 숨을 크게 들이마셨다 내뱉었다.

아아, 어찌하면 좋단 말인가. 어찌하면…….

모래에 스며드는 물처럼 흔적도 없이 사라진다.

그래, 그녀가 이 모든 사실을 알게 되면 그렇게 흔적도 없이 사라질지도 몰랐다.

제5장
당신이 보여

심장이 춤추는 소리를 들으며 고운은 들고 있던 노트를 아래로 내려놓았다. 곁눈질로 힐끗힐끗, 그가 들어간 서재 문을 바라보던 고운은 입술을 동그랗게 말아 옹알옹알 말했다.

"캔 아이…… 스, 스피킹……."

초등학교 3학년 영어교재를 어제부터 펴 보기 시작했다. 다른 나라 언어에 대한 두려움은 고운의 마음속 깊숙한 곳에 자리 잡고 있었다. 고운은 아버지를 통해 어릴 적부터 한글과 한문은 공부했으나 제2외국어는 한 번도 접해 본 적이 없었다.

호기심과 두려움은 함께 동반하는 감정이었다. 책을 펼쳐 고운은 반짝이는 눈으로 천천히 알파벳을 읊었다.

하지만 생각은 다른 곳을 향해 있었다. 힐끗힐끗, 또다시 고운의 눈이 서재 문으로 향한다. 이와 함께 심장은 요동치기 시작했다.

조심스럽게 올려진 손이 입가 언저리를 더듬는다. 기다란 손가락엔 여기저기 굳은살이 박혀 있었다. 그녀의 삶이 어떠했는지 보여 주는 손은 거칠었다. 하지만 그 손이 더듬고 있는 여린 입술은 파르르 떨리고 있다. 고운의 얼굴이 붉어지고, 심장은 더욱 빠르게 뛰기 시작한다.

"닿았었어……."

그녀의 생각이 자전거를 배우던 순간으로 향했다. 살짝 닿았던 입술, 그리고 연이어 자신의 입술을 빨아들이던 힘. 자신의 등을 따스하게 더듬던 손길. 그리고 곧이어 닿았던 눈길.

그 순간은 하나의 사진이 되어 그녀의 가슴에 박혀 있었다. 심장이 터질 것처럼 뛰자 고운이 입술에 있던 손을 내려 심장을 꾹 눌렀다.

"아, 터지겠다."

동그랗게 눈을 뜬 고운이 연신 눈을 깜빡였다. 팔락팔락, 속눈썹이 공중에서 나부꼈다. 고운 눈망울에까지 그 떨림이 전해졌을 때였다. 문이 열리고 말끔한 차림의 종현이 나왔다. 새로 옷을 갈아입은 것인지 검은색 슈트 차림의 종현은 말끔했다. 일에 찌들어 집에 들어왔던 때와는 달리.

깜짝 놀란 고운이 자리에서 일어나며 물었다.

"어디 가세요?"

"본가에."

그의 시선은 어느새 그녀가 방금 전까지 씨름을 하고 있던 책을 향해 있었다. 한국 사람들이라면 누구나 알고 있을 법한 대화를 노트가 새까맣게 변하도록 쓰고 또 쓰고 있었다.

만약 그녀가 평범한 사람들처럼 제때 교육을 받았더라면 좀 더 쉽게 익혔을 것들. 하지만 시간이 지나고 나이가 들어 처음부터 공부를 하기란 쉽지가 않았다.

고단한 그녀의 노력을 보던 그가 고개를 들어 고운을 보았다. 그녀는 어느새 걸음을 옮기고 있었다.

"아, 그럼 저도 갈래요. 잠시만 기다려……."

고운이 쪼로로 발걸음을 옮겼다. 당장에라도 준비를 마치고 돌아오겠다는 모습이었다. 하지만 종현은 고개를 내저으며 말한다.

"이번엔 나 혼자 다녀올게."

"에?"

"금방 돌아올 거야."

그렇게 말한 종현이 뚜벅뚜벅 걸음을 옮겨 현관으로 향했다. 걸음을 옮기는 순간부터 한 번도 뒤돌아보지 않는 그의 뒷모습에서 고운은 한참이고 시선을 떼지 못했다.

쾅.

문이 닫혔다.

✳

도로는 주차장처럼 꽉꽉 막혀 있었다. 하지만 그는 짜증스러운 기색 하나 없이 차를 몰아 본가로 향했다. 푸른 잔디와 푸르른 나무들이 성벽처럼 집을 가리고 있는 곳은 대헌그룹의 본가이자 최근 어느 알부자가 사들인 집이었다.

다음 주면 제주도로 이사를 가야 했기에 집은 부산스러웠다. 열린 문으로 집 안으로 들어온 종현은 때마침 거실에 앉아 마 여사와 이야기를 나누고 있는 이 회장을 보며 말했다.

"여쭤 볼 게 있어 밤늦은 시간에 찾아왔습니다."

그리고 허리를 숙여 그가 말을 잇는다.

"죄송합니다."

"제집에 밤늦게 찾아온 게 허리 숙이고 사과할 일인가."

이 회장이 힘겹게 고개를 들며 말했다. 휠체어를 스스로 움직여 종현의 앞으로 다가온 이 회장이 말했다.

"들어가자."

"네."

그의 곁을 스친 이 회장이 곧장 서재 쪽으로 향했다. 그 뒤를 따른 종현은 차를 준비해 줄까 묻는 마 여사에게 고개를 저은 뒤 창가에 앉아 있는 이 회장에게로 시선을 돌렸다.

심상치 않는 분위기에 마 여사가 서재를 나섰다. 그러자 둘 사이에 깊은 침묵이 내려앉았다.

무거운 침묵에 이 회장은 드디어 그때가 왔다는 것을 알았다. 비밀을 평생 동안 완벽하게 숨길 수 있을 것이라곤 생각하지 않았으니까. 아무리 서류를 지우고 없애더라도 꼬리는 밟히는 법이다.

평범한 사람들이었다면 숨길 수 있을 것이라 자만했을지도 모르나, 상대는 자신의 아들 이종현이었고, 종현은 세상 그 누구보다 집요한 성미라는 것을 이 회장은 누구보다 잘 알고 있었으니까.

이 회장은 천천히 눈을 깜빡였다. 눈 밑에 진 그늘이 그 어느 때보다 깊은 그늘을 그리고 있었다.

"왜 쳐다만 보고 있어. 물을 것이 있어서 온 것 아니냐."

"……어떻게 된 겁니까. 제가 알아본 일들이…… 모두 사실입니까."

종현이 그리 물었다. 이미 확신하고 있었으나 확인 사살을 위한 것이었다. 이에 이 회장이 허허 웃었다.

"이미 알고 있는 사실을 왜 또 물어. 새로운 악취미냐?"

눈가는 웃고 있었으나 입은 웃고 있지 않았다. 소리 내어 웃은 뒤 말했으나, 목소리엔 시름이 깊었다. 이에 종현은 속에서 끓어오르는 화를 주체하기 위해 주먹을 동그랗게 말아 쥐었다.

"그럼 그 일 때문에 산속에 숨어들어 산 겁니까? 왜요?"

"형님은 고운이가 그 일을 기억하지 않았으면 했다."

"그 일을 기억하지 않았으면 한다고 해서…… 사람을 그렇게 만들었습니까?"

그가 물었다. 그리고 방금 전, 집을 나설 때 고운이 초등학교 교재를 쥐고 공부하던 모습을 떠올렸다. 그녀는 배우고 싶은 것이 많았다. 하고 싶은 일도 많았다. 세상을 그 누구보다 넓게 보고 싶어 하는 사람이었고, 눈동자는 늘 호기심으로 반짝였다.

그런 사람이었다. 오지에 갇혀 살 사람이 아니었단 말이다.

"그래서 그렇게 멍청이로 만들었답니까? 그렇게 만들었으면, 그렇게 만들었으면 끝까지 지켜 줘야 합니다! 그런데 그러지 못했지 않습니까?"

"……그걸 네가 해 줬으면 한다."

이 회장의 말에 종현의 눈망울에 분노가 어렸다. 그는 쥐고 있던 손에 더욱 힘을 주었다. 손톱이 손바닥을 파고들었다. 고통이 느껴졌으나 마음의 고통에 비하면 새 발의 피였다.

"책임 전가하지 마십시오. 전 그럴 생각 없습니다!"

그가 소리쳤다. 그러자 이 회장 또한 지지 않고 소리친다.

"이종현!"

"……"

이 회장의 일갈에 종현이 분노로 들끓는 가슴에 앓는 소리를 냈다. 그리고 눈을 질끈 감아 손을 들어 힘주어 눈가를 눌렀다.

두 사람 사이로 또다시 무거운 침묵이 내려앉았다. 그러자 이 회장은 그 빈틈을 놓치지 않고 말을 이었다.

"안다. 나도 형님의 결정에 역정을 냈으니까. 그 아이가 눈앞에서 제 어미를 악귀에게 잃었다고 해도, 그 모습을 생생히 두 눈으로 목격했다고 해도 이건 아니라고. 산속으로 숨어들어 사는 건 아니라고 누누이 말했다. 세상과 담을 쌓고 사는 건 고운의 결정이 아니었다. 그래서 더더욱 반대했다. 하지만 말이다. 태우 형님은 그럴 수밖에 없었다. 제 아내를 잃고, 제 사랑하는 딸 또한 말문을 닫고 있으니, 형님이 별수가 있었겠냐. 형님 나름대론 노력한 거란 말이다."

그 말에 종현도 고개를 끄덕일 수 있었다. 초등학교 6학년, 이미 성에 대해선 눈을 떴을 나이. 그런 나이에 어머니가 자신의 앞에서 성적으로 모욕을 당하고 죽임까지 당한 상황에서 이 더러운 세상에 딸을 둘 수 없을 리란 태우의 결정을, 그도 이해할 수 있었다.

하지만…… 하지만…….

"……그냥, 그냥…… 안타까워서. 그 여자가 안쓰럽고, 불쌍해서……."

"……."

지금의 고운을 보면 이해하고 싶지 않아진다.

계속 노력하고, 노력하고, 또 노력하는 그 여자를 보면 계속 화가 나고 누구든 원망하고 싶어진다.

"그래서 계속 화가 납니다."

"……."

그래, 세상을 향해 욕이라도 해 주고 싶어진단 말이다.

종현이 가슴을 들썩이며 속으로 화를 삭이고 있을 때였다. 아들의 모습을 찬찬히 살피던 이 회장은 굳어 있는 얼굴을 느른하게 풀었다. 생의 마지막, 고운이 계속 눈에 밟히던 차였다. 자신이 떠나면 그 아이를 누가 보살펴 줄까, 걱정하고 또 걱정하던 차였다. 누구라도 그 아이의 곁에 두지 않으면 편히 눈감지 못할 것이라 생각했는데, 고운을 위해 화를 내고 있는 종현을 보자 이제야 마음이 놓이기 시작했다.

이 회장은 입가에 잔잔한 미소를 띠며 말했다.

"그래서…… 넌 아무런 기억도 나지 않아?"

"……네?"

종현이 되물었다. 그러자 이 회장은 고개를 끄덕이며 짧게 말했다.

"그렇구나."

"그게…… 무슨 말씀이십니까?"

그의 물음에 이 회장이 천천히 운을 뗐다.

"옆집에 살던 꽃순이…… 기억나지 않아?"

"……."

종현이 눈살을 찌푸렸다. 기억이 나지 않냐니? 그의 기억 속에 고운은 없었다. 그가 아무 말 없이 이 회장을 보자 그는 찬찬히 고개를 끄덕이며 말을 이었다.

"자주…… 자주 만났었단다. 내가 단순히 네가 내 아들이란 이유로 고운이와 결혼하길 바랐겠니. 아주 단순하게 생각했구나, 종현아."

"……."

알 수 없는 말에 종현의 미간에 더욱 깊은 주름이 졌을 때였다.

이 회장은 고개를 끄덕였다. 아직 모든 것이 떠오르지 않았구나, 그는 속으로 그렇게 생각했다. 이 모든 일을 알게 된다면 그의 기억 또한 자연스레 떠올라 괴로워할 줄 알았더니. 진정한 열병은 아직 시작되지 않았나 보다.

"이건 미션이다. 다음에 그 아이와의 일을 기억해 올 것. 시간은 많이 못 준다."

하지만 언젠가는 겪어야 할 일. 이것이 아버지가 아들에게 하는 과한 처사라는 것을 이 회장 또한 잘 알면서도 그리 말할 수밖에 없었다.

그래, 과한 처사. 과한 처사지.

"아버지."

종현이 굳은 얼굴로 원망 어린 어조로 말했다. 하지만 이 회장은 더 이상 말해 줄 생각이 없다는 듯 고개를 내저었다.

이후는 그가 생각해 내야 할 일이었다.

✳

술자리가 생각보다 길어질 것 같았다. 종현은 연신 9시를 넘어가는 시간을 보며 한숨을 쉬었다. 점심식사 후 자연스레 이른 시각에 술자리로 이어져 다들 얼큰하게 취해 있었다.

종현은 넓은 바 안을 오고 가는 사람들을 보았다. 우리나라 상류층 중에서도 0.001%에 해당되는 재벌 2세와 3세들이 모여 있었다. 이름만 대면 다 알 만한 집안의 사람들만 모여 있었건만 술이 들어가자 사람인지 개인지 알 수 없을 정도였다.

한숨을 내쉰 종현이 자리에서 일어나려고 할 때였다. 뒤늦게 바문을 열고 안으로 돌아온 남자의 모습에 그가 어정쩡하게 일으킨 몸을 다시 의자에 앉혔다.

"어이, 벌써 가려고?"

"너 보려고 지금까지 기다린 거다."

"하하, 이거 영광인데?"

일성그룹 차일도였다. 이번에 일성전자 사장으로 취임한 그는 재벌 3세로 곧 일성의 우두머리가 될 것이라 사람들 사이에서 평가받고 있는 자로, 초등학교부터 시작해 대학까지 종현과 같은 학교를 나오며 오랜 시간 벗으로 지내 온 사람이었다. 필성에 이어 몇 안 되는 종현의 친구였다.

"그래, 오늘 왜 보자고 한 거야? 너 때문에 귀국하자마자 여길 와야겠냐?"

일도가 투덜거리며 자신에게 연신 인사를 건네는 친구들과 일일이 악수를 했다. 꿀을 찾는 벌처럼 쉼 없이 날아드는 사람들의 행렬은 10분이 지나서야 겨우 끝이 났다. 그제야 종현이 따라 준 술을 벌컥 들이켠 일도가 눈살을 찌푸렸다.

"으, 이런 걸 왜들 그리 좋아하는지."

"싫으면 마시지 마."

종현이 술을 들이켜며 말했다. 자신은 좋아서 술을 마신다. 매일 일이 끝나고 집에서 즐기는 한 잔의 술을 인생의 낙 아닌 낙으로 삼아 왔는데, 요즘은 고운 때문에 집에서 술은 물론이고 본의 아니게 금연까지 하게 된 지금으로선 밖에서 가끔 홀짝이며 마실 수 있는 이 술이 더 다디달게 느껴졌다.

일도는 맛나게 술을 들이켜는 종현을 보며 말했다.

"사회생활이라는 게, 이걸 안 마시니까 되질 않더라고. 우리 아버지 이야기 들은 적 없냐? 아주 유명한 이야긴데."

"아아, 알지."

술 한 잔 나누지 못할 자라면 사업은 물론이고 밥상도 같이 하지 말라던 그 이야기 말이지? 종현의 말에 일도가 킬킬거렸다.

"그래서 우리 아버지가 나한테 한 가지 엄명을 내렸잖냐. 쥐 오줌만큼밖에 못 마시는 술, 궤짝 가져다 놓고 마실 정도는 되라고. 아니, 일을 열심히 하라고 하거나 회사 영업이익을 올리라고 하는 거면 몰라도 술 못하는 내가 마음에 안 드니 주량 늘리라고 하는 아버지가 세상 어디 있어?"

"……."

종현이 아무런 말도 못 하자 일도가 아차 싶은 얼굴로 그를 보며 말했다.

"아아, 이 회장님도 그랬지? 그러니 두 분이 친하시지. 라이벌이면서."

그룹에서 진행하는 대부분의 주력 분야가 겹치면서 두 노인은 참으로 자주도 술자리를 가지며 술잔을 기울였다. 그건 지금도 마찬가지였다. 나이가 나이이니만큼 건강이 둘 다 좋지 못해 차 한 잔 나누는 것이 전부였지만 아직도 만남을 이어 가고 있었다.

종현과 일도는 잠시 신변잡기를 하며 대화를 나누었다. 오랜만에 만난 두 사람은 근간에 있었던 사업 이야기들과 세계 경제에 대해 뜬구름 잡는 이야기들만 나누었고, 이는 꽤 물 흐르듯 이어졌다. 그건 주위의 사람들이 끼어들 수 없을 정도로 견고한 벽을 만들 만한 것이었다. 그래서 두 사람은 오래도록 다른 이들의 방해는 받지 않은 채 이야기를 나눌 수 있었다.

목이 탄 것인지 음료를 한 모금 마신 일도가 눈을 게슴츠레 뜨며 말했다.

"그래, 오늘 날 보자고 한 이유가 뭐야?"

"부탁이 있어."

"부탁? 네가 나한테?"

일도가 고개를 기울였다. 남에게 고개를 숙일 줄 모르는 이종현은 친한 친구인 그의 앞에서도 마찬가지였다. 굽힐 줄 몰랐고, 오랫동안 알고 지냈으나 부탁의 '부' 자도 들어 본 적이 없었다. 그런 이종현이 자신에게 부탁이라니.

일도가 궁금함에 눈을 빛내자 종현은 입술을 달싹였다가 꾹 다문다. 미간에 잡힌 주름에 일도의 궁금증이 더욱 커졌다.

"왜 말을 못 해?"

"……흠. 일성월드 야간개장 끝나고 좀 빌릴 수 있을까?"

종현의 말에 일도가 눈을 동그랗게 떴다.

"뭐? 내가 지금 제대로 들은 게 맞지?"

"……."

"놀이공원을 빌려 달라고?"

일도의 말에 종현이 입술을 꾹 다물었다. 늘 감정의 동요 없이 무감각하던 그의 얼굴이 굳어 있는 것이, 제가 들은 것에 확신을 주었다.

일도가 여전히 놀란 눈으로 물었다.

"너 연애하냐?"

"……이야기가 왜 그리로 튀어?"

"그럼 네가 설마 남자랑 손잡고 놀이공원에 가겠냐? 당연히 여자랑 가겠지! 근데 자그마치 우리나라에서 최고로 큰 놀이공원을 빌려 둘이 놀겠다는 수작인데, 그건 꽤 진지하게 연애하는 여자가 있다는 말 아니겠어?"

일도가 항의 섞인 목소리로 말했다. 자기만 놔두고 지금 연애질을 하냐는 타박이었다. 친구의 말에 종현은 심드렁한 목소리로 말했다.

"틀렸어."

"뭐? 그럼 너 설마 진짜 남자랑……."

"야!"

종현이 눈살을 찌푸리며 항의할 때였다. 문이 열림과 동시에 바 안에 있던 사람들의 시선이 한곳으로 모였다. 흰색 셔츠에 청바지를 입고서 걸음을 옮기는 필성의 모습에 바에 있던 여자들이 서로 귓속말을 주고받았지만, 필성은 곧장 종현과 일도에게 걸음을 옮겼다.

"오랜만이다."

필성이 눈가를 부드럽게 휘며 웃었다. 새하얀 얼굴 위로 자리한 웃음은 다정다감하고 따사로웠다. 뭇 여성들의 가슴을 뛰게 만들 웃음에도 종현은 눈살을 찌푸리며 차갑게 말했다.

"왜 이렇게 늦었냐?"

"아아, 레코딩이 좀 늦게 끝나서."

"아직도 안 끝났어?"

일도 또한 꽤나 오래전부터 그가 레코딩에 들어간 것을 알고 있기에 그리 물었다.

"이번에는 잘 안 풀리네."

"왜?"

일도가 궁금증을 담아 물었다. 그러자 필성은 손을 들어 턱을 긁적이며 어색한 얼굴로 말했다.

"그냥. 감정이……."

"감정? 아! 그러고 보니 너 여자 만난다며?"

일도가 미간을 찌푸리며 말했다. 그리고 종현과 필성을 연달아 보며 말했다.

"이것들이 양쪽에서 솔로 염장 지르는 것도 아니고."

"음, 소문이 그렇게 났어?"

필성이 안색을 굳히며 물었다.

"어, 지금 너 힐끗대는 시선들 안 느껴지냐? 아주 동창들 사이에서 요즘 핫 이슈다."

"하하, 그런가 보네."

필성이 자신을 힐끗대는 사람들을 보며 그렇게 말했다. 그러다 피식 웃는다.

"잘 안 될 것 같아."

"왜? 그 여자가 너 싫대냐."

"아니. 고백도 못 해 봤어."

일도와 필성이 나누는 대화를 듣던 종현은 술잔을 기울이다 말고 깜짝 놀라 고개를 들었다. 숱한 여성들에게 받은 러브레터로 지구를 한 번 감쌀 수 있을 정도로 인기가 많았던 그다. 필성과 몇마디 대화를 나눈 사람들이라면 그에게 호감을 아끼지 않는다. 그런 하필성이 고백도 하지 못했다니.

종현과 일도 모두 깜짝 놀라 그의 얼굴만 보고 있었다. 그러자 필성은 입꼬리를 늘어뜨려 웃었다.

"결혼을 했더라고."

"뭐? 유부녀를 좋아한단 말이야?"

"음, 결혼한 줄은 몰랐어."

고백도 하기 전에 알아 버렸지 뭐야?

필성의 뒷말에 일도는 계속 호들갑을 떨어 댔다. 세상에, 세상에를 연신 외치는 일도와는 달리 종현은 가라앉은 눈으로 어색하게 웃는 필성의 얼굴을 보았다.

"좋은 친구가 되어 달래."

"그 여자도 진짜 대단하다. 어떤 여자길래 네가 홀딱 반했냐?"

"마음이 고운 사람이야."

그렇게 말하는 필성의 얼굴엔 부드러운 웃음이 머물렀다.

친구, 피아니스트…….

유부녀.

마음이 고운 사람…….

필성이 이야기를 할수록 종현의 머릿속에는 왜 한 사람만 떠오르는 것일까.

종현의 시선은 한동안 여전히 여자를 잊지 못한 듯 애잔하게 빛나는 필성의 눈을 보았다.

"그런데 포기가 안 된다."

필성의 말이 메아리처럼 귓가에 퍼져 나갔다.

❋

"또, 또."

현관문을 열고 종현이 들어오자마자 훅 하고 닥치는 술 냄새에 고운이 잔소리를 시전하며 날카롭게 눈을 떴다. 눈을 게슴츠레한 채 몸을 휘청이는 종현의 모습에 고운이 입술을 달싹이며 날카롭게 말했다.

"몸에도 안 좋은데, 계속 마시고! 내 말은 귓등으로도 안 듣고!"

고운이 떽떽거릴 때였다. 휘청이던 몸을 곧게 세운 그는 그제야 그녀의 모습이 눈에 들어온 것인지 입을 헤 벌리며 말했다.

"어, 어라? 김고운이네."

"왜, 왜 이래요?"

고운은 더듬더듬 다가오는 그의 발걸음에 맞춰 뒤로 물러서며 말을 더듬었다. 하지만 곧 얼마 지나지 않아 그가 뻗은 양손에 붙잡히고 말았다. 그는 커다란 손으로 고운의 얼굴을 부드럽게 감싸 쥐었다. 그리고 피식 웃음을 내뱉으며 매력적이게 웃는다.

"우리 김고운이네."

우, 우리? 고운이 입술을 달싹였다. 하지만 달싹인 말은 입 밖으로 내뱉어지지 않았다. 그는 점차 붉어지는 고운의 얼굴에 또다시 피식피식 웃음을 내뱉었다. 그녀의 시선이 제 입술에 있다는 걸 그는 알고 있었으나 애써 모른 척 흐려지는 시선을 바로잡으며 말했다.

"아직도 안 자고 뭐했나, 내 색시?"

"새, 색시?"

낯선 단어에 고운이 따라 말했다. 그가 취하긴 많이 취했나 보다, 라고 생각하며. 그러자 그는 달큰한 숨을 내뱉으며 말했다.

"근데 우리 색시 친구 이름이 하필성이야, 설마?"

필성과 함께 술자리를 계속할 때 그에게 묻고 싶었다. 설마 네가 마음에 품고 있는 여자가 김고운이냐고. 마음씨 예쁜 그 여자가 설마 내 아내냐고. 묻고 또 묻고 싶었다. 하지만 묻지 못했다. 필성의 입을 통해 확인할 수는 없었다.

종현이 고운을 내려다보았다. 놀란 듯 벌어지는 눈을 보자 그의 손끝이 딱딱하게 굳어 가기 시작했다.

"어? 그걸 어떻게 알았어요?"

진짜다, 진짜였다. 허탈한 웃음이 입 밖으로 터져 나올 것 같았다.

어쩜 이럴 수가 있는가. 어쩜 이럴 수가…….

"그래, 생각해 보면 우리들의 행동반경이 다 거기서 거긴데, 나는 왜 남자 피아니스트가 많다고 생각만 했을까? 당신이 서울에 와서 알게 된 친구라고 했는데도 말이야."

그가 자조적인 웃음을 지은 채 말했다. 고저 없는 목소리엔 씁쓸함이 가득했다.

"하지만 정말 이런 우연이 없다, 그렇지?"

"무슨 말을 하는 거예요?"

내 친구야. 그는 그렇게 말하고 싶었다. 그리고 그녀에게 그 친구가 당신을 아주 많이 좋아하고 있다고도 말하고 싶었다. 그렇게 말하면 고운이 다시는 필성을 보지 않으리란 것을 알고 있기 때문이다. 그녀는 올곧은 사람이었고 착한 사람이었다. 자신을 통해 다른 이들이 상처받는 것을 누구보다 힘겨워할 거란 걸, 그는 너무나 잘 알고 있다.

하지만 그 말은 입 밖으로 나오지 않았다. 필성이란 사람도 잘 알고 있었기 때문이다.

남에게 제 마음을 잘 표현하지 않는 친구였다. 오랜 시간 알았지만 그의 입에서 '좋아하는 여자'라는 말을 단 한 번도 들어 본 적이 없었다.

그러고 보니 여자와 교제를 한 적이 있긴 하던가?

의문이 떠오르자마자 그는 고개를 내저었다. 그는 평생 피아노만을, 클래식만을 사랑해 왔다. 그런 사람이 처음으로 마음에 품은 여자가 바로 눈앞에 있는 자신의 아내.

그것도 기가 막힐 노릇이었는데, '유부녀인데도 잊지 못할 거야.' 라는 말까지 들으니 세상이 핑글핑글 돌 지경이었다. 알 수 없는 불쾌한 감정에 속이 드글드글 끓기 시작했다. 그는 오만한 사람이고, 자신이 원하는 것을 얻기 위해서라면 나쁜 짓도 저지를 수 있는 사람이었다. 눈앞에 있는 고운이나 지금쯤 괴로움에 술을 들이붓고 있을 필성과는 달리.

고운의 물음에 그는 아무런 말도 하지 못한 채 입을 다물었다. 입가엔 자조적인 웃음 대신 다른 웃음이 피어나고 있었다.

뇌를 끓게 만드는 이 감정의 소용돌이의 진위를 점차 알기 시작한다. 그는 멍청이가 아니었다. 평범한 서른둘의 남자였다. 그러니 이를 어찌 모를 수가 있겠는가.

"키스해도 될까?"

눈가를 부드럽게 휘며 그가 말했다. 그러자 고운은 눈만 동그랗게 뜬 채 아무런 답도 하지 못했다. 그것을 확답이라 생각했을까. 천천히 고개를 내린 종현은 얼어 있는 그녀의 입술을 입에 머금었다. 혀를 내밀어 부드럽게 입술을 핥고 빨아들이자 제 몸 아래서 파르르 작은 새처럼 떨고 있는 고운을 제 품으로 더욱 끌어당겼다.

종현이 흐물흐물 풀리기 시작한 고운의 다리 사이로 단단한 허벅지를 찔러 넣으며 고개를 틀어 다시 한 번 그녀의 입술을 맛보았다.

"으음……."

고운이 막힌 소리를 낸다. 살짝 입술을 떼어 내며 보자 숨을 들이켠 채 오들오들 떨고 있는 고운의 모습이 보였다.

"숨 쉬어."

쉬이— 그가 바람 소리를 내자 이제야 고운은 틀어막고 있던 숨통을 열며 공기를 내뱉었다.

순진한 그녀의 모습을 보자 벌어진 종현의 입에서 가벼운 웃음이 터져 나왔다. 하하, 하하하. 웃음을 뱉어 낸 그가 고운의 양 뺨을 쥔 뒤 얼굴을 내려 톡 튀어나온 그녀의 이마에 제 이마를 맞대었다.

그는 눈을 감은 채 속삭이듯 말했다.

"당신, 진짜 너무 귀여운 거 아니야?"

물음으로 던진 말이었으나 답을 구한 말은 아니었다. 그는 그녀의 얼굴에 달큰한 웃음을 연신 내뱉으며 말을 이었다.

"어쩌면 좋냐."

지글지글 끓던 감정이 조금씩 식어 간다. 하지만 완전히 식은 것은 아니어서 여전히 그의 마음을 끓게 만들었다.

그의 마음에 가득 들어찬 것은 질투.

바로 '질투'란 감정이었다.

그리고 그 질투가 동반하기 위해선 어떠한 감정이 따라야 하는 것인지, 그는 너무나 잘 알고 있었다. 난생처음 느낀 감정에 이제껏 멍청하게 알아차리지 못하고 있었을 뿐, 그는 어느새 사랑을 품고 있었다.

✳

스타일리시한 투 버튼 슈트를 입은 채 잘 닦인 대리석 위를 걷는 종현의 얼굴은 차갑고 날카로웠다. 그의 뒤를 따르는 이들 또한 감정 없는 얼굴로 걸음을 옮기고 있었다. 사람들의 시선은 자연스레 위풍당당 걸음을 옮기는 그들에게로 향했고, 그 시선이 익숙한 듯 종현은 표정 변화 하나 없이 인사를 받으며 엘리베이터로 향했다.

임원 전용 엘리베이터에 오른 이들은 곧장 얼마 전까지만 해도 이 회장이 썼던 가장 꼭대기 층으로 향했다. 대헌의 주인만이 사용한다는 사무실은 한 층의 반을 차지하는 크기로, 사람을 압도하는 분위기였던 전 주인의 방과는 달리 그가 들어오면서는 모던하고 세련된 분위기로 바뀌었다.

유리벽 너머 자리로 간 그는 커다란 가죽 의자를 끌어와 앉았다. 그리고 책상 앞에 세워져 있는 명패를 끌어와 무심한 눈으로 보며 말한다.

"참 빨리도 달았네."

그가 예상했던 것과는 달리 족히 10년은 앞당겨 달게 된 대헌그룹 사장이란 직함. 회장의 자리는 이 회장이 은퇴하며 비게 되었으니, 대헌의 주인은 그라고 해도 과언이 아니었다. 무심한 눈으로 명패를 보던 그가 원래 자리에 내려 둔 뒤 의자 등받이에 몸을 편히 기댔다.

느른한 자세로 누운 그가 입술만 달싹이며 말했다.

"앞으로 내가 해야 할 일은 뭘까?"

목표까지 올랐으니 그다음 목표를 무엇으로 삼아야 할지 묻는 말이었다. 하지만 이 비서는 다른 의미로 받아들였는지 들고 있던 파일을 그에게 내밀며 말했다.

"마케팅부에서 제출한 것입니다."

이 비서의 말에 종현이 파일을 펼쳤다. 안에는 종현과 고운의 연애 보도자료가 들어 있었다. 고운의 사진을 보자 그의 눈썹이 찌푸려졌다. 그의 안색이 나빠지자 이 비서가 긴장한 기색이 역력한 얼굴로 물었다.

"뭐가 마음에 들지 않으십니까?"

그 물음에도 종현은 여전히 서류만 바라보고 있었다. 그는 이 회장과 나누었던 대화를 떠올리고 있었다. 그가 모르는 과거. 그가 기억하지 못하는 고운과의 과거. 아무리 생각해 보아도 떠오르는 것은 없었다. 그의 기억 속 고운과의 첫 만남은 호텔에서 선 자리인 줄 알고 나갔던 것이었다.

뭘까, 도대체 뭘까. 이 회장이 자신에게 내어 준 기억에 대한 숙제. 그는 고민이 역력한 얼굴로 고운의 사진을 한참이나 내려다본 뒤 말했다.

"이 비서는 아버지를 곁에서 몇 년이나 모셨지?"

"십 년 정도 모셨습니다."

"그럼 그때 김태우 씨와 만난 적이 없었나?"

그의 물음에 이 비서가 간결하게 고개를 저었다.

"없습니다. 김태우 씨를 만나러 갈 땐 직접 차를 몰고 마 여사님과 가셨으니까요."

"그래?"

"네."

확신 어린 그의 어조에 종현이 고개를 끄덕였다. 그리고 파일을 덮어 그에게 내밀며 말했다.

"이대로 진행하도록 하지."

"네, 알겠습니다."

그렇게 말한 뒤에도 한동안 종현의 인상은 펴지지 않았다. 여전히 뭔가 마음에 들지 않는다는 듯. 그의 안색을 살핀 이 비서가 조심스러운 어조로 물었다.

"안 좋은 일이 있으십니까?"

"음."

긍정도 부정도 아닌 답.

그는 조금의 시간이 흐른 후 입술을 달싹였다.

"김 비서는 지금 어디 있지?"

"김 비서라면 지금 사모님과……."

이 비서가 말을 마치기도 전에 종현이 힘주어 말했다.

"지금 당장 불러들여."

"지금요?"

"그래, 지금 당장."

물어볼 것이 있어. 거기까지 말한 종현은 더 이상 말하고 싶지 않다는 듯 입을 다물었다. 냉랭한 그의 표정에 이 비서의 의문은 점차 커져 갔다.

갑자기 왜 이러시지?

✲

평일 대낮의 서점은 조용했다. 학생으로 보이는 사람 몇몇과 중년의 사람들이 조용히 자리를 이동하며 책을 뒤척이고 있었다. 그리고 그곳에 고운과 필성도 섞여 있다.

고운은 수많은 책들을 신기한 눈으로 훑어보았다. 세상에 이렇게 많은 책이 있다니, 고운의 입장에선 까무러칠 정도였다. 신기한 눈으로 책들을 훑어보며 책꽂이에 꽂혀 있는 책 중 하나를 빼 든 고운이 팔락팔락 책장을 넘겨 보았다. 종이 냄새가 코에 확 와 닿는다.

"좋다."

고운이 부드럽게 미소 지으며 책에 적힌 글귀를 의미 없이 읽어 내리고 있을 때였다.

"이거 어때요?"

고운의 레벨에 맞춰 적당한 문제집을 골라 온 필성이 말했다. 문제집을 받아 든 고운은 반짝이는 눈으로 책을 내려다보았다. 고운의 옆모습을 바라보는 필성의 눈이 부드럽게 호를 그린다.

"좋아요. 이 정도면 잘 해낼 수 있을 것 같아요."

시선을 들며 고운이 말했다. 그러다가 자신을 향해 있는 시선에 손을 들어 제 얼굴을 더듬어 본다. 뚫어질 듯 바라보는 시선을 오해한 그녀가 눈을 깜빡이며 물었다.

"제 얼굴에 뭐 묻었어요?"

"네."

다감한 미소를 지은 그가 짧게 답했다. 그러자 동그랗게 변한 눈으로 고운이 연신 제 뺨을 더듬으며 이물질을 닦아 내려 했다.

고운에게 손을 뻗은 필성이 조심스럽게 고운의 뺨을 쓰다듬는다. 고운의 얼굴은 따뜻했다. 그리고 보드라웠다. 필성의 얼굴이 순간 슬퍼졌다.

"왜 그래요?"

그의 눈꼬리가 아래로 처지며 애잔해지자 고운은 걱정스러운 기색이 가득한 얼굴로 물었다. 그녀의 물음에 필성은 표정과는 달리 장난스러운 목소리로 말했다.

"예쁨이 묻었네요."

너무 예뻐, 그래서 그게 참 슬퍼요.

그는 뒷말을 붙이진 못했지만 깜빡이는 고운의 눈을 보며 눈빛으로 말했다. 처음으로 마음에 품은 여자였으나, 이미 다른 남자의 아내였다. 자신의 마음이 결코 용서받지 못할 것이란 것을 알면서도 필성은 조심스럽게 그녀에 대한 사랑을 품으며 조용히 곁을 지켰다.

테이크아웃을 주로 하는 작은 커피숍의 가장 구석진 자리.

사 온 책은 의자에 올려 둔 채로 고운은 종현이 내준 숙제를 하느라 끙끙 소리를 내며 이마를 부여 쥐고 있었다. 속으론 이 악마, 라는 말이 수없이 나왔으나 겉으로 나오는 소린 앓는 소리뿐이었다.

그런 고운이 귀엽기만 한 것인지 샤프로 마지막 문제를 가리킨 필성이 웃으며 말했다.

"아까 푼 문제랑 똑같잖아요. y에 높이를 대입해요."

"아!"

그가 준 힌트 덕에 술술 서술을 적어 내려가기 시작한 고운이 마지막 문제까지 풀어내곤 양손을 번쩍 들었다.

"만세! 감사해요! 덕분에 다 했어요!"

오늘도 이렇게 종현이 내준 어마어마한 양의 숙제를 마무리한 고운이 행복에 겨워 외쳤다. 그러자 필성은 턱을 괴며 그녀를 바라보았다.

"무지막지한 숙제를 내주는 사람은 도대체 누구예요? 과외 선생님?"

저번에도 이 물음을 던졌을 때 고운은 미간을 살짝 찌푸리며 '고약한 사람이 있어요.' 라고 말만 했을 뿐 정확히 누구라고는 말을 해 주지 않았다. 그래서 필성은 이번에도 역시나 고운표 욕만 들을 줄 알았다. 하지만 그녀의 입에서 나오는 말은 의외의 것이었다.

"남편이요."

"아……."

"매일 이렇게 고약한 숙제만 내주고, 미운 소리만 하고."

고운이 입술을 뾰족하게 내밀며 투덜거렸다. 그런 고운의 모습에 그는 괴고 있던 손을 내려 진중한 얼굴로 물었다.

"남편을…… 사랑해요?"

몇 번이나 묻고 싶었던 말. 하지만 차마 묻지 못했던 말. 그녀의 입에서 사랑한다는 말이 나온다면 깨끗이 포기하자, 속으로 그렇게 생각하며 물었다. 아프겠지만 이제라도 접는 것이 맞다고. 기약 없는 사랑을 기다리는 것만큼 바보 같은 일은 없다며. 스스로를 다독이고 또 다독이며 그녀의 답을 기다렸다.

의외의 물음에 동그랗게 눈을 뜬 고운이 몇 번이고 눈을 깜빡였다. 그러다가 이번에도 역시나 그녀답게 곰곰이 생각에 잠긴다. 그녀는 어떠한 질문에도 성심성의껏 답을 해 주었다.

그녀는 한참이나 고민하곤 천천히 입술을 떼었다.

"사랑하냐 묻는다면 거기에 대한 답은 모르겠어요."

"아……."

죽어 있던 필성의 눈빛이 살아나기 시작했다. 적어도 자신의 마음을 고백할 수는 있지 않을까, 하는 기대감이었다. 하지만 곧이어 들려온 말에 눈빛은 점차 의문으로 변하기 시작했다.

"하지만 은애하냐 물으신다면 그렇다고 말하고 싶어요."

"그게 무슨……?"

이해할 수 없었다. 남녀의 사랑은 없었으나 부부에 대한 정은 있다는 말이었다. 하지만 필성은 이 말을 완벽하게 이해할 수 없었다. 그의 표정 가득한 의문에 고운은 입술을 휘어 웃으며 말했다.

"사랑하여 백년가약을 맺은 것은 아니에요. 많은 사정이 있었고, 말 못 할 일들이 있었죠. 하지만 전 남편과 일생을 보낼 생각이에요."

"왜요? 사랑하지 않는데, 왜 그 사람과 평생을 보내죠?"

사랑 없이 평생 함께 살 수 있나요?

필성은 다소 따지는 어투로 물었다. 다급함이 섞여 있기도 했다. 그러자 고운은 따사로운 눈길로 일그러진 그의 얼굴을 보며 말했다.

"사람과의 정을 사랑만으로 모두 표현할 수는 없어요."

"에……?"

"사람과 사람의 사이엔 무수히 많은 감정이 있단 말이에요."

그렇게 말한 고운은 피식 웃음을 내뱉으며 말을 이었다.

"미운 정도 고운 정이 될 수 있지요."

"……"

"전 남편과 고운 정을 나누고 있어요."

그렇게 말하는 고운의 얼굴은 반짝반짝 빛이 났다. 예쁜 빛을 띠는 그녀의 얼굴에 필성은 숨을 삼킨다.

아아, 어쩌나. 어쩌면 좋지?

남편과 고운 정을 나누고 있다고 말하는 그녀 또한 너무나 예뻐 보여 그는 속으로 신음을 삼켰다.

"고운 씨."

"네."

다감한 그녀의 눈빛을 보며 필성은 속에서 꾹꾹 누르고 있던 말을 툭 꺼내 놓았다.

"그렇게 웃지 마세요."

자꾸 마음을 키우게 되니까…… 날 보며 그렇게 웃지 말아 줘요.

스스로 감정을 끊어 내지 못하니…… 그의 아픔만 커져 갔다.

그런 필성을 고운이 빤히 바라보고 있을 때였다. 가방에 넣어 두었던 휴대전화가 요란한 소리를 내며 울렸다. 필성에게 양해를 구한 뒤 휴대전화를 받아 든 고운은 운을 떼기도 전에 먼저 이야기를 꺼내는 상대방의 말에 눈을 깜빡였다.

−왜 이렇게 연락이 안 되십니까?

"네?"

−문자를 몇 번이나 드렸어요.

그 말에 고운이 액정을 살피자 문자가 와 있었다. 고운이 미간을 구기며 말했다.

"미안해요, 몰랐어요."

−사장님께서 저녁 식사를 함께하자고 하십니다.

"아, 그래요? 지금 나가야 해요?"

−네, 지금 카페 앞입니다.

잠시 자리를 비우겠다며, 필성을 만나자마자 본사에 갔던 김 비서가 돌아온 모양이었다. 곧 나가겠다고 말한 고운은 필성과 눈을 마주하며 말했다.

"이만 가 봐야겠어요."

"네, 시간이 많이 늦었네요."

이제 6시를 넘어선 시각이었으나 필성은 그렇게 말했다. 그녀를 보내 주어야 할 때가 됐다는 것을 알았다는 듯이.

필성을 카페에 두고 먼저 자리에서 일어난 고운이 가방과 책이 든 종이가방을 챙겨 들고서 차로 걸어왔다. 매끄러운 차에 올라탄 고운은 표정이 어두운 김 비서를 보며 물었다.

"본사에선 왜 갑자기 불렀어요?"

"사장님께서 여쭤 볼 것이 있다며……."

"여쭤 볼 것?"

고운의 물음에 김 비서가 한숨을 내뱉었다. 그리고 급히 자신을 부른 후 종현이 물었던 말을 떠올렸다.

"하필성과 언제부터 만났어? 얼마나 자주 만나는 거야?"

주위의 사람들을 다 물린 채 기껏 말한다는 것이 그것이었다. 그 이야기를 꺼내며 종현은 자존심이 상한다는 듯 인상을 찌푸리기도 했다.

"아내 뒷조사하는 건 아니야. 다만……."

"이해합니다."

말끝을 늘인 채 아무런 말도 못 하는 종현을 보며 김 비서가 그리 말했다. 그리고 필성과 있었던 일을 자세히 말해 주었다. 처음 만남은 알지 못하지만 필성의 집에 피아노와 공부를 배우기 위해

한 번 갔다는 것과 그 이후론 오늘이 처음이라는 것. 그리고 연락을 휴대전화로 하는 것 같다고.

그 말에 종현은 한동안 생각에 잠겼었다. 그리고 까칠하게 말했다.

"둘 사이는 어때 보여?"

그 물음에 김 비서는 순간 멍해졌다. 사이가 좋다는 말에 까칠하게 반응하던 그의 모습에선 더더욱 멍해졌다. 지금 질투하시는 거냐고 묻고 싶었지만, 그 말을 입 밖으로 꺼내는 순간 자신에게 떨어질 날벼락을 떠올리며 김 비서는 적당히 둘러대기만 했다. 하지만 끝끝내 그는 김 비서를 갈구는 것을 잊지 않았다.

낮에 있었던 일을 떠올리던 김 비서가 미간을 찌푸렸다.

"요즘 사장님께서 까칠합니다."

자신의 상사에게 물었을 때도 요즘 종현의 심기가 좋지 않다는 말을 들었다. 누누이 고운은 필성에게 다른 마음을 품고 있지 않다고 말을 했음에도 그는 민감하게 굴었다. 이건 필시…….

"응? 왜요?"

고운의 목소리에 생각을 미처 끝맺지 못한 김 비서는 룸미러를 통해 고운과 눈을 마주하며 운을 뗐다.

"이건 분명…….

욕구불만이 분명합니다. 아니면 설명할 수가 없어요.

김 비서가 그렇게 말을 이으려다 말고 입을 꾹 다물었다. 이 말에 순진한 고운이 어떻게 반응할지 예상이 되었기 때문이다. 고운이 자신의 말에 그를 피하기 시작하면 갈굼은 더욱 독해질 것이다.

자신의 무덤을 팔 정도로 김 비서는 멍청하지 않았다.

그녀의 모습에 고운이 고개를 기울이며 물었다.

"왜 말을 하다 말아요?"

"아닙니다."

짧게 답한 김 비서는 정면을 주시했다.

남의 연애사, 가정사에 상관하는 것만큼 멍청한 짓은 없다 생각하며.

✻

종현과 고운은 만나자마자 근처의 한식당으로 향했다. 그곳에서 상다리가 부러지도록 나온 음식을 본 고운은 처음으로 외식 자리에서 활짝 진심으로 웃으며 말했다.

"오늘은 덜 익은 고기가 아니네요."

하고.

그리고 음식을 맛있게 먹는 그녀의 얼굴을 보며 그는 몇 술 뜨지 않은 채 식사를 마쳤다. 맛있게 음식을 먹고 있는 그녀를 보자 식욕은 돋았으나 정작 음식이 입 안으로 들어가지는 않았다. 그렇게 맛있게 음식을 먹는 고운을 한참이나 보고 즐거워하며 그는 간단한 저녁을 마쳤다.

식사가 끝나자마자 그는 곧장 비서를 퇴근시킨 후 직접 차를 몰아 도로 위를 달렸다. 차 안에는 부드러운 선율이 흘렀고, 창밖의 세상은 인간들이 만들어 낸 아름다운 불빛이 보석처럼 반짝이고 있었다.

운전을 하는 종현의 입술에도, 그리고 창밖을 즐거운 눈으로 바라보는 고운의 얼굴에도 비슷한 미소가 자리 잡고 있었다. 하지만 고운은 차가 30분 동안 도로 위를 달린 후 고속도로 위를 오르자 의아한 눈으로 그를 바라보았다.

"우리 어디 가요?"

그제야 그녀는 차가 집이 아닌 전혀 다른 방향으로 향하고 있다는 것을 알았나 보다. 불안한 눈으로 종현을 보던 그녀는 그의 입가에 자리 잡힌 미소가 진해지는 것을 보며 침을 꼴깍 삼켰다. 무슨 생각이지? 그녀의 얼굴이 멍해졌다.

"당신 숙제하러 가는 중이야."

"네? 숙제요?"

"미리 말해 주면 재미없지."

그녀는 그에게 적어 냈던 열 가지를 떠올렸다. 그중 무엇을 한다는 걸까? 뻥 뚫린 도로를 보며 그녀는 기대 반, 불안감 반으로 물들 가슴 위에 손을 지그시 올려놓았다.

야간 개장이 끝난 놀이공원은 을씨년스러웠다.

국내에서 최대 규모의 일성월드는 일성그룹의 자금책이라 불릴 정도로 많은 이들이 찾는 곳이었다. 최근에는 그 규모를 더욱 늘리며 국내에서뿐만 아니라 세계에서도 세 손가락 안에 들어가게 된 곳은, 막 불꽃놀이를 끝마치고 직원들까지 뒷마무리를 마친 후였다.

때문에, 간간이 켜져 있는 조명들과 일도의 특별 지시에 의해 남은 직원들을 제외하곤 한 사람도 없는 이 공간은 즐거움을 주는 놀이공원이라기보단 커다란 공원 같았다.

난생처음 놀이공원을 와 본 고운은 치맛자락이 휘날릴 정도로 뿌르르 뛰어가 자리에서 폴짝폴짝 뛰어 댔다. 쾅쾅, 몇 번이고 공중으로 튀어 올랐다가 발을 내딛은 고운은 입술을 커다랗게 벌려 웃으며 말했다.

"우와, 여기가 놀이공원이에요?"

"그래."

"신기하네요."

고운은 멈춰 있는 커다란 바이킹을 보며 말했다. 배 모양을 하고 있는 놀이기구를 직접 탈 용기는 없었으나 보는 것만으로도 만족한 것인지 눈을 반짝이며 사뿐사뿐 걸음을 내딛고 있었다.

어릴 적, 이 회장을 통해 우연히 놀이공원을 알게 된 고운은 이곳이 별천지라 생각했다. 바이킹이란 것도 알았고, 다람쥐통이란 것도 알았고, 우주선이란 놀이기구도 알았으나 직접 보질 못했으니 항상 상상 속에서만 이곳을 꿈꾸곤 했다. 그리고 그때보다 훨씬 어릴 적엔 이곳에 와 보는 것이 소원이기도 했다.

그 소원을 십여 년이 흘러서야 드디어 이루게 된 것이다.

"진짜 신기해요."

고운이 재빨리 종현의 앞으로 뛰어와 그의 팔을 잡아당기며 말했다. 그리고 그의 팔을 양쪽으로 흔들며 들뜬 제 기분을 솔직하게 표현했다.

"생각했던 대로 정말 별천지네요."

커다란 놀이기구, 색색의 조명들, 그리고 낮에 왔다면 볼 수 있었을 카퍼레이드 기구들을 눈으로 훑으며 고운이 활짝 웃었다. 그 모습에 그의 기분 또한 들뜨기 시작했다.

하고 싶은 일 네 번째: 놀이공원이란 곳 가 보기

그는 고운의 소원을 들어주는 중이었다.

"타 볼래?"

"저렇게 무시무시하게 생긴 건 타고 싶지 않아요."

고운이 딱 잘라 말했다. 창백해진 낯을 보니 그가 억지로 기구에 태울까 봐 무서워하는 것 같기도 하다. 장난스러운 마음이 불쑥 들긴 했으나 지금은 그녀의 소원을 들어주는 중이다.

고개를 돌려 주위를 둘러본 종현은 어린아이들도 탈 수 있는 회전목마를 손가락질하며 말했다.

"저건 괜찮아. 저거 타 봐."

"……저게 뭔데요?"

"회전목마."

"아아."

고운이 알고 있다는 듯 고개를 끄덕였다. 자리에서 빙글빙글 돌기만 하는 놀이기구라는 걸 이 회장에게 언뜻 들었던 게 떠올랐다.

"동화 속에 나오는 공주님과 왕자님처럼 말을 타고 마차를 탈 수 있는 놀이기구예요, 꽃순이 아가씨."

그녀의 나이 열여덟 때, 이 회장은 그렇게 말했다. 그리고 그 말에 그녀는 동화 속에 보았던 장면을 떠올리며 웃었다.

"새하얀 백마겠네요."

지식에 대한 탐구로, 세상에 대한 궁금증으로 늘 목말라 했을 때 들었던 말이어서 그런지 토씨 하나 빼놓지 않고 그날의 일이 떠올랐다. 순간 이 회장 쪽으로 생각이 튀자 고운의 안색이 어두워진다.

그녀의 낯빛을 놓치지 않은 그가 조심스러운 어조로 물었다.

"저것도 무서워?"

"아, 아니에요. 타도 돼요?"

"물론. 오늘 여길 통으로 빌리느라 힘들었으니까 마음껏 즐겨."

그가 '부탁'이란 단어까지 꺼내 놓으며 빌린 곳이었다. 본전을 생각하니 그녀를 무서운 기구라 해도 모두 태워야 속이 시원할 성싶었지만, 그는 애써 생각을 접었다.

분명 기절할 거야.

그는 무표정한 얼굴로 고개를 끄덕이며 회전목마 쪽으로 쪼르르 뛰어가는 고운의 뒤를 따른다.

회전목마에 오른 고운이 가장 크고 좋은 백마에 올라탔다. 플라스틱으로 만들어진 것이었지만 그녀는 뭐가 그리도 좋은지 입술을 크게 늘어뜨려 웃으며 그를 향해 양손을 흔들어 댔다.

"종현 씨도 같이 타요!"

"난 됐어."

"왜요? 응? 응? 같이 타요! 이 역사적인 날에 함께 해 달란 말이에요."

고운이 애교까지 떨며 외쳤다. 몸을 흔들어 대며 눈을 반짝이는 모습에 그가 몸을 움찔 떨었다. 그러자 고운은 좀 더 애달픈 목소리로 말했다.

"네? 제발요."

"……."

쐐기를 박는다. 눈살을 귀엽게 찡긋거리며 하는 투에 그가 저벅 저벅 걸음을 옮겨 그녀의 옆, 작은 말에 올라탔다. 그러자 곧 음악 이 흐르고 천천히 놀이기구가 움직이기 시작했다.

그는 고운이 환하게 웃으며 연신 작게 소리치는 것을 보다가 곧 조종석에 앉아 있는 직원과 눈이 마주치자 고개를 푹 숙였다. 얼굴 이 화끈거렸다.

"아, 아……."

나의 권위는…….

부끄러움에 그는 놀이기구가 멈출 때까지 고개를 들지 못했다.

그 후로도 종현은 다섯 개의 놀이기구를 고운과 함께 타야 했 다. 생각보다 담이 좋은 고운은 빠른 기구도 척척 탔지만, 종현은 네 번째 놀이기구를 타는 순간부터 속이 미식거려 고생을 해야 했 다. 그리고 다섯 번째 놀이기구를 타고 내려오는 순간 그는 또다시 고삐 풀린 망아지처럼 다른 놀이기구를 향해 뛰어가려는 고운의 팔을 붙잡았다.

"그만……."

"응? 왜요?"

나 더 타고 싶어요, 더 더 타고 싶단 말이에요.

고운이 뒷말을 이었다. 그러자 그는 창백하게 질린 얼굴로 한숨 과 함께 말했다.

"오늘만 날이야? 다음에 또 오면 되잖아."

"또 데리고 올 거예요?"

"그래."

그가 짧게 답한 뒤 입을 꾹 다물었다. 당장이라도 화장실로 뛰어가고 싶었지만 애써 참는 모습이었다. 굳어진 그의 얼굴에 고운이 한숨을 내쉬었다. 아쉽지만 오늘은 여기까지란 생각이 들었다. 하지만 안심되지 않는 마음에 고운이 천천히 오른손을 들어 그의 앞으로 내밀었다.

"약속해 줘요, 그럼."

"……날 못 믿는 거야, 지금?"

종현이 한쪽 눈살을 찌푸리며 말하자 고운은 들고 있던 손을 살짝 흔들며 말했다.

"당신을 못 믿는 게 아니라, 바쁜 사장님을 못 믿는 거예요."

약속해 주지 않으면 더 타겠다는 굳은 의지가 얼굴에서 보인다. 한숨을 내뱉은 그는 손을 들어 그녀의 새끼손가락에 제 손가락을 걸며 말했다.

"약속. 올해 한 번 더 데리고 올게. 됐지?"

"네."

고운이 환하게 웃으며 고개를 끄덕였다. 원하는 것을 얻어 낸 그녀의 얼굴은 홀가분해 보이기까지 했다.

"당신 은근히 고집 센 거 알고 있어?"

그 모습에 심통이 난 종현이 까칠한 어투로 말했다. 일주일 전만 해도 그녀가 몸을 움찔 떨 만큼 차갑게 톡 쏘아진 말이었지만 그녀는 기죽지 않은 채 히죽 웃으며 말했다.

"은근히가 아니고 왕창이에요."

"……뻔뻔하기까지?"

"도시에선 원하는 것을 정확히 말해야 얻을 수 있다는 것을 배웠거든요. 뻔뻔해져야 원하는 것을 모두 얻어 낼 수 있죠."

"거참, 잘 배웠군."

그렇게 말한 그는 시선을 내려 손목시계를 확인했다. 새벽 2시 10분. 평소라면 그녀는 깊은 잠에 빠져 있을 시간이었지만, 쌩쌩한 것을 보면 지금 보내는 시간이 꽤 즐거운 것처럼 보였다. 그에 그는 속으로 '다행이다' 라고 생각하며 고개를 들었다.

이 비서와 약속한 시각이었다. 야간 근무비까지 톡톡히 챙겨 주겠다 말하고 시킨 일이 곧 일어날 터다.

"한 가지 선물이 더 있는데."

"선물이요?"

"이것도 당신 마음에 들었으면 좋겠군."

그가 말을 막 끝냈을 때다. 갑자기 하늘을 향해 밝은 빛이 솟아오르더니 곧 엄청난 소리를 내며 공중에서 아름다운 꽃을 피운다.

피이이잉- 팡팡!

요란한 소리에 고운의 시선이 자연스레 먹지처럼 검은 하늘을 향했고, 곧 그 위에 수놓아지는 아름다운 불꽃에 넋을 놓았다.

"우와……."

고운이 짧게 감탄사를 내뱉었다. 불꽃은 컸고 아름다웠다. 저절로 감탄사를 일으킬 만큼, 혼을 쏙 빼앗길 만큼.

그는 놀란 토끼눈으로 불꽃을 바라보는 고운의 옆모습을 멍하니 제 마음에 담았다.

예쁜 여자였다. 아주 사소한 일에도 감사할 줄 알고, 세상을 바라보는 눈동자는 귀여웠다. 무엇으로도 표현할 수 없는 따뜻한 성미와 입가를 떠나지 않는 웃음은 늘 시선을 사로잡고 정신을 빼앗았다. 그래, 이런 여자니까 필성 또한 마음에 품었을 것이다. 자신처럼.

그 모습을 물끄러미 바라보던 그는 순간 이 공간 안에 그와 그녀, 단둘이 있다고 생각하자 못된 생각이 들기 시작했다. 아니, 필성을 떠올리자 자연스럽게 떠오르는 마음에, 그리고 그녀를 완벽하게 자신의 것으로 만들고 싶다는 못난 마음에, 그의 이성이, 그의 본능이 사고회로를 잃고 날뛰기 시작했다. 분명 고운이 놀랄 것을 알면서도 그는 팔을 뻗어 고운의 어깨를 잡아당겼다.

"어어……?"

고운이 깜짝 놀라 소리를 내뱉는다. 하지만 몸은 그의 손길에 자연스레 밀착된 뒤였다. 고개를 내린 그는 천천히 그녀의 입술을 머금었다. 그녀가 도망갈 수 있는 시간을 충분히 주었지만, 그녀는 그의 시선에 얼어 버려 꼼짝도 하지 못했다. 바짝 얼어 버려 뻣뻣해진 그녀가 눈을 질끈 감은 채 그가 부드럽게 제 입술을 훑는 것에 온 신경을 집중하며 숨을 쉬지 못하고 있었다.

하늘 위를 연신 수놓는 불꽃처럼, 두 사람 사이에도 불꽃이 튀었다.

굳게 닫힌 입술을 열기 위해 그녀의 입술을 훑던 그는 눈썹이 구겨질 정도로 눈을 질끈 감고 있는 고운의 모습에 허탈한 듯 웃음을 내뱉으며 말했다.

"하아, 당신은 언제 크나?"

벌써 세 번째 키스였다. 하지만 그녀는 여전히 호흡을 멈추고 제 입술을 받아들인다. 그는 벌써부터 이다음을 생각하고 있건만, 그녀는 키스만으로도 버거운 듯 바들바들 떨고 있었다.

천천히 눈을 뜬 고운이 습기를 머금은 눈망울로 그를 올려다보았다. 그러자 그는 조금은 걱정스러운 기색으로 물었다.

"혹시 무서워?"

그의 물음에 그녀는 앙다문 입술을 떼지 않고 고개를 젓는 것으로 답을 대신한다. 그녀의 반응에 그가 안도의 한숨을 내뱉었다.

"그럼?"

"그냥……."

"그냥?"

그녀가 말꼬리를 흐린 채 말하지 못하자 그가 되묻는다. 그러자 고운은 양 뺨을 핑크빛으로 물들인 채 더듬더듬 말했다.

"가슴이 콩닥콩닥 뛰고, 몸이 막 뜨거워지고…… 막막 어떻게 해야 할지 몰라서……."

"……."

"긴장이 돼요. 어떻게 해야 할지 모르겠어요."

사랑스럽다는 생각이 저절로 들었다. 귀여운 모습에 비죽비죽 웃음이 나오다가도 그녀의 말에 한숨을 내뱉게 된다. 그는 손을 들어 습기로 반짝반짝 빛나는 그녀의 눈가를 닦아 주며 말했다.

"제발 어른 좀 되자."

"그게 무슨 말이에요?"

"어른의 부부생활 좀 하자고."

처음엔 그의 말을 이해하지 못해 고개를 기울이던 고운은 곧 그의 말을 이해하고 몸을 움찔 떨었다.

"아……!"

얼굴은 터질 듯이 붉어진다. 어쩔 줄을 몰라 눈알을 이리저리 굴려 대는 고운의 모습에 그는 드디어 그녀가 제 속을 알아준다는 생각에 손을 뻗어 장하다는 듯 머리를 쓰다듬어 주었다.

부비부비, 커다란 손으로 머리를 쓰다듬던 그가 긴장감에 제 눈도 바라보지 못하는 그녀의 모습에 장난스럽게 말했다.

"다행이다, 정말."

적어도 성생활이란 것은 알고 있어서.

장난스럽게 말을 하면서도 그의 목소리엔 미처 지우지 못한 씁쓸함이 묻어났다.

✳

집으로 돌아온 두 사람은 각자의 방으로 들어갔다. 고운은 안방에 딸린 욕실로, 그는 서재에 딸린 욕실로.

샤워를 하는 내내 그는 긴장된 얼굴로 자신이 세워 둔 계획을 어찌 고운에게 잘 설명할 수 있을지 연신 머리를 굴려 댔다. 예전엔 자신의 말에 무조건 '예예.'라고 말하던 그녀였지만 요즘은 자신의 주장을 굽히지 않는 모습 또한 보였기 때문이다.

물기로 젖은 머리카락을 수건으로 탈탈 털며 밖으로 나온 그는 그녀가 어느새 와 준비해 준 잠옷으로 갈아입은 후 한숨을 내뱉었다.

"싫은 건 아니지만……."

그녀가 제 의견을 말하는 것이 싫은 것은 아니지만, 그 일로 인해 긴장하는 일이 많았으니 간혹 가슴이 답답해지는 것은 어쩔 수 없었다.

드라이기로 머리까지 완벽하게 말린 채 거실로 나온 그를, 소파에 앉아 있던 고운이 보았다. 고운의 앞에는 머그잔 두 개가 놓여 있었다.

"뭐야?"

"잠이 오지 않을 것 같아서요. 우유 데워 놨어요."

그가 다가가 맞은편에 앉자 고운이 손잡이 부분을 그에게 돌려 잔을 건넸다. 잔을 받아 들자 고소한 우유향이 코를 확 덮쳐온다.

우유를 한 모금 마신 그가 컵을 테이블 위에 올려 두며 말했다.

"안 피곤해?"

"이상하게도요. 아직도 가슴이 두근거려요."

그렇게 말한 고운이 얼굴을 붉혔다. 여러 의미가 담겨 있는 말이었기에 그 또한 자신도 모르게 얼굴을 붉힌다. 놀이공원에서의 일을 떠올리자 그는 스스로에게 속으로 혀를 끌끌 찼다. 참 뻔뻔했다는 생각이 들었다.

"너무 앞서 나갔다면 미안."

그가 짧게 사과의 말을 건네자 고운은 여전히 부끄러운 기색이 가득한 얼굴로 천천히 고개를 내저었다.

"아니에요. 생각해야 할 문제잖아요. 미안해요, 제가 너무 무감각하게 굴었던 것 같아요."

"무…… 무감각?"

종현이 벙찐 얼굴로 말하자 고운이 재빨리 힘껏 고개를 끄덕인 뒤 진중한 눈빛으로 말했다.

"네, 지금 아이를 가져도 많이 늦은 나이잖아요. 종현 씨 입장도 있고, 어르신 나이도 있는데 제가 너무 바보같이 아무 생각도 안 하고 있었던 것 같아요. 미안해요."

왜 이야기가 그리로 튀는 거야? 그는 그렇게 묻고 싶었지만 입을 꾹 다물었다. 그리고 여전히 진지한 그녀의 눈빛에 끙, 앓는 소리를 냈다.

성생활이 왜 아이 문제로 튀는 것인지는 몰랐지만, 그녀의 기준에선…… 그래, 백 번 양보해서 그럴 수도 있다고 그는 애써 마음을 다독인다.

"그, 그래……. 그렇지."

그가 떨리는 목소리로 말하자 고운은 다부진 얼굴로 주먹을 말아 쥐며 말했다.

"오늘부터라도 당장 노력해 봐요."

"……."

후, 그가 결국 참다못한 한숨을 내뱉었다. 그리고 지끈 아파 오는 머리를 손가락으로 꾹꾹 눌렀다.

"내 입장에선 참 감사한 소리긴 한데…… 아이 문제는 결혼식 이후로 미루자고."

"결혼식 이후로요? 아."

물음을 던진 고운이 끝에 짧게 깨달았다는 듯 소리를 냈다. 세상 사람들이 아직은 종현을 미혼으로 알고 있다는 사실이 떠올랐기 때문이다.

그래, 두 사람은 법적으로 결혼한 사이였지만 아직 결혼식을 올려 세상 사람들에게 당당히 한 가족이 되었음을 말하진 못했다. 그 생각에 고운은 왜 그런 것인지는 모르나 가슴 한 켠이 찌르르 아파 오는 것을 느꼈다. 자신도 모르게 손을 올려 가슴을 꾹 누른 그녀가 곧이어 들려온 말에 고개를 번뜩 들었다.

"결혼식…… 당길 생각이야."

"아……."

"당신 생각은 어때?"

조심스러운 어조로 그가 묻는다. 혹여 그녀의 입에서 '싫어요.'라는 말이 나올까 싶어 잔뜩 긴장한 기색이었다. 하지만 고운의 입에서 나온 말은 산뜻한 답.

"좋아요."

기쁜 어조로 말한 그녀는 고개까지 끄덕이며 그의 제안을 반겼다.

어르신 생전에 혹여 식을 올리는 모습을 보여 드리지 못하는 것은 아닐까, 고민하던 차였는데 잘됐다 싶은 고운이 재빨리 답했다. 그녀의 말에 종현의 얼굴이 급격히 밝아졌다.

"정말이지?"

"네. 최대한 빨리 올렸으면 좋겠어요."

기쁨으로 반짝이는 그녀의 눈빛에 그가 속으로 쿵, 소리를 내뱉었다. 아이 문제는 다음으로 미루더라도 당장 지금 그녀를 침대로 끌고 갈까? 라는 생각이 자신의 의식을 지배하기 시작했다. 그래, 이것저것 가르치려면 지금도 늦…….

그의 생각이 다른 쪽으로 마구마구 튈 때다. 이야기가 끝나자 고운이 따뜻한 머그잔을 들고 자리에서 일어나며 말했다.

"그럼 저 먼저 자도 될까요? 내일 일찍 일어나서 어르신께 연락을 드리려면 지금도 늦었어요."

"……같은 침대를 쓰는 건?"

그가 멍하니 묻는다. 그러자 고운은 이해할 수 없다는 듯 고개를 기울이며 말했다.

"아이는 결혼식 후에 가지자고 하지 않았나요?"

"……."

"하실 말씀 없으시면 저 먼저 잘게요."

그러곤 총총걸음을 옮겨 안방으로 들어가는 그녀의 뒷모습을 보며 그가 입 밖으로 '으악' 고함이 터져 나오려는 것을 애써 꾹꾹 꾹 억눌렀다.

몸은 어른이었지만 생각은 어린아이 같았다. 아니, 접해 본 것들이 어린아이보다 적으니, 어쩜 어린아이보다 더할지도 모른다. 요즘 애들은 뭐든 빠르다고 하니까.

달칵, 조용히 문이 닫힌 것을 본 그가 무릎을 짚고 힘겹게 자리에서 일어났다. 그리고 그녀가 건넨 머그잔을 힐끗 바라본 뒤 신경질적인 걸음을 옮겨 서재로 향했다.

외로운 침대. 혼자 겨우 몸을 누일 수 있는 사이즈의 잠자리를 보던 그가 침대에 벌러덩 누운 뒤 천장을 바라보았다.

깜빡, 깜빡. 천천히 눈을 감았다 뜨던 그가 작게 욕지기를 내뱉고 팔을 이마에 올렸다.

"이러다가 성격에 장애가 오겠어."

분명 이러다간 성격파탄자가 될 것이다.

그의 인내심의 한계를 시험하는 밤은 깊고도 길었다.

❊

남자가 여자를 사랑하게 되면 그 여자를 품고 싶은 것은 아주 자연스러운 이치였다. 하지만 그 당연한 이치를 하지 못하자 남자는 조금씩 말라 가기 시작했고, 짜증이 늘기 시작했다.

"후우!"

거친 한숨을 내뱉은 종현의 얼굴 위로 짜증이 서린다. 누구나 편안한 휴식을 취할 주말의 아침이었다. 남들이라면 기쁨에 침대에서 뒹굴거릴 시간이었지만 고운과 함께 아침 일찍 본가로 온 그는 벌써부터 이별의 아픔에 눈물부터 흘리는 마 여사와 고운을 보며 한숨을 내뱉었다.

"정말 아쉬워서 어떻게 하니. 제주도와 서울이 가까운 거리도 아니고……."

"제가 자주자주 찾아뵐게요. 매일 종현 씨 졸라서 매주 한 번씩은 꼭꼭 찾아뵙도록 할게요."

매주 한 번씩이란 말에 그의 얼굴이 결국 와자작 구겨졌다. 얼싸안고 눈물 바람인 두 사람을 보며 그가 냉랭하게 말했다.

"누구 죽으러 갑니까?"

"이 녀석이, 예쁘게 말하지 못해?"

마 여사가 경을 쳤다. 그 따끔한 말에도 그는 고개를 팩 돌리는 것으로 성숙하지 못한 자신의 말을 자책해 본다. 그래, 아쉬울 수도 있지 않은가. 마 여사의 말대로 제주도와 서울은 가까운 거리가 아니었다. 그러니 저들이 저리 울음부터 짓는 것을 이해해 줄 수도 있다. 하지만 현재 이종현은 삐뚤어진 상태. 사과의 말은 내뱉지 않았다.

짐은 오늘 새벽 모두 제주도로 향했다. 그곳에도 집안일을 봐 줄 사람을 이미 구해 놓은 상태였고, 그밖에 필요한 것들 또한 종현이 일일이 챙겨 둔 뒤다.

"따라가고 싶었는데…… 종현 씨가 내일 꼭 가야 할 곳이 있다고 해서."

"그래, 일이 있으니 어쩔 수가 없지. 하지만 다음 주엔 꼭 내려와야 한다?"

"네, 여사님. 그럴게요."

고운이 손을 들어 눈물을 슥 닦아 내는 것을 보던 그는 집 안에서 힘겨운 얼굴로 휠체어를 타고 나오는 이 회장의 모습을 보았다. 그의 뒤에는 재작년 은퇴를 한 조 비서가 보였다.

조 비서는 평생 이 회장을 모신 심복이었다. 이 회장이 제주도로 내려간다는 소식에 조 비서는 종현을 찾아와 이 회장의 곁을 지키게 해 달라 부탁했다. 이 부탁을 종현은 흔쾌히 들어주었고, 그 후로 조 비서는 늘 이 회장의 주위를 맴돌며 그를 살피고 있었다.

이 회장까지 마당에 모이자 종현은 뒤에서 대기하고 있던 사람에게 눈짓을 보냈다. 남자의 목에는 커다란 사진기가 걸려 있었다.

"이제 가지."

이 회장이 힘겨운 목소리로 말하자 종현이 재빨리 말을 꺼냈다.

"내려가시기 전에 사진 찍죠?"

"사진?"

"네, 가족사진이요."

자신의 말에 마 여사 곁에 서 있던 고운의 시선이 와 닿는 것을 느끼며 종현이 말을 이었다.

"본가도 이젠 올 수가 없으니까요."

"그거 참 좋은 생각이다. 그치, 고운아?"

마 여사가 고운의 어깨를 토닥이며 말했다. 하지만 고운은 여전히 아무런 말도 하지 못한 채 종현의 얼굴만 보고 있었다.

당신…… 어떻게 알았어요?

그녀가 시선으로 그렇게 물었다.

이 회장 내외는 그렇게 제주도로 떠났다. 그런 그들의 손에는 지금 고운이 들고 있는 것과 같은 사진이 들려 있었다.

푸르른 나무와 잔디가 깔려 있는 배경 앞에 휠체어에 앉아 있는 이 회장과 그 곁에 의자에 앉아 있는 마 여사, 그 뒤로는 든든한 울타리처럼 종현과 고운이 서 있었다. 네 명밖에 안 되는 단출한 가족사진이었지만 그래도 사진 가득 따스한 기운이 넘실거렸다.

연신 사진을 쓰다듬으며 시선을 떼지 못하던 고운은 자신도 모르게 눈가에 고인 눈물을 슥슥 닦아 냈다. 마음이 따스함으로 부풀어 올랐다.

그때 뒤에서 나타난 종현이 동그란 어깨 위에 손을 올려놓으며 눈살을 찌푸렸다.

"나 좀 이상하게 나온 것 같지 않아?"

딱딱하게 굳어 있는 얼굴을 보며 그가 물었다. 그러자 고운은 미소 지으며 사진 속 그의 얼굴 위를 부드럽게 매만지며 말했다.

"아니에요, 아주 예쁘게 잘 나왔어요."

"예쁘게? 그건 남자한테 붙이기엔 조금 그렇지 않나?"

종현이 눈살을 찌푸리며 물었다. 어느새 그녀의 어깨를 붙잡고 있는 손엔 조금 힘이 들어가 있었다. 하지만 그녀는 말을 바꾸지 않았다.

"아니요, 아주 예뻐요."

당신의 마음이, 너무 예뻐서 계속 감동하게 돼요.

고운은 뒷말을 덧붙이지 않았다. 하지만 따사로운 미소로, 그의 얼굴을 쓰다듬는 부드러운 손길로 그리 말했다. 그러자 찌푸려져 있던 그의 얼굴이 스르르 펴진다.

그는 그녀를 붙잡고 있던 손길을 뗀 뒤 고운의 앞으로 다가왔다. 그리고 한쪽 무릎을 굽히고 시선을 낮춘다. 고운의 양손을 부드럽게 잡은 그는 여전히 차가운 눈으로 그녀를 올려다본다. 냉랭한 얼굴, 하지만 눈빛만은 따뜻했다.

"앞으로 원하는 것이 있으면 솔직하게 말해."

"어떻게 알았어요……?"

그녀가 말꼬리를 늘리며 물었다. 그녀의 노트엔 '가족사진 찍기'는 없었다. 그녀의 진짜 소원을 적은 종이는 찢어 쓰레기통에 버렸다. 이루어지지 않을 소원이란 것을 알기에 그녀는 지레 포기했었다. 하지만 그는 자신의 소원을 들어주었다. 이 회장 내외와 종현이 진짜 가족이라고 말하고 싶다는 듯. 한 사진 안에서 서로 웃으며 한 가족이 되었다.

그녀의 물음에 종현은 오만한 미소를 지으며 심드렁한 목소리를 부러 만들어 냈다.

"난 세상의 모든 일을 다 알아. 그만큼 잘난 남자지."

"뻔뻔해. 바보 같아."

그녀가 키득키득 웃으며 말한다. 과장되게 짓는 표정이나 어투가 웃기다며 그녀가 연신 작게 웃음을 내뱉는다. 즐거운 그녀의 표정에 종현은 이번엔 상처받은 표정을 지으며 고개를 푹 숙였다. 그리고 말한다.

"그렇게 느낀다면 하는 수 없고."

이번에도 역시나 장난스러운 모습이었다. 하지만 고운은 그의 정수리를 보며 잔잔한 미소를 입가에 내걸었다.

따뜻했다. 종현이 주는 것들은.

상상 이상으로, 아니, 상상하지 못할 정도로 너무나 따뜻하고 예뻐 계속 웃게 만든다.

그녀는 진심으로 그에게 감사했다. 자신의 모자란 부분을 채워 주기 위해 애를 쓰는 그의 모습에 너무나 감동해 눈물이 날 것 같기도 했다.

그녀는 그가 고개를 들어 자신의 얼굴을 놀란 눈으로 바라보자 떨리는 목소리로 말했다.

"아니에요, 당신 정말 멋있어요."

그녀의 눈가에 맺혀 있던 눈물이 소리 없이 아래로 떨어졌다.

"왜, 왜 울고 그래?"

"너무너무 고마워요, 정말."

고운이 고개를 푹 숙였다. 쓸쓸한 바람이 불고 황폐했던 가슴엔 어느새 따스한 봄바람이 불더니 녹음이 지기 시작했다. 이건 전부 눈앞에 있는 종현 때문이었다. 그녀는 더듬더듬 자신에게 다가와 어색하게 제 등을 두드리는 손길을 느끼며 눈을 감았다.

"울지 마. 어? 아, 진짜."

사람을 달랠 줄 모르는 그는 그렇게 어색한 손길로 그녀의 눈물을 멈추기 위해 노력했다. 그의 손길을 느끼고 느끼고 또 느낀다. 다독이는 손길이 어느새 심장을 두드리기 시작했다.

콩닥콩닥.

기분 좋은 울림에 그녀가 속삭이듯 작은 목소리로 말했다.

"당신과 결혼하길 잘했어."

말을 내뱉는 목소리는 참으로 예뻤다.

✼

고운은 또다시 신세계로 던져졌다. 가슴 콩닥거리는 경험이긴 했으나 두렵기도 한 일들. 하지만 오늘의 그녀는 다른 때처럼 오들오들 떨거나 혹은 호기심으로 눈을 반짝이던 때와 달랐다. 아마도 평온한 얼굴로 화려한 사람들 사이에 파묻혀 있을 수 있었던 것은 자신을 바라보고 있는 든든한 한 남자 때문이었다.

"그건 너무 밝지 않나?"

그러면서 종현은 짙은 파란색의 원피스를 꺼내 고운에게 다가왔다. 그리고 몇 시간째 마네킹처럼 멍하게 서 있는 것조차 지치는 것인지 고운이 기운 없이 자신의 목 아래에 있는 원피스를 내려다보았다.

이와 비슷한 디자인의 원피스는 이미 자신의 옷장에 세 벌이나 있었다. 그리고 그가 몇 벌 뽑아 줬던 옷은 물론이고, 지금 이 자리에 있는 대부분의 옷 또한 비슷한 것들을 이미 모두 구입했다. 이러한 사실을 그에게 말했으나 종현은 중요한 사진이니 굳이 옷을 구입해야 한다며 이 푸닥거리를 하고 있는 것이다.

고운이 깊은 한숨을 내뱉으려던 찰나, 곁에 있던 코디네이터가 오버하며 손뼉을 쳐 댔다.

"어머, 사장님 역시 눈썰미가 좋으시네요. 딱……."

"안 돼, 이건 너무 짧아."

종현이 더 볼 것도 없다는 듯 치마를 들고 원위치로 향했다. 그런 그의 모습에 기회를 포착한 고운이 조심스러운 어조로 말했다.

"집에 옷 많잖아요. 그중에서 골라 입으면 안 돼요?"

"안 돼. 다 유행 지난 것들이잖아. 고루하다고."

고루하다는 말이 마치 자신에게 하는 말인 것만 같았다. 그래서였을까? 아니면 몇 번이고 옷을 더 이상 구입하지 않겠다는 자신의 말을 묵살한 그에게 화가 나서였을까? 고운이 갑자기 도끼눈을 하더니 입술을 뾰족 내밀며 참새처럼 짹짹거렸다.

"당신은 무척 까칠하고요!"

"뭐?"

"집에 옷 많아요. 아직 입어 보지 못한 것들이 한가득이라고요.

그런데 왜 또 사야 하는 건데요? 전 이해할 수가 없어요."

딱 봐도 무척 비싸 보이고요.

고운이 덧붙인 말에 종현은 입술을 비틀어 웃었다. 분명한 조소였다.

"당신 앞으로 되어 있는 재산이 얼만지나 알아? 그리고 앞으로 가질 것들은? 이깟 것들은 수천, 수만 벌을 살 수 있을 정도로 많다고. 그러니까 돈 걱정하지 말고······."

그래, 이깟 옷이 대수일까. 그녀가 가진 재산은 더 이상 아끼고 살지 않아도 될 정도로 천문학적인 금액이었다. 그녀는 이제 그녀가 살아온 과거와는 전혀 다른 삶을 살아야 했다. 그 삶에 그녀는 적응을 해야 한다.

하지만 이런 종현의 생각과는 정반대의 생각을 가지고 있는 것인지 고운이 무감한 목소리로 말했다.

"······그래요?"

또각또각또각, 그녀가 걸음을 옮기자 구두굽과 대리석이 날카롭게 부딪혔다. 고운이 차가운 얼굴로 그에게 성큼성큼 다가가 방금 전 그가 원래 자리에 놓아두었던 파란 원피스를 꺼내 들었다. 알 수 없는 그녀의 행동에 종현의 시선이 그녀를 향한다. 그리고 그제야 화가 난 그녀의 얼굴을 발견했다.

아차, 싶었지만 이미 늦은 뒤였다.

"그럼 이걸로 할래요."

"그건 너무 짧다니까!"

사과의 말부터 건네야 한다는 걸 똑똑한 그의 이성은 알고 있었으나 짧은 원피스를 입겠다는 그녀의 말에 본능이 앞섰다. 그가 버럭 소리쳤지만 고운은 차갑고 냉랭한 얼굴로 종현을 보았다. 모두 종현에게 배운 것들이었다.

"이게 마음에 들어요."

그러고는 바람을 일으키며 휙 돌아선 그녀는 망설임 없이 걸음을 옮겨 탈의실로 향했다. 달칵, 문이 닫히는 것을 멍한 눈으로 보던 종현이 팔을 들어 마른세수를 했다.

아아, 저 고집쟁이!

그가 악악 소리를 지르려던 것을 참으며 힘껏 몸을 돌려 멍한 눈으로 자신을 바라보는 자들에게 소리쳤다.

"당장 여기에 있는 옷 중 치마는 죄다 빼!"

"예……?"

"지금 내 말 안 들려? 당장 다 빼라니까?"

"아, 네!"

수십 명의 사람들이 재빨리 몸을 움직이기 시작한다. 고운이 나와 또 다른 옷을 집어 든다면 오늘 제 목이 달아나리란 것들을 너무나 잘 알았기에 그들의 행동은 빠르고 신속했다. 하지만 서울로 올라오고 난 후 옷을 구입하는 것이 일상이 되어 버린 고운보단 느렸다. 옷을 다 갈아입고 나온 고운이 그의 앞에 섰다.

"어때요? 예뻐요? 제가 보기엔 잘 어울리는 것 같은데."

그녀가 차가운 얼굴로 물었다. 그리고 그녀의 목소리만큼이나 그의 얼굴도 얼음장처럼 굳었다. 역시나 그의 예상대로 치마는 너무 짧았다. 새하얀 허벅지를 반 이상이나 드러내고, 걸음을 옮길 땐 속옷이 보일 것 같기도 했다. 예전이라면 별생각 없었을 치마길이가 그의 심기를 건드리다 못해 짜증과 화를 유발하게 만든다.

지금 저걸 옷이라고 만든 거야?

속으로 옷을 디자인한 사람이 분명 변태일 것이라 확신한 그가 고저 없는 목소리로 말했다.

"남자들은 다 뒤돌아서."

"예……?"

사람들 사이에서 또다시 의아한 목소리가 터져 나왔다. 그의 말을 한 번에 이해하지 못한 듯. 그러자 두 번 말하게 한 자들과 일일이 시선을 마주한 종현이 불길을 뿜을 것 같은 목소리를 애써 억누른 채 읊조렸다.

"당장 뒤돌아서라고."

크르릉, 종현이 낮게 일갈했다.

그러자 김 비서의 옆에 서 있던 이 비서가 재빨리 뒤돌아서며 한숨을 내뱉었다.

종현은 툭 건드리기만 해도 터지는 시한폭탄처럼 굴고 있었다. 요 며칠 사이에 계속되고 있는 모습이었다. 이젠 너무나 익숙해진 것이었지만, 종현의 성질머리를 잘 알고 있었기에 긴장의 나날은 계속되고 있었다. 이 비서가 한숨이 그의 귓가에 들릴까 애써 삼키고 있을 때, 곁에서 작은 목소리가 들려왔다.

"이 뒤의 일정이 어떻게 되죠?"

김 비서가 입술만 달싹이며 물었다. 그러자 이 비서가 스케줄표를 확인하지도 않은 채 말했다.

"이번에 기사 나갈 사진 찍으러 가야지, 왜?"

"후, 멀었군요."

오늘 일정이 일찍 끝나길 바라던 김 비서는 자신의 바람이 와장창 무너지는 소리를 들으며 깊은 한숨을 내뱉었다. 그 뒤 고운과 종현이 언성을 높여 싸우는 것을 보았다.

"전 이게 좋아요!"

"이 여자가 정말, 또 똥고집 발동했지?"

"또, 똥고집이라니!"

"맞잖아, 지금! 괜한 거에 고집부리고!"

언성을 높이며 싸우는 두 사람은 초등학생보다 유치하다. 자신의 상사가 저러한 인간이었단 사실에 김 비서가 또 한 번 충격을 받으며 말했다.

"지금 저 모습을 남들이 볼까 무섭습니다."

김 비서가 한탄하듯이 말하자 이 비서가 고개를 끄덕이며 말을 덧붙였다.

"여기 있는 사람들도 입단속 단단히 시켜 둬야지."

"……."

두 사람 사이에 잠시 침묵이 흘렀다. 이 비서는 종현과 고운의 대화에 신경을 곤두세우고 있었으나 김 비서의 생각은 다른 곳을 향해 있었다.

오랜 생각의 끝, 김 비서가 결심을 한 듯 말했다.

"아무래도 특단의 조치를 내려야겠습니다."

"특단의 조치?"

"네."

짧게 말한 김 비서가 생각을 알 수 없는 눈빛을 빛내며 비장한 목소리로 말을 마친다.

"근원을 알고 있으니, 그 근원의 생각을 뜯어고쳐야겠죠."

✻

본사 컨트롤 타워의 중축에 서면서부터 종현은 할 일이 다양해졌고 또 많아졌다. 예전엔 호텔, 리조트 사업만 진행하면 됐다면, 지금은 한 가지 사업을 진행한다기보단 그 사업을 진행하는 이들의 보고를 받고 최종 결재를 하며 전반적인 대헌의 일들을 돌보고 있었다.

이는 그가 모르는 것도 잘 알아야 한다는 뜻이었고, 현재는 전반적인 부분들을 보고받으며 부연설명을 듣고 있었으나 1년 뒤엔 이러한 일이 없도록 그가 습득하고 배워야 했다.

그는 두터운 서류를 읽어 내리며 손 위에서 펜을 굴려 대고 있었다.

그가 보고 있는 서류는 현지 법무팀에서 올라온 것이었다. 대헌 전자의 해외 진출이 활발해지면서 해외에서 걸리는 소송 또한 많아지는 탓에 그가 한 번쯤은 꼭 알고 넘어가야 할 것들이었다. 예전이라면 관심을 두지 않았던 것이지만 지금은 다르다. 현재 대헌의 주력 분야가 전자, IT이기 때문이다.

한참 서류를 보고 있을 때였다. 똑똑 노크 소리와 함께 이 비서가 문을 열고 안으로 들어왔다. 곧장 목례를 한 후 자신에게 다가오는 그가 웃는 얼굴로 말했다.

"열심이십니다."

"뭐, 해야 하는 것들이니까. 무슨 일이야?"

그의 물음에 이 비서는 들고 있던 신문을 내밀었다. 신문은 내일 일자로 되어 있는 것이었고, 경제면을 가장 크게 차지하는 것은 종현이 드디어 본사로 복귀했다는 사실과 함께 곧 결혼을 한다는 내용이 곁다리로 적혀 있었다. 신문을 눈으로 빠르게 읊던 종현이 고개만 슬쩍 들어 물었다.

"고운인?"

예전 같으면 김 비서는 뭐하냐 물었겠지만, 그는 더 이상 제 마음을 숨기지 않았다. 그러자 이 비서는 잠시 놀란 표정을 짓더니 이내 평소와는 달리 딱딱한 표정을 조금 걷어 낸 채 말했다.

"하필성 씨 집에서 두 시간째 나오고 있지 않다고 5분 전에 보고받았습니다."

"두 시간이라……."

"오늘부터는 피아노를 칠 수 있다며 아주 기뻐하셨답니다."

"……."

신문을 내려놓은 종현이 손으로 테이블을 탁탁 치기 시작한다. 그가 깊은 생각에 빠졌을 때 습관처럼 나오는 행동이었다.

탁. 탁. 탁.

무심한 얼굴로 신문을 바라보던 종현이 손가락으로 연신 테이블을 내려치고 있을 때였다. 어느 순간 손을 딱 멈춘 그는 손을 들어 마른세수를 했다. 마치 독 안에 든 쥐 같은 느낌이었다.

"어떻게 해야 현명한 일일까?"

그가 툭 물었다. 이 비서는 현명한 사람이었으니, 그러면 이 답답한 마음을, 출구 없는 이 문제를 풀어 주지 않을까 해서. 하지만 주어 없는 물음에 이 비서는 눈을 동그랗게 뜬 채 물었다.

"네?"

"내 친구 녀석이 내 아내를 좋아하는데, 어떻게 해야 현명하게 두 사람 모두 다치지 않게 일을 처리할 수 있겠냐고."

신랄한 물음이었다. 돌려서 말하지 않았고, 직구로 던져 물었다. 이에 이 비서의 얼굴이 굳어졌다. 입을 꾹 다문 이 비서가 무거운 시선으로 종현을 바라본다. 그는 신문을 내려다본 채 더 이상 말을 잇지 않았다.

한참의 침묵 뒤 이 비서는 조심스럽게 운을 뗐다.

"이루어지지 않는 사랑 앞에선 누구나 상처받습니다, 사장님. 하지만……."

"하지만?"

"그 아픔을 최소화하기 위해선 사장님께서 직접 하필성 씨에게 말씀하시는 것이 가장 좋다고 생각합니다."

그 나름에선 현명한 답이었다. 필성과 종현의 관계를 알고 있는 이 비서로선, 그리고 종현이 고운에게 어떠한 마음을 품고 있는지 알고 있는 그가 줄 수 있는 최선의 답.

이 비서의 답에 종현이 무거운 시선으로 그를 올려다보았다. 눈동자는 크게 울렁였다.

"그 기사가 나가기 전에 말입니다."

�֍

띵, 띵, 띵, 띵.

뻣뻣한 손가락으로 두드리는 피아노 건반은 둔탁한 소리를 냈다. 좋은 피아노였지만 피아노가 아무리 좋다 하여도 두드리는 사람이 천진난만한 초보라, 아름다운 소리 대신 귀엽고 통통 튀는 소리만 냈다.

오른손을 열심히 움직여 피아노를 두드리던 고운이 입가를 부드럽게 휘며 다감한 목소리로 노래했다.

"반짝반짝 작은 별 아름답게 비치네."

노래가 끝나자 고운은 양손을 번쩍 들며 외쳤다.

"와, 끝까지 다 쳤어요!"

멜로디뿐이었지만 고운은 완주했다는 기쁨에 소리쳤다.

목표를 이룬 고운은 한참이고 기뻐하며 또다시 처음부터 피아노 건반을 두드리기 시작했다. 뻣뻣한 손가락을 힘겹게 움직여 곡을 연주한 고운은 이번엔 고개를 돌려 필성을 보며 말했다.

"저 잘했죠?"

"네, 참 잘했어요."

초등학교 저학년, 숙제를 잘 해 오면 선생님이 찍어 주는 도장처럼 그가 말한 뒤 고운의 머리를 톡톡 두드렸다. 그 손길에도 기쁨에 벌어진 고운의 입은 다물어지지 않았다. 즐거움에 어깨를 들썩이며 이제 왼손은 어떻게 해야 하냐며 반짝이는 눈동자로 물었다.

스펀지처럼 받아들이는 그녀의 모습에 필성은 기쁜 마음 한편으로, 그녀와의 지속적인 만남이 점차 끝나 간다는 생각에 우울한 마음도 들었다. 그가 그녀의 왼손을 잡아 건반 위에 올려 주었다. 그리고 손을 겹친 상태에서 건반을 누르기 시작했다.

띵- 띵-

못난 소리였지만 그의 마음을 울리기엔 충분히 아름다운 소리였다.

그가 한참 손을 놀려 그녀의 따스한 손가락을 누르고 있을 때였다. 테이블 위에 올려둔 그의 휴대전화가 요란한 소리를 내며 울렸다.

"잠시만요."

필성이 전화를 받기 위해 걸음을 옮기자 고운은 스스로 방금 전 그가 눌러 준 순서대로 피아노 건반을 누른다. 입가에서 미소가 없어지지 않았다.

시선을 내려 액정에 찍힌 종현의 이름을 확인한 그가 전화를 받아 들었다. 하지만 휴대전화를 받으면서도 그녀의 옆모습을 보는 시선은 비껴 나가지 않는다.

"네가 웬일이야, 이 시간에?"

필성이 의아한 목소리로 물었다. 하지만 종현은 전화 너머로 들려오는 피아노 건반 소리에 잠시 말을 잇지 못했다. 필성이 치고 있다기엔 너무나 어설픈 소리들. 종현은 직감으로 지금 고운이 피아노 건반을 두드리고 있다는 것을 알았다.

어설픈 피아노 음을 들으며 종현이 천천히 말을 내뱉었다.

─오늘 저녁에 시간 되냐?

"오늘 저녁?"

필성이 눈을 동그랗게 뜨며 물었다. 갑자기 연락한 것도 이상한데, 그가 갑자기 저녁 시간에 만나자고 하는 것 역시 의아했기 때문이다.

─어.

짧은 종현의 말에 필성이 고개를 끄덕였다.

"알았어. 시간 낼게."

이상하다는 생각을 했지만 필성은 친구가 갑작스레 제안하는 만남을 거부하지 않았다. 여전히 고운을 바라본 채 통화를 마친 그는 테이블 위에 휴대전화를 올려놓았다.

통화가 끝났지만 그는 그녀에게로 걸음을 옮기지 않았다. 한참을 피아노 앞에 앉아 있는 고운의 뒷모습을 보았다. 부드러운 곡선을 그리고 있는 고운의 어깨를 바라보고 있던 그가 고운을 부드럽게 불렀다.

"고운 씨."

다정한 음성. 그 음성에 고운이 고개를 돌려 종현을 본다.

"네? 왜요?"

눈을 깜빡이며 예쁘게 웃는 그녀의 모습에 필성도 어설프게 웃음 지었다.

그녀가 피아노 건반을 두드리는 것에 익숙해지는 것만큼 그도 익숙해져야 할 것이 하나 있었다.

"……우린 친구죠?"

천천히, 조심스럽게 꺼내 놓은 말. 필성은 힘겹게 꺼내 놓은 말이었지만 고운은 한참 눈을 깜빡이더니 해맑은 얼굴로 말했다.

"물론이죠!"

찌르, 찌르르.

가슴이 울리지만 그는 애써 웃으며 말했다.

"네, 저도 제자리를 찾아가는 중이에요."

＊

늘 찾던 바 대신 대헌호텔 지하에 있는 바를 선택한 두 사람은 종현의 취향에 맞는 양주를 앞에 둔 채 천천히 잔을 기울이고 있었다. 술을 즐기지 않는 필성은 연신 술잔을 기울이는 종현에게 맞춰 잔을 입술에 대기만 했을 뿐, 30분 동안 한 잔도 비우지 않은 채 심각한 얼굴의 종현만 보고 있었다.

생각에 잠긴 듯 날카로운 얼굴은 늘 보던 친구의 얼굴과 별다른 것이 없었다. 하지만 생각이 정리된 것처럼 보이고 난 후, 말을 할까 말까 고민하는 얼굴은 필성도 처음 본 것이었다.

무슨 일이지?

필성이 의아함에 술잔을 기울인 뒤 테이블 위에 올려놓았다. 으레 그랬던 것처럼 곧 종현이 자신을 보자 한 이유를 말해 줄 것이라 생각하며. 하지만 기다림은 필성의 예상보다 길어졌다.

묵묵히 종현의 입이 열리길 기다리고 있던 필성은 결국 40분의 시간이 흐르고 나서야 참지 못하고 물었다.

"도대체 왜 보자고 한 거야? 말없이 술만 마실래?"

그 물음이 신호탄이 된 것일까. 아니면 손가락이 파르르 떨릴 정도로 술을 마셔서일까. 마신 양에 비해 극도로 절제된 얼굴과 행동으로 가방에서 신문을 꺼낸 종현이 필성의 앞으로 내밀었다. 종현은 의아한 얼굴로 자신을 바라보는 필성을 보며 무심한 어조로 말했다.

"내일 나갈 기사야."

하지만 얼굴엔 숨기지 못한 초조함이 드러나 있었다. 종현의 표정을 살핀 필성은 그가 내민 신문을 들며 물었다.

"응? 근데 이걸 왜 나한테……."

그러다 그의 눈에 들어온 한 기사. 빠르게 글귀를 읽던 필성은 마지막 '피앙세 김고운'이란 글자에 몸을 움찔 떨었다.

"아……."

어떠한 말을 꺼내야 할지 몰라 당황하는 모습. 입술을 달싹이던 필성은 어떠한 말도 꺼내놓지 못한 채 입을 다물어야 했다.

김고운, 김고운, 김고운…….

그녀는 자신의 마음 깊은 곳에 자리 잡고 있는 사람이었다.

"전에 했던 말 기억하지? 아버지가 이어 줬던 그 이상한 여자."

"……."

"그 여자가 김고운이야."

그렇게 말한 종현이 허탈한 듯 웃었다. 어떻게 상황이 이렇게 된 것인지…….

운명의 장난에 시원하게 웃음이라도 터뜨리고 싶은 심정이었으나 구겨진 필성의 얼굴과 눈에 맺힌 복잡한 감정으로 인해 웃음을 터뜨릴 수도, 운명에 욕지거리를 내뱉을 수도 없었다.

한참 신문을 보던 필성이 힘겹게 말했다.

"어떻게……."

어째서 김고운이 네 아내인 건데?

필성이 고개를 들어 종현을 보았다. 눈동자는 맑았던 기운을 잃고 붉어져 있었다.

말을 마치지 못한 채 입을 다물었던 필성은 곧이어 힘겹게 입술을 달싹였다.

"좋아하지 않는다고 했지? 아무런 마음도 품고 있지 않다고."

필성이 간절하게 물었다. 처음, 그가 아내의 존재를 꺼냈을 때 했던 말을 회상하며. 그리고 그가 원하는 답이 나오길 바랐다.

난 아내를 사랑하지 않아.

그 말을 필성은 기다리고 또 기다렸다. 하지만 힘겹게 입술을 뗀 종현의 입에서 나오는 말은 전혀 다른 것. 그가 절대 듣고 싶지 않았던 말이었다.

"아니, 이제 그 여자가 보여."

"뭐……?"

"좋아해, 그 여자. 아니, 사랑해."

눈꺼풀이 파르르 떨렸다. 손가락 끝이 차갑게 언 것과는 달리 심장은 힘껏 피를 빨아들였다가 내뱉길 반복하며 체온을 상승시키고 있었다. 온몸이 뜨겁게 달아오른다. 그리고 얼굴은 와르르 구겨졌다. 늘 웃음을 매달고 있던 입술은 아래로 축 처진 후다.

종현은 그에게 향해 있던 시선을 돌려 정면을 주시했다. 안타까운 일이었고, 자신 또한 말을 내뱉기 힘든 일이었다. 하지만 그렇다고 더 이상 미뤄 둘 수도 없는 일. 그는 아내를 사랑했다. 그리고 그걸 안 이상 그 누구에게도 고운을 양보하고 싶은 마음 따위 없었다.

"가끔 미친놈처럼 구는 걸 보면 아주 많이 사랑하는 것 같아."

간혹 내가 아닌 것 같고, 간혹 그 여자 때문에 변해 가는 날 볼 때면 흠칫흠칫 놀라. 그렇게 뒷말을 붙인 종현이 입을 꾹 다물었다. 주먹을 동그랗게 말아 쥔 필성은 여전히 들고 있는 신문을 바라보던 시선을 옮겨 거칠게 외쳤다.

"처음부터 알아본 건 나였어!"

목소리가 갈기갈기 찢어진다. 그의 마음처럼.

"나였다고!"

친구의 애달픈 말에 종현은 여전히 굳은 얼굴로 고개를 내저었다.

"하지만 처음부터 내 아내였지."

"……"

"너랑 이 일로 더 이상 얼굴 붉히며 이야기하고 싶지 않다. 넌 좋은 녀석이고, 평생 내 친구였으면 하는 녀석이야. 마음 정리해."

"이종현……."

어느새 물기가 묻어난 목소리로 필성은 친구의 이름을 불렀다. 하고 싶은 말이 많은 얼굴이었으나 무언가가 목구멍을 꽉 막아 버린 것처럼 필성은 숨만 헐떡일 뿐 아무런 말도 내뱉지 못한다. 그런 그의 상태를 보지도 않고 안 종현은 천천히, 하지만 힘 있는 목소리로 말했다.

"아직 고운이에겐 말 못 했다. 이 일로 상처받을 여자라는 거 아니까. 그러니까…… 고운이가 알아차리기 전에 네가 먼저 접어라."

"……그게 될 것 같아?"

나도 노력했어. 나도, 나도 노력했다고. 하지만 안 되는 걸 어떻게 해?

필성이 고개를 푹 숙이며 말했다. 읊조리듯 말하는 어투엔 슬픔이 가득했다. 처음으로 앓은 열병, 그 열병은 친한 친구의 아내 때문이었다. 운명을 저주하고 싶었다.

"접지 못하겠다면…… 우린 더 이상 친구로 지낼 수 없겠지."

그리고 고운이에게도 더 이상 너와 만나지 말라고 말할 거야. 네 마음을 솔직히 다 말하면 그 여잔 네 연락을 받지 않을 거야. 그런 사람이니까.

협박성 짙은 말에 필성의 고개가 천천히 들렸다. 그러자 어느새 필성을 바라보고 있던 종현의 굳은 시선과 마주한다.

두 사내의 눈동자가 마주쳤다. 종현은 절대 양보할 의사가 없다는 듯 굳은 시선으로 필성을 보고 있었고, 필성은 여전히 슬픔으로 물든 눈동자였다.

"그러니까…… 여러 사람 상처받기 전에 여기까지만 해 주라."

"그게…… 그게 안 돼."

"……"

명확한 거절에 순간 말을 잃은 종현이 입술을 꾹 다물었다. 그러자 필성은 입술을 휘며 애달픈 목소리로 말했다.

"나도 그러고 싶은데…… 안 된다고."

그리고 두 사람 사이에 깊은 침묵이 흘렀다. 침묵은 몸을 짓누를 정도로 끔찍한 무게였다.

얼마의 시간이 흐른 후, 종현은 필성과 마찬가지로 조금 붉어진 눈망울로 딱 잘라 말한다.

"제발 그래 주라, 하필성. 이건 마지막 경고다."

신문을 쥐고 있던 필성의 손에 힘이 들어갔다. 그의 손 밑에서 신문은 그의 마음처럼 엉망으로 구겨졌다.

❀

시간은 똑딱똑딱 잘도 흘러갔다. 소파에 앉아 양손을 무릎 위에 올려놓은 고운은 늘 그랬던 것처럼 종현을 기다리고 있었다. 하지만 오늘의 그는 웬일인지 시곗바늘이 8시를 가리키고 있는데도 집으로 돌아오지 않고 있었다.

무슨 일이 있나?

고운이 걱정스러운 기색으로 한참 시계를 바라본 후 한숨을 내뱉으며 곁에 서 있는 김 비서를 올려다봤다.

"많이 늦네요. 김 비서는 먼저 들어가 보세요."

"그럼 지금부터 퇴근입니까?"

"네? 아, 네."

김 비서가 굳은 얼굴로 고개를 끄덕인다. 드디어 지난밤, 그녀가 주위의 사내놈들을 닦달해 받아 낸 것들을 사용할 시간이 왔다.

뚜벅뚜벅 걸음을 옮긴 김 비서가 고운의 앞에 섰다. 고운은 알 수 없는 그녀의 행동에 눈을 동그랗게 떴지만, 김 비서는 가타부타 설명 없이 말을 꺼내 놓았다.

"그럼 지금부터 우린 친구지요?"

"그렇죠, 우린 친구죠."

친구라는 말에 자동적으로 해맑게 웃는 고운의 모습에 김 비서는 양심의 가책을 느꼈지만 그래도 자신의 안위를 위해선 어쩔 수 없는 일이라 생각하며 굳은 얼굴로 말했다.

"좋아, 그럼 친구로서 내가 너에게 가르쳐 줄 것이 있어."

"으응……?"

고운이 당황해 고개를 기울였다. 갑자기 말을 놓는 것도 이상하지만, 표정 또한 결연해 자신도 모르게 흠칫 놀라 버렸다. 하지만 김 비서는 휴대전화를 꺼내 손가락을 움직여 비디오를 클릭했다. 그러자 살결을 고스란히 드러낸 비디오들이 여러 편 보인다. 이 중 무엇이 좋을지는 아직 결정하지 못했다. 상중하 중 어떠한 것을 고운에게 보여 주어야 할지 확신이 서지 않았기 때문이다.

충격을 생각해서는 하가 좋긴 하겠지만 그걸로 과연 이 순진한 처자가 각성할 수 있을까? 그렇게 생각한 김 비서는 상을 누르려다 말고 또다시 끙, 앓는 소리를 내뱉었다.

"왜 그래요?"

연신 이해할 수 없는 행동을 하는 김 비서를 보며 고운이 물었다. 그녀의 물음에 김 비서는 중으로 판단한 비디오 위에 손가락을 올려놓는다. 그리고 시선을 옮겨 동그란 눈망울에 맺힌 순진한 기운을 느끼며 딱딱한 어조로 말했다.

"문화적 충격이겠지만, 그래도 네가 성인으로서 받아들이리라 생각한다."

양심의 가책은 느껴지지만 어쩔 수 없지.

그렇게 생각한 김 비서는 플레이 버튼을 누른 후 고운의 무릎 위에 올려다 주었다.

한동안 집에는 두 남녀의 신음이 가득 찬다. 화면을 멍하게 보던 고운이 얼굴이 시뻘게져 양손으로 눈을 가렸다.

"꺄악……!"

영상에선 연인으로 보이는 두 남녀가 살을 섞으며 거친 신음을 내뱉고 있었다. 문화적인 충격을 넘어 새로운 신세계에 고운은 비명을 지르고 몸을 와들와들 떨어 댔다. 두려움에 떤 것이 아니었다. 부끄러움에 떠는 것이었다.

전혀 예상하지 못한 고운의 반응에도 김 비서는 꿋꿋이 그 자리에 서 있었다. 그리고 비디오 플레이가 모두 끝나고 나서 한숨을 내뱉는다.

"충격을 줘서 미안한데, 나도 어쩔 수가 없었어."

"이, 이게……."

고운 눈을 동그랗게 뜬 채 입술만 뻐끔거린다. 마치 붕어 같았다. 손가락 사이로 김 비서를 올려다보던 고운이 손을 내린 후 손바닥에 찬 땀을 치맛자락에 닦아 내며 얼굴만 붉히고 있었다.

그게 뭐였지? 뭐지?

머릿속에는 연신 의문만이 떠올랐다. 그리고 생각은 곧 다른 곳으로 튀기 시작했다.

왜 이걸 나에게 보여 주는 거지……?

그리고 이러한 의문은 얼마 가지 않아 풀렸다.

"지금부터 이걸 사장님이랑 해야 해."

"어……?"

"사랑하는 남녀라면 아주 당연한 거야. 그러니까 제발, 내가 부탁이다."

방금 전까지만 해도 딱딱했던 음성은 어느새 애원조로 바뀌어 있었다.

"그 인간 좀 예전의 냉철한 이종현으로 돌려주라, 고운아."

진심을 다해 김 비서는 빌고 또 빌었다.

제6장
내 곁에 있어

집 안엔 침묵이 흘렀다. 방금 전까지 흘렀던 교성에 비하면 양호한 것이었지만 김 비서는 알 수 없는 시선으로 고개를 숙이고 있는 고운의 모습에 침을 꼴깍 삼켰다.

혹시…… 악수를 둔 건 아니겠지?

급기야 그녀의 얼굴에 긴장감이 철철 흐르기 시작했다.

"이게……."

고운이 천천히 입을 뗐다가 다물었다. 무슨 말을 꺼내야 할지 몰랐기 때문이다.

하지만 김 비서는 기왕 시작한 것 확실하게 끝내야겠다는 생각에 무거운 어조로 말했다.

"고운아, 남녀의 관계도 공부를 해야 하는 거야."

"고, 공부. 이걸……?"

고운이 시선을 들어 김 비서를 보았다. 풍전등화처럼 흔들리는 고운의 눈빛을 보니 안쓰러운 마음까지 들었다. 하지만 김 비서는 마음을 다잡아야 하는 순간이라는 것을 깨달았다.

굳혔던 표정을 느른하게 푼 김 비서는 동그란 눈동자를 마주 보며 난생처음, 그녀에게 부드럽게 웃음 지으며 말했다.

"부부 관계에 있어선 믿음과 사랑도 중요하지만, 성관계도 아주 중요하다고."

"……."

"너 때문에 요즘 사장님이 얼마나 밑에 사람들을 쥐 잡듯이 잡는 줄 아니?"

피해가 막심하다고! 김 비서는 뒷말을 내뱉진 않았지만 울컥 솟아오르는 감정에 입술을 앙다물었다.

"쥐 잡듯 잡아……?"

고운이 멍하니 물었다. 그러자 김 비서는 얼굴 가득했던 짜증스러운 기색을 지운 채 한숨을 푹 내뱉었다. 고운의 잘못은 아니지 않은가. 그녀로 인해 발생한 문제이긴 했으나, 고운에게 화를 낼 일은 아니었다. 김 비서가 심드렁한 얼굴로 말했다.

"어. 짜증이 엄청 늘었어."

"이를 어째."

그제야 고운 또한 사건의 심각성을 깨달은 듯 고개를 끄덕였다. 다른 사람들이 피해를 받고 있다니, 부끄러움에 그냥 넘어갈 문제가 아니라는 것을 알았다.

고운은 결심이 선 얼굴로 말했다.

"알았어요, 열심히 배울게요."

"진짜?"

"네. 그러니 이 비디오 좀 빌려 줄래요?"

그녀의 말에 김 비서가 멍하니 묻는다.

"설마 이걸로 배우겠다고?"

고운의 말을 어떻게 받아들여야 할지 몰라 김 비서가 더듬더듬 말을 이었다.

"이건 실제랑 많이 다른데……."

"실제랑 많이 달라요? 그럼 실제는 어디서 배울 수 있는 건가요?"

"어?"

이야기를 하면 할수록 깊은 늪에 빠지는 기분이었다. 실제를 어디서 배울 수 있냐니…… 그런 걸 평범한 사회인으로 살아온 김 비서가 어찌 알겠는가.

"……."

말을 잃은 김 비서는 새하얀 고운의 얼굴만 멀뚱히 보았다. 참 백설기처럼 하얗다. 여자가 보기에도 고운은 참으로 예쁜 얼굴을 하고 있었다. 사람은 저마다 태어난 얼굴값을 하면서 산다고 하더니, 고운은 얼굴값은커녕 성인 여성의 기본적인 것도 전혀 알지 못하니. 개입하면 개입할수록 답답한 마음이 들었다.

결국 김 비서는,

"음, 이건 빌려줄게."

될 대로 되란 식으로 휴대전화에 들어 있던 파일을 고운의 휴대전화로 옮겨 줬다. 그러곤 비장한 표정으로 휴대전화를 보고 있는 고운에게 말했다.

"그럼 전 이만 가 보겠습니다."

"아, 네. 내일은 제주도에 가는 날이에요. 다음 주나 되어야 보겠네요."

"네, 즐거운 여행되시길 바랍니다."

다시 사무적으로 돌아가 고개를 숙인 후 인사를 건넨 김 비서가 현관으로 향했다.

그녀를 배웅하고 다시 소파로 돌아온 고운은 테이블 위에 올려 둔 휴대전화와 눈싸움을 하듯 눈 하나 깜짝하지 않고 뚫어져라 보았다.

대치 상태. 말 그대로 휴대전화와 고운은 한동안 그 상태로 있었다. 그러다 조심스레 손을 내밀어 휴대전화를 집어 든 고운은 김 비서가 가르쳐 준 대로 비디오를 플레이한 후 처음 보았을 때와는 달리 이성적인 모습이 되어 액정을 뚫어져라 보았다.

액정에는 젊은 남녀가 서로를 꼭 끌어안고 있었다. 겹쳐진 몸은 빈틈 하나 없었고, 그건 하체 또한 마찬가지였다.

고운은 일그러진 여자의 얼굴을 보며 고개를 기울였다.

"아픈가?"

-하악, 하악!

거친 숨을 내뱉는 여성의 신음에 고운의 얼굴이 일그러졌다.

"어머, 엄청 아픈가 보다."

고운은 벌써부터 종현의 밑에서 자신이 고통을 당하는 것처럼 얼굴을 일그러뜨렸다. 급기야 여성을 거칠게 가지는 남자 배우의 모습에 종현의 모습이 겹치자 고운의 얼굴이 터질 듯 붉어졌다.

"엄마!"

도대체 내가 무슨 생각을 하는 거야?

고운은 휴대전화를 무릎 위에 올려놓은 후 양 뺨을 손으로 감싸 쥐었다. 꺄꺄, 소리를 지르며 제 머릿속을 가득 채운 종현의 나체에 눈을 질끈 감았다. 욕실에서 그의 나체를 이미 보았던 터라 상상을 하는 것은 어려운 일이 아니었다.

-하악, 하아! 거기, 거기요!

액정 속의 여인이 거칠게 외쳐 댄다. 그러자 남자는 손을 내려 여성의 가슴을 베어 문 채 여성의 정점을 엄지손가락으로 쓰다듬으며 말했다.

-여기?

-아아, 아아아!

남자의 물음에 여자는 질겁하며 허리를 뒤트는 것으로 답을 대신했다. 비명처럼 지른 비명에 고운이 눈을 깜빡였다.

그러다,

"아아……? 아아아?"

이게 맞나? 아닌가?

고개를 기울이며 연신 앵무새처럼 신음 소리를 따라 해 본다.

문을 열고 안으로 들어온 종현은 아무런 말도 하지 못한 채 얼굴만 붉히고 있는 고운을 의아한 얼굴로 보았다.

"오늘은 잔소리 안 해?"

오늘은 시끄럽고 떽떽거리는 그 잔소리가 그리운 날이었다. 자신에게서 나는 진한 술내음에 그녀가 바로 반응하고 잔소리할 것이란 예상과는 달리 고운은 아무런 말도 늘어놓지 않았다. 이에 그가 궁금함에 물어보자 고운은 갑자기 몸을 배배 꼬기 시작하더니 평소라면 절대 하지 않을 말을 내놓았다.

"그, 그런 날도 있는 거죠."

"뭐……?"

종현이 멍한 눈으로 되물었다. 그런 날도 있는 거죠? 지금 이 말이 고운의 입에서 나온 것이 맞단 말인가? 종현이 한참이고 입을 뻐끔거리며 자신을 힐끗힐끗 바라보는 고운을 본다. 눈이 마주치면 시선을 내리고, 눈이 마주치면 시선을 내리길 반복하는 그녀의 모습에 그가 애써 정신을 수습했다.

"무슨 일 있어?"

"아니요, 아무 일도 없어요."

절대 아무 일도 없다는 듯 다부진 얼굴로 답하는 고운을 의심스러운 눈으로 보던 종현이 이내 고개를 끄덕였다. 그래, 그녀가 아무 일도 없다면 없는 거겠지. 그렇게 생각하던 종현은 외투를 벗어 고운에게 건네며 물었다.

"뭐 하고 있었어?"

툭.

"어머."

종현에게서 받아 든 외투를 바닥으로 툭 떨어뜨렸던 고운이 부산스럽게 주워 든 뒤 침을 꼴딱 삼키며 말했다.

"공부요."

"공부? 이 시간까지?"

끄덕끄덕, 빠르게 고개를 끄덕인 고운이 쪼로로 안방으로 도망치듯 걸음을 옮겼다.

"그럼 씻고 자요."

"어, 어."

그의 대답을 듣기도 전에 고운은 안방 문을 열고 안으로 들어가 버린다.

달칵, 조용하게 닫히는 문소리에 그가 눈살을 찌푸리며 혼잣말을 내뱉었다.

"뭐야?"

분명 무슨 일이 있는 것 같은데 고운은 아무런 말도 하지 않았다.

종현은 의심스러운 얼굴로 고운이 들어간 문을 한참이나 바라본 뒤 걸음을 옮겨 서재로 향한다.

"후."

지금이라도 고운에게 자세히 물어보아도 됐지만 닥쳐온 피곤함에 그는 내일로 미뤘다. 그게 어떠한 결과를 몰고 올 줄 모르고.

⁂

샛노란색 위로 흰색 도트가 찍혀 있는 원피스는 무릎 밑까지 내려오는 길이로, 최근 종현이 골라 준 것이었다. 이 옷을 구입하던 그날, 파란색의 짧은 원피스를 구입하겠다는 그녀와 이 노란색 원피스를 구입해야겠다는 종현 사이에는 꽤 오랫동안 언성이 오고갔다.

끝날 것 같지 않은 싸움을 중도에 말린 것은 김 비서였고, 그녀는 화가 머리끝까지 난 고운에게 릴렉스하라 말한 뒤 노란 원피스가 고운에게 더 잘 어울릴 것 같다는 말을 해 주었다. 그 말에 고운이 한풀에 꺾이자 이에 종현은 더욱 크게 화를 냈다.

"남편 말은 안 듣고, 김 비서 말은 들어?"

그 말을 고운은 가뿐히 무시했었다. 그때 당시엔 그와 더 이상 대화해 싸우고 싶지 않았으니까. 그 일이 있은 후 며칠이 흘렀다.

그사이 고운은 종현과 단 한 번도 언성을 높여 다툰 적이 없었다. 종현이 밤늦게 귀가를 하기도 했거니와 바쁜 와중에도 그녀에게 꽤 괜찮은 남편이 되어 주었기 때문이다.

하지만 현재, 제주도로 갈 준비를 마치고 신문을 보고 있는 고운의 눈빛이 심상치 않았다. 그녀는 오늘 그에게 마구 소리 지르며 악다구니를 쓰고 싶다는 생각이 들었다.

신문은 정론지부터 시작해 찌라시 기사가 주로 실리는 스포츠 신문까지 다양했다. 평소 종현이 보지 않는 신문도 몇 가지 보였다. 그가 따로 이 신문을 준비한 이유를, 스포츠 신문 1면에 떡하니 실린 고운과 종현의 기사만 보아도 쉽게 유추해 낼 수 있었다.

자극적인 헤드라이트 및, 종현의 너른 어깨에 자신의 얼굴이 완벽하게 가린 사진을 보던 그녀는 시선을 내려 기사를 보았다. 보고 또 보아도 기사의 내용은 전혀 바뀌지 않았다.

"이종현…… 서른두 살, 김고운 서른세 살……?"

뒤통수를 누군가 꽝! 하고 내려치는 것 같았다.

"이게 대체…… 자, 잘못됐을 거야."

고운이 현실을 부정하였다. 자신의 눈이 잘못되었거나 혹은 신문 기사가 잘못되었다고 생각하려 애를 썼다. 눈을 몇 번 깜빡이던 그녀는 문이 열리는 소리와 함께 천천히 고개를 돌려 옆을 보았다. 평소와는 달리 편안한 캐주얼 차림으로 나오는 종현을 보던 그녀가 입술을 달싹여 본다.

아아, 하지만 누군가 목을 꽉 죄고 놓아주지 않는 것처럼 소리는 입 밖으로 터져 나오지 않았다. 하지만 그러한 고운의 표정에도 그의 시선은 자신이 골라 준 노란 원피스로 향했다. 백설기처럼 새하얀 피부 때문일까, 노란색 원피스는 고운에게 아주 잘 어울렸다.

잘 어울린다, 무뚝뚝하게나마 그렇게 말을 할 수 있었음에도 종현은 입술을 꾹 다물었다. 왜 이런 것에 괜한 부끄러움이 드는 것인지 모를 노릇이다. 그는 그녀를 향한 칭찬의 말 대신 바닥에 놓여 있는 짐으로 시선을 돌리며 말했다.

"준비 끝났나?"

고운의 시선은 연신 그의 얼굴 위를 훑었다. 깨끗한 피부는 결이 고왔고, 턱은 돋아난 수염을 밀어 말끔했다. 눈 밑 그늘이나 피부의 탄력만 보아도 그가 어린 사내라는 것을 알 수 있었다.

그런데, 나는 왜 종현을 나보다 나이가 많을 거라고 생각했지?

고운은 곧 그가 입고 있는 단단한 철갑옷 같았던 슈트나 그 주위에서 피어나는 오로라, 그리고 권위 있는 몸짓과 그가 가진 사회적인 지위에 지레짐작했다는 걸 깨달았다.

나보다 어른이야, 그렇게.

"종현 씨 서른두 살이었어요?"

"어."

"전 서른셋인데요?"

아아, 그러고 보니 그렇네.

그는 서른 중반이라고 하기엔 참으로 동안인 고운의 얼굴을 보며 고개를 끄덕였다. 행동이나 어투 때문에 요즘 그녀의 나이를 잊고 살았다는 사실을 깨달았다.

"그런데?"

종현이 그게 뭐 문제가 되냐는 듯 되물었다. 심드렁한 목소리에 고운의 눈이 뾰족하게 변했다. 나보다 한 살이나 어리다는 걸 다시 한 번 회상시켜 줬음에도 불구하고 그는 따박따박 말을 놓고 있었다.

이 남자가……!

"왜 막 말을 놓아요? 제가 나이가 더 많은데요?"

"그래서?"

뭐가 문제냐는 듯 종현이 어깨를 으쓱인다. 아주 많은 문제가 있었으나 그는 깨닫지 못하고 있는 듯 보였다. 그럴 수밖에. 그는 자신의 아버지뻘 사람들을 밑에 두고 거느리는 사람이었다. 그런 자에게 한 살 차이. 별것 아닌 것으로 받아들일지도 몰랐다. 하지만 고운은 달랐다.

그녀는 이 문제를 쉬이 넘어갈 생각이 없다는 듯 자리에서 벌떡 일어나 팔짱을 꼈다.

"존댓말 해 줘요."

"이제 와서? 절대 싫어."

그가 심드렁하게 툭 내뱉는다. 재고할 생각도 없다는 듯. 차디찬 말에 고운이 몸을 파르르 떨었다.

"……이익!"

"이미 늦었어."

그러게 왜 이제야 알았대?

그가 혀를 끌끌 차며 말을 잇자, 고운이 시뻘겋게 변한 얼굴로 버럭 외쳤다.

"나빠!"

"그래그래, 나 나쁜 남자야. 알고 있어."

그가 바닥에 놓여 있던 짐을 들며 말했다. 그러곤 더 이상 지체할 시간이 없다는 듯 현관문 쪽으로 걸음을 옮긴다.

그의 뒷모습에 대고 고운이 버럭 외쳤다.

"그럼 저도 말 놓을 거예요!"

그녀의 얼굴엔 단호한 결심이 어린다. 하지만 종현은 양쪽 신발을 다 꿰어 신은 뒤 고운을 돌아보며 말한다.

"그러든가."

"……."

무심한 어조로 툭 내뱉은 말에 고운은 순간 할 말을 잃어 입을 꾹 다물었다. 그녀의 성격상 그가 말을 놓아라 해도 놓을 수 있을 리가 만무하다. 그리고 종현은 이런 고운의 성격을 너무나 잘 알고 있었다. 고운은 분하다는 듯 시뻘게진 얼굴로 씩씩거리고 있기만 했다. 그 모습에 종현이 한쪽 입꼬리를 끌어 올려 웃었다.

"하려고 해도 안 되지?"

어디 한번 해 보라고 말을 하면 더 화를 낼 것만 같았다. 그녀에게서 '종현 씨' 대신 '종현아'라는 말도 한 번쯤 들어 보고 싶긴 했지만, 오늘은 여기까지. 더 이상 지체하다간 분명 비행기를 놓치고 말 것이다.

그는 분한 마음에 멀뚱히 서 있는 고운에게 팔을 내밀며 손을 공중에서 흔들었다.

"그만 앙탈 부리고 가자."

우쮸쮸, 이리 와서 내 손 잡아.

＊

사람들의 만남과 이별이 교차하는 공항은 기다림의 연속이었다. 보통 비행기 출발 한 시간 반 전에는 와서 대기를 해야 겨우 비행기에 오를 수 있었으나 고운과 종현은 직원들의 안내를 받아 곧장 비행기에 오를 수 있었다.

안전을 위해 쳐 둔 바리케이드와 사람들이 다가올 수 없도록 그들을 뒤따르는 가드들. 평범한 세상의 평범한 사람들과는 달리 두 사람은 특별대우를 받으며 작은 전용기에 오를 수 있었고, 비행기는 종현과 고운이 안전벨트를 매고 얼마 후 상공을 날랐다.

작은 창으로 보이는 파란 하늘에 고운의 가슴이 크게 들썩였다.

"우와, 진짜 날아요."

고운이 신이 나서 말했다. 그러자 앞에 꽂혀 있던 잡지를 의미 없이 뒤적이던 종현이 피식 웃음을 내뱉으며 그녀의 시선 끝에 닿아 있는 푸르름을 눈 안에 머금는다.

"그렇게 신기해?"

종현의 음색에도 그녀와 마찬가지로 즐거움이 서렸다. 그러자 고운은 목소리에 음률을 담아 마치 노래하는 새처럼 조잘거렸다.

"네, 처음에 서울 올라올 때도 기차가 어찌나 빨리 움직이던지. 그때도 까무러쳤었는데, 지금은 더 놀랍네요."

그녀의 말에 첫 만남이 떠올랐다. 서울역에서 길을 잃었다는 말. 그 말에 그는 그녀가 장난을 하는 줄 알았는데.

지난 기억에 종현의 입술이 벌어진다. 함박웃음을 짓던 그는 작게 소리 내어 웃은 후 손을 들어 고운의 머리를 쓰다듬었다.

"신기할 것도 많다."

그러면서 툭툭. 무심한 손은 고운의 머리를 몇 번 쓰다듬더니 아래로 내려와 그녀의 무릎 위에 가지런히 놓여 있던 손을 움켜쥐었다.

"뭐, 나도 신기하지만."

고운이 눈을 동그랗게 뜨며 종현을 보았다.

"뭐가요?"

그녀의 물음에 종현은 머리를 가득 채우는 수십 가지의 답에 웃음을 내뱉었다.

"그냥 이것저것."

말을 그렇게 했으나 그가 정작 하고 싶었던 답은 하나.

날 이렇게 바꾸는 네가 신기할 따름이야.

하지만 그는 이 말을 입 밖으로 내뱉지 않았다.

그저 그녀에게만 특별하게 지어 주는 웃음으로 답을 대신하며 여전히 자신을 향해 있는 그녀의 시선을 손을 들어 장난스럽게 막았다.

"그렇게 보지 마."

"이잉?"

고운이 요상한 소리를 내며 양손으로 커다란 그의 손을 쥐었다. 그리고 슬쩍 그의 손을 내려 시선을 마주한다.

두 사람의 시선이 한동안 서로를 향한다. 서로의 눈동자에 맺힌 자신의 모습에 아무런 말없이 시선을 주고받는다.

"이상해요, 종현 씨."

"뭐가?"

종현이 고개를 기울이며 묻는다. 그런 그의 모습에 고운은 멍하니 읊조렸다.

"그냥, 이상해요."

"그냥?"

네, 짧게 답을 내뱉은 고운은 그의 눈 속에 맺힌 감정의 조각을 보며 고개를 기울였다. 그의 눈빛은 마치 사랑하는 연인을 보고 있는 듯했다.

에이, 그럴 리가 없잖아. 그는 나에게 심술 맞게 굴기만 한다고.

그렇게 생각한 고운은 고개를 들어 또다시 푸르른 바다처럼 아름다운 상공을 보았다.

그녀의 뺨은 어느새 핑크빛으로 물들어 있었다.

❈

"왜 바로 어르신 댁으로 가지 않고요?"

고운은 너른 룸을 시선으로 훑어보며 물었다. 시선 너머 커다란 창에는 푸르른 기운이 가득한 제주도 푸른 바다가 펼쳐져 있었다. 턱이 딱 벌어질 정도로 아름다운 풍경에 고운은 질문을 던지다 말고 입을 다물었다.

예쁘다.

난생처음 본 바다에 고운은 멍하니 그리 생각했다.

그녀의 말에 종현은 들고 온 트렁크를 한쪽 구석에 세워 둔 뒤 뻐근한 몸을 이리저리 틀어 댔다. 공항에 도착하자마자 검은 차에 태워져 곧장 또다시 리조트까지 근 한 시간을 달려오느라 여기저기 근육이 굳은 느낌이었다. 허리를 이리저리 뒤틀던 종현이 말했다.

"일이 있어. 그리고 당신에게 가르쳐 줘야 하는 것도 있고."

"일이요?"

"음, 이 근처에 대헌리조트가 들어서거든. 지금부터 거길 갈 작정이야."

"저도요?"

고운이 눈을 동그랗게 뜨며 물었다. 그러자 종현은 작게 고개를 내저으며 말했다.

311

"아니, 당신은 지금부터 쇼핑을 할 거야."

"에?"

"그럼 다녀올 테니까, 저 사람 잘 따라다니라고."

종현은 뒤에서 대기하고 있던 여직원을 턱짓했다. 고운이 뒤돌아보자, 대헌리조트의 총괄 매니저가 허리를 숙이며 인사를 건넨다. 고운도 따라 허리를 숙이자 종현은 소파 위에 올려져 있던 가방을 들며 말했다.

"그럼 길 잃지 말고 잘 따라다녀. 조금 이따가 보자."

사뿐한 걸음을 옮긴 종현이 순식간에서 시야에서 사라졌다.

고운은 홀로 남아 자신을 향해 예의 바르게 웃고 있는 여인을 향해 어색한 웃음을 지으며 물었다.

"지금부터 전 뭘 해야 하죠?"

고운의 입술 끝이 파르르 떨렸다.

탈의실 벽에 달린 거울에 비친 자신의 모습에 고운의 얼굴이 새빨갛게 변했다.

"아이고, 남우세스러워라."

고운이 살짝 드러난 자신의 가슴을 보며 그렇게 말했다. 생각보다 컵이 작았던 것인지 살점이 삐죽 밖으로 튀어나와 있다. 그 모습이 자신이 보기에도 야하게 느껴졌던지 고운은 연신 얼굴을 붉히며 안절부절못했다. 부끄러움에 어깨가 말려들었고, 누군가 자신을 보고 있을 것만 같은 기분에 자꾸 몸이 움찔움찔 떨렸다.

주황색과 녹색이 섞여 있는 비키니 위를 원피스 형태로 된 수영복이 뒤덮어 살결은 거의 드러나지 않은 모습이었지만 그래도 수영복은 수영복, 비키니는 비키니였다. 앞에서 갈라지는 형태의 디자인이었기에 고운이 몸을 움직일 때마다 배꼽이 드러났고, 새하얀 사타구니가 드러났다.

"이 꼴을 하고 어딜 나가."

고운이 울먹이는 목소리로 말했다. 혼잣말처럼 내뱉은 고운은 마지막으로 입어 본 수영복에 한숨을 내뱉었다. 그리고 바닥에 가득한 다른 디자인의 수영복을 곁눈질하며 신음을 삼킨다.

"으으."

이것이 제일 무난한 것이었다. 다른 것들은 아예 가려 주는 천 조각조차 없었으니까.

선택의 여지가 없는 것일까?

고운은 탈의실 문을 열고 밖으로 나가지도 못한 채 발을 동동거리며 이 사태를 어떻게 해야 할지 몰라 한참이고 시간을 허투루 보내고 있을 때였다. 밖에서 대기하고 있던 직원들이 결국 참지 못하고 문을 노크하며 그녀를 독촉했다.

"아직도 덜 갈아입으셨어요?"

"그, 그게……."

목소리 끝에 울음이 묻어났다. 하지만 곧, 그녀는 결심한 듯 문 손잡이를 조심스레 돌려 문을 연 후 밖에서 놀란 눈으로 자신을 바라보고 있는 직원들을 향해 말했다.

"이상해요."

"아니에요, 정말 잘 어울리세요!"

수십 벌의 비키니를 들고 탈의실로 들어간 고운이 30분 만에 문을 열고 나와 하는 말에 직원들은 호들갑을 떨어 댔다.

"아니에요, 무척 잘 어울리세요!"

"어머어머, 주황색이 어울리는 사람이 잘 없는데, 어쩜 이렇게 잘 어울리세요?"

손뼉까지 치며 하는 말에 고운의 고개가 옆으로 돌아갔다.

"정말요?"

습기를 머금은 눈동자로 고운이 물었다. 방금 전까지만 해도 울상이던 얼굴이 조금 폈다. 그러자 사람들이 문을 확실히 닫아 거울 속의 그녀를 보여 주며 말했다.

"이것 보세요, 정말 잘 어울리시잖아요. 사장님께서도 정말 좋아하실 거예요."

"조, 종현 씨가요?"

"물론이죠!"

확신에 찬 어조로 하는 말들에 고운이 거울을 힐끗 보았다. 그들의 말을 들으니 방금 전엔 이상해 보였던 자신의 모습이 괜찮게 보였다.

정말 괜찮은가?

정말 종현 씨가 좋아해 줄까?

고운은 한참이나 거울 속 자신의 모습을 보며 고개를 기울였다.

✻

첫 삽을 뜬 광활한 대지를 눈에 담은 종현의 얼굴에 만족감이 서렸다.

"저번 달에 공사 시작했고, 완공은 내년 8월입니다."

그의 눈으로 직접 확인해 보고 싶었다. 제주도에 세워질 대헌호텔은 푸르른 제주도 바다가 한눈에 담기는 곳이었다. 현재 대헌리조트 구석에 한 동이 호텔로 운영되고 있긴 했으나, 그래도 그곳은 호텔이라기보다 안에서 음식 조리가 안 되는 리조트라고 보는 것이 맞았다. 내년에 이곳이 완공되면 세계 각지의 행사에 유명 인사들이 묵을 수 있도록 많은 프로모션을 해야겠지만, 우선 시작을 했다는 것만으로도 그는 만족했다.

그리고 이곳 제주도뿐만 아니라 고운과의 결혼으로 강원도에도 공사가 시작되었으니 아마 1년만 흐르면 그가 피땀 흘려 하나하나 모두 챙겼던 것들이 결실을 맺을 것이리라. 종현은 공장 책임자의 말을 들으며 고개를 끄덕였다.

"직원들 숙소는 어떻게 되고 있습니까?"

"현재는 리조트 숙소를 쓰고 있습니다. 이쪽 숙소는 10월이 되어야 완공이 될 예정입니다."

아무래도 호텔뿐만 아니라 근처에 있는 골프장과 목장, 카지노 등의 직원들까지 함께 쓸 숙소이다 보니 규모가 상당했다. 이에 시간이 생각보다 오래 걸린다는 보고에 종현은 고개를 끄덕였다.

"신경 써 주십시오."

그렇게 말하는 종현이 삐뚜름히 내려왔던 안전모를 고쳐 쓴 뒤 천천히 걸음을 옮겼다. 아직은 흙바닥인 곳이었지만 내년엔 번듯한 건물이 들어서 있겠지? 이미 완공된 호텔의 모습을 떠올리며 그는 입가에 잔잔한 웃음을 띠었다.

그렇게 공사현장 곳곳을 돌아본 종현은 내일 집에 들르겠다, 마 여사와 통화를 한 뒤에 다시 리조트로 돌아왔다. 머리부터 발끝까지 흙더미를 뒤집어쓴 느낌에 곧장 지하에 있는 사우나로 걸음을 옮기던 종현은 자신에게 다가오는 매니저의 모습에 무심한 어조로 물었다.

"고운인?"

"룸에 계십니다."

허리를 숙이며 나긋하게 말하는 말에 종현이 손목시계를 확인했다. 여섯 시. 생각보다 시찰하는 데 오랜 시간을 소요한 탓에 그가 미간을 찌푸렸다.

"수영장으로 안내해 주겠나?"

"네, 알겠습니다."

또다시 허리를 숙여 꾸벅 인사를 하는 매니저를 뒤로한 채 걸음을 옮기며 읊조린다.

"그까짓 것 한꺼번에 해치우면 되지."

하고 싶은 일 열 가지 중 다섯 번째와 여섯 번째를 떠올린 그가 곧장 사우나로 향했다. 그리고 대한민국에서 시설로는 손에 꼽힌다는 사우나에서 몸을 깨끗이 씻은 그는 직원에게 수영복을 받아들곤 곧장 탈의실로 향했다.

무릎까지 내려오는 기다란 삼각 수영복을 치골까지 내려 입은 그의 모습은 작은 대한민국 대헌을 다스리는 CEO보단 모델 같은 모습이었다. 잘 발달된 어깨 근육 위에 수건을 걸치고, 복근이 자리 잡고 있는 배 위에 습한 물기를 머금고서 천천히 걸음을 옮기던 종현은 자신에게 와 닿는 시선들에 눈살을 찌푸렸다.

뭘 봐? 라고 말하고 싶을 정도로 여자들의 눈빛은 노골적이었다.

종현은 슬리퍼를 신고 천천히 투명한 유리문을 열고 밖으로 나갔다. 순간 눈앞에 펼쳐지는 바다에도 감흥 없이 걸음을 옮겼다. 야외 수영장에는 의자에 앉은 채 바다를 멍하니 보는 뒷모습 하나만 보였다. 평일의 늦은 시각에 야외 수영장을 이용하는 이들은 많지 않았다.

초연하게 앉아 있는 여인에게 걸음을 옮기던 그는 그녀의 곁에 서서야 걸음을 우뚝 멈췄다. 목적지까지 다 왔기 때문이 아니었다. 위에서 아래로 내려다보는 순간, 그녀의 새하얀 가슴골이 고스란히 그의 눈에 담겼기 때문이다.

하지만 그녀는 바다가 주는 속살거림에 취해 그 눈빛을 알아차리지 못했다. 처음 제대로 마주한 바다가 그녀에게 인사했다.

안녕?

그리고 그 인사에 고운은 답했다.

너 참 예쁘구나.

내가 생각했던 것 이상으로 너무 예뻐. 반짝반짝 빛이 나는구나.

바다 위에서 보석처럼 반짝이는 빛의 향연을 보며 그녀가 슬며시 미소 지었다.

"전 머리가 좋지 못한 사람이에요."

갑작스런 그녀의 음성에 그가 몸을 움찔 떨었다. 음탕한 제 생각에 스스로가 화들짝 놀라다 못해 뒤로 나자빠질 지경이었다.

이봐, 이봐, 진정해.

종현이 손을 들어 이마를 짚은 채 끙, 앓는 소리를 내뱉었다. 하지만 그녀는 이번에도 역시나 이를 알아차리지 못한 채 말했다.

"종현 씨가 왜 이곳에 데려왔는지 두 시간이나 고민하고 나서야 숙제가 떠올랐지 뭐예요?"

그렇게 말하며 고운이 고개를 들어 종현을 올려다보았다. 늘 그랬던 것처럼 눈망울엔 순수함과 함께 기쁨이 반짝이고 있었다. 그녀의 눈망울에 종현이 또다시 몸을 움찔움찔 떨어 댔다.

아아아, 그렇게 보지 마!

그렇게 외치고 싶었다.

"다섯 번째가 바다가 보고 싶다는 거였고, 여섯 번째가 수영을 배우고 싶다는 거였죠?"

"음."

목소리가 잠겼다. 갈라지는 목소리에 종현이 몇 번이나 목소리를 다듬은 뒤 말했다.

"그래."

"수영은 종현 씨가 가르쳐 주시는 건가요?"

"어…… 음. 방금 전까지는 그렇게 생각하고 있었는데 말이야."

그의 말에 고운이 고개를 기울였다. 그는 수영복을 뚫고 나올 듯 불끈 솟은 남성에 당황하며 말을 더듬었다.

"아, 안 될 것 같아."

"왜요?"

그녀가 순진하게 묻는다. 평소와 같은 모습. 아무렇지도 않은 그 모습에 종현은 배알이 꼴리기 시작했다.

"아무렇지도 않아?"

"뭐가?"

"이런. 꽤 고생해서 만든 몸인데."

그가 통탄했다. 러닝머신 위를 미친 듯이 달렸던 게 모두 허사라는 생각에. 하지만 눈치코치 없는 고운은 이번에도 이해를 하지 못해 고개만 갸웃거리고 있었다.

아아, 이 여잘 어쩌면 좋지?

그렇게 생각하던 그는 생각보다 몸이 먼저 앞서 가는 걸 경험했다.

자신도 모르게 손을 뻗어 고운의 어깨를 우악스럽게 잡고 자리에서 벌떡 일으켜 세웠다. 그러자 그녀의 새하얀 가슴이 허공에서 춤을 춘다.

그리고 그는 그녀의 허리를 제 품으로 끌어당기며 몸을 밀착시켰다.

새하얀 그녀의 허벅지가 그의 허벅지에 닿았다. 그러자 안에 있는 거대한 물체가 꿈틀거리는 것이 노골적으로 느껴진다.

고운의 얼굴이 순간 와자작 구겨졌다.

이, 이건……! 공부할 때 배웠던 거다!

남성이 흥분하면 발딱 일어선다는 것을 알았을 때 그녀는 인체의 신비에 얼마나 놀랐던가. 그리고 그 인체의 신비를 현실로 마주하자 얼굴을 붉힌 채 비명이 터져 나오려는 입을 틀어막아야 했다. 남성이 불끈 제 존재감을 드러내는 이유를, 고운은 이젠 알고 있었고 또 이해하고 있었다.

생명의 신비!

어머, 어머, 그녀가 속으로 소리를 질러 댔다.

"지금 상태가 이렇다고."

고운이 얼굴이 터질 듯이 붉어진다.

얼굴색의 변화에 종현은 다행이라는 듯 안도의 한숨을 내뱉었다. 다행히도 그녀는 완전 유아적인 성 관념을 가지고 있지는 않은 듯했다.

"그런데도 수영이 배우고 싶어? 미리 말을 하자면 당신이 물에 빠져 죽지 않기 위해선 내가 꽉 잡아 줘야 하거든. 그런데 당신을 계속 만지다 보면 무슨 일이 일어날지 장담을 할 수가 없어. 지금 이곳은 탁 트인 장소이고."

빠르게 말을 내뱉는 종현의 얼굴이 종잇장처럼 구겨졌다. 말을 하는 와중에도 남성은 계속 커져만 갔다. 어디까지 커질 수 있는지 마치 시험하는 것처럼.

이젠 땡땡하다 못해 슬슬 아파 오기 시작하자 그가 고운의 어깨를 놓아준 뒤 한 걸음 물러섰다. 그러자 고운이 숨을 탁, 토해 내며 말했다.

"······꽤, 괜찮아요."

그녀는 조심스레 시선을 들어 종현의 눈치를 살폈다. 귀엽게 느껴지는 모습이긴 했으나 그는 그 모습에 평소처럼 웃을 수가 없었다.

아아, 아내를 안을 수 없는 이 상황을 언제까지 겪어야 하는 것인지. 머리가 핑글핑글 돌 지경이었다.

"탁월한 선택이야. 직원에게 튜브를 가져다 달라고 할게."

그렇게 말한 그가 먼저 성큼성큼 걸음을 옮겨 건물 안으로 들어갔다. 그 모습을 멍하니 바라보던 고운이 입술을 달싹였다.

"저걸 발기라고 하던가?"

٭

쏴아아—

물줄기 소리가 룸 안 가득 퍼져 나갔다.

하지만 이 소리로도 묻히지 않은 목소리가 들렸다.

"어, 어떻게 해요? 어떻게 해?"

고운은 잔뜩 당황한 목소리였다. 때가 온 것은 알겠지만, 막상 닥쳐온 일에 그녀는 어쩔 줄을 몰라 하는 모습이었다. 하지만 김 비서의 입장은 달랐다.

—······쉬는 날까지 이러셔야겠습니까?

오랜만에 맞이한 연휴였다. 특별 보너스까지 지급받으며 고운의 곁을 14시간 이상 지키던 그녀는 특별히 2박 3일 휴가를 받아 방치해 두었던 남자친구를 이끌고 가까운 양평으로 여행을 떠나온 참이었다. 막 남자친구와 뜨거운 밤을 보내기 위해 분위기를 잡던 와중, 눈치 없게도 고운에게서 연락이 온 것이다.

"죄송해요. 하지만 물어볼 곳이 없어요!"

방금 전까지만 해도 속닥이던 고운이 목소리를 죽여 외쳤다. 그리고 곧 샤워기가 꺼지는 소리에 몸을 움찔움찔 떨어 댔다.

"오늘 시행해야 할까요?"

-시, 시행…….

마치 거사를 치르는 사람처럼 다부진 목소리로 하는 말에 김 비서가 창백해진 얼굴로 말을 더듬어 댔다. 하지만 고운은 자신의 단어 선택이 잘못된 것인 줄은 꿈에도 모른 채 계속 말을 이었다.

"고추별에서 온 그대 편을 참고하면 될까요? 아니면……."

-저, 저기…….

고운이 말을 끝맺기도 전에 김 비서가 말을 중간에 잘랐다. 이러다간 경을 치겠다는 생각에 말을 막았지만 고운은 배움의 열정으로 시청한 비디오들을 떠올리며 그중 하나를 꼽아 말했다.

"박아사탕을 참고하면 될까요?"

-…….

이쯤 되면, 사람이라면 말을 잇지 못하는 것이 당연할 것이다. 그리고 그건 김 비서 또한 마찬가지였다. 그녀가 아무런 말도 잇지 못하자 그제야 고운은 뭔가 잘못됐다는 것을 깨닫곤 고개를 기울였다.

"왜요? 제가 뭔가 틀렸나요?"

-대단히요!

버럭 소리 지른 김 비서가 빠르게 말을 쏟아 냈다. 이 순진한 아가씨가 잘못하면 종현을 잡을지도 모른다는 생각에 다급한 마음을 반영한 목소리였다.

-보통의 연인은 그런 식으로 격렬하게 사랑을 나누진 않아요!

"격렬하게?"

-예를 들어 제가 처음 보여 드린 〈오랄시스〉를 보면 아주 설명하기 쉽겠네요. 거기에서 보면 여자들이 막 남자를 성적으로 학대를 하잖아요!

곁에 있던 남자친구가 이상한 눈초리로 자신을 보는 것이 느껴졌지만, 김 비서는 곧 고운이 이해하지 못한 듯 '학대요?' 라고 되묻자 미간을 찌푸리며 버럭버럭 외쳐 댔다.

-아플 때까지 빨잖아요! 성기를 마치 사탕처럼! 실제 남자에겐 그렇게 했다간 머리채를 쥐어뜯긴다고요!

"머, 머리채를요?"

고운이 새하얗게 질린 얼굴로 휴대전화를 쥐지 않고 있는 손을 들어 제 뒤통수를 감쌌다. 종현이 무시무시한 눈으로 제 머리털을 쥐어 뽑는 장면이 눈앞에 그려졌다.

히끅!

깜짝 놀란 고운이 숨을 들이켜자 김 비서는 한숨을 푹 내뱉으며 말을 이었다.

-할 때는 상대의 의중을 잘 살펴봐야 해요. 실제로 물어보는 것도 좋겠지만, 사모님은 아직 그 정도 레벨까진 안 되니까, 표정을 잘 살펴요. 싫어하는지, 좋아하는지. 알겠어요?

끄덕끄덕, 통화상이라 그녀의 고갯짓을 보지 못하리란 것을 알면서도 고운은 말 잘 듣는 아이처럼 재빨리 고개를 끄덕였다.

　전화를 끊은 고운은 들고 있던 휴대전화를 무릎 위에 올려놓은 채 크게 숨을 들이마셨다가 내뱉었다. 심호흡을 하며 곧 있을 거사를 떠올리자 얼굴은 물론이고, 온몸까지 긴장이 번져 흘렀다.

　"뭐야? 어디 아파?"

　그때, 샤워를 마친 종현이 머리를 수건으로 툴툴 털며 나왔다. 그녀가 알아차리기도 전에 그가 갑자기 등장하자 고운의 몸이 빳빳하게 굳었다. 하지만 눈동자만은 그에게로 자연스레 향한다.

　차가운 물속에서 뜨겁게 달궈진 몸을 식힌 후 밖으로 나온 종현은 자신을 향하는 심상치 않은 눈빛에 눈살을 찌푸렸다. 결심이 어린 눈빛은 평소 고운에게서 볼 수 없는 것. 그래서였을까, 그는 자신도 모르게 긴장하며 말을 더듬었다.

　"왜, 왜 그렇게 쳐다봐?"

　불길한 예감이 들었다. 그만큼 고운의 상태는 심상치 않아 보였다. 눈동자에 서린 빛과 자리에서 귀신처럼 스르르 일어나는 몸짓 또한 평소 그녀의 것과는 달랐다. 고운이 아무 말 없이 다가오자 종현은 자신도 모르게 뒤로 더듬더듬 물러났다. 하지만 곧 그의 등에 딱딱한 벽이 닿았고, 더 이상 도망칠 곳이 없는 쥐 신세가 되었다는 것을 깨달았다.

　"말로……."

　우리 대화로 하자는 말을 채 내뱉기도 전에 종현은 입술을 꽉 사리물어야 했다.

　"뭐, 뭐야?"

　"종현 씨."

　"왜 그래, 너?"

종현이 눈을 동그랗게 뜨며 물었다. 깜짝 놀란 그의 얼굴엔 긴장감이 흘렀다. 고운이 그와 눈을 마주치며 꼴깍 침을 삼켰다.

"잠시 시간 돼요?"

"시간?"

이건 또 무슨 소린가. 그녀의 말뜻을 이해할 수 없었던 그는 말꼬리를 올리며 물었다. 그러자 고운은 재빨리 고개를 끄덕이며 말했다.

"아주 잠시면 돼요. 아, 아닌가? 하, 한 시간 정도?"

고운이 대략 짐작하며 말했다. 한 번도 해 본 적이 없으니 정확한 시간을 댈 수 있을 리가 없었다. 그제야 종현은 자신이 지나치게 몸에 힘을 주고 있다는 것도, 긴장하고 있다는 것도 알았다. 그는 애써 평정심을 유지했다.

눈을 게슴츠레 뜬 그가 관찰하듯 고운을 살핀다. 팔은 어느새 가슴 바로 밑에 팔짱을 낀 상태였다. 위치는 여전히 독 안에 든 쥐였으나 그는 턱을 치켜들고 오만한 표정을 만들며 물었다.

"한 시간이나 뭘 할 건데?"

"그건 가만히 누워 계시면 아시게 될 거예요."

"뭐? 가만히 누워 있어?"

릴렉스, 릴렉스, 릴렉……!

"왜 누워 있는데?"

"아이, 참. 내 입으로 말하기엔 너무 어려워요."

쾅, 고운이 발을 한 번 굴렀다. 그리고 손을 뻗어 단단한 그의 팔뚝을 붙잡으며 말했다.

"가만히 누워만 있어 줘요."

"……."

그가 고운의 손에 이끌려 침대 방으로 향했다. 질질 끌려가는 꼴이 도살장으로 끌려가는 소 꼴이다. 여자인 고운을 종현은 힘으로 이길 수 있었다. 하지만 무난하게 침대로 끌려가 벌러덩 드러누웠다.

"뭐하는 거야?"

하도 놀라다 보니 이젠 정신이 멍해지다 못해 무감각해졌다. 그녀가 행하는 행동이, 말이, 현실같이 느껴지지 않아 그저 눈만 끔뻑거렸다. 그러자 고운은 그의 쇄골 라인 옆쪽에 무릎을 꿇고 앉더니 곰곰이 생각에 잠긴다. 양손은 습관처럼 무릎 위에 가지런히 모은 상태였다.

"그다음은 뭐더라……?"

고운이 인상을 찌푸리며 말했다. 동영상을 처음부터 끝까지 외우기 위해 집중하여 보았으나 머릿속은 이를 모두 받아들이지 못해 뚝뚝 끊겨 있었다.

"뭐 하냐니…… 억!"

그리고 노력하여 공부한 내용이 나온 것은 그의 입에서 까칠한 목소리가 흘러나올 때였다. '맞다!'라고 외친 고운이 고개를 숙인 후 그의 바지 자락을 여미고 있던 끈을 이로 앙 물더니 매듭을 풀어냈다.

"너, 뭐, 뭐, 뭐……."

마치 버퍼링에 걸린 것처럼 종현이 버벅거렸다. 매듭이 풀리자 고운의 행동은 거침이 없었다. 이다음은 남자의 티셔츠를 걷어 올리고, 바지를 허벅지 정도까지만 내리는 것이었다. 그리고 허리 라인을 손으로 쓰다듬으며…….

고운이 중얼중얼 외우며 종현의 살결을 매만졌다. 그녀의 손바닥 밑에서 긴장한 사내의 몸이 느껴진다. 움찔움찔, 근육이 춤을 추었고, 그에 맞춰 그가 허리를 꿈틀거리기 시작했다.

매끄러운 피부를 쓰다듬은 고운이 허벅지까지 내렸던 바지를 천천히 벗겨 냈다. 여기서 포인트는 아주 천천히, 아─ 주─ 천천히 내리는 것이 중요했다. 졸지에 바지가 벗겨진 종현이 멍한 얼굴로 고운의 정수리만 내려다보았다. 허벅지만 든 채 행동하던 고운은 어느새 그의 다리를 살짝 벌린 후 사타구니 사이에 앉아 있었다. 무릎을 모은 채 뻣뻣하게 굳어 있는 종현의 무릎 사이에 겨우 앉은 고운이 머리를 내리더니 이내 팬티 고무줄을 입에 문다.

"헉."

경악했다, 그는. 그리고 머리카락이 빗장처럼 쳐지며 고운의 얼굴을 볼 수 없는 상태가 되자 이 상황이 정말 꿈은 아닐까, 혹은 눈앞에 있는 여자가 김고운이 아닌 다른 여자는 아닐까 심각하게 고민하기 시작했다.

아니, 아니야. 그녀는 분명 김고운이었다. 그렇다면 이건 모두 꿈인……?

"끙."

꿈일 리가 없잖아!

팬티 고무줄을 입으로 악문 고운이 아래로 내리려고 했지만 현실과 동영상엔 엄청난 괴리감이 있었다. 현실에선 치아만으로 팬티를 벗기는 것은 거의 묘기에 가까운 것이었고, 한다 하더라도 남자 쪽에서 이를 응해 줘야 가능한 것이었다.

고운이 연신 끙끙 앓는 소리를 내며 팬티를 내리려고 하다가 고개를 번쩍 들었다. 고운이 눈망울 가득 원망을 담으며 외쳤다.

"엉덩이를 들어 줘요!"

"너 지금 뭐하는 건데……?"

이 말을 도대체 몇 번이나 묻는 것인지. 하지만 고운은 방금 전에도 그랬던 것처럼 이 말에 답을 해 주지 않은 채 도끼눈을 뜨며 말했다.

"공부했어요! 완벽하다고요!"

그러니까 대체 뭐가……? 뭘 공부하고 뭐가 완벽하다는 건데……?

묻고 싶은 말이 머릿속을 가득 채웠으나 그는 입만 뻐끔거릴 뿐 그중 어느 말도 입 밖으로 내뱉을 수가 없었다. 그사이 잽싼 고운이 그의 배 위에 올라온 뒤 티셔츠 자락 안으로 손을 밀어 넣었다. 손바닥을 쭉 미끄러뜨려 허리춤을 쓰다듬던 고운이 손가락을 슬금슬금 움직여 납작하고 탄탄한 가슴 위의 정점을 손가락으로 콕 누르며 신기한 듯 눈을 크게 떴다.

"섰다."

오, 마이 갓. 이 여자 입에서 지금 무슨 말이 나온 거야?

어디서 저런 걸 주워들은 거야?

그의 머릿속에서 의문들이 둥둥 떠다녔다. 하지만 티셔츠까지 들친 채 양 가슴 위에 꼿꼿하게 서 있는 젖꼭지를 바라보며 신기한 듯 눈알을 데굴데굴 굴리고 있는 고운에게 그 답을 얻을 수는 없을 것 같았다.

입술을 내린 고운이 젖꼭지를 쪽, 하고 빨았다. 그러자 그의 허리가 위로 퉁겨 오르더니 이내 아래로 꺼진다. 오랫동안 참고 인내해 온몸은 작은 자극에도 척추뼈를 타고 쾌감이 흐를 정도로 예민해져 있었다.

혀를 길게 빼낸 고운이 눈을 감은 채 그의 가슴을 맛보았다. 그러다가 상체를 번쩍 들며 다음 단계로 넘어가기 위해 고운이 말을 내뱉는다.

"자, 잠시만요."

"……."

종현이 천장을 바라본 채 눈만 끔뻑였다.

무슨 일이 일어나고 있는 것인지 알 수가 없었다.

그사이 고운은 입고 있던 원피스를 벗은 뒤 새하얀 살결을 드러냈다. 그가 시선을 내렸을 때쯤 브래지어를 벗은 채 자신에게 다가오고 있는 고운의 모습이 보인다. 그러자 하얗게 비어 있던 그의 눈동자에 욕망이 서린다. 꿈에서는 몇 번이나 보았던 그녀의 모습. 하지만 현실로 보기엔 더 오랜 시간이 걸려야 할 것이라 생각했던 그 모습이다.

고운이 자신의 곁으로 다가오자 종현이 팔을 뻗어 그녀의 몸을 확 이끌었다. 그러자 힘에 이끌려 침대에 벌러덩 누웠다. 그녀가 그를 눕혔던 것과 같은 자세였다.

"나랑 자고 싶어?"

확실하게 그쪽으로 넘어온 분위기. 이에 고운이 당황한 듯 눈을 깜빡이며 입술을 달싹였다.

"……네?"

"나랑 자고 싶냐고 묻는 거야."

그가 굳은 얼굴로 고저 없이 말했다. 입술을 동그랗게 만 고운이 말을 내뱉으려다 말고 고개를 끄덕인다.

"그럼 말로 해. 누구 미치는 꼴 보고 싶어서 이러는 거야?"

그녀가 왜 브래지어만 벗고 다가갔는지, 상상의 나래를 펼치자 남성은 더 이상 참을 수 없을 만큼 커다랗게 부풀어 올랐다. 콕 찌르면 펑, 하고 터질 기세였다.

　종현은 당황한 듯 습기가 오른 눈망울로 자신을 바라보는 그녀의 눈빛을 날카롭게 바라보며 물었다.

　"이런 건 다 어디서 배운 거야?"

　가장 궁금한 것은 이것이었다. 잠자리 이야기를 하면 아이 이야기부터 꺼냈던 고운이 가슴을 핥는다든가, 팬티를 이로 끌어 내린다든가 하는 일들을 오롯이 혼자 생각해 냈을 리 없었다. 그러기엔 그는 그녀를 너무나 잘 알고 있었다.

　종현의 진지한 눈빛에 고운은 더듬더듬 말했다.

　"김 비서님이 보여 준 동영상에……."

　이제야 의문이 풀렸다. 그녀가 왜 그러한 행동을 했는지. 그녀의 뒤에 있는, 어쩌면 자신의 조력자일지도 모르는 사람의 존재를.

　"……."

　"왜요? 이게 아니에요?"

　고운이 눈을 빠르게 깜빡였다. 이제야 그녀도 뭔가 잘못되어 가고 있다는 것을 깨달은 듯. 이에 종현은 피식 웃음을 내뱉더니 양팔을 내려 그 사이에 그녀를 가두며 말했다. 눈엔 어느새 장난스러운 빛이 어린 뒤였다.

　"가끔은 괜찮지만, 매일 이러진 말아 줄래? 내가 당신을 어떻게 할지 장담할 수 없으니까."

　"어떻게 할 건데요?"

　"궁금해?"

　종현이 한쪽 입꼬리만 늘리며 웃었다. 손은 어느새 그녀의 머리카락을 쓰다듬고 있었다. 자신의 귓가에서 종현이 손가락으로 제 머리카락을 뱅글뱅글 돌리는 것을 느끼며 고운은 입술을 다물었다. '네'라고 대답을 하는 순간 엄청난 일이 벌어질 것만 같았다. 하지만 그의 눈빛을 마주하고 있자 그녀는 자신도 모르게 고개를 끄덕였다.

"네."

"좋아, 그럼 지금부터 보여 주지."

그가 손을 내려 새하얀 가슴을 움켜쥐었다. 가슴은 그의 손가락 사이를 삐져 나갈 정도로 컸다. 손가락 사이에 정점을 끼운 그가 비틀자 고운의 허리가 뒤틀렸다. 그녀가 알지 못했던 감각이 그녀의 몸을 일깨웠다.

"어때?"

"이, 이상해요."

고운이 울먹이는 목소리로 말했다. 뜨거워지는 하체에, 조금씩 떨리기 시작한 허벅지에 당황한 듯. 자신의 몸이었으나 제 몸이 아닌 것만 같았다.

"그래?"

답을 원하는 물음이 아니었다. 그는 곧장 몸을 내려 반대쪽 가슴을 입 안에 힘껏 머금었다. 한입 베어 물고, 입 안에서 정점을 혀로 굴려 가며 그녀가 제 몸 아래서 몸을 바르작바르작 떠는 것을 느꼈다.

"으, 으윽!"

놀라움과 달뜸에 고운이 요상한 신음을 내뱉었다. 그러자 그는 여전히 가슴을 머금은 채 후후, 작게 웃었다. 바람이 가슴을 간질이자 이번엔 척추를 따라 전기가 찌르르 온몸으로 퍼져 나갔다.

혀를 길게 빼내어 고운의 가슴을 연신 핥던 그의 손이 그녀의 허리 곡선을 쓰다듬고 곧 평평한 배 위를 거쳐 팬티 안으로 들어

갔다. 한 번도 남의 손이 닿지 않은 숲이 닿는다.

"어, 어딜 만지는……."

고운이 기겁하며 말했다. 그러자 종현은 여성을 가르고 보드라운 속살을 손가락 끝으로 매만지며 답했다.

"왜? 동영상으로 공부했잖아."

짧게 말을 내뱉은 그는 곧장 여성을 가르고 빡빡한 내부 안으로 손가락 하나를 밀어 넣었다.

"아아!"

고운의 입에서 신음이 터져 나온다. 역시나 그녀의 안은 그의 예상대로 따뜻했고, 부드러웠으며, 좁았다. 이 상태로 그녀를 가진다면 몸이 산산이 부서질 것만 같았다. 밀어 넣은 검지를 조심스럽게 움직이며 종현은 고운의 표정을 살폈다. 어느새 질끈 감긴 눈에 눈물이 맺혀 있었다.

"싫어?"

그의 물음에 고운이 힘겹게 눈꺼풀을 들어 올렸다. 그리고 울먹이는 어조로 빠르게 말했다.

"이상해요. 나 이상한 것 같아요."

질척거리는 소리가 룸 안을 가득 울렸다. 손가락을 빠르게 움직이며 여성이 넓어지길 기다렸으나 긴장에 연신 움찔거리는 것이 쉽지 않을 듯 보였다.

종현이 몸을 완전히 내려 손가락은 여전히 움직인 채 다른 한 손으론 고운의 엉덩이를 쥐어 하늘로 치켜들었다. 그러자 그의 시선 가득 아름다운 절경이 펼쳐진다.

여성은 연신 꿈틀거리고 있었다. 그의 손가락이 죄었다 풀며, 곧 그가 느낄 쾌락이 얼마나 큰 것인지 예고하며 그를 초대한다.

"어, 어딜 보는 거예요?"

고운이 항의했다. 하지만 그는 분홍빛 여성에서 시선을 떼지 못한 채 굳어진 얼굴로 천천히 입술을 내린다.

손가락이 오고 가는 그 길 위를 길게 빼낸 혀로 핥으며 그는 달콤한 윤활류를 맛보았다. 츄릅, 외설스러운 소리에 고운의 허리가 뒤틀리며 그의 손길에서 벗어나려 애를 썼지만, 그는 그녀를 놓아줄 생각이 없었다.

그리고 그의 예상대로 점차 넓혀지는 여성 안으로 그가 두 번째 손가락을 밀어 넣었다. 여성은 부드럽게 풀려 있었으나 아직 멀었다. 그의 남성을 받아들이기엔 역부족이다.

"힘 빼."

"네……?"

고운이 헐떡이며 힘겹게 말을 내뱉었다. 그러자 그는 좀 더 강한 어조로 말했다.

"몸에 힘 빼라고."

"어떻게요? 어떻게 하면 힘을 뺄 수 있는데요?"

그녀의 사타구니 사이로 울음 짓고 있는 모습이 보인다. 강력한 쾌감에 정신을 차리지 못하는 모습은 이를 사리물게 할 정도였다. 그의 턱관절이 움찔거렸다. 남성은 이미 한계였다. 하지만 그는 이번에도 인내심을 가진 채 말했다.

"숨을 들이마셨다가 내뱉어 봐."

"후우, 후우."

고운이 그의 말대로 천천히 숨을 들이마셨다가 내뱉었다. 그러자 긴장에 시멘트처럼 딱딱하게 굳어 있던 몸이 점차 부드럽게 풀려 가기 시작했다.

여성 안으로 밀어 넣었던 손가락을 부드럽게 비틀었다. 그리고 그녀의 여성 위를 살살 긁으며 제 몸을 받아들이기에 충분히 액이 흘러나오도록 했다. 그의 손가락은 물론, 그녀의 사타구니까지 흠뻑 적시고 나서야 그는 그녀를 놓아주었다.

반쯤 늘어진 채 눈만 게슴츠레 뜨고 있던 고운은 종현이 마치 CF의 한 장면처럼 상의를 탈의하는 모습을 보았다. 이미 긴장되어 있는 어깨 근육과 복부가 춤을 추며 꿈틀거렸다. 그 후 그는 팬티까지 벗은 채 바짝 독이 오른 남성을 달래며 고운에게로 다가왔다. 그 모습을 고운은 아무런 말도 하지 못한 채 멍하니 바라보고만 있었다.

"처음이라 아플지도 몰라."

"네…… 동영상 속에 여자들도 아픈 것처럼……."

거기까지 말을 내뱉은 고운이 눈을 크게 뜨더니 이내 부드럽게 웃음 짓는다.

"아니었군요. 아파서 그런 게 아니었어요. 경험해 보니 알겠네요."

기분이 좋아서 비명을 내질렀던 것이다. 종현이 방금 전 그녀에게 선사한 쾌락은 고통처럼 강렬했지만 그녀의 몸을 노곤노곤하게 만들며 그와 반대의 감정도 주었으니까.

부드럽게 미소 짓는 그녀의 얼굴을 보자 종현의 얼굴이 얼음장처럼 굳어졌다.

아아, 정말. 어떻게 하면 좋을까.

아직 그녀의 안으로 들어가기도 전인데, 남성은 이미 한계까지 치달아 있었고, 삽입을 하는 순간 제 것을 그녀의 안에 모두 쏟아낼 것만 같았다. 하지만 오늘은 그녀의 첫 성경험이었다. 그러한 소중한 경험을 허투루 보내게 하고 싶지는 않았다.

심호흡을 내뱉은 종현이 남성을 붙잡은 뒤 조심스레 여성 안으로 밀어 넣었다. 꽉 조이는 여성에 그가 미간을 찌푸리며 얼굴을 굳힌다.

좁다, 너무 좁았다. 고운의 안은 고통스러울 만큼 좁고 작았다.

"아파……?"

고운이 고개를 내저었다. 구겨진 얼굴을 보면 아픈 것이 분명하건만 그녀는 아프지 않다고 말한다. 종현은 남성을 반쯤 삽입한 뒤 떨림이 잦아들기를 기다렸다. 그리고 얼마의 시간이 흐른 후, 아픔이 가셨는지 구겨진 얼굴을 펴고 부드럽게 웃음 짓고 있는 고운을 보며 그가 따라 웃었다.

"아프면 아프다고 말해. 좋으면 좋다고 말하고."

"어떻게 그래요? 실제로 해 보니까 엄청 부끄러운데."

고운이 어설픈 웃음을 지으며 말했다. 닿을 정도로 가까이에 있는 그의 얼굴도 부끄러웠고, 딱 맞춘 듯 마주하고 있는 하체도 부끄러웠다. 그의 숨결이 부끄러웠고, 그에게서 처음 맡아 보는 땀 냄새도 부끄러웠다. 모든 것이 부끄러운 경험이었다, 고운에겐. 그녀가 보았던 쾌락만이 가득했던 동영상처럼 무심하게 이 모든 상황을 받아들일 수 없을 정도로.

그녀의 모습에 종현이 입가에 웃음을 내걸었다. 하지만 그가 내뱉는 말들은 그저 웃음으로 치부하기엔 너무나 진중하고 따스했다.

"섹스도 대화야. 많은 대화를 할수록 상대가 좋아지지. 하지만 많은 대화를 하기 위해선 상대방의 기분을 충분히 살필 필요가 있지."

"아⋯⋯."

"난 당신이 나와의 관계를 좋아해 줬으면 해."

종현의 말에 고운은 멍한 눈빛을 지운 채 빠르게 고개를 끄덕였다.

"알았어요. 좋으면 막 비명을 지르면 되는 거죠?"

"좋아, 착한 학생이네."

짧게 말한 그는 고운이 완벽하게 자신의 남성에 적응했다는 생각에 남성을 마저 안으로 밀어 넣었다. 그러자 그녀의 입에서 진한 여운을 담은 신음이 흘러나왔다.

✳

푸르른 잔디가 펼쳐진 마당의 안쪽에 이층집이 보였다. 이층집이었지만 크기는 그리 크지 않았다. 2층은 작은 다락이 전부였고, 1층은 그들이 가진 부에 비하면 보잘것없고 좁다고 느껴질 정도였다. 하지만 마당이 있는 집을 원했던 부부는 이곳에서 딸아이를 키우며 집 크기보다 더 큰 사랑을 키워 나가고 있었다. 20여 년 전. 그래, 그때 고운의 가족은 행복했다.

"야! 너 이리 와 봐."

초등학생으로 보이는 남자아이가 껄렁껄렁한 어투로 외쳤다. 아이는 여느 초등학생과는 달리 잘 정돈된 고급스러운 아동복을 입고 있었다. 그리고 그것은 남자아이의 손끝에 있는, 원피스를 입고 있는 아이 또한 마찬가지였다.

"네가 오면 안 돼?"

"뭐? 지금 나보고 직접 오라고? 이게, 진짜!"

남자아이가 까칠하게 말한 뒤 말을 이었다.

"그리고 내가 말했지. 왕자님이라고 불러, 왕자님!"

아이가 반발심에 외쳤다. 아이의 부모님은 아주 큰 사업체의 사장이었다. 자신이 우러러볼 수도 없을 정도로 높은 곳에 있는 아버지는 눈앞의 아이에게 늘 '아가씨'라는 호칭을 붙이곤 했다. 자신은 가까이 갈 수도 없을 정도로 무서운 아버지였는데, 그런 아버진 눈앞에 있는 여자아이만 번쩍번쩍 안아 주고, 깍듯하게 호칭을 붙였다.

남자아이, 아니, 종현은 어린 마음에 핑크색 신발로 바닥을 비비적거리고 있는 고운에게 외쳤다.

"빨리!"

"왕자님."

"그래, 잘했어! 앞으론 그렇게 부르도록 해!"

고운의 어리바리한 표정에 종현이 심통 맞은 얼굴을 했다.

종현은 고운이 자신보다 멍청하다는 사실이 마음에 들지 않았다. 만약 고운이 공부를 잘했다면 아버지가 고운을 좋아하는 이유가 그것 때문이라 생각하고 노력하겠지만 아니었다.

그리고 자신보다 한 학년이 높다는 것도 마음에 들지 않는다. 나이는 따라잡을 수 없기 때문에. 어디 그뿐인가? 여자아이라는 것도 마음에 들지 않았다. 자신은 예쁜 치마를 입을 수 없기 때문이다.

모든 것이 마음에 들지 않았다. 그래서 그는 더욱 고운에게 모질게 굴었다.

그 시절, 어렸던 그는 고운이 자신의 뒤를 졸졸 따르면 짜증스레 버럭 외쳤다.

"저리 가!"

그렇게 외치며 그녀를 밀어냈다. 그녀가 싫었기 때문에.

하지만 어린 소년이 제 마음을 깨닫기까진 얼마의 시간이 걸리지 않았다. 그 마음을 깨닫는 순간, 소년의 곁에서 소녀는 사라졌다.

※

눈꺼풀을 닫은 채 곤한 잠에 빠져 있는 고운의 얼굴을 한참이나 살피던 종현이 자리를 털고 일어났다. 곧장 욕실로 들어간 그는 깨끗한 수건을 꺼내 뜨거운 물을 적셨다. 그리고 침대로 돌아와 잠든 그녀의 다리를 조심스럽게 벌려 제 흔적을 지워 낸다.

새하얀 수건에 빨간 핏자국이 묻어 나왔다. 처녀성을 잃었다는 뜻이었지만 한 남자의 여자가 되었다는 흔적이기도 했다.

핏자국도 그의 흔적도 깨끗이 닦아 냈다. 아프지 않도록 살살 문지르며 그녀가 잠에서 깨지 않도록 조심스럽게 손을 움직이던 그는 스르르 눈을 뜨는 고운의 모습에 수건을 테이블 위에 올려놓으며 인상을 찌푸렸다.

이런. 조심을 했는데도 그녀를 깨워 버렸다.

"미안해, 깼어?"

종현의 사과의 말을 건넸다. 하지만 고운은 그의 얼굴만 가만히 올려다보고 있었다. 그가 방금 전까지 자신의 몸을 다정스레 닦아 주었다는 사실을 알면서도 그녀는 가만히 그의 얼굴을 올려다보며 꼼꼼히 뜯어 보았다. 그러다 순간 무언가를 깨달은 것인지 입술을 작게 벌리며 소리 냈다.

"아……."

"왜 그래?"

심상치 않은 그녀의 반응에 종현이 조금 더 다가오며 물었다. 두 사람의 살결이 어설프게 닿았다. 하지만 서로의 체온을 느끼기엔 충분한 거리였다.

"왕자님."

"뭐?"

왕자님. 뜬금없는 말에 종현이 눈살을 찌푸렸다. 아직도 그녀가 꿈을 꾸고 있는 것은 아닐까, 의심스러운 눈으로 고운을 보자 그녀는 부드럽게 웃음 지으며 팔을 뻗었다. 그리고 침대를 짚고 있던 그의 손등 위에 제 손을 겹치며 손가락을 말아 쥐었다.

"왕자님, 이렇게 부르면 돼, 종현아?"

고운은 꿈결 속에 보았던 장면 하나를 떠올렸다. 눈망울엔 눈물이 맺혔다. 그리고 그녀의 말에 순간 종현이 놀란 듯 고운을 보았다.

"이종현, 나보다 어리면 누나라고 해야지, 라고 말하면 꿈속의 어린 사장님은 누나는 무슨, 이라고 뻔뻔하게 말했어요."

그녀가 단순히 말을 놓아서가 아니었다.

그 말에 종현의 기억 속 깊은 곳에 잠재되었던 기억 하나가 툭 튀어나왔기 때문이다.

시간의 흐름에 따라 퇴색되었던 하나의 기억.

"나빠, 왕자!"

앙칼진 목소리, 그리고…….

"아버지, 고운이 어디 갔어요?"

"고운이는 마음에 큰 병이 들어서 병원에 있어."

이 회장과 나누었던 대화의 파편.

종현의 눈이 질끈 감겼다.

"내가 지켜 줬어야 했는데, 그러지 못했어요. 난 남잔데, 난 남
잔데……."

울먹이며 했던 자신의 말.

놀랍게도 꺼져 있던 스위치를 켠 것처럼 기억들이 하나둘 제 머
릿속을 지배하기 시작했다.

어두컴컴한 집, 그리고 그곳에 있었던 것은 고운과 자신, 그리
고 고운의 어머니 세 사람뿐이었다. 그때 일이 터졌었다. 그날, 달
빛이 스산했던 그날.

"제가 어릴 적에 사장님을 왕자님이라고 불렀어요. 매일 그렇게
부르라고 시켰거든요. 기억 안 나요?"

"……기억이 돌아왔어?"

그가 일그러진 얼굴로 물었다. 그 기억들이 모두 돌아온 건가?
지금 자신의 머릿속을 끔찍하게 휘젓는 이 모든 기억을, 그녀 또한
하고 있는 것인가?

하지만 다행히도 고운은 고개를 내저었다.

"아니요."

짧은 말, 그리고 그 말을 내뱉자마자 고운의 눈에 눈물이 맺히

기 시작했다.

"그냥 꿈속에서 엄마를 봤는데…… 그만 가라고 했어요. 더 이상 여기에 놀러오지 말라고."

그냥 그 말만 했어요. 모든 기억이 날 것 같은데, 여기까지라고. 그냥 가라고 날 밀어냈어요. 하지만요, 하지만요, 엄마가 울고 있었어요.

고운이 멍한 눈빛으로 천천히 내뱉었다.

실오라기 하나 걸치지 않고 있는 여인은 그렇게 울었다. 자신을 버린 줄 알았던 엄마를 기억하는 순간, 그렇게 서럽게 울어 댔다.

종현이 손을 움직여 그녀의 손을 움켜쥐었다. 힘을 주어 잡으며 고개를 내젓는다.

기억하지 마, 그가 눈빛으로 그렇게 말했다. 그리고 빌었다.

제발, 제발, 그녀의 기억을 모두 가져가 주세요, 아주머니, 하고.

그리고 물었다.

두 사람의 사랑이 완벽해진 이날, 두 사람의 기억이 동시에 떠오른 것은 아주머니가 그렇게 한 것이에요? 그때 지켜 주지 못했으니, 이제라도 지키라고. 그러라고 사랑이 충만한 이날, 기억이 떠오르게 한 건가요?

잊어버린 것이 아니었다. 잊으려고 노력했었다. 그리고 이 회장도, 마 여사도 그러라고 그에게 종용했다.

"종현아, 좋지 못한 기억은 잊으렴."

그렇게, 그렇게.

340

기억을 점차 흐리게 만들었었다.

"종현 씨…… 엄마를 찾아 줄래요? 엄만…… 날 버리지 않았어요."

고운이 눈물을 토닥토닥 흐르며 그에게 부탁했다.

그녀의 소원 중, 하나였다.

원래라면…… 그가 들어주려고 했던 그 소원.

✳

고운은 한참이나 울었다. 그리고 온몸의 진이 다 빠지고 나서야 다시 잠에 빠져들었다. 그 후에야 그는 이불을 그녀의 목까지 덮어 주곤 방을 나왔다.

그리고 다른 방 침대에 털썩 앉은 그는 천천히 고개를 돌려 창밖의 세상을 보았다. 세상엔 어느새 찬란한 태양이 점차 떠오르고 있었다.

"커튼 치고 오길 잘했네."

실없는 소리를 내뱉으며 피식 웃음을 내뱉던 그가 또다시 무감각한 얼굴로 돌아갔다.

손을 들어 마른세수를 한 그는 퇴색된 기억의 조각들을 하나씩 꺼내었다. 그리고 퍼즐 조각을 맞추듯 제자리에 맞췄다.

눈을 깜빡이자 깊은 잠재의식 속으로 순식간에 빠져들었다.

그날은 태우와 이 회장이 골프 여행을 떠난 둘째 날이었다. 다음 날이면 필리핀에서 돌아오기로 되어 있었고, 이 회장이 잠시 자리를 비운 사이 마 여사는 종현을 옆집에 사는 고운네에 맡긴 뒤 고향 땅인 마산으로 향했다.

그날의 종현은 계속 짜증이 올라왔었다. 고운의 집에서 하룻밤을 보내야 한다는 것이 부끄러워 더 떽떽거렸는지도 모르겠다. 이에 고운의 어머닌 웃는 얼굴로 아이들에게 간식을 준비해 줄 테니 방에 들어가 있으라 했다. 저녁을 먹고 난 후 어스름한 달이 떠오른 시각이었다. 종현의 집과 달리 그 시각까지 고운의 집에는 달콤한 음식 냄새가 가득했다. 여름날이었고, 이에 현관문을 열어 둔 것이 화근이었다.

핑크빛이 가득한 고운의 방 가운데서 종현은 책을 읽고 있었다. 하지만 시선은 계속 고운에게 힐끗힐끗 향한다. 그 시선을 눈치챈 고운이 눈을 동그랗게 뜨며 물었다.

"왜 그렇게 봐?"

자신의 눈길이 들켰다는 사실에 종현은 양 뺨을 붉힌 채 뾰루퉁하게 입술을 내밀며 말했다.

"남이사."

"나빠, 왕자!"

"어허, 님을 붙여야지."

종현이 어른 행세를 하며 고운을 다그쳤다. 그러자 고운은 눈살을 찌푸린 채 입술을 달싹인다.

"니, 니임……."

"그래, 잘했어."

그러면서 자신은 온 신경을 책에 집중하고 있다는 듯 몸을 꼼짝도 하지 않은 채 근 10분을 같은 자세로 앉아 있었다. 자신에게 간간이 닿는 고운의 시선을 즐기며. 그러다 또다시 그의 얼굴이 붉어질 일이 터졌다.

꼬르륵─

"너 배고파?"

배가 연신 배꼽시계를 울려 댔다. 저녁을 조금 일찍 먹은 터라 금방 소화가 돼 더욱 배가 고팠던 것이다. 이에 종현은 들고 있던 책을 내려놓으며 눈을 뾰족하게 떴다.

"아줌마가 왜 안 부르지?"

그러면서 짐짓 고운의 물음 따위 듣지 못했다는 듯 자리에서 벌떡 일어났다. 그러자 고운이 따라 일어나며 말했다.

"내가 나가 볼게."

집주인 행세를 하고 싶은 것인지 고운이 자리에서 일어나 치마를 정리한 뒤 걸음을 옮겨 문으로 향했다. 그리고 문손잡이를 돌리며 부엌으로 향하려고 할 때였다.

고운의 방에서 훤히 보이는 거실. 그곳에 고운의 어머니가 누워 있었다. 그리고 그 위를 짓누르고 있는 낯선 남자.

"헉, 헉……!"

짐승처럼 내뱉어지는 신음. 그리고 얼굴이 터져 시체처럼 늘어져 있는 여자.

"끅."

놀란 고운이 숨을 들이켰다. 그러자 심상치 않은 분위기를 깨달은 종현이 자리에서 일어나 재빨리 고운에게 다가왔다. 그리고 짐승처럼 헐떡이는 남자와 그 밑에서 반쯤 죽은 채로 늘어져 있는 여자의 모습에 손을 뻗어 고운의 눈을 가렸다.

"보지 마."

종현이 낮은 목소리로 말했다. 그리고 바짝 얼어 있는 고운의 어깨를 잡아당겨 문손잡이를 끌어당겼다.

그 순간, 고운의 어머니와 눈이 마주쳤다 느낀 것은 그저 느낌 만일까?

소리 내지 않으려 입을 꾹 악물고 있는 건, 자신의 착각인 것일 까?

종현은 조심히 문을 닫고 고운과 함께 방 안 가장 구석진 곳에 숨어들었다.

그리고 인기척을 죽였다.

이 모든 지옥이 끝나길 기다리며.

어른의 성을 본 것은 그날이 처음이었다. 조숙했던 그이지만 초등학교 5학년에 불과했다. 그리고 고운 역시 그러했을 것이다. 그리고 우연처럼, 두 사람이 합해진 이 시점에 모든 기억이 떠오른 것이다.

그날의 기억을 떠올리며 종현이 얼굴을 거칠게 쓸었다. 얼굴이 빨갛게 달아오를 정도였다.

"어떻게 엄마를 찾아 줘, 어떻게."

찾으면 그녀의 기억이 돌아올지도 모른다. 자신의 뇌도 지글지글 끓게 만들 정도로 끔찍한 일인데, 그 또한 충격에 한동안 울기만 했던 기억이었다. 그 이후로 자신에게 붙은 가드만 세 명이었으니 말을 다했을 정도.

이런 기억을 그녀가 떠올리면 어떻게 될까?

"처절하게…… 아파하겠지."

그도 아팠다.

어른이 된 지금에도 그날의 기억은 무섭다.

한 사람이 눈앞에서 끔찍하게 유린당하고 살해당하는 모습은,

서른셋이나 먹은 지금에도 사지가 떨릴 경험이었다.

그런데, 그런데…….

살해당한 피해자의 딸이자, 순진한 고운이 이 기억을 떠올린다고?

종현은 시선을 들어 어느새 완연히 밝아진 창밖을 보며 말했다.

"절대 안 돼."

어떻게 해서든 그녀를 지킬 것이다.

어떻게 해서든.

과거의 일로 그녀가 부서지는 일 따윈, 만들지 않을 것이다.

영혼이 살해될 그 일 따위, 철저히 세상에서 없애 버릴 것이다.

자신의 모든 힘을 동원해서라도.

제7장
당신을 사랑하는 것 같아

 고운과 마 여사의 웃음소리가 작은 집을 가득 채운다. 이 회장 내외가 제주도에 마련한 집은 서울 본가에 비해선 단칸방이라고 느껴질 정도로 작은 집이었다. 하지만 문턱을 모두 없애고 방문을 모두 뜯어내, 이 회장이 어디든 스스로 돌아다닐 수 있도록 개조한 흔적은 이 집에 얼마나 많은 애정과 배려가 들어갔는지 단적으로 보여 주고 있었다.

 마 여사는 막 고운이 끓인 된장찌개 맛을 보며 활짝 웃었다.

 "그래, 이 맛이 얼마나 그리웠는지 아니?"

 마 여사의 말에 고운은 활짝 웃으며 괜찮냐고 되물었다. 이 회장의 시선은 두 사람을 향해 있었다. 삶의 끝을 향해 달려가는 이 회장의 얼굴은 짙은 죽음의 그림자가 드리워져 있었다.

 여러 감정이 뒤섞인 눈동자로 이 회장을 내려다보던 종현이 시선을 들어 활짝 웃고 있는 고운을 보았다. 마 여사와 함께 음식을 준비하고 있는 고운은 행복해 보였다. 생기로 빛나는 눈동자는 늘 그랬던 것처럼 반짝반짝 빛났다. 그 빛을 그는 지키고 싶었다.

"고운이와 저의 결혼을 왜 그렇게 강력하게 주장하셨는지 알겠습니다."

"뭐?"

고운에게 향해 있던 시선이 종현을 향했다. 이 회장이 의아하게 바라보자 종현은 무심한 눈으로 여전히 고운을 보며 말했다.

"이해했어요. 고운의 아버지가 왜 그렇게 하셨는지도. ……저 같아도 그렇게 했을 겁니다."

종현의 말에 이 회장의 안색이 어두워졌다. 안 그래도 파리한 안색이었다. 비쩍 마른 얼굴에 걱정근심이 내려앉았다. 하지만 종현은 힘 있는 눈동자로 이 회장에게서 잠시도 눈을 떼지 않으며 말했다.

"제가 고운이를 지켜 주길 바라는 거죠? 과거의 기억에서. 어릴 적의 제가, 열한 살의 제가 울면서 그렇게 말했으니까. 남자로서, 남편으로서 고운을 지켜 주길 바라셨던 거죠?"

"……다 기억이 났냐?"

끄덕, 종현은 단 한 번의 고갯짓을 했다. 간결한 행동에 이 회장의 입에서 앓는 소리가 흘러나왔다.

"난…… 네가 처음에 고운이를 봤을 때 기억을 하지 못해, 저 아이처럼 모든 것을 잊은 줄 알았다."

호텔에서 고운을 버리고 가 버린 종현의 모습에 이 회장은 그저 그렇게만 생각했었다. 그리고 종현의 목에 목줄을 채웠다. 절대 거부할 수 없는 조건을 고운에게 심어 준 뒤 억지로 받아들이게 만들었다. 시간이 얼마 남지 않은 이 회장으로선 최선의 방법이었다.

하지만 모든 기억이 떠올랐다는 아들의 모습을 보자 울음이 목구멍을 비집고 나올 것 같았다. 아들은 슬퍼했다, 그가 예상했던 것처럼. 미리 사과의 말을 건넸던 그였지만, 그래도 미안한 마음은 한결같았다. 하지만 돌이켜 보면 이 역시 제 마음의 짐을 덜어 내기 위해 했던 말일 뿐일지도 모른다는 생각이 들었다.

"바빴으니까. 한 일도 많고, 해야 할 일들도 많았으니까…… 잊고 있었던 것뿐입니다."

"그래서…… 내 뜻에 따라 줄 참이냐?"

동정이라도 좋다. 그냥 네 곁에 두고 평생 보살펴 주면 안 되겠니?

이 회장이 갈리진 목소리로 말했다. 어느새 슬픔은 목구멍을 뚫고 밖으로 터져 나오고 있었다. 붉어진 눈망울로 아들을 보며 애원했다. 저 불쌍하고 가여운 아이를 지켜 주면 안 되겠냐고.

늘 단단하고 강직했던 아버지의 약한 모습에도 종현은 흔들림이 없었다. 시선은 여전히 고운을 향해 있었다. 그녀에게서 한시도 눈을 떼지 않을 것처럼.

하지만 슬픔은 순식간에 터져 나왔다.

"사랑합니다."

목소리는 흔들렸다. 제 마음을 표현하자 슬픔은 더욱 커졌다. 눈가에 맺힌 눈물이 아래로 툭툭 떨어졌다.

"종현아……."

부름에 종현의 고개가 옆으로 돌아갔다. 그리고 휠체어에 앉아 있는 이 회장을 보았다. 원망의 시선으로 이 회장을 바라보던 종현이 손을 들어 가슴을 움켜쥐었다. 아픈 심장을 뜯어내고만 싶었다. 이 끔찍한 고통을 덜어 낼 수만 있다면 그렇게라도 하고 싶었다.

"그래서 마음이 더 아픕니다, 아버지."

제가 어떻게 해야 합니까?

그가 눈으로 물었다.

그 물음에 이 회장은 답을 내놓지 못했다. 그저 단 하나의 생각만 머릿속을 맴돌았다.

넌, 넌 괜찮으냐.

그렇게 묻고 싶었다.

늘 단단했던 종현이 흔들리고 있었다.

하지만 이 회장은 묻지 않았다. 답은 뻔했다.

괜찮을 것 같습니까?

그래, 그러한 답이 나오겠지.

이 회장이 종현의 시선을 피했다. 그 모습이 종현의 심기를 건드린 것일까. 방금 전까지만 해도 평온했던, 아니, 애써 평온하게 내뱉던 목소리가 거칠어졌다.

"저 사람의 눈을 볼 때마다 드는 생각이 뭔지 아십니까? 기억이 떠오르고 난 후, 저 눈빛이 어떻게 변할까 두렵습니다. 어디 그뿐입니까?"

그의 눈에 격랑이 인다. 혹여 고운이 들을까 싶어 목소리는 잔뜩 억눌려 있었다.

"세상을 두려워할까 봐, 무섭습니다. 다시 깊은 산속으로 숨어들까 봐."

"……"

"……그때 나와 함께 숨어든 자신을 원망할까 봐, 무섭습니다. 너무 무서워요, 아버지."

종현의 눈에서 눈물이 툭툭 흘렀다. 붉어진 눈이 화끈거린다.

그리고 그보다 더 뜨겁게, 용암을 머금은 듯 심장이 타오른다.

뜨겁다. 너무 뜨겁다. 그래서 미쳐 버릴 것만 같았다.

"단단한 아이다. 곱지만 곧지. 그러니까 종현아, 너무 걱정하지 말거라."

네가 그렇게 흔들리면 내가 어찌 눈을 감겠니?

종현의 얼굴을 보던 이 회장은 뒷말을 애써 삼킨 채 말을 마쳤다. 그러자 동그랗게 말아 쥔 주먹이 부들부들 떨리기 시작했다.

그 모습을 바라보지 못한 채 이 회장이 고개를 숙였다. 그리고 조심스러운 목소리로 말했다.

"한 가지만 말해도 되겠니……?"

그의 물음에 종현은 아무런 답도 하지 않았다. 그것이 허락이라 생각했던지 이 회장은 조심스러운 어조로 이야기를 시작했다.

"그때…… 영혼을 살인당한 건 형님과 고운이뿐만 아니었다. 네 어머니도, 나도, 그리고 어린 너도 모두 상처받았다. 그 사건은 주위에 있는 사람들 모두의 정신을 갉아먹었다. 한동안 아무 일도 할 수가 없었지. 하지만 종현아."

"……."

"고운과 네가 결혼하길 바랐던 것은…… 단순히 네가 그곳에 있었기 때문이다. 이런 날이 올 줄은 알았다. 네가 기억을 떠올리고 날 원망할 것이라 생각도 했다. 하지만 그렇게 할 수밖에 없었다. 내가 가장 믿을 수 있는 건 너니까."

그러니까 모두를 지켜다오.

네 엄마와 고운이 모두…… 모두 지켜다오, 아들아.

"미안하다, 이렇게 무거운 짐을 짊어지게 해서."

　휴대전화 키판을 누르는 속도가 십 대 못지않았다. 고운은 빠르
게 휴대폰 액정을 눌러 문자를 입력했다. 액정을 바라보는 얼굴은
뾰루퉁했는데, 아주 불만이 많은 얼굴이었다. 마침표까지 완벽하게
입력한 고운이 발송 버튼을 눌렀다.

　[요즘엔 집 밖에도 못 나가게 해요. 애써 배운 피아노, 다 까
먹겠어요.]

　텅 빈 집 안을 눈으로 훑으며 콧잔등을 찌푸렸다. 집엔 아무도
없었다. 늘 그녀의 곁을 지키던 김 비서 또한 어찌 된 일인지 휴가
가 길어졌다며 다음 주에나 되어야 출근을 할 것이라 즐거운 목소
리로 전화를 해 왔다.

　그래서 그녀는 완벽하게 홀로 남았다. 종현은 그녀 혼자서 절대
밖에 외출하는 것을 허락하지 않았고, 그건 필성에게 가는 것도 마
찬가지였다.

　"우씨."

　제주도에 가기 전까지만 하더라도 도시 생활을 즐겁게 했으면
좋겠다고 말을 하거나 혹은 아무런 상관도 하지 않았던 그인데, 갑
작스레 태도를 바꾸자 당황스러우면서도 불끈 반항심이 들었다.

　고운이 문을 보며 고민하고 있을 때였다. 손에 들고 있던 휴대
전화가 진동하며 문자가 왔음을 알렸다.

　[그러게요. 왼손만 익히면 되는데. 아쉽네요.]

필성에게서 온 문자였다. 문자를 보자 고민은 이내 결심으로 바뀌었다.

[지금 갈게요.]

빠르게 문자를 보낸 고운이 자리에서 벌떡 일어났다. 그리고 곧장 방으로 들어가 화장대로 향했다. 화장대 밑에 달린 서랍을 잡아당겨 열자, 종현이 급할 때 쓰라고 건넨 사각의 플라스틱 카드가 보였다. 이거면 돈이 없어도 된다고 했다. 필성의 집까진 택시를 타고 가면 될 테니, 별문제가 없을 것이다.

고운이 눈을 반짝이며 장난스러운 웃음을 지었다.

"그까짓 거! 할 수 있어!"

빠샤빠샤, 스스로에게 기운을 불어넣은 고운이 가방 깊숙한 곳에 카드를 넣은 후 총총걸음을 옮겼다. 자유를 찾아가는 걸음은 날아갈 듯 가벼웠다.

❋

뚜루루- 뚜루루-

-달칵, 지금 고객님이 전화를 받지 않아…….

종현은 이번에도 역시나 고운이 전화를 받지 않자 통화 목록을 살폈다. 벌써 열 통째였다. 처음 전화를 한 것은 1시였고, 그 후에 연락을 한 것은 30분 뒤였다. 그다음에 바로 미팅에 들어갔기에 4시가 되어서야 그는 세 번째 전화를 걸 수가 있었다. 그리고 현재 지금 시각은 5시 10분. 결론적으로 1시부터 지금까지 그녀와 연락이 되지 않고 있었던 것이다.

종현이 다시 한 번 전화를 걸었다. 하지만 이번에도 역시나 그녀는 예쁜 목소리를 들려주지 않는다. 자리에서 벌떡 일어난 종현은 걸어 둔 외투를 집어 들었다.

혹시, 혹시.

아까부터 머릿속에서 불안한 생각이 계속 속살거렸다. 그녀가 혹여 모든 기억을 떠올리고 괴로워하고 있는 것은 아닐까? 그의 뇌리에 순간 울고 있는 그녀의 모습이 스쳐 지나갔다.

"왜 그러십니까?"

종현이 다급한 얼굴로 걸음을 옮기자 조금 떨어진 곳에 서 있던 이 비서가 깜짝 놀라 물었다. 그러자 종현은 또다시 고운에게 전화를 걸며 말했다.

"고운이가 전화를 안 받아."

"네?"

"전화를 안 받는다고!"

종현이 다급하게 외쳤다. 실핏줄이 터진 눈은 붉었다. 마치 야차 같았다. 그의 반응에 깜짝 놀랐던 이 비서는 급히 차분하게 말했다.

"일단 진정하십시오."

"어떻게 진정해? 당장 집에……."

종현이 문손잡이를 잡았다. 당장이라도 밖으로 튀어 나갈 기세였다. 하지만 이 비서의 말에 거짓말처럼 그의 몸짓이 멈춘다. 이 비서가 그의 팔을 잡아끌거나 바짓가랑이를 붙잡고 늘어진 것도 아니었다. 단 한마디로 그의 발걸음을 붙들었을 뿐이다.

"미팅이 있습니다. CEO, 이사진들이 모두 참여하는 자립니다. 사장님께서 정식으로 인사하는 자립니다. 아주 중요한 자리라는 걸 아시잖습니까."

"……."

종현의 어깨가 굳는다. 그도 알고 있다. 오늘이 아주 중요한 자리라는 걸. 하지만 그의 고민은 길지 않았다. 걸음을 옮긴 그가 문을 열고 밖으로 나섰다.

쾅, 닫힌 문을 물끄러미 바라보던 이 비서의 입에서 깊은 한숨이 터져 나왔다. 이 정도로 상사의 마음이 깊어진 줄은 몰랐다. 인터폰으로 미팅 취소 지시를 내린 이 비서는 곧장 속주머니에서 휴대전화를 꺼내 익숙한 번호를 눌렀다. 긴박했던 종현의 얼굴을 떠올린 그는 상대가 전화를 받자마자 용건부터 꺼내 놓았다.

"사모님 지금 어디 계시나?"

차를 몰고 가장 먼저 간 곳은 집이었다. 미친놈처럼 거칠게 운전하여 집에 도착한 그는 텅 비어 있는 공간에 다시 한 번 절망했다. 집은 여전히 고운의 체향으로 가득했다. 그녀가 집 안 곳곳에 놓아둔 화분은 푸르른 생명을 뿜어냈고, 그 옆에 놓아둔 향초에서는 은은한 향이 퍼져 나갔다.

그가 홀로 살던 때와는 달리 완벽하게 바뀐 집, 그래서 그녀의 빈자리가 더 크게 느껴졌다.

"어디에 있는 거야, 대체!"

차에 오른 종현이 거칠게 외쳤다. 집에 없으니 다른 곳으로 고운을 찾으러 가야 하건만, 그녀가 어디에 있을지 예상할 수가 없다. 종현이 절망 어린 표정으로 몸에 힘을 뺀 채 앞만 주시하고 있을 때였다. 보조석에 던져 두었던 휴대전화가 울렸다. 혹여 고운에게서 전화가 온 것은 아닐까 서둘러 액정을 확인한 그는 이 비서 이름이 떠 있자 천천히 통화 버튼을 밀었다.

"미팅은 다음으로……."

－사장님.

종현이 힘없이 운을 뗐다. 하지만 이 비서는 조용히 그를 부르며 그의 말을 막는다. 늘 불리우는 호칭이었지만 종현은 '왜?' 라고 되묻지 않았다. 곧 그의 입에서 자신이 원하는 답이 흘러나올 것이라는 것을 알았기 때문이다.

이 이야기를 해야 할까, 말아야 할까, 이 비서는 잠시 고민했다. 하지만 미친놈처럼 무작정 제 일을 모두 던져 버린 채 사무실을 나서던 그의 모습을 떠올리자 말을 그냥 삼키고 있을 수만은 없었다. 그가 조심스러운 음색으로 이야기를 이었다.

－사모님께선 지금 하필성 씨 집에 있습니다.

"……."

－주소는…… 아시죠?

잠시 이 비서의 목소리가 흔들렸다. 하지만 그 말에도 종현에게선 아무런 말도 들려오지 않았다.

휴대전화를 쥐고 있는 그의 손이 파르르 떨린다.

❋

가방에 넣어 둔 휴대전화가 또다시 지이잉－ 하며 진동했다. 하지만 피아노 앞에 앉은 고운은 왼손을 힘겹게 움직이던 것에서 이젠 제법 속도를 내며 칠 수 있는 경지에 오르자 활짝 웃으며 신이 난 강아지처럼 박자를 무시한 채 피아노를 두드리고 있었다.

어릴 적 피아노를 잘 쳤다는 말은 거짓말이 아니었나 보다. 그녀는 어려운 수학이나 영어와는 달리 피아노는 배우는 것도, 그리고 쑥쑥 자라나는 실력도 너무나 즐거웠다.

지이잉- 지이잉-

끊임없이 울리던 진동이 어느 순간 딱 멈췄다. 그리고 기가 막히게도 피아노 선율 또한 거짓말처럼 멈췄다.

고운은 눈을 동그랗게 뜨며 곁에 앉아 있는 필성을 보며 말했다.

"오늘은 엄청 스파르타네요."

고운이 얼얼한 손가락을 공중에서 흔들며 배시시 웃었다. 평소라면 그녀가 충분히 따라올 때까지 연습을 시킨 뒤 다음 진도로 넘어가곤 했던 필성이었지만 오늘은 웬일인지 죽이 되든 밥이 되든 끝까지 쳐 보라 그녀를 닦달했다. 덕분에 근 두 시간을 쉼 없이 피아노 건반을 두드려야 했고, 손가락 끝에서 얼얼한 아픔이 느껴졌지만 고운은 이 아픔 또한 즐거웠다.

"고운 씨가 빨리 배워야 하거든요."

미소 지으며 하는 말에 고운의 눈빛이 순간 변했다. 자신의 온 신경을 잡아당기는 그 감정. 예전부터 그의 시선에 늘 머물러 있던 그 감정. 하지만 둔치인 자신은 미처 모르던 그 감정……. 갑자기 그것이 막 보이려 했다. 보면 안 되는데. 알아차리면 안 되는데.

내 착각인가?

고운이 눈을 게슴츠레 뜨며 말했다.

하지만 이내 이러한 생각은 확신으로 바뀌었다.

"앞으로 고운 씨를 만날 수 없을 것 같아서요."

그의 눈동자에 서린 것은 슬픔이었다. 하지만 단순한 슬픔이 아니었다. 그리고 한 뼘 성장한 고운은 늘 자신을 향해 있던 그 시선의 진위를 알게 된다.

아아, 그는 날…….

손가락 끝처럼 심장도 아릿해졌다. 그의 감정에 그녀 또한 아팠다.

고운이 막 입술을 달싹이며 그에게 자신의 이 불확실한 감정을 물으려 했다. 혹시 당신 절 좋아하나요? 당신에게 난 친구가 아닌가요? 당신은…… 당신은…….

하지만 고운의 물음은 입 밖으로 나오지 못했다. 곧 초인종이 울림과 동시에 인터폰에 반짝반짝 불이 들어왔기 때문이다.

필성이 그녀에게 양해를 구한 후 의아한 얼굴로 걸음을 옮겼다. 인터폰을 켜자 곧 굳은 얼굴의 종현이 보였다. 그 표정에 심상치 않은 것을 느낀 필성이 자신을 멀뚱히 바라보는 고운을 향해 시선을 돌렸다.

"남편분이 왔네요."

"네?"

"아까 고운 씨를 더 이상 만날 수 없을 거라 그랬죠?"

"……."

고운이 말없이 그를 본다. 그다음 말을 기다렸다.

필성은 고운의 얼굴을 눈에, 마음에 담으며 작게 속삭였다.

"종현이가 내 친구이기 때문이에요."

"……."

"그리고 고운 씨가 저에겐 아주…… 소중한 친구가 되어서……. 다음에는 이렇게 단둘만 만나기엔 힘들 것 같아요."

그의 말에 고운의 맑은 눈망울이 흔들렸다.

저 말을 듣고서도 그의 마음을 알아차리지 못하면 바보 천치일 것이다. 그리고 그녀는 바보 천치가 아니었다. 그에게 자신은⋯⋯
친구가 아니었다. 그것이 슬펐다.

하지만 고운은 알고 있었다. 그의 마음을 존중해 주어야 한다는
것을. 그리고 종현 또한 존중해 주어야 한다는 것을.

고운이 천천히 고개를 끄덕였다. 그러자 필성은 더 이상의 미련
없이 고개를 돌린 후 걸음을 옮긴다. 곧장 현관으로 간 그는 문을
열어 주었다. 그러자 현관문 앞엔 굳은 얼굴의 종현이 붉어진 눈으
로 야차같이 서 있었다.

종현은 필성의 얼굴을 시선으로 훑었다. 잘 벼려진 칼날처럼 날
카로운 시선에 얼굴이 따가웠다.

"다음에 연락하자."

굳은 얼굴로 종현의 얼굴을 보던 필성은 아무 말 없이 고개를
끄덕였다. 하지만 그의 고갯짓을 보지 못한 채 종현은 필성의 곁을
지나 자리에서 일어서 있는 고운에게 곧장 다가갔다. 고운의 팔을
우악스럽게 이끈 종현은 바닥에 떨어져 있던 낯익은 그녀의 가방
을 주워 들곤 필성에게 인사도 없이 곧장 현관을 **빠져나간다**.

두 사람의 뒷모습을 보던 필성의 입꼬리가 부드럽게 호를 그렸다.

"포기한다, 이 자식아."

그래, 마음을 접는 일이 쉽지는 않겠지만 그래도 어쩔 수 없음
을 알고 있다. 애초부터 잘못된 마음이었으니까.

그녀와는 평생 친구가 될 수 없겠지.

아마 앞으론 그녀를 개인적으로 만나는 일은 없을 것이리라.

필성의 시선이 옆으로 돌아가더니 이내 방금 전까지 그녀가 앉
아 있던 자리를 보며 입술을 크게 늘어뜨려 웃었다.

"즐거웠어요."

자신의 들뜸이.

자신의 열병이.

그는, 그렇게 받아들이기로 했다.

종현은 거친 자신의 손길에 고운이 몇 번씩이나 넘어질 뻔한 것을 알면서도 걸음을 멈추지 않았다. 화가 머리끝까지 났다. 그녀에게 왜 전화는 받지 않았느냐, 아니, 넌 필성을 어떠한 마음으로 보고 싶냐 묻고 싶었다.

보조석에 내던져진 고운이 화들짝 놀란 눈으로 종현을 올려다보았다. 하지만 그는 고운의 시선을 비껴 피한 채 걸음을 옮겨 곧장 보닛을 돌아 운전석으로 왔다.

그녀는 종현의 거친 행동에 꽤나 놀란 모습이었다. 동그랗게 변한 눈이 그랬고, 살짝 벌어진 입 또한 그랬다. 고운은 종현이 운전석에 앉은 채 핸들을 힘주어 잡는 것을 보았다. 손등이 하얗게 질렸고 혈관이 불룩하게 튀어 나왔다.

"왜, 왜 그래요? 왜 그렇게 화가 났어요?"

"전화는 왜 들고 다녀?"

그의 말에 그제야 고운은 가방 속에서 휴대전화를 꺼내 액정을 확인했다. 그에게서 걸려 온 수십 통의 부재중 전화가 표시되어 있었다.

고운이 재빨리 고개를 돌려 다급한 어조로 말했다.

"미안해요, 피아노를 배우느라……."

"피아노를 꼭 배워야겠어?"

아니, 그가 묻고 싶었던 말은 '꼭 하필성이어야 하니?' 라는 물음이었다. 하지만 그는 인내했다. 지글지글 끓는 질투도, 화도, 애써 꾹꾹 억눌렀다. 표정만은 어느새 다시 무심함을 되찾았다.

그의 점차 변해 가는 얼굴을 보던 고운이 부드러운 어조로 이야기를 시작했다.

"행원산에 있을 때요."

그녀가 운을 뗐다. 과거의 이야기였다. 이에 정면을 향해 있던 종현의 시선이 느릿하게 옆으로 돌아갔다. 그의 눈동자에 긴장이 서렸다.

"집에 피아노가 있었어요."

"……."

"아버지는 절대 못 만지게 했지만…… 어머니가 저에게 가끔 피아노 연주를 해 주었다고 했어요. 그럼 전 옆에서 어머니의 연주를 모두 듣고 박수를 쳤다고 했어요. 그리고 어머니에게 배운 피아노 실력이 꽤 좋았다고. 커서 피아니스트를 시키면 어떨까, 라며 두 분이 이야기를 했다고도 했어요. 내가 전혀 기억하지 못하는 과거에."

잠시 숨을 들이마신 고운이 다시 이야기를 시작했다. 아버지가 술에 취해 했던 이야기는 아직도 그녀의 뇌리 속에 선명하게 자리 잡고 있었다. 선명한 기억에 그녀의 눈빛이 아련하게 변한다.

"아버지 몰래 가끔 피아노 건반을 두드려 보았어요. 피아노는 끔찍한 소리를 냈어요. 아주 아름다웠을 소리였는데, 고장이 나 버렸는지 계속 이상한 소리만 냈어요. 그래서 원래 피아노가 어떤 소리를 내는지 궁금했어요. 그리고 들은 거예요. 필성 씨가 연주해 주는 다정한 피아노 선율을."

"……."

"다정했어요. 정말 좋았어요. 그리고 나도 그렇게 다정한 소리를 내고 싶었어요. ……미안해요. 전 아무것도 몰랐어요."

"……뭘?"

목소리가 가라앉아 갈라졌다.

"그냥, 많은 것들을요. 놓치고 있었어요."

"……."

고운의 눈을 바라보던 종현의 얼굴이 일그러졌다.

놓치고 있던 많은 것들.

그 많은 것들 중에서 필성의 마음 또한 속해 있다는 것을 종현은 단숨에 알아차릴 수 있었다. 슬픈 그녀의 눈망울이 그렇게 말하고 있었다. 자신의 무심함에 필성이 상처받았으리라 생각하는 듯했다.

그녀는 다정다감한 사람이었다. 남을 의심할 줄 몰랐고, 나쁜 말을 할 줄도 몰랐으며, 세상 사람들이 다 저 같은 줄 알았다. 하지만 그녀는 어느새 조금씩 배워 가고 있었다.

"다시는 안 만날게요."

남녀와의 관계를.

필성과는 친구가 될 수 없다는 사실을.

그리고 필성의 마음을 눈치챈 순간, 그녀는 그를 잘라 냈다. 그가 예상했던 대로.

종현이 고운의 시선을 마주했다. 속을 모두 투영하는 눈빛은 예뻤다. 반짝반짝 빛을 머금고 있는 눈빛은 늘 그의 마음을 사로잡았던 것. 아주 예전에도 그랬다. 저 눈빛으로 자신의 뒤를 졸졸 따르는 고운을 그는 좋아했었다. 그리고 시간이 흘러서도 여전히, 여전히 그는 저 아름다운 눈빛 속에 자신이 담기길 원했다.

그래서 지키고 싶었다.

"김고운."

"네?"

그리고 그녀가……

"사랑해."

"……"

언제나 내 곁에 있길 바랐다.

고운이 멍한 눈으로 종현을 보았다. 이에 그의 얼굴이 일그러진다. 그녀는 자신의 마음을 전혀 예상하지 못했다는 듯 놀란 눈이었다. 마음이 아팠다. 그녀에게 거절을 당하거나, 밀려난 것은 아니었으나, 그렇게 마음이 아팠다.

"너는?"

종현이 물었다.

"넌 날 사랑하니?"

슬픈 눈으로.

✽

그녀 홀로 자던 침대에 종현이 어느 순간 함께하기 시작했다. 커다란 침대는 족히 다섯 사람은 누울 수 있는 넓이였지만, 마음이 통하고 몸이 통했던 그날 이후로 두 사람은 이 침대가 아주 좁은 사람들처럼 서로에게 찰싹 달라붙어 체온을 나누고 꿈결을 나눴다.

그는 늘 그녀의 곁에서 잠들었다. 하루의 시작을, 하루의 끝을 두 사람은 여느 부부처럼 공유하기 시작했고 이내 이것들이 당연해지기 시작했었다.

당연해지자 이제 그 사람이 없어진 자리가 시리게 느껴지기 시작했다. 침대맡에 앉은 고운은 텅 비어 있는 자신의 옆자리를 보았다. 그의 빈자리, 그곳을 바라보자 그의 고백이 마음을 가득 채운다.

"사랑해. 너는? 넌 날 사랑하니?"

그 말에 고운은 아무런 말도 하지 못했다. 사랑? 그게 뭐지? 단한 번도 생각해 본 적이 없는 감정이었다. 또래라곤 없는 곳에서 자라나 그러한 감정 때문에 가슴이 떨려 본 적이 없었다.

하지만 지금은……

고운이 손을 들어 자신의 가슴 언저리를 만졌다.

따끈따끈한 것 같았다. 그냥 그러한 느낌이 불쑥 들었다.

"아……."

나는……

고운이 지체하지 않고 자리에서 일어났다. 치마가 말려 올라갔지만 평소 습관처럼 몸가짐을 바르게 하지도 않았다. 지금 그녀의 머릿속에는 오직 서재에 홀로 있을 그에게로 가는 것뿐이었다.

빠르게 걸음을 옮겨 안방 문을 열고 밖으로 나갔다. 그리고 몇발자국 움직이지 않아 굳게 닫혀 있는 서재 문을 열었다. 평소처럼노크를 하지도 않았다. 머릿속이 뿌옇게 변한 느낌이었다.

거칠게 문이 열리자 종현의 시선이 고운에게 닿는다. 그의 눈빛을 보자 심장은 더욱 뜨겁게 달궈졌다.

"나는……."

종현의 눈을 마주하자 말문이 막혔다. 하지만 자신의 얼굴을 뚫어져라 보는 그 시선을 피하지 않았다. 그의 시선엔 기대감이 피어나고 있었다.

"당신을 아주 좋아하고 있어요."

고운의 말에 순간 종현은 말문이 막힌 듯 입술을 다물었다. 그녀의 입에서 나온 말은 2% 부족한 말. 그래서 그는 굳어져 있던 안면근육을 풀면서도 완연하게 웃을 수는 없었다.

한참 입을 다물고 있던 그가 읊조렸다.

"좋아해?"

아주 작은 목소리였다. 하지만 그녀는 똑똑히 그의 말을 듣고 답했다.

"네."

망설임 없는 짧은 답. 그 답에 종현의 입술은 더욱 무겁게 닫혔다. 하지만 고운은 말을 끝마치지 않은 듯 계속 말을 잇는다.

"세상 그 무엇보다 가장 좋아하고 있어요."

세상 그 무엇보다.

얼마 전까지만 해도 그녀의 세상엔 아무것도 없었다. 도시는 낯설었고, 세상에 알고 있는 사람이라곤 이 회장 내외뿐. 믿을 사람도 그들뿐이었고, 의지할 사람도 그들뿐이었다.

그런 그녀의 세계는 조금씩 넓어지기 시작했다. 친구도 사귀었고, 하고 싶었던 공부도 하고 있으며, 그가 착실히 들어주는 소원들에 하나둘 가슴속에 쌓여 있던 응어리들이 풀어지기 시작했다.

그녀의 세계는 이제 제법 넓어졌다. 그런 그녀의 세계에서 그는 가장 처음에 꼽히는 사람이었다.

"그 무엇과도 당신을 바꿀 수 없을 정도로, 아주아주 많이 좋아하고 있어요."

"……."

"이런 걸, 사랑이라고 표현하는 거겠죠?"

고운이 웃었다. 고운 미소. 다정다감한 미소는 따스했다.

자리에서 천천히 일어난 종현이 성큼성큼 고운에게 다가왔다. 얼굴은 어느새 굳어져 있었고, 눈빛은 짙어졌다. 화를 내는 것 같기도 하고, 아무런 감정을 느끼지 않는 것 같기도 했다. 하지만 자세히 보면 그의 입술 끝에 조소가 걸려 있다. 아니, 그는 늘 그랬던 것처럼 조소처럼 웃음 지었다.

고운의 앞에선 그는 너른 품으로 그녀를 끌어안았다. 그리고 그녀의 귓가에 입바람을 불어넣는다.

"너의 단단한 울타리가 되어 줄게."

속삭이듯 작은 말. 하지만 그의 목소리엔 힘이 있었다. 맹세였고, 앞으로 그가 지켜 나가야 할 또 다른 약속이었다. 그녀를 지켜야 한다는 책임감은 그의 가슴을 묵직하게 짓눌렀다. 어릴 적부터 제왕학을 배우는 왕들처럼 사람들을 대하고 적재적소에 배치하는 CEO가 되기 위해 공부했던 그이다. 그에게 책임감이란 당연히 인생 전반에 동반되어야 할 사명이었다. 하지만 그 사명 중에 그는 '아내'란 사람은 끼워 넣지 않았었다.

그런 그가 바뀌었다.

김고운은 그가 바라는 아내상이 아니었다.

하지만 그가 진정으로 사랑하는 아내가 되었다.

널 지켜 줄게.

평생 그렇게.

그가 말했다. 그리고 눈을 감으며 그녀의 어깨에 얼굴을 묻었다.

"그러니까 넌 언제나 내가 만든 울타리 안에서 지금처럼 웃어 줘."

늘 따스하게 날 바라봐 줘. 너의 웃음이 늘 지워지지 않도록 노력할게. 그러니 넌 날 보며 웃어 주면 돼.

그가 말했다. 그러자 고운은 아래로 뚝 떨어져 있던 팔을 조심스레 들어 올려 그의 너른 등을 토닥였다.

토닥토닥, 손길은 따스했다.

그리고 그녀의 손길에 그는 한참이고 그녀의 품에서 온기를 받았다.

얼마의 시간이 흘렀을까. 조심스럽게 고개를 든 그는 어느새 얼굴 가득했던 슬픔과 기쁨을 모두 지운 채였다. 그는 어느새 평소의 오만한 그로 돌아가 있었다.

"다른 놈이랑 단둘만 있지 마."

"다른 놈……?"

갑작스러운 말. 그리고 조금은 거친 언어 선택.

이에 고운이 이해할 수 없다는 듯 눈을 깜빡이며 말을 되뇌었다. 그러자 종현은 부러 장난스럽게 웃어 보이며 손가락으로 고운의 이마를 쿡 찔렀다. 그녀의 몸이 뒤로 밀려날 정도로 강하게.

"그래, 하필성도 마찬가지야. 남자랑은 눈도 마주치지 마. 알았어?"

"아, 아파요."

그의 손가락에 찔린 이마를 양손으로 가린 고운이 울상을 지었다. 그 표정에 종현은 제법 만족스러웠던지 피식 웃음을 내뱉는다.

"나 걱정시킨 벌이야."

한 번만 더 연락 안 받아 봐. 다리에 족쇄를 채울 거야.

그가 장난스럽게 말했지만, 말속엔 진심이 가득했다.

제8장
우리 제법 잘 어울려

눈이 부실 정도로 햇살이 좋은 날이었다. 새하얀 침대 위엔 아침의 따뜻한 햇살이 깨지고 부서져 흩어진다. 보석처럼 흩뿌려진 빛의 향연은 새하얀 침대 위에 누워 있는 두 사람의 얼굴 위에 사뿐히 내려앉았다.

7시 30분. 예전의 그라면 벌써 일어나 러닝머신 위를 달릴 시각이었다. 하지만 이불이 덮이지 않은 곳에 드러난 종현과 고운의 몸에 실오라기 하나 걸쳐 있지 않은 것을 보면 새벽이 되어서야 겨우 잠이 든 것 같았다.

종현의 단단한 팔은 스스로 베개를 자처하며 고운의 목 뒤에 감겨 있었다. 고운은 몸을 동그랗게 만 채 종현에게 찰싹 달라붙어 있었는데, 가슴처럼 가느다랗고 부드러운 곡선을 그리고 있는 새하얀 목 위엔 인주처럼 붉은 자국이 여기저기 찍혀 있었다. 그녀의 몸에 남은 흔적이, 지난밤 두 사람이 얼마나 격렬하게 몸을 섞었는지 단적으로 보여 준다.

영원히 깨지 않을 것 같은 평온한 시간이었다. 옅게 흩뿌려지는 숨소리만이 정적을 깨 주고 있을 때, 천천히 무거운 눈꺼풀을 들어 올린 고운이 몇 번 눈을 깜박였다. 눈동자엔 여전히 졸음이 가득했다. 하지만 아침부터 분주할 종현에게 따스한 밥을 먹이려면 지금이라도 몸을 일으켜야 했다.

스륵, 이불과 살결이 부딪히는 소리와 함께 고운이 조심스레 자리에서 일어났다. 종현이 깨지 않도록 뒤꿈치를 들고 살금살금 움직이던 고운은 막 바닥에 떨어져 있는 옷을 줍다 우뚝 멈춰 섰다. 그녀의 시선은 문 바로 옆에 있는 화장대로 향해 있었다. 그리고 귀신이라도 본 듯 깜짝 놀란 눈을 깜빡이지도 못한 채 바짝 얼어 있었다.

"이, 이⋯⋯!"

뭐라고 시원하게 소리를 내지르고 싶은 모양이었지만, 당혹스럽고 화가 남에 어떠한 말을 내뱉을 줄 몰라 당황하는 모습이다. 아니, 하고 싶은 말은 많았다. 다만 그것들은 고운의 입에서 나올 수 없는 상스러운 것들이어 차마 내뱉지 못했을 뿐이다.

고운의 고개가 옆으로 확 돌아가더니 이내 침대 위에서 만족스러운 얼굴로 잠든 종현의 얼굴을 노려보았다.

"내가 이런 남우세스러운 건 남기지 말라고 누누이 말했건만."

고운이 이를 악물며 말했다. 며칠 전 자신의 목에 남겨진 키스 마크에 김 비서가 '거사는 잘 치르셨습니까?' 라고 물었던 일이 떠올랐다. 그리고 고운은 그때 처음으로 깨달았다. 부부의 성관계는 아주 은밀한 것이고, 이를 남이 알면 발가락이 오그라들고 부끄러움에 몸을 배배 꼬게 되는 것을.

그리고 그날, 고운은 종현의 손을 잡고 부탁했더랬다.

"다음부터 이런 인주 자국은 남기지 말아 주세요."
"인주 자국……?"
"이거요, 이거!"

고운이 목에 두르고 있던 스카프를 풀고 키스 마크를 가리키며 항의했다. 그제야 '인주 자국'이 고운식 '키스 마크'라는 것을 깨달은 종현은 평소답지 않게 깔깔 웃어 댔다. 배를 부여잡고 한참이나 웃은 그는 눈가에 눈물을 매단 채 고운의 머리를 쓰다듬으며 말했었다.

"알았어, 조심할게."

눈빛엔 귀여워 미치겠다는 생각이 고스란히 담겨 있었다. 그리고 고운은 그 말을 철석같이 믿었다. 그런데 이 사달이 난 것이다.
고운은 목덜미는 물론이요, 가슴께와 쇄골까지 촘촘히 찍혀 있는 키스 마크에 얼굴을 종잇장처럼 구겼다. 그의 품에 안겨 있을 때면 세상이 핑글핑글 돌고 정신이 쏘옥 빠진다. 자신의 몸이 제 몸 같지 않았고, 정신이 흐려지며 현실 감각이 무뎌졌다. 그런 사이에 그가 또 참지 못하고 제 목덜미를 무슨 수두 환자처럼 만들어 놓은 것이다!
고운은 방금 전까지 조심했던 몸가짐을 흐트리며 침대맡으로 쿵쿵, 걸음을 옮겼다. 종현에게 다가간 그녀는 대범하게도 그의 배 위에 올라탄 뒤 팔짱을 꼈다. 갑작스런 무게에 잠들어 있던 종현이 화들짝 놀라 눈을 떴다. 그리고 자신의 배 위에 있는 고운의 모습에 더더욱 놀라 몸을 바르작바르작 떨었다.

"뭐, 뭐야?"

종현이 눈살을 찌푸리며 물었다. 눈빛은 관찰하는 기색이 역력하다. 가끔 그녀가 이런 돌발 행동을 할 때면 어디로 튈지 몰라 자신도 모르게 바짝 긴장하게 되었다.

고운은 그가 습관처럼 하는 행동을 고스란히 따라했다. 어린아이는 부모의 거울이라 했던가. 오만한 표정을 짓고 있는 고운은 마치 그의 거울처럼 보였다. 턱을 치켜들고 입술을 달싹이며 그녀가 고저 없는 목소리로 말했다.

"하지 말라고 했죠?"

"뭘?"

그녀가 무슨 말을 하는지 몰라 종현이 되물었다. 그러자 고운은 끼고 있던 팔짱을 풀며 손가락으로 제 목덜미를 가리켰다.

"이거요. 입이 열 개라도 할 말이 없죠?"

"……."

종현이 콧잔등을 찌푸렸다. 그녀의 말대로였다. 입이 열 개라도 할 말이 없다. 그가 보기에도 고운의 목덜미와 가슴 둔덕에 남겨져 있는 키스 마크는 과할 정도로 컸고 짙은 색을 띠고 있었다. 만약 열락에 취하지 않았다면 저 흔적을 남겼을 때 그녀가 아파 비명을 질렀을 것이다.

하지만 다행인지 불행인지 고운과 종현 모두 지난밤 제정신이 아니었고, 서로의 몸을 취했다. 그래서 그는 어젯밤 술을 한 방울도 마시지 않았으나 마치 필름이 끊긴 사람처럼 저 흔적들을 남긴 기억을 까맣게 잊고 있었다.

내가 언제 저런 걸 남겼지?

종현이 얼굴을 찌푸린 채 아무런 말도 하지 않자, 고운은 그의 몸을 팔 가운데 가둔 채 상체를 숙였다. 그리고 자신이 다가오자 저도 모르게 몸을 바짝 긴장하는 그의 목덜미에 부드럽게 입을 맞췄다.

혀를 뱀처럼 길게 빼내었다. 달콤한 사탕을 핥듯 혀끝으로 목을 핥던 고운의 그의 목덜미와 쇄골 라인 사이를 깊게 빨아들이며 따끔한 고통을 남긴다.

"으."

종현이 자신도 모르게 신음을 내뱉었다. 하지만 고운은 마치 포식자처럼 느릿하게 움직여 몸을 조금 더 밑으로 내렸다. 그리고 그의 가슴 정점이 있는 옆에도 같은 흔적을 남기며 가슴으로 그의 몸을 비볐다. 순간 바짝 긴장한 몸에 전율이 흐르고, 지난밤 제 기능을 다했다 생각했던 남성이 불끈 고개를 들었다.

아아, 이 얼마나 인간적이란 말인가.

또다시 지난밤의 열락을 기대하며 고개를 까딱이기 시작하는 남성에 종현은 팔을 뻗어 고운의 겨드랑이를 짚었다. 간지러움에 움찔한 고운이 고개를 들어 종현의 눈을 바라보았다. 그러다 시선을 내려 자신의 남긴 흔적을 손가락 끝으로 쓸며 부드럽게 웃음 짓는다.

"하얀 도화지에 빨간 물감을 떨어뜨린 것 같아요."

"표현 한번 시적이고 좋네."

현실은 그리 아름다운 표현으로 말할 것이 못 된다마는.

종현은 그녀의 눈빛에 어린 장난스러움에 단숨에 그녀를 제 하복부 쪽으로 번쩍 들어 옮긴 후,

"그래서 이건 어떻게 책임질 건데?"

"……."

"왜 당신은 늘 하나만 생각하고 둘은 생각하지 못하는 거지? 아침부터 그런 모습으로 나에게 달려들면, 오늘도 난 지각을 하게 되잖아."

모든 것이 고운의 탓이다. 김고운의 탓.

예쁜 그녀가 눈을 뜨자마자 아름답고 보드라운 가슴을 들썩인 채 제 위에 있는데 어찌 그냥 참고만 있을 수 있단 말인가.

암, 그렇고말고.

종현은 오늘도 스스로에게 변명 아닌 변명을 한 채 어느새 뜨겁게 젖어 가는 여성 안으로 남성을 부드럽게 밀어 넣었다.

이제 두 사람의 몸은 마치 애초부터 하나였던 것처럼 꼭 맞아떨어진다. 처음에 빡빡하게 자신의 것을 받아들이는 것도 힘겨워하던 그녀는 없다. 다만 그의 위에서 순진한 눈망울 가득 열꽃을 피운 채 종현을 내려다보는 아름다운 고운만이 있었다.

그래, 그녀는 이제 그의 완벽한 아내였다.

9시 10분. 오늘도 지각이다. 같이 저녁을 마무리하고, 같은 꿈을 꾸고 눈을 뜨면 서로의 모습을 바라볼 수 있게 되면서부터 두 사람은 종종 이른 아침에 일어나 서로의 몸에 제 온도를 불어넣으며, 침대에서 벗어날 생각을 하지 못하곤 했다. 현실을 잠시 미뤄 둔 채 서로만을 탐할 때면 시간이 어떻게 흘러가는지 느끼지 못하곤 했다.

하지만 사랑의 관계가 끝이 난 후, 고운은 엄마 새처럼 사소한 것까지 챙기며 그의 출근을 서둘러 보았지만 종현은 늘 세월아 네

월아 하며 잠시의 이별을 아쉬워하곤 했다. 이에 고운은 몇 번씩이고 경을 쳤지만, 어디 종현이 쉬이 다른 사람의 말에 따라 주는 사람이던가.

겨우 그를 달래 현관문까지 온 고운은 마지막 관문만이 남자 조금은 너른 마음이 되었다. 방금 전까지 쨱쨱거리며 옆에서 잔소리를 쏟아 내던 것과는 달리 심통 맞은 얼굴로 자신을 보는 종현과 시선을 마주하며 부드럽게 미소 지었다.

고운이 뒤꿈치를 들어 종현의 입술에 쪽 하고 입을 맞추었다.

"오늘도 열심히 일하고 오세요."

서로를 바라보는 시선이 다정하다. 이젠 하나의 의식처럼 되어 버린 현관문 앞에서의 다정한 키스는 늘 종현의 발길을 더욱 붙잡곤 했다. 종현은 장난스럽게 한쪽 눈살을 찌푸리며 말했다.

"사람의 이목구비는 몇 개라고 했지?"

"눈 두 개."

그러면서 쪽쪽. 양 눈가에 입을 맞춘 고운이 눈을 뜨며 종현의 시선을 마주했다. 무감한 얼굴은 차갑고 냉랭했다. 하지만 고운은 이제 그 표정이 그가 으레 만들곤 하는 표정이란 것을 알고 있었다. 고운이 고개를 한껏 들어 종현의 날렵한 콧날 끝에 입술을 맞췄다.

"코 하나."

쪽. 도장을 찍듯 그의 콧날이 일그러질 정도로 힘껏 입을 맞춘 고운이 조금 더 몸을 내려 그의 입술에 마지막으로 입을 맞췄다.

"그리고 마지막으로 입술 하나, 총 네 개요."

그러면서 쪽 입을 맞춘 고운이 한 발짝 물러선다. 늘 아침마다 하는 인사와 같은 것이어서 이다음에 그가 어떻게 변하는지 고운은 몸소 경험해 잘 알고 있기 때문이다. 평소보다 조금 멀찍이 떨어졌다 생각했는데, 그의 팔은 생각보다 더 길었다. 쭉 뻗어진 팔이 그녀의 허리를 감싸고, 곧 고운이 그의 품으로 빨려 들어온다. 정수리 위에 입을 맞춘 그가 아쉬움에 한숨을 삼켰다.

"출근하기 싫다."

"가장이 똑바로 서야 가정이 똑바로 서죠. 종현 씨가 일을 안하면 나 밥 엄청 먹는데, 이 밥값 누가 내나?"

"지금 바가지 긁는 거야?"

종현이 피식 그녀의 정수리에 바람을 불어넣었다. 그러자 고운은 작게 웃음을 내뱉으며 팔을 뻗어 그의 허리를 꼭 껴안았다. 그의 가슴에 머리를 기댄 고운이 눈을 감았다.

"나도 아쉽다, 뭐."

달콤한 배웅은 오늘도 긴긴 시간이 흘러서야 끝이 났다.

✳

원목의 넓은 책상은 마치 폭탄을 맞은 것처럼 엉망이었다. 책상의 주인조차 어디에 무슨 서류가 있는지 알 수 없을 정도로 많은 서류가 뒤섞여 있어 머그잔 하나 놓을 공간조차 없었다.

자리에서 일어나 소매까지 걷어 올린 채 빠르게 서류를 훑어보며 검토한 것과 하지 않은 것들을 따로 분류했다. 그리고 들고 있던 서류를 커다란 박스 안에 던져 넣은 뒤 다음 문서를 집어 들었다.

문서는 며칠 전에 났던 종현과 고운의 기사 초안이었다. 고운과 종현의 얼굴이 고스란히 공개되어 있는 사진과 함께 기사에는 두 사람이 이번 달 말일 작은 결혼식으로 화촉을 밝힌다는 이야기가 실려 있었다.

한참 컬러로 프린트되어 있는 고운의 얼굴을 살피던 그가 한숨을 내뱉었다.

"얼빠지게 이 무슨."

자신도 모르게 한동안 뚫어져라 사진만 보고 있자, 그가 기가 막힌 듯 툭 내뱉었다. 요즘은 변해 버린 자신의 모습에 저 또한 낯설 때가 많았다.

그가 문서를 책상 위에 올려놓은 뒤 서류 정리를 계속할 때였다. 책상 어딘가에서 휴대전화가 울리기 시작한 것은.

"어디 있는 거야?"

빠르게 걸음을 옮겨 책상을 살피던 그는 서류에 가려 휴대전화가 보이지 않자, 손을 더듬어 휴대전화를 찾기 시작했다. 그가 휴대전화를 손에 쥔 것은 전화가 막 끊기려던 참이었다.

종현은 휴대전화에 뜬 김 비서의 이름에 미간을 찌푸렸다.

이 시간에 무슨 일이지?

지금쯤 고운과 같이 결혼식 때 입을 원피스를 찾으러 갔을 그녀가 전화를 걸어왔다는 게 심상치 않았다. 종현이 재빨리 전화를 받아 들었다.

"무슨 일이야?"

목소리가 조금 성급하게 나가 버렸다. 하지만 그는 참을성 있게 김 비서의 말을 기다렸다. 하지만 얼마의 시간이 흐르는 동안 그녀에게선 아무런 말이 없었다. 종현의 콧잔등이 찌푸려졌다. 시간상 얼마 되지 않더라도 종현에겐 꽤나 길게 느껴졌기 때문이다.

"무슨 일이야?"

그가 다시 한 번 되물었다. 방금 전과 같은 물음이었다. 이에 잠시 뜸을 들이던 김 비서가 조심스러운 음색으로 이야기를 시작했다.

-말씀드려야 하나, 드리지 말아도 될까, 고민했었는데 아무래도 보고를 드려야 할 것 같아 연락을 드렸습니다.

"뭘?"

고민이 가득한 목소리에 종현의 얼굴 위로 긴장감이 어렸다.

-사모님께서 어머니를 찾아달라고 하셨습니다.

"……뭐?"

-사장님께선 알려 주지 않을 것 같으니 제게 알아봐 달라고요. 그런데…….

김 비서가 더 이상 말을 잇지 못하고 입을 다물었다. 잠시 호흡을 가다듬는 것 같았다.

-누군가가 이에 대해 흔적을 지우고 있다는 것을 알았습니다. 더 알아낼 수 있긴 했으나, 여기서 멈췄습니다. 아무래도 꼬리를 자른 사람이 사장님인 것 같아서.

종현의 시선이 멀어졌다.

-여기서 멈출까요?

"……어."

짧은 그의 말에 김 비서는 '알았습니다.' 라고 짧게 말을 내뱉은 뒤 더 이상 토를 달지 않았다. 목소리만 들어도 그녀는 이미 많은 것을 알아차린 것 같았지만, 겉으론 종현과 대헌그룹의 힘으로 사건의 전말은 알아차리지 못한 것으로 입장을 정리한 것 같았다.

하지만 김 비서는 이제 단순히 대헌그룹에서 월급을 받는 종현의 수많은 부하 직원 중 한 사람이 아니었다. 그러기에 그녀는 고운과 아주 밀접한 관계를 유지하게 된, 소위 말하는 '벗' 이 되었다.

김 비서는 자신의 물음으로 인해 어떠한 말을 들을지 예상했지만 그래도 조심스러운 어조로 물었다.

-방금 전까진 공적인 입장이었습니다. 사적인 입장으로 하나 여쭤 봐도 되겠습니까?

"······."

그는 아무런 답이 없었다. 하지만 김 비서는 침묵을 긍정으로 받아들였고 곧 방금 전보다 한 톤 낮아진 목소리로 물었다.

-범인은······ 잡혔습니까?

종현의 눈이 천천히 감겼다가 떠진다. 그녀의 물음에 머릿속이 복잡해지기 시작했다.

달칵, 누군가 문을 열고 들어오는 소리가 들린다. 그리고 그 작은 소리에 종현은 아득해지는 정신을 붙잡았다. 뿌옇게 변했던 세상이 점차 원래의 세상으로 돌아오자 이명처럼 멀어졌던 소리들도 또렷해졌다.

-설마······ 못 잡은 겁니까?

김 비서가 조급한 목소리로 묻자, 그는 이번에도 역시나 짧게 답했다.

"잡았어."

-······다행입니다.

그게 끝이었다. 김 비서는 알았다는 말과 통화를 끊었고, 종현은 부들부들 떨리는 손으로 붙들고 있던 휴대전화를 테이블 위에 던졌다. 눈을 감은 그가 아파 오는 머리를 손가락으로 꾹꾹 눌렀다.

범인은 잡혔다. 당시 8년 형을 받은 그는 옥살이 도중 병을 얻었고, 그로 인해 7년 2개월 만에 출소하여 1년 뒤 숨을 거뒀다.

화풀이할 대상은 이미 이 세상에 없었다. 태우의 삶을 부수고, 고운에게 많은 것들을 빼앗아 간 그는 이미 십여 년도 훨씬 전에 망자가 되어 한 줌의 흙이 되었다.

"어떻게 할까요?"

종현은 얼마 떨어지지 않은 곳에서 자신을 바라보고 있는 이 비서의 시선을 느끼며 물었다. 이 비서의 눈빛 또한 종현과 같이 흐려졌다. 그들의 일거수일투족은 이 비서와 김 비서에 의해 돌아가고 있다 해도 과언이 아니었다. 베갯머리송사를 제외하고 모두 알고 있다 해도 거짓은 아닐 것이다.

"고운은 계속 찾을 거예요. 하지만 알게 되면…… 분명 기억이 떠오를 겁니다. 어떻게 하면 좋을까요?"

어떻게 해야 그녀를 지킬 수 있습니까.

그렇기에 이 비서는 종현과 같은 마음이 되었다. 아파하는 종현의 모습을 보는 것도, 그리고 이 모든 사실을 알고 괴로워할 고운도 걱정이 되었다.

그의 물음에 이 비서는 한참이나 생각에 잠긴 얼굴로 종현을 보았다. 그리고 조금의 시간이 흐른 후, 조심스러운 어조로 운을 뗐다.

"계속 찾게 하십시오."

"네?"

종현이 멍하니 이 비서를 올려다보았다. 이 비서의 눈가에 진 나이테가 더욱 짙어졌다.

"그리고 사장님께서는 가지고 있는 모든 권력을 동원해 사실을 숨기십시오."

이 비서의 말에 종현의 눈빛이 슬퍼졌다. 그 또한 바라고 있었다. 자신의 힘으로 그 모든 과거를 덮을 수 있다면 총력을 다해 할 것이라고.

"그렇군요."

그리고 처음으로 부모님께 감사하였다. 자신에게 힘을 준 것을.

예전엔 거추장스럽고 당연한 자리였다면, 지금은 감사하고 다행이라 느꼈다.

"슬퍼하시는 사모님은 사장님께서 위로해 주시면 됩니다."

하지만 그 기억은 사장님께서 위로하신다고 하여 쉽게 털 수 없는 문제입니다. 어머니에 대한 그리움을 그렇게 점차 지우십시오. 그 슬픔보다 더 큰 행복을 주세요. 그럼 됩니다.

"아마, 이 회장님도 그렇게 말씀하셨을 겁니다."

이 비서의 말에 종현이 고개를 떨궜다.

"네, 감사합니다."

그녀가 원하는 '어머니'란 존재를 어쩜 가르쳐 줘야 하는지도 몰랐다. 그러한 생각이 계속 그를 괴롭혔다. 하지만 이 비서의 말에 그는 확신했다.

그래, 숨기자.

그는 고운의 순수한 눈망울을, 아름다운 마음을 위해, 모든 것을 숨기기로 결심했다.

✻

빠르게 변하는 창밖 세상은 어느새 여름이 가고, 가을이 올 준비를 마쳤다. 늘 후텁지근한 바람에 저도 모르게 손부채를 했던 것이 며칠 전인 것 같은데, 길거리를 빠르게 걷고 있는 사람들 중 몇몇은 벌써부터 긴팔을 입은 채 걸음을 옮기고 있었다.

차가 멈추자 고운은 횡단보도 앞에서 신호가 변하길 기다리고 있는 사람들을 보았다. 자신과는 조금 동 떨어진 삶을 살고 있는 보통의 사람들. 고운은 시원한 에어컨 바람이 빵빵 나오는 차 뒷좌석, 그것도 남이 운전해 주는 차를 타고 있으면서도 문득 평범한 것에 대한 부러움에 눈을 떼지 못했다.

고운이 손가락을 꼼지락거리며 휴대전화 액정을 문질러 댔다.

처음 도시로 나온 것이 봄. 그리고 처음 이 낯설고 눈이 돌아갈 것 같았던 이곳에서 벌써 세 계절을 맞이하고 있었다. 행원산에 있었을 땐 계절의 변화에 참으로 민감했었다. 각기 계절마다 나는 채소로 텃밭을 가꾸기도 했었고, 제철에 맞춰 뒷산에 아버지와 올라 약초를 캐기도 했었다. 산속에서는 시간도, 계절도 중요했다. 하지만 도시의 시간은 그냥 눈 깜짝할 사이에 흘러간다.

그냥 속절없이 흘려보낸 것은 아니지만 왜 이리 아쉬운 마음이 드는 것일까. 그 시간 동안 종현을 만나고 그와 부부의 연이 닿아 함께 시간을 공유하고 공간을 공유했다. 하지만 시간을 붙잡고 싶을 때가 있었다. 붙잡고 더는 멀리 가지 못하도록 붙잡고 싶을 때.

고운의 얼굴이 우울하게 변하자 룸미러로 고운의 표정을 살피던 김 비서가 조심스럽게 물었다.

"무슨 생각 하십니까?"

"네?"

"결혼을 앞두시고 마음이 싱숭생숭하신 겁니까?"

"그건 아니에요."

고운이 부드러운 미소를 지으며 답했다. 그와의 결혼에 마음이 울렁거린다니. 그런 것은 아니다. 이미 그를 남편으로 받아들이고 산 지 수개월이 지난 상태에서 사람들의 축하를 받기 위해 작은 식을 여는 것은 그녀에게 '파티' 처럼 즐거움과 기대감을 안겨 줄 뿐이었다.

　"그럼 혹시……."

　김 비서가 운을 뗐다가 곧 입을 다물었다. 순간 자신의 말실수를 깨달았기 때문이다.

　가만히 룸미러에 비친 김 비서의 얼굴을 살피던 고운이 피식 웃음을 내뱉었다.

　"왜 말을 하다 말아요?"

　"……아닙니다."

　"후후, 표정을 보니까 그게 아닌데요?"

　가벼운 웃음은 힘이 없었다. 고운의 고개가 창밖으로 향한다. 빠르게 변하는 세상 밖. 그녀는 여전히 그 자리에 머물러 있는 것 같은데 세상은 너무나 빠른 속도로 변한다. 이에 고운은 기분이 울적해졌다.

　"가끔 바람을 따라가고 싶을 때가 있어요."

　"……."

　"그 바람을 따라가면 내가 원하는 님의 얼굴을 볼 수 있지 않을까, 그런 생각이 간혹 들거든요. 오늘 같은 날엔 말이에요."

　"……."

　심상치 않은 그녀의 말에 김 비서는 중도에 말을 자르지 않은 채 귀 기울여 들었다. 그녀는 고운이 친어머니를 찾아 달라고 했던 그날부터 어딘가 나사가 빠진 듯 창밖을 멍하니 바라보는 일이 많아진 것 같아, 가슴 한 켠이 답답해짐을 느낀다.

말없이 창밖을 보던 고운이 시선을 내렸다. 그리고 무릎 위에 올려 둔 휴대전화 액정을 눌러 켠 뒤 곧바로 뜨는 전화번호부를 한참이나 바라보았다.

친절한 님. 필성의 이름이 떠 있다.

시간의 흐름은 참으로 많은 것을 바꾸어 놓는다. 그건 그와 자신의 관계 또한 마찬가지다.

고운은 천천히 손을 움직여 삭제 버튼을 눌렀다. 그리고 여전히 자신에게 와 닿는 시선을 느끼며 조금 서글프게 웃으며 말했다.

"그렇게 보지 말아요. 조금 답답해서 그런 거니까."

외출을 할 때는 늘상 자신을 끼고 다니라 했던 종현의 말 때문에 혹시나 답답해진 건 아닌가 싶었다. 고운은 친어머니의 일을 모르고 있을 테니까.

바람 따라가면 자신이 원하는 님의 얼굴을 볼 수 있을까, 라는 의미심장한 말도 그녀는 가볍게 치부해 버리고 싶었다. 깊숙이 생각하는 것은 좋지 않다. 깊숙이 생각했다간 고운에게 '그게 무슨 말입니까? 원하는 님이라니요?' 라는 쓸데없는 물음을 내뱉을 것만 같았다.

김 비서는 조금 가벼운 표정을 지어 보이며 말했다.

"그러게 사장님 전화는 왜 안 받았습니까?"

"안 받은 게 아니라 못 받은 거예요. 그리고 이미 엄청 혼났으니까 김 비서는 거기까지만 해 줘요."

귀에 못이 박혔다고요.

고운이 눈살을 찌푸리며 울먹였다. 그러자 김 비서는 종현과의 약속 시간에 늦지 않았는지 힐끗 시선만 돌려 시계를 확인한 뒤 웃었다.

"오늘은 뭘 하기로 하셨습니까?"

"즉석 떡볶이를 먹으러 가기로 했어요."

"즉석 떡볶이요? 사장님이 허름한 가게에서 떡볶이를 조리하고 있는 건 상상이 안 되는데요?"

더욱이나 그가 평생 떡볶이를 먹어 봤을지도 의심스럽다. 김 비서의 물음에 고운은 금세 우울했던 표정을 지우며 활기찬 얼굴로 말했다.

"떡 안에 치즈가 들어 있는데, 그 집 치즈떡 사리가 아주 맛이 좋다고 하더라고요. 대학가 근처에 있는 거라 빨리 가야 해요. 아니면 자리가 없을 거예요."

"혹시……?"

김 비서가 짚히는 집이 있었던 것인지 말꼬리를 늘이며 물었다. 그러자 고운은 재빨리 고개를 끄덕이며 말을 잇는다.

"맛집 파워블로거가 그랬어요."

조잘조잘 이야기를 늘어놓는 고운과는 달리 김 비서의 얼굴은 점차 창백해지기 시작했다. 방금 전까지만 해도 '맛집 블로그? 파워블로거? 아주 서울 사람 다 됐습니다?'라고 웃으며 하려 했던 말 따위 목구멍으로 쏙 들어간 뒤였다.

"그리고 김 비서도 거기가 아주 맛있었다고 했었잖아요. 할매 떡볶이!"

"잠시만요."

역시나.

김 비서가 상체를 돌려 고운을 보았다. 몸까지 튼 채로 창백해진 얼굴로 자신을 바라보는 그녀의 모습에 고운이 고개를 기울였

다. 왜 자다가 얻어맞은 사람처럼 자신을 바라보지? 고운은 막 물
으려던 찰나다.

"그 이야기, 사장님께도 했습니까?"

한 발짝 빠른 질문. 이에 고운은 환하게 웃으며 고개를 끄덕였
다.

"물론이죠! 김 비서님이 먹고 와서 아주 맛있다고 이야기했으니
까, 꼭 먹어 보고 싶다고 했어요."

"……."

뻐끔뻐끔, 붕어마냥 입술을 달싹이던 김 비서가 입을 꾹 다물었
다.

아아, 망했다.

그녀가 좌절해 어두워진 낯짝으로 말했다.

"조력자 동맹은 이걸로 끝인 것 같습니다."

휴가도 받고, 특별 보너스도 받고 자신에게 한정되어 까칠함도
많이 줄었는데, 오늘 이 사태로 인해 자신의 처지가 어떻게 변할지
아직은 미지수다.

김 비서의 표정이 어두워졌다.

"음, 뭐가요?"

아무것도 모르는 순진한 눈망울을 보며 김 비서가 손을 뻗어 고
운의 손을 움켜쥐었다. 몸이 기우뚱 기울어 앞으로 쏠릴 것 같아
고운이 서둘러 다른 손으로 그녀의 어깨를 붙잡았다.

고운이 눈을 동그랗게 떴다. 김 비서의 눈에서 눈물이 쏟아질
것 같았다.

"하나만 부탁해도 됩니까?"

"에?"

의외의 말에 고운의 입에서 날카로운 물음이 튀어나와 버렸다. 하지만 김 비서는 이젠 급기야 손이 하얗게 질릴 정도로 힘주어 잡은 뒤 말했다.

"꼭! 꼭! 첫 떡은 사장님 입에 넣어 주십시오, 직접."

"으응?"

"꼭! 후후 불어서, 식혀서! 입에 넣어 줘야 합니다, 아시겠습니까?"

그것만이 살 길이란 것을 김 비서는 너무나 잘 알고 있었다.

❋

허리를 구부정하게 굽히고 있어야 머리를 부딪히지 않을 정도로 천장이 낮은 즉석 떡볶이 집은 가게의 나이만큼이나 낡고 허름했다. 하지만 낙서로 가득한 벽에는 이 가게를 찾은 손님들의 추억이 적혀 있고, 그중 몇몇은 깨진 사랑을 지워 버리고 싶은 것인지 흰 종이로 덧대져 있었다.

낙서를 눈으로 읽으며 헤실헤실 웃는 고운의 모습을 보며 그는 미간을 찌푸렸다.

"여기서 음식을 어떻게 먹어?"

그가 까칠하게 말했다. 깔끔한 삶을 사는 것은 아니었지만 그래도 남들만큼은 치우고 살았다. 그가 가정부를 뽑을 때도 음식 맛이 아닌 청소 실력을 가장 먼저 볼 정도였으니까. 아니, 그의 기준에 있어서는 남들만큼 청소를 하고 산다고 생각하고 있으나, 남들이 보기엔 지나치게 깔끔 떠는 성격이긴 했다. 그런 그에게 이러한 가게는 난생처음 와 본 신세계였다.

하지만 그 말에 아랑곳없이 고운이 벽을 손가락으로 가리키며 말했다.

"이렇게 많은 사람들이 왔다 간걸요? 인터넷에 검색해 보니까 사람들도 엄청 많이 다녀갔던 것 같았어요. 포스팅 숫자가 엄청 나더라고요."

그녀가 눈을 반짝이며 꼭 이곳에서 떡볶이를 먹어야 하는 이유에 대해 구구절절하게 설명하기 시작했다. 남들에게 검증받은 곳이니 꼭 맛을 보아야 한다는 논리다.

여기에 대해 반박할 말은 많았으나 그는 고개를 끄덕였다.

"……그래그래. 그중 하나가 김 비서고?"

"네."

이 여자를 그냥!

이곳을 소개해 준 사람이 김 비서란 것을 알기에 그는 눈살을 찌푸리며 이에 대한 뒤처리를 어떻게 해야 할지 고민했다.

왜 이런 곳에서 떡볶이를 먹어야 하는 건지는 모르겠으나, 고운이 꼭 와 보고 싶어 한 곳이었고 이에 그가 가자고 말했으니 여기까지만 불평불만을 털어놓는 것이 좋았다. 여기서 한 마디 더 했다간 간혹 이상한 곳에서 성질을 부리곤 하는 그녀에게 한 소리 들을지도 모른다.

종현은 불만이 가득한 얼굴로 입을 꾹 다물었다.

곧 지저분한 앞치마를 입고 나타난 종업원에게서 주문 종이를 받아 든 고운이 척척 메뉴를 주문하기 시작했다. 턱을 괴며 그 모습을 보던 종현이 심드렁하게 물었다.

"이미 와 본 거야?"

"아니요."

"그런데 주문하는 데 거침이 없다?"

고운은 자신이 먹고 싶었던 것들을 모두 주문한 뒤 종현에게 건 넸다. 밀가루 떡 옆에 두 줄, 치즈떡 사리 옆에 한 줄, 김말이 옆 에 한 줄, 계란 옆에 한 줄……. 알차게 주문을 한 것들을 종현이 훑어본 뒤 별 불만이 없다는 듯 고개를 끄덕였다. 그러자 그녀가 그의 물음에 답했다.

"미리 공부했어요. 뭘 먹어야 가장 맛있게 먹을 수 있는지."

"나 참."

종현이 기가 막히다는 듯 피식 웃음을 내뱉었다. 그러자 고운이 왜 웃냐는 듯 고개를 기울이며 그를 바라보았다. 그러자 그는 손을 뻗어 고운의 결 좋은 머리카락을 흩뜨리며 말했다.

"공부 참 좋아해, 우리 김고운 학생."

"에에……? 나 지금 놀리는 거죠?"

"어, 이제 그런 눈치까지 생겼나? 이런이런. 장족의 발전이군."

장난스러운 웃음과 어투, 손길까지 모든 것들은 가볍고 살랑살 랑하다. 이에 고운은 본인 또한 그와 비슷한 웃음을 입가에 띠었 다. 두 사람의 시선이 마주한다. 종현의 눈빛에 일순간 긴장감이 흘렀다. 그가 입술을 달싹이며 무언가 말을 늘어놓으려 할 때였다. 눈치 없는 불청객이 나타나 테이블 중심의 가스레인지 위에 냄비 를 올려놓았고, 곧 몇 번 불이 붙지 않아 급기야 라이터까지 들고 와 불을 붙여야 했다.

가스레인지를 가운데 둔 두 사람은 말이 없었다. 고운이 나무 주걱을 들고 밑바닥을 저어 가며 재료가 눌어붙지 않도록 잘 저어 줬다. 매콤한 냄새와 동시에 달달한 냄새가 코끝을 스쳤다. 음식에 서 시선을 떼지 못하던 종현이 순간 입맛을 다셨다. 막상 익어 가는 떡볶이를 보고 있으니 허기가 몰려왔다.

떡 하나를 주걱으로 쿡 찔러, 다 익은 것을 확인한 고운이 종현을 향해 물었다.

"먹을 거죠?"

"⋯⋯음."

방금 전까지만 해도 식당이 청결하지 못하다며 인상을 찌푸리던 사람이 맞나 싶었다. 쿡쿡, 작게 웃음을 내뱉은 고운은 젓가락을 들어 치즈떡 하나를 집어 들었다. 그녀가 가장 먹어 보고 싶은 것이었다. 고소한 냄새에 당장 입에 넣고 싶었지만, 고운은 호호 불어 떡볶이를 식힌 뒤 종현의 앞에 내밀었다.

그녀의 행동을 보던 종현이 눈을 크게 뜨며 물었다.

"먹으라고?"

"네, 먹어 봐요."

고운이 방긋방긋 웃으며 말한다. 김 비서가 부탁한 대로 아주 잘 수행한 그녀는 종현이 어색한 표정으로 떡볶이를 받아먹자 눈을 빛내며 물었다.

"맛이 어때요?"

"⋯⋯맛있어."

그가 잠시 뜸들인 후 답했다. '네가 먹여 주니까 더 맛있다.' 라는 닭살 돋는 말 따위 차마 입 밖으로 나가지 않는다. 그가 묘하게 얼굴을 일그러뜨리며 어색하게 웃자 고운이 눈을 동그랗게 뜨며 물었다.

"정말요?"

"그래."

"그런데 표정이 왜 그래요?"

고운이 커다란 눈을 연신 깜빡이며 또다시 묻는다. 이에 종현의 얼굴이 와자작 일그러졌다. 그가 퉁명스러운 목소리로 말했다.

"그만 묻지? 엄한 소리 하기 전에."

"엄한 소리요?"

이 여자가 정말!

그는 보글보글 끓는 냄비 곁으로 상체를 들이밀더니 이내 손으로 까딱까딱 그녀를 부른다. 그러자 고운이 고개만 숙여 귀를 쫑긋 세웠다.

"궁금해?"

끄덕, 고운이 작게 고개를 끄덕이자 그가 속살거렸다.

"냄비 속의 떡볶이보다 침대 위의 당신이 더 괜찮아."

"……."

와자작, 고운이 얼음장이 되어 호흡을 멈췄다.

평일의 대학가는 활기가 넘친다. 이젠 제법 쌀쌀한 바람이 불어왔지만 아직도 짧은 치마를 입은 학생들은 스타킹을 신지 않고 있었고, 상큼한 양말과 구두로 멋을 내고 있었다. 그들 사이, 정장 차림의 종현과 고급스러운 원피스를 입은 고운은 어딘가 언밸런스 했다. 그랬기 때문일까, 사람들의 시선이 그들에게 간간이 멈췄다.

고운은 사람들 사이를 요리조리 파고들며 길가에 널린 가판대를 신기한 눈으로 바라보고 있었다. 조금 벌어진 입술은 그녀가 지금 얼마나 놀라고 있는지 단적으로 보여 주었다.

그러다 고운이 휴대폰 케이스가 가득 쌓여 있는 곳으로 걸음을 옮길 때였다. 반대편에서 걸어오던 남자와 고운이 부딪힐 뻔하자, 종현이 재빨리 그녀의 어깨를 잡아당겨 제 품속으로 끌어들였다.

그의 품속에서 고운이 놀란 듯 눈을 깜빡였다.

"우와, 깜짝이야."

고운이 작은 목소리로 말했다. 그러자 여전히 인상을 찌푸리고 있던 종현이 차갑게 툭 내뱉는다.

"당신이 지금 어떤 기분일지는 알 것 같은데, 그래도 앞은 좀 보고 걷지?"

"네, 알았습니다."

고운이 눈을 찡긋하며 애교스럽게 말했다. 그러자 종현은 순간 힘이 탁 풀린 느낌에 그녀를 붙잡고 있던 팔을 놓아주었다.

"뭐가 그렇게 신기한데?"

"저기 휴대폰 케이스요. 저도 귀여운 걸로 바꾸고 싶어요."

처음 종현이 휴대전화를 건네주었을 때 모서리 부분만 고무로 되어 있는 케이스로 받았기에 고운은 여전히 밋밋하고 재미없는 케이스를 하고 있었다. 하지만 고운의 손가락 끝이 향해 있는 곳엔 알록달록하고 다양한 모양의 케이스들이 잔뜩 쌓여 있었다.

종현은 눈을 반짝이는 고운의 모습에 가벼운 어조로 말했다.

"사고 싶은 거 있으면 골라. 하나 사 줄 테니까."

"진짜요?"

"그래, 길거리에서 파는 케이스 사 줄 능력은 있어."

하지만 그는 5분 정도 지난 후에 그녀의 손에 들려 있는 휴대폰 케이스를 보며 땅을 쳤다.

"철수와 영희예요. 전 영희 할 테니까, 종현 씨는 철수 해요."

"……."

케이스 사 줄 능력은 있었으나 그걸 하고 다닐 용기는 없었다.

"너 요즘 취향이 이쪽으로 바뀌었냐?"

커다란 스마트폰 뒷면 가득한 철수 얼굴에 필성이 빵 웃음을 터뜨리며 말했다. 마지막 만남이 꽤 좋지 못했던 것과는 달리 필성은 가볍게 웃음을 터뜨리는 모습이었고, 종현은 그의 비웃음에 얼굴을 와작 찌푸리며 휴대전화를 주머니에 쑤셔 넣으려 했다.

"뭐야, 주머니에도 안 들어가?"

푸하하하! 필성의 웃음이 더욱 커졌다. 철수의 뺨 부분에서 딱 걸린 휴대전화는 주머니 속으로 들어가지 않았다. 이에 종현이 신경질적으로 가방을 끌어와 휴대전화를 집어넣으며 까칠한 목소리로 말했다.

"웃음이 너무 크다?"

"하하, 하하하…… 아, 고운 씨의 대단함을 다시 한 번 깨닫게 되네."

"다정하게 부르지 마, 화나니까."

종현이 툭 내뱉은 뒤 자신의 맞은편에 앉는 필성의 행동을 눈으로 좇았다. 필성의 표정은 많은 것을 털어 낸 듯 가벼웠다.

"그래, 줄 거 있어서 불렀다며? 청첩장이지?"

"피아노 그만두고 신내림이라도 받았냐?"

"뭐, 뻔하지. 기사 봤거든."

필성은 어제 대대적으로 난 고운과 종현의 기사를 떠올리며 말했다. 처음 그 기사를 접했을 때, 필성은 생각보다 충격받지 않는 자신의 모습에 헛웃음이 나왔다. 오랫동안 지질하게 자신의 마음을 괴롭힐 거라 생각했던 감정, 하지만 그 감정은 어느새 조금씩 옅어지고 흐려지고 있었다.

사람이란 얼마나 간사한 동물이던가.

이에 그는 헛웃음을 흘렸었다.

필성은 종현이 자신의 앞으로 내미는 종이를 받아 들었다. 청첩장은 여느 실크 재질의 화려한 디자인의 것과는 달리 엽서 형식으로 된 것이었다. 필히 그녀의 취향이 반영된 것이라 생각하며 그는 엽서에 적힌 글귀를 보았다.

이종현과 김고운이 부부가 되어 아름다운 여정을 그려 가려고 합니다.

아아, 짜증나. 아아, 부러워.

머릿속에 온통 불퉁스러운 생각만이 떠돈다. 이에 필성이 짜증스레 말했다.

"고운 씨 하객으로 갈 거다."

이 부러운 것들. 필성의 표정은 그의 생각을 고스란히 드러내고 있었다.

그 말에 종현은 놀란 듯 눈을 크게 뜨다 이내 제 앞에 놓인 아이스커피를 보았다. 평소 술잔이나 나누던 친구. 하지만 오늘 그 친구와 자신의 앞에 놓인 것은 커피다. 한낮에 커피숍에서 만나게 된 것만큼, 그리고 속마음을 터 놓을 수 있는 술이 아닌 커피가 놓여 있는 것에 제법 마음이 씁쓸해지던 찰나였다.

하지만 필성의 얼굴을 보니 다음에는 술잔을 나눌 수 있을 것 같았다.

"……고맙다."

종현의 말에 필성이 입술에 부드러운 미소를 내건다. 그리고 언젠가 그가 고운에 대한 평가를 했던 말을 떠올리며 물었다.

"너랑은 너무 다른 사람이라고 했었지? 그래서 계속 거슬린다고."

"내가 그런 말을 했던가?"

종현은 금시초문이라는 듯 미간을 찌푸리며 물었다. 그러자 필성은 처음 고운의 존재를 이야기할 때 그가 자신에게 했던 말이라고 다시 회상시켜 주었다. 이에 종현은 자신이 내뱉었던 말을 떠올리며 고개를 끄덕인다.

"아직도 다르기만 하니?"

필성이 물었다. 그리고 답을 구하는 얼굴로 종현을 본다.

"아직도……?"

아직도 네 마음속에 고운이 있는 거냐?

심상치 않는 물음에 종현이 입술을 달싹인다. 그러자 필성은 그가 말을 다 잇기도 전에 고개를 내저었다.

"그냥. 난 그냥 그 사람이 행복했으면 좋겠어. 그래서 물어보는 거야."

"……"

"물론 너도 행복했으면 좋겠다, 이종현."

필성의 다감한 말에 종현은 굳어 있던 표정을 유지한 채 고저 없는 목소리로 말했다.

"거슬려, 지금도."

"뭐……?"

사랑한다는 말이 나올 줄 알았다. 이제 단순히 거슬리는 것뿐만이 아니라 진정으로 사랑한다고. 하지만 친구의 입에서 나온 말은

393

전혀 예상외의 것. 이에 필성의 콧잔등이 찌푸려졌다. 그러자 종현은 방금 전까지만 해도 굳어 있던 표정을 부드럽게 풀며 말한다.

"날 엄청 바꿔 놓았거든. 가끔 내가 아닌 것 같아서 화들짝 놀라."

그의 시선이 어느새 가방으로 향했다. 그가 현재 보고 있는 것은 가방이 아니었다. 그 속에 들어 있을 휴대전화 케이스를 보고 있는 것. 그의 케이스를 본 직원들이 뒤에서 남몰래 얼마나 웃고 있는지 알고 있었다. 케이스에 박힌 철수만큼이나 즐겁게 웃어 대고 있겠지.

주위의 시선이 어떨지 잘 알고 있었으나 그는 고운이 '우와, 우리 커플 케이스예요!' 라고 외쳤던 말에 차마 케이스를 빼지 못한 채 늘 끼우고 다녔었다. 처음에는 부끄러웠지만 지금은 제법 아무렇지도 내보일 수 있는 상태로까지 발전했다.

"……지금 자랑질이냐?"

필성이 까칠하게 말한다. 지금 저 때문에 마음고생 제대로 한 사람 앞에서, 하는 소리 하고는! 필성이 장난스럽게 인상을 찌푸리자 종현은 한술 더 뜬다.

"어. 그러니까 너도 연애해라."

무심한 표정과는 달리 목소리엔 음률이 담겨 있다. 그를 약 올리기 위해 한 말은 아니었으나 자연스럽게 떠오르는 고운의 생각만으로도 즐거움이 서린다. 결국 필성이 진심으로 화를 냈다.

"소개나 시켜 주든가!"

그의 신경질에도 종현은 콧방귀를 뀌었다.

"너 눈 높아서 찾기 힘들다. 알아서 찾아라."

"……너 이종현 아니지?"

아아, 닭살.

필성은 눈앞의 사람이 진정 자신의 친구가 맞는지 게슴츠레한 얼굴로 잘난 낯짝을 자세히 살펴보았다. 날카로운 눈매에 오만한 표정을 보아 분명 싸가지 없는 자신의 친구가 맞은데, 입술에 머문 미소는 그의 친구의 것이 아니었다.

필성의 눈에 더욱 의심이 서리자 종현은 식어 빠진 커피를 한 모금 마시며 툭 내뱉었다.

"위 답과 똑같다. 너도 연애해."

제9장
아내는 남편만 봐야지

전혀 모르던 두 사람이 만나고, 감정을 나누고, 미래에 대한 이야기를 나누고, 과거에 질투를 하기도 하며 사랑을 한다. 부부의 이름으로 서로를 속박하고, 서로의 일거수일투족을 알길 바라며 사랑하는 쪽이 약자라 징징거리기도 하며, 흘러가는 시간에 감사하며 오늘도 무탈한 사랑에 감사의 인사를 건넨다.

종현이 그랬다. 퇴근을 하고 집에 돌아온 길, 무탈한 사랑에 감사하는 마음을 건네면서도 부지런한 고운이 오늘도 집 안을 죄다 헤집어 청소해 놓은 것을 보며 허탈한 웃음을 내뱉었다.

"오늘 학원 갔다가 5시에 돌아온 거 아니야?"

"물론이에요. 외투 이리 줘요."

훌륭한 과외 선생을 잃게 되면서 고운은 입시 학원과 피아노 학원을 다니고 있었다. 어떨 때 보면 종현보다 더 바쁘다고 생각될 정도로 꽤나 부지런하게 시간을 쓰고 있는 그녀였다. 하지만 반질

반질한 집과 매일 저녁 식탁에 새로 한 다섯 가지 반찬을 올리는 것은 포기할 마음이 없는 것인지 오늘도 어제와 같이 그를 맞이했다.

종현은 구수한 된장찌개 냄새에 배가 요동치는 것을 느끼며 말했다.

"그런데 청소는 언제 하고, 밥은 언제 했는데?"

"그리 시간이 많이 드는 일이 아니니까, 학원 다녀와서 했죠."

평생 동안 집을 돌보고 가꾸어 온 고운에게 있어 집안일은 그리 어려운 것이 아니었다. 청소도 뚝딱, 빨래도 색별로 종류별로 뚝딱뚝딱, 음식도 웬만한 고급 한식당에서 먹는 것보다 훌륭했다. 그는 고운의 거친 손을 늘 마주잡을 때마다 그녀가 이젠 편안한 삶을 살았으면 했지만, 그녀는 이에 대해선 정중하게 거절했다.

"나도 내가 할 수 있는 일을 하게 해 주세요."

그 말을 듣고 그가 얼마나 놀랐던가. 그는 그녀에게 아무것도 하지 말라고 종용하고 있다는 것을 그제야 깨닫고 사과의 말을 건넸다. 이에 그녀는 늘 그랬던 것처럼 다감하게 웃으며 말했다.

"제가 한 음식을 맛있게 먹는 종현 씨를 보는 것도 하나의 즐거움이에요."

그녀는 그렇게 소소한 일상 속에서 재미와 기쁨을 찾아가는 중이었다. 그것들은 그에게 있어선 너무 작은 것들이라 보잘것없게 느껴졌지만 그녀는 아닌 듯했다. 함께 마주 보고 있는 시간을 그녀는 특별히 생각했고, 평범한 일상에 행복했다. 그리고 그도 배워 가는 중이었다. 그런 그녀에게.

그의 외투와 가방을 챙겨 들고 안방으로 가던 걸음을 멈춘 채 얼굴 가득 울상을 지으며 말했다.

"오늘 지수함수와 로그함수 시작했는데 너무 어려워요. 조금 이따가 숙제 좀 봐 주세요."

그녀는 최근 고등학교 과정을 시작하면서부터 부쩍 그에게 공부를 봐 달라고 하는 날이 많았다. 따로 과외까지 받으며 공부하고 있긴 했지만 기초 수학이 부족했기에 아직은 따라가는 것이 힘이 부쳤기 때문이다.

"대가는?"

종현이 심드렁한 얼굴로 물었다. 그러자 고운은 안방 문을 열다 말고 뒤돌아 치사하다는 듯 도끼눈을 떴다. 그러다 자신이 약자라는 것을 이내 깨달았는지 마지못해 답했다.

"뽀뽀 한 번."

"너 내 노동력을 그 정도로밖에 판단 안 해?"

"……다, 다섯……."

"쓰읍."

종현이 소리 내며 장난스럽게 협박했다. 원하는 답을 말해 주지 않으면 숙제를 절대 안 봐 줄처럼 표정을 지으며. 이에 고운이 심통 난 듯 입술을 뽀족하게 내밀었다.

"뭘 원해요?"

"뭘 원할 것 같아?"

고운의 눈이 가늘게 떠졌다. 음흉한 그의 표정을 보니 뭔가 딱 떠오르긴 했으나 차마 입 밖으로 내뱉지는 못한 채.

"설마……."

"설마 뭐?"

"……다 알면서 묻지 말아요."

그리고 홱 하니 몸을 돌려 안방 안으로 들어서는 그녀의 모습에 종현은 커다랗게 소리 내어 웃음을 터뜨렸다.

"하하하!"

정말 귀여워 미치겠다.

접이식 좌식 책상을 널따란 거실 한가운데 떡 놓은 채 고운과 종현이 마주 앉아 있었다. 고운은 앞머리를 죄다 뽑을 것처럼 문제집에서 시선을 떼지 못하고 있었고, 종현은 그런 고운을 엄한 눈으로 보며 손가락으로 문제집을 탁탁 두드렸다.

"로그=지표+가수잖아. 수식은 알면서 왜 숫자를 대입 못 해?"

연인 사이에 운전은 가르쳐 주지 말라는 말이 있다. 하지만 종현은 오늘 인내심이 머리끝까지 뻗치는 경험을 하며 연인끼리는 로그함수를 가르쳐 주지 말라는 공식까지 세우고 싶었다. 이미 뻔히 답이 나와 있는 문제를 가지고 헤매고 있는 고운이 답답하기도 하는 한편, 공부를 하는 것이 즐거워 어쩔 줄을 몰라 하는 모습에 안타까운 마음이 들었다.

종현은 더 이상 아무런 말도 하지 않았다. 단지 그녀가 수식에 수를 대입하고 혼자서 문제를 풀어 가는 모습만 바라보며 진득하게 기다려 줄 뿐이었다.

"아! 답은 -9.542예요! 그렇죠?"

고운이 고개를 번뜩 들며 그에게 말했다. 그러자 종현은 팔을 들어 머리를 쓰다듬어 주며 칭찬을 아끼지 않았다.

"잘했어."

"으아, 어려워서 어떻게 해요? 올해 검정고시 합격이 목푠
데……."

이래선 똑 떨어지겠어요.

고운이 우울한 얼굴로 노트를 보았다. 그녀의 버킷 리스트 중
가장 첫 번째를 차지하고 있는 '검정고시 합격'이란 꿈은 멀게만
느껴진다. 고운이 우울한 얼굴로 빡빡한 풀이가 되어 있는 문제집
을 내려다보자, 종현은 여전히 그녀의 정수리 주위에서 배회하고
있는 커다란 손으로 그녀의 머리통을 움켜쥐었다. 마치 지압을 받
는 것처럼 강한 힘이 느껴지자 고운이 눈을 동그랗게 뜨며 종현을
올려다보았다.

"떨어지면 또 도전하면 되지. 첫술에 배부르려고 했다니, 당신
참 욕심이 많네."

"……알아요, 나도."

멍했던 표정이 순간 변했다. 고운은 입술을 뾰족하게 내밀어 뾰
로통한 표정을 지어 보였다.

"욕심 많은 거요."

"그래, 그럼 한 번에 합격하려면 공부를 한시도 게을리할 수 없
겠지?"

말을 끝낸 그가 손가락으로 제 입술을 톡톡 두드렸다.

"어서 값 치르고 다음 문제로 넘어가자고."

한 문제당 그가 받기로 한 대가는 뽀뽀 한 번. 이미 합의를 본
사항이라 고운은 별말 없이 무릎을 세워 그에게 다가간 뒤 입을
쪽 맞췄다. 순식간에 닿았다 떨어지는 입술에 종현이 아쉬운 듯 입
맛을 다셨다.

"한 번 더 해 주면 안 되나?"

"안 돼요. 한 문제당 한 번씩, 약속했잖아요."

"그런 게 어디 있어!"

종현이 바락바락 소리를 질렀다.

"우린 부부 사이고, 스킨십도 부부의 의무라고!"

삐진 듯 얼굴까지 굳힌 채 말하는 모습에 고운은 슬쩍 시선을 피했다. 내가 너무했나? 하지만 먼저 치사하게 군 건 종현 씨라고. 고운이 입술을 우물쭈물하며 고민하고 있을 때였다. 그가 그녀의 고민을 줄여 줄 참인지, 굳어진 얼굴로 다시 한 번 자신의 입술을 툭— 하고 두드렸다.

"자."

순순히 입을 맞춰 준다면 너의 죄를 사하노라. 그가 그러한 표정으로 고운의 입맞춤을 기다렸다. 그것이 포식자가 놓은 덫이라는 것도 모른 채.

고운이 그의 입술을 다시 한 번 힐끗 본 뒤 고개를 천천히 가져와 입을 맞췄다. 방금처럼 가볍고 톡 튀는 입맞춤이었다. 하지만 곧 그의 단단한 손에 허리가 붙들리면서 가볍게 떨어져야 할 입맞춤은 조금 깊고 진해졌다. 입술을 벌려 고운의 아랫입술을 빨아들인 종현이 고운의 입술을 갈라 훅— 하고 바람을 불어넣었다. 어느새 눈을 감고 있던 고운이 번뜩 정신을 차리며 눈을 번쩍 떴다.

어느새 그가 주는 달콤함을 즐길 수 있을 정도가 되었다. 예전 엔 남녀가 몸을 섞는 것은 단순히 아이를 출산하기 위한 '행위'에 지나지 않았었다. 하지만 고운은 이제 그것이 사랑이 동반된 '관계'라는 것을 알고 있다. 그것은 단순히 섹스에만 국한되지 않고, 손을 잡고 눈을 마주하고 포옹을 하고 입을 맞추는 것들 또한 그녀는 '관계'의 하나로 받아들이며 그것에 대한 소중함을 절실히 깨닫고 있었다.

하지만 지금은 아니다. 고운은 학원 숙제가 잔뜩 쌓인 것을 기억해 내며 그의 가슴을 밀어냈다. 그는 의외로 뒤로 몸을 물렸다.

"다음 문제로 넘어가자면서요!"

고운이 억울해 외쳤다. 속았다, 속았어! 또 속았어!

그녀가 울렁이는 눈동자로 자신을 바라보자 종현은 눈꺼풀 위에 입술을 내려 입을 맞춘 뒤 한쪽 입꼬리를 올려 웃었다.

"그래, 다음 단계로 넘어가자고."

종현이 자리에서 일어나더니 멍하니 자신을 올려다보는 고운을 번쩍 안아 들었다. 방으로 향하는 그의 발걸음엔 거침이 없었고, 고운의 겨드랑이를 감싸 쥐고 있는 손은 그와 반대로 부드러웠다.

곧 있을 관계의 기대감.

숙제 따윈 머릿속에서 시원하게 잊혀진 뒤.

고운은 얼굴이 따끈따끈해진 것을 느끼곤 그의 어깨에 얼굴을 묻었다.

분명 부끄러움에 얼굴이 빨갛게 변했을 것이다.

고운은 벌써부터 온몸이 기대감으로 달뜨는 것을 느꼈다.

※

하나씩 무언가를 준비해 가고 만들어 나간다는 것은 생각보다 가슴이 뛰는 일이었다.

종현은 바쁜 와중에도 시간을 내 고운과 함께 결혼식 파티 때 입을 원피스를 찾아왔다. 마지막으로 피팅을 해 보고 사이즈가 맞으면 곧장 가져오면 될 일이었지만 그는 굳이 입고 나와 보라 말을 했다. 고운은 질끈 묶은 머리와 화장기 없는 얼굴 때문에 어울리지 않을 것이라 반항도 해 보았지만 곧 그의 말대로 하는 수밖에 없었다.

일이 바빠 드레스를 고를 때 동행할 수 없었던 그는 그녀가 순백의 신부를 상징하듯 새하얀 원피스르 입은 것을 실제로 보는 것은 처음이었다. 그는 고운의 모습에 햇살처럼 웃으며 말했다.

"진짜 예쁜데, 김고운 씨?"

장난스러운 그의 말에 고운은 얼굴을 붉히면서도 맞받아쳤다.

"이종현 씨도 오늘 무척 멋진데요?"

그는 늘 입던 그대로 깔끔한 슈트 차림이었다. 하지만 그 모습이 가장 종현다웠고, 종현에게 가장 어울리는 모습이었기에 고운은 장난을 담아 진심을 이야기했다. 이에 종현은 웃음을 터뜨렸다. 그리고 곧 고운에게도 그 웃음 바이러스가 전해져 두 사람은 한참이나 얼굴을 마주하고 웃었다.

그다음으로 그들이 찾아간 곳은 주얼리샵이었다. 뭐든 소박하게 치르고 싶다던 고운이 직접 고른 디자인의 결혼반지를 찾는 날이었다. 고운은 샵에 들어서자마자 환대하는 사람들에게 일일이 웃어 주었다. 예전처럼 저들이 예의가 아주 바른 사람이라 생각하지 않았고, 환한 웃음과 환대가 저들의 일 중 하나라는 것을 알면서도 고운은 진심으로 웃는다.

"어제 독일에서 겨우 시간 맞춰 도착했습니다."

매니저가 고운과 종현의 앞에서 케이스를 열어 반지를 보여 주었다. 다이아몬드 하나만 박힌 심플한 디자인의 백금 반지였다. 그가 보여 준 팜플렛에서 고른 반지를 실물로 보게 되자 고운이 눈을 반짝였다.

"우와."

종현이 후후 웃으며 말했다.

"당신도 여잔 여잔가 보네."

"음? 왜요?"

"보석을 보고 감탄하니까."

작고 반짝이는 것을 좋아하는 여자의 특성을 말한 종현은 고운의 손을 가져와 반지를 네 번째 손가락에 밀어 넣었다. 사이즈는 딱 맞았다. 보통 여자들 손가락 사이즈보다 두 호수나 커 혹여 사이즈를 잘못 쟀던 것은 아닐까, 걱정했던 것과는 달리.

"꼭 맞네요."

"어, 예쁘다. 당신이 골라서 그런가?"

종현이 고운의 손을 내려다보며 입술을 비틀어 웃었다. 고운의 뺨이 절로 달아오른다.

"못생겼어요."

고운이 손가락을 오그라뜨렸다. 뼈마디는 울퉁불퉁했고, 손가락 사이사이엔 선명한 굳은살이 박여 있었다. 여자의 손보단 투박한 남자 손 같았다. 하지만 종현의 생각은 다른지 그녀의 손을 끌어와 손가락에 부드럽게 입을 맞췄다. 이에 이 모습을 보고 있던 매니저가 몸을 움찔 떨며 한 걸음 뒤로 물러섰다. 두 사람은 자신들만의 세계에 빠져 주위는 전혀 보지 못하는 모습이었다.

"내 눈엔 그 어떤 손보다 예뻐."

"거짓말하지 말아요."

치이, 고운이 잇새로 소리를 냈다. 그러자 종현은 꽤 심각한 표정을 지어 보이며 빠르게 읊조린다.

"나는 아주 사소한 부분이라도 예쁜 여자가 좋아. 세상에 나만큼 속물인 사람도 없단 말이지. 그런 사람의 아내인 당신이, 어디한 군데 안 예쁜 곳이 있겠어?"

"……."

고운의 표정이 순간 얼음장이 됐다. 그것과 반대로 팔다리엔 소름이 오소소 돋는 것 같기도 했다.

"당신 뭐 잘못 먹었어요?"

피식, 그의 입에서 작은 웃음이 새어 나온다. 그는 고운의 앞으로 팔을 뻗었다.

"실없는 소리 말고 반지나 끼워 줘."

종현이 새색시처럼 손가락을 모아 위아래로 팔랑였다. 빨리 끼우라는 무언의 압박. 이에 고운은 반지 케이스에서 반지를 빼내 종현의 손가락에 밀어 넣었다. 그의 손가락에서도 그녀의 것과 같은 디자인의 반지가 영롱하게 빛난다.

종현은 자신의 취향과는 거리가 먼 반지를 내려다보았다. 아니, 예전 취향과는 거리가 먼 반지를 보았다. 지금은 그녀가 골라 준 것이니 세상 그 어떤 디자인의 것보다 예뻐 보이는 그 반지를. 그러다 손을 뻗어 고운과 손을 맞잡았다.

"이제야 안심이 된다."

"뭐가요?"

고운이 의아한 표정으로 그를 올려다보았다. 그러자 그는 무심하고 냉랭한 어조로 읊조렸다.

"결혼반지까지 낀 유부녀니 이제 정신 빠진 것들이 덜 달려들겠지."

"……."

뜨끔, 고운이 찔리는 듯 시선도 마주하지 못하자, 그가 턱을 치켜들며 오만한 얼굴로 말했다.

"찔리긴 찔리나 보지?"

"사람의 마음은…… 의도하지 못한……."

고운이 더듬더듬 말을 내뱉었다. 그러다 이내 이게 아니라는 듯 입을 다물었다. 자신의 잘못도 아닌데 변명을 늘어놓는 모습도 마음에 들지 않았지만, 어떠한 말을 하든 궤변만 나올 것 같아서.

종현은 꿀 먹은 벙어리가 되어 입술을 꾹 닫고 있는 고운을 제품으로 끌어당겼다. 그리고 멍하니 두 사람을 보고 있던 매니저를 향해 카드를 척 내민 뒤 짧게 일갈했다.

"일시불."

우선 계산을 마친 뒤 집에 가서 이 뒤의 벌은 계속 주리라 마음먹으며.

✳

"정말 이대로 해도 되겠어?"

종현은 내일 제주도로 내려가기 위해 짐을 싸는 고운의 뒷모습을 보며 물었다. 문지방에 몸을 기댄 채 삐딱하게 서서 묻는 말엔 걱정이 가득했다.

"음? 뭐가요?"

"화려한 식장도, 수많은 하객도, 아름다운 웨딩드레스도 없이 괜찮겠냐고."

고운의 손끝이 연신 새하얀 원피스를 쓰다듬고 있다. 그의 말 그대로였다. 그녀는 화려한 식장도, 수많은 하객도, 아름다운 웨딩드레스도 모두 거부했다. 그녀가 바란 것은 그녀가 좋아하는 이들의 축복 속에 결혼을 하는 것이었고, 그 사람들 중엔 몸이 많이 약해진 이 회장 또한 포함되어 있었다. 정신없는 결혼식들보단 참여한 하객들에게 진심으로 축하를 받고 싶었다. 아름다운 웨딩드레스 대신 사랑하는 사람들과 함께였으면 좋겠다는 그녀의 바람을 종현은 십분 이해해 들어주었다.

손가락 끝에 까칠하게 만져지는 레이스의 감촉에 부드럽게 웃음 짓던 고운이 시선을 들어 종현의 얼굴을 보았다. 그녀와 눈이 마주치자 종현이 자동적으로 입가에 미소를 머금는다. 차가웠던 그의 분위기가 순식간에 부드럽게 풀렸다.

"고마워요."

"뭐가?"

"제가 그걸 포기한다는 건, 사장님도 포기하는 거니까요."

"……."

"제 의견에 따라 주셔서 정말 감사해요."

종현의 눈이 순간 놀라움에 크게 떠졌다.

"당신은 그 입이 문제야."

서둘러 표정을 수습한 종현이 툭 내뱉은 뒤 걸음을 옮겨 고운의 앞에 양 무릎을 꿇고 앉았다. 자신과 시선을 맞추는 그의 모습에 고운이 고개를 기울였다.

"왜요?"

쪽, 그가 부드럽게 입을 맞춰 온다. 달콤한 입맞춤은 찰나의 순간 끝이 났지만 입술을 뗀 뒤에도 여운은 계속되었다.

"예쁜 말만 골라서 하니까 가끔 주체할 수 없을 때가 있거든."

바로 지금처럼.

그러면서 달콤하게 웃는 그의 모습을 보고 있자니 얼굴이 절로 붉게 달아올랐고, 정신이 혼미해졌다. 머리가 띵 할 정도로 달콤한 초콜릿을 입 안 가득 머금은 기분이었다.

"왜 그런 표정이야?"

종현이 팔을 뻗어 고운의 손을 움켜쥐었다. 까끌까끌한 굳은살이 만져졌다. 이 여자의 부지런함이 그 손에서 느껴진다.

"……알면서 묻지 말아요."

고운이 불퉁하게 말했다. 입술을 뾰족 내밀며 투덜거리는 어투가 꽤나 귀여워 보인다.

"뭘 알아? 아무것도 모르겠는데?"

그리고 그런 그녀를 더욱 놀리고 싶어 종현이 짓궂게 말했다.

이 사람이 정말!

고운이 빽 소리를 지르려다 말고 입을 꾹 다물었다. 뺨의 붉은 기운은 어느새 목까지 타고 내려가 있었다.

종현의 얼굴을 가만히 보던 고운은 자신의 손을 잡고 있는 손을 내려다보았다. 커다란 손, 하지만 그의 품은 이것보다 더욱 컸다. 그리고…….

고운이 고개를 들어 종현의 얼굴을 보았다. 사람의 외모에 크게 관심이 없는 그녀의 눈에도 종현은 멋졌다. 시원스러운 이목구비도, 그리고 입가에 내걸고 있는 미소도.

"저도 종현 씨가 너무 좋아서 가끔 주체할 수가 없을 때가 있어요."

그를 향한 자신의 마음은 어느새 그보다 더욱 커져 있었다. 그리고 이는 그에겐 단 한 번도 표현해 본 적이 없는 마음이었다. 결혼식의 전날, 내일이면 소중한 사람들 앞에서 앞으로 행복하게 잘 살겠습니다, 인사를 하는 날. 그날의 전날에 고운은 그에게 진심을 다해 고백했다. 그리고 놀란 눈으로 자신을 바라보는 그의 시선에 장난스럽게 웃으며 뒷말을 이었다.

"날 사랑한다고 했죠? 그 마음 무르기 없기예요."

늘 제 곁에 있어 줘요.

고백 뒤에 이어지는 것은 그것보다 더 달콤한 키스였다.

✻

친한 사람들만 초청해 올리는 작은 식이라 해도, 워낙 이 회장 내외가 조용하게 지내다 보니 시끌벅적했다. 출장 뷔페를 불러 너른 마당에 음식까지 차려 놓고, 버진로드까지 짧게나마 펼쳐 놓으니 결혼식 분위기가 한껏 살았다.

사람들 속에서 축하 인사를 받는 고운과 종현은 서로의 손을 꼭 잡고 있었다. 마치 손을 놓으면 서로를 잃을 것처럼 힘껏 잡은 손에 사람들의 부러운 시선이 닿았다 떨어진다. 가벼운 분위기 속에서 음식을 나누고, 음악을 나누고, 서로의 일상을 나누던 이들은 분위기가 점점 무르익어 가자 흥에 겨워 와인 잔을 나누고 있었다.

그때 평소와 같이 깔끔한 슈트 차림의 이 비서가 앞으로 나가 준비해 두었던 마이크를 손에 쥐었다.

"우선 결혼식에 참여해 주신 내빈 여러분께 감사 인사드립니다."

이 비서의 목소리가 마당을 쩌렁쩌렁 울렸다. 순식간에 사람들이 시선이 오늘의 주인공인 종현과 고운에게 쏠렸다. 종현이 팔을 들어 고운의 허리를 둘렀다.

"어?"

종현이 고개를 돌려 놀란 눈을 깜빡이는 고운을 보았다. 그녀의 시선 끝에 필성이 와 있었다. 고운의 맑은 눈망울에 어린 것은 놀라움과 반가움. 그녀에겐 친구일 뿐이란 것을 알고 있으면서도 종현은 가슴속 깊은 곳에서 불끈 올라오는 질투심에 고운의 작은 얼굴을 자신 쪽으로 끌어당기며 투덜거렸다.

"아내는 남편만 봐야지."

"……물론이에요."

고운이 한 템포 늦게 답했다. 느릿한 답은 거기서 끝나지 않았다.

"지금도 충분히 그러고 있어요."

그녀의 말이 끝남과 동시에 이 비서가 두 사람의 소개를 하기 시작했다. 주례를 세운 것도, 두 사람이 사랑의 맹세하기 위해 편지나 언약문을 써 온 것도 아니었다. 이 비서의 소개에 두 사람은 사람들의 박수갈채 속에 섰다. 두 사람은 가장 가까운 사람들의 앞에서 서로를 마주 보며 서로를 따뜻한 눈길로 쓰다듬고 달콤한 입맞춤을 나누었다.

"신랑분 입술이 너무 노골적인데요?"

오랜 입맞춤에 어느 누가 외쳤다. 그러자 사람들 사이에 웃음소리가 바이러스처럼 번져 나간다. 앞으로 한 가족이 되어 살아갈 그들에게 모두들 응원의 눈빛을 보냈다. 거기엔 휠체어에 앉아 조금 멀찍이서 그들을 지켜보고 있는 이 회장도 포함되어 있었다.

이 회장은 자신의 곁에 서 있는 마 여사를 바라보지도 않은 채 안도의 한숨처럼 말했다.

"얼마나 다행이야."

행복해서, 이 얼마나 다행이란 말인가.

서로를 바라보는 눈동자에 가득 차오른 사랑의 물결에 이 회장은 결국 눈시울을 붉히고 말았다. 그의 시선이 하늘로 향했다. 푸르른 제주도의 하늘은 청량하다. 눈이 부실 정도로.

"이제 안심하시고 계시죠?"

이 회장이 하늘을 향해 그렇게 물었다.

그리고 말을 잇는다.

"형님, 이제 형님을 웃으면서 뵐 수 있을 것 같습니다."

외전
꽃순이는 행복하게 잘 살았습니다

　고즈넉한 언덕 위를 오르는 여인은 긴 머리를 늘어뜨린 채 덥지도 않은 것인지 한여름에 검은 투피스 차림이었다.

　화장은 수수했지만 완벽했고, 머리끝은 잘 정돈되어 굽이쳐 흘렀다. 머리부터 발끝까지 모두 전문가가 관리를 해 주는 듯 완벽했지만 손톱만은 달랐다. 짧게 자른 손톱은 보조제가 발려 있긴 했으나 색이 있는 매니큐어는 발려 있지 않았다. 평소 물에 손을 많이 담그고, 요즘 들어 더욱 재미를 들이기 시작한 피아노 때문에 굳이 거기까진 관리를 하지 않은 것이다.

　여인은 이제 높은 구두를 신고도 휘청이지 않을 수 있었다. 많은 이들의 관심을 받는 남자와 결혼을 하고 함께 삶을 살게 된 그녀로선 걸음걸이 하나까지 허투루 할 수 없었던 것이다.

　천천히 걸음을 옮기던 여인은 동그란 봉분 앞에 멈춰 섰다. 그리고 품에 안고 있던 꽃다발 중 하나를 내려놓은 뒤 눈을 감고 그 자리에 누운 이를 떠올렸다.

"어르신…… 그곳에선 아프지 않으시죠?"

여인이 눈을 뜬 뒤 씁쓸한 얼굴로 읊조렸다. 입꼬리가 파르르 떨리는 것이 여인은 아직도 어르신이라 부른 사람의 죽음에 슬퍼하고 있는 듯했다. 그러고 보니 봉분은 만든 지 얼마 되지 않은 것인 듯 여기저기 풀이 덜 자라 민둥산 같았다.

한동안 봉분 앞에 멈춰 있던 여인이 또다시 걸음을 옮기기 시작한다. 길이 잘 닦여 대리석이 깔려 있던 아래와 달리 위로 걸음을 옮기자 흙바닥으로 이어졌다. 발뒤꿈치에 힘을 주며 흙 속으로 파묻히는 굽이 더 안으로 들어가지 않도록 조심스레 걸음을 옮기던 여인은 20분 정도 산을 오르고 나서야 걸음을 멈췄다. 여인의 이마에 땀방울이 맺혔으나 신기하게 걸음을 멈추자마자 불어오는 바람에 이내 식었다.

여인은 조금 멀리 떨어져 있는 봉분을 말없이 보았다. 시간의 흐름을 잊은 듯 한참이나 그렇게.

그러다 천천히 앞으로 걸어가 품에 안고 있던 국화꽃다발과 함께 검정고시 합격서를 내려놓았다. 그녀가 3년간 피땀 흘려 공부해 드디어 결실을 이룬 것이다. 그리고 그 결실이 이루어진 주말, 그녀는 곧바로 이곳을 찾았다.

고운은 비석 하나 없는 초라한 묘를 보았다.

"아직도 종현 씨는 나에게 엄마의 존재를 말해 주지 않아요. 아마 내가 엄마의 마지막을 떠올리며 괴로워할 거라고 생각하나 봐요."

처음 꿈속에서 멀리 도망가라 했던 친어머니, 그리고 그날 여인은 과거의 모든 기억이 떠올랐다. 하지만 자신의 남편에겐 입도 뻥

끗할 수가 없었다. 그의 눈망울이 두려움으로 가득했기에. 그는 과
거에 여전히 괴로워하고 있었다.

여인은 주먹을 쥐어 애써 슬픔을 참아 냈다.

"엄마…… 고마워요."

그리고 불러 본다.

엄마, 라고.

그리고 기억해 낸다.

과거의 그날, 친어머니가 죽어 갔던 그날, 자신과 눈이 마주쳤
을 때를.

"고운아, 쉿."

눈이 마주치자 겁에 잔뜩 질린 채로 입만 뻥끗거리던 어머니.

결국 참다못한 슬픔이 눈물을 통해 밖으로 쏟아졌다.

여인은 묘 앞에 천천히 무릎을 꿇고 앉았다. 그리고 잡초가 잔
뜩 난 봉분을 보며 애써 미소 짓는다.

"마지막까지…… 사랑해 주어서 고마워요."

손은 어느새 평평한 배로 향해 있었다. 아직 아무것도 느껴지지
않는 평평한 배였으나, 벌써부터 손바닥에 생명이 꿈틀거리는 것
처럼 느껴졌다.

"내 아이도, 그렇게 사랑으로 키울게요. 그러니까…… 그곳에서
편히 쉬세요."

성인이 되어서야, 그리고 자신의 옆에 사랑하는 이가 있고서야
겨우 떠오른 어미란 사람. 여인은 그 어미의 존재를 떠올리며 눈을
감았다.

엄마, 그때 기억이 난 건 날 지키기 위해서였죠?

내가 조금이라도 견딜 수 있는 단단한 사람이 되었을 때 나에게
슬픈 기억도, 즐거운 추억도 다시 되돌려 주신 거죠?

감사해요…….

감사합니다, 어머니.

— The end

작가 후기
감사합니다

안녕하세요, 정이연입니다.

글을 쓰는 일이 유독 힘들었던 세 번째 책이었습니다. 너무 많은 일들이 있어 이렇게 밝은 이야기를 쓰고 있어도 되나, 생각이 들 정도로 한글을 켜고 그냥 끄는 일들이 반복되었던 나날이었습니다. 그리고 그건 후기를 적고 있는 지금도 마찬가지입니다.

밝고 행복하고 긍정적인 이야기로 가득 담고 싶었는데, 마음대로 글이 풀리지 않아 많이 힘들었지만 꿋꿋하게 적어 내려갔고, 결국 가장 먼저 생각했던 〈달달한 김꽃순〉을 끝낼 수 있었습니다. 마지막 마침표를 찍을 수 있도록 도와주신 많은 분께 감사의 인사 전합니다.

잘 가, 봄.

반갑다, 여름아.

그렇게 조금씩 흘러가는 시간에 몸을 맡긴 채, 글을 마칩니다.

감사합니다.

-정이연 올림.